길상문연화루

下

양주만

Jixiang Wen Lianhua Lou
by Teng Ping

길상문연화루

吉祥紋蓮花樓 — 양주만

下

텅 핑 장편소설

허유영 옮김

문학동네

일러두기

1. 주석은 모두 옮긴이주다.
2. 장편 문학작품은 『 』, 단편·시는 「 」, 노래·희곡 등은 〈 〉로 구분했다.

차례

下

◦ 주요 등장인물 ◦

이연화 李蓮花

길상문연화루의 주인. 강호의 명의로 알려졌지만
사실 의술에 대해서는 전혀 모른다. 온화하고 선량한 성격으로
지혜롭지만 겉으로는 어수룩한 척한다.

방다병 方多病

무림의 명문인 방씨 가문의 대공자이자 이연화의 친구.
감성적이고 섬세한 성격의 소유자다.

이상이 李相夷

사교인 금원맹에 대항하기 위해
형당 '불피백석'을 세운 사고문의 문주.
'불피백석'이라는 명칭은 이상이의 사제 출신인
기한불, 운피구, 백강순, 석수라는
네 사람의 이름에서 따온 것이다.
이상이는 십 년 전, 금원맹과의 결투중 종적을 감춘다.

적비성 笛飛聲

금원맹의 맹주이자 이상이의 숙적.

각려초 角麗譙

어룡우마방의 방주. 강호 제일의 미인.
수많은 강호 호걸의 구애에도 오로지 적비성을 향한 순정을 품고 있지만
눈 하나 깜짝하지 않고 사람을 죽이기도 한다.

제14장

목을 매단 돼지

왕팔십王八十은 살면서 한 번도 운이 좋았던 적이 없었다. 어머니 뱃속에서 나올 때부터 어머니가 그를 낳다가 죽었고, 세 살 때는 아버지가 그의 겨울옷 살 돈을 마련하려고 엄동설한에 죽순을 캐러 산에 올라갔다가 절벽에서 떨어져 죽었다. 여덟 살에는 여든 살의 증조모가 엽전 팔십 전을 받고 그를 홍염각紅艷閣의 하인으로 팔았고 그때부터 '왕팔십'이라고 불리게 되었다. 홍염각에서 온갖 고생을 다하며 일했지만 한 달에 받는 품삯은 사십 전밖에 되지 않았다. 서른여덟 살이 되던 해에 그동안 모은 돈으로 간신히 장가를 들었지만 혼인한 지 사흘 만에 아내가 그의 키가 작다고 불평하며 이웃의 장張씨와 도망쳐버린 뒤 지금까지 혼자 살고 있었다.

누구에게도 사랑받지 못했지만 왕팔십은 불평하지 않았다. 가끔 마을 동쪽에 있는 작은 강에 가서 자기 얼굴을 물에 비춰보곤 했다. 얼굴은 말린 대추처럼 못생긴데다 키도 사 척밖에 되지 않으니 누구도 자신을 좋아할 수 없겠구나 생각하며 홍염각에서 일할 수 있는 건 하늘이 도우신 것이라고 스스로를 다독였다.

자기 분수를 잘 알고 만족하며 착실하게 사니, 별일 없이 조용히 살다가 죽어서 난분강亂墳崗*에 묻히는 것으로 그럭저럭 마감하게 될 삶이었다. 왕팔십은 자신이 귀신을 만날 줄은 정말이지 꿈에도 상상하지 못했다.

"어젯밤 홍염각에서 요강을 비우고 돌아오는데 깜깜해서 아무것도 안 보였어요. 물론 등불도 없었죠. 문을 열려고 하는데 이미 살짝 열려 있었어요. 기껏해야 좀도둑이 들었겠거니 했죠. 어차피 열여덟 푼짜리 이불 하나뿐인데 그걸 누가 훔쳐가겠어요? 그래서 손에 잡히는 대로 몽둥이를 집어들고 창문으로 집안을 들여다봤어요. 그런데, 에구머니나! 귀신처럼 희끄무레한 물체가 집안에서 둥둥 떠다니지 뭐예요? 몽둥이를 휘둘러도 이리저리 피해다니는데, 정신을 차리고 자세히 보니 옷이었어요. 그래서 고개를 들어보니……"

1. 목을 맨 시신

각양촌角陽村 사람들은 다들 홍염각을 탐탁지 않게 여겼다. 다 쓰러져가는 낡은 집에 늙고 못생긴 기생들만 있는 기루였기 때문이

* 무연고 시신을 안장하는 공동묘지.

다. 그런데 오늘 아침, 홍염각 뒷문 주위가 갑자기 시끌벅적해졌다. 사람들이 웅성웅성 모여들어 왕팔십이 기거하는 나뭇간을 기웃거렸다. 어떤 이들은 집에서 의자까지 가져와 안을 들여다보았다.

“어이쿠……” 잿빛 옷을 입은 한 서생이 홍염각 옆 만복두화장萬福豆花庄에 밥을 먹으러 가다가 웅성거리는 사람들과 부딪혔다. 기루를 기웃거리는 사람들을 보고 그도 호기심이 동했는지 잠시 망설이다가 구경꾼들에게 다가갔다.

“으악……” 왕팔십의 나뭇간을 들여다본 사람들이 너도나도 비명을 질렀다.

흰 비단옷을 걸친 커다란 암퇘지가 옷자락을 휘날리며 왕팔십 집의 들보에 매달려 있었다. 암퇘지의 목에 밧줄이 둘러져 정말 대들보에 목을 매단 것이었다.

“암퇘지가 목을 매달아 죽다니 이렇게 이상한 일이 또 있겠나? 왕팔십을 짝사랑하던 선녀가 그가 오랫동안 돼지고기도 한 점 못 먹어본 걸 알고 돼지로 변해서 목을 맨 거야. 왕팔십에게 고기를 먹이려고 말이야.” 각양촌에서 오랫동안 서당을 해온 노서생 문聞 훈장이 고개를 저으며 말했다. “이토록 애틋한 사랑은 내 평생 들어본 적이 없네그려.”

“여자옷이다. 하하하! 돼지가 여자옷을 입었다!” 일고여덟 살쯤 되어 보이는 남자아이가 큰 소리로 외쳤다. “여자가 돼지로 변했는데 옷은 왜 돼지털로 안 변했어요?”

왕팔십이 고개를 저었다. “아니, 그게 아니라 귀신이 틀림없어. 다들 이 옷 좀 보세요. 주머니에 뭐가 들어 있잖아요. 이건 정말로 여자가 입었던 거라고요. 이것도 좀 보세요. 이게…… 보통 사람이 가질 수 있는 물건이 아니잖아요?" 왕팔십이 의자를 놓고 올라가 암퇘지가 걸친 비단옷의 품속에서 뭔가를 꺼냈다. "이거 말이에요."

사람들의 시선이 왕팔십의 검고 두툼한 손으로 쏠렸다. 손 위에 놓인 건 금엽金葉이었다. 순금을 잎사귀 모양으로 만든 것인데 족히 세 냥은 나가 보였다. 이 마을 최고 부자인 이李 원외員外*도 이 정도 금엽은 내놓지 못할 듯했다. 암퇘지는 돈을 쓸 줄 모르고, 그렇다고 옷이 돈을 쓸 줄 아는 것도 아닐 텐데, 이 금은 대체 누구 것이란 말인가?

왕팔십이 들보에 매달려 흔들리는 암퇘지를 가리켰다. "원한을 품고 죽은 귀신이 한 짓이 틀림없어요. 억울함을 풀어달라고 자기가 죽은 방식대로 암퇘지를 죽인 거예요……"

문 훈장이 말했다. "허튼소리 말게. 들보에 목을 매는 건 자살인데 어찌 억울하게 죽임을 당했단 말인가?"

왕팔십은 말문이 막혔다. "아……"

왕팔십이 시무룩한 얼굴로 사람들을 흘긋 보았다. 돼지가 들보에 목을 매 죽다니 이상한 일이라고 한참 쑤군대던 사람들은 이제 더 볼 것이 없다며 슬슬 걸음을 돌리려 했다. 그러자 왕팔십은 마음이 급해졌다.

바로 그때 들보에서 이상한 소리가 들렸다. 사람들이 뒤를 돌아

---

* 과거에 지주나 유력자 등에게 붙였던 호칭.

보는 순간 흰 비단옷이 펄럭이며 목이 매달린 돼지가 그대로 바닥으로 떨어졌다. 쿵 하는 육중한 소리가 울리고, 그 진동에 돼지 몸에서 뭔가가 픽 튀어올라 사람들 틈으로 날아왔다.

"악!" 사람들은 기겁하며 몸을 피했다. 그중 한 사람이 재빨리 머리를 움츠리는데 그 물체가 하필이면 그의 가슴팍을 향했다. 사람들의 비명소리가 터져나오는 가운데 그가 반사적으로 두 손을 뻗어 그 물체를 잡으며 털썩 주저앉았다. 그는 어찌된 영문인지 몰라 어리둥절했다.

사람들이 몰려가 자세히 보니 창날이었다. 돼지 몸속에서 튕겨나온 듯 검붉은 피로 범벅이었다.

왕팔십이 쪼그려앉아 바닥에 떨어진 돼지를 만져보며 외쳤다. "이 돼지는 목이 매달려 죽은 게 아니라 창에 찔려 죽은 거예요!"

사람들이 다시 몰려들어 죽은 돼지를 살폈다. 문 훈장이 말했다. "왕팔십, 다른 데로 피신하는 게 좋겠구나. 창에 찔려 죽은 돼지를 누가 네 집에 매달아놨는지 수상해. 그 금엽도 어서 버려. 아주 불길해. 우리에게 그런 복이 굴러들어올 리 없지. 자, 자, 모두 돌아가세. 돌아가."

피 묻은 창날을 보고 으스스해진 사람들이 뿔뿔이 자리를 떴다. 창날을 잡은 잿빛 옷의 서생과 넋 나간 표정의 왕팔십만 남았다.

"당신……" 잿빛 옷의 서생과 왕팔십이 동시에 말을 꺼냈다가 동시에 입을 다물고는 한참을 어리둥절한 표정으로 침묵했다.

왕팔십이 물었다. "당신…… 돼지 요괴예요?"

잿빛 옷의 서생이 고개를 저었다. "천만의 말씀입니다. 아미타불. 그럴 리가요. 만복두화장으로 두부를 먹으러 가던 길인데 여기서 돼지가 목이 매달려 죽고 그 몸에서 칼이 날아올 줄 누가 알았겠습니까……"

왕팔십은 서생이 꼭 쥔 창날을 물끄러미 응시하며 말했다. "칼이 아니라 창날이에요. 음, 그건……" 그러고는 창날을 집어올렸다. "가짜 창날이 아니라 진짜예요."

서늘한 빛이 번뜩이는 창날은 녹슨 자국 하나 없이 예리했다. 사당이나 공연에서 쓰는 창과는 확연히 달랐다. 살상용 무기라는 걸 직접 확인한 순간 왕팔십은 뒷덜미가 선득해졌다. 온몸의 잔털이 곤추섰다.

잿빛 옷의 서생이 품에서 손수건을 꺼내 손을 닦자 검고 긴 털 두 가닥이 피와 함께 묻어나왔다. 서생이 의아해하자 왕팔십이 외쳤다. "머리카락이에요!"

두 척 길이는 되어 보이는 머리카락 두 가닥이 창날에 붙어 있을 때는 잘 보이지 않았다가 서생이 손을 닦을 때 손수건으로 옮겨 붙으며 눈에 띈 것이다. 돼지 뱃속에서 머리카락이 자랄 리는 없다. 왕팔십이 창날을 살피니 검고 긴 머리카락 몇 가닥이 더 붙어 있었다. 왕팔십의 입이 떡 벌어졌다. "이건, 이건……"

"창날이 누군가의 머리를 찌른 뒤 돼지 배에 날아와 박힌 모양이로군요." 잿빛 옷의 서생이 중얼거렸다. "그러니까 돼지 뱃속에서 튕겨나온 창날에 머리카락이 붙어 있는 거죠."

왕팔십이 떨리는 목소리로 물었다. "이게 흉기일까요?"

잿빛 옷의 서생이 왕팔십을 진정시켰다. "겁낼 거 없어요. 어쩌면 이 칼…… 아니 이 창날에 찔린 사람이 죽지 않았을 수도 있고, 이 돼지가 사람 머리카락을 몇 가닥 삼켰다가 그게 다 소화되지 않은 걸 수도 있어요."

왕팔십은 생각할수록 섬뜩했다. "머리카락을 먹은 돼지가 어떻게 내 집에 매달려 있을 수가…… 내가 누구에게 죄를 지었나? 내가……" 곱씹어보니 억울해서 왕팔십은 바닥에 주저앉아 엉엉 울음을 터뜨렸다.

잿빛 옷의 서생이 창날을 얼른 옆에 내려놓고 왕팔십의 어깨를 토닥였다. "겁낼 거 없어요. 누군가 짓궂은 장난을 한 걸 수도 있으니까. 며칠 있다 찾아와서 사실대로 털어놓을지 모르잖아요."

왕팔십이 울면서 말했다. "이 돼지 값이 은자 두세 냥은 될 텐데 장난 한번 치려고 그 큰돈을 쓰는 사람이 어디 있어요? 내가 돼지 요괴나 여자 귀신에게 밉보인 게 틀림없어요. 오늘밤 퍼런 얼굴에 송곳니를 드러낸 귀신이 와서 내 영혼을 끌고 갈 거예요. 염라대왕님, 저는 억울합니다."

잿빛 옷의 서생이 더욱 힘주어 왕팔십을 토닥였다. "그럴 리 없어요."

왕팔십이 고개를 들었다가 서생의 손에 묻었던 피 때문에 자신의 옷이 여기저기 더럽혀진 것을 보고 또 목놓아 통곡했다. "귀신님! 돼지 요괴님! 저는 멀쩡한 옷이 이 한 벌뿐인데……"

서생이 허둥거리며 손수건으로 왕팔십의 옷에 묻은 돼지피를 닦아봤지만 오히려 닦을수록 얼룩이 더 번졌다. 그러자 눈물 콧물로 범벅이 된 왕팔십의 얼굴이 돼지피만큼이나 시뻘게졌다. 서생이 하릴없이 왕팔십을 달랬다. "옷을 사줄 테니 울지 마요."

왕팔십이 눈을 번쩍 떴다. "그게 정말이에요?"

서생이 고개를 끄덕였다. "그렇고말고요."

왕팔십이 눈물을 그치고 배시시 웃었다. "지금 사러 가요."

아직 아침밥도 먹지 못한 서생이 간곡하게 말했다. "그전에 밥부터 먹읍시다……"

왕팔십은 얼굴이 환해지며 떨리는 목소리로 말했다. "공자님께서 제게 밥을 사주신다고요?"

'공자님'이라는 호칭에 서생이 화들짝 놀라며 손사래를 쳤다. "그냥 형님이라고 불러요."

평생 남이 시키는 일만 해온 왕팔십은 의심이나 반항을 해본 적이 없었기에 순순히 그를 형님이라고 불렀다. 자기 앞에 있는 이 사람이 기력이 없어 보이기는 하나 늙지는 않았고, 나이로 볼 때 형님뻘은 아닌 것 같다는 생각도 하지 않았다.

서생은 자신을 형님이라고 부르는 왕팔십을 데리고 흐뭇한 표정으로 밥을 먹으러 갔다.

만복두화장의 한 푼짜리 순두부는 값이 싸지만 양도 많고 맛도 좋았다. 서생이 순두부탕 한 그릇과 만두 두 개, 오향두五香豆* 한 접시를 사주자 왕팔십은 눈물이 날 만큼 감격했다. 몸과 마음을 다 바쳐 보답하고 싶다는 생각마저 들었다.

두 사람은 식사를 하면서 쉬지 않고 얘기를 나눴다. 왕팔십은

* 말린 잠두콩을 기름에 볶고 향신료로 맛을 낸 것.

형님의 이름이 이연화이고, 바로 어제 각양촌으로 이사왔다는 걸 알았다. 형님은 오늘 아침에 일어나자마자 돼지가 목을 맨 괴상한 일을 목격하고, 왕팔십에게 옷 한 벌까지 빚지게 될 줄은 몰랐다고 했다. 다행히 형님이 성격 좋고 신의를 잘 지키는 사람인지 밥을 먹는 동안 종업원을 시켜 왕팔십에게 줄 새 옷을 사 오라고 일렀다. 왕팔십은 더욱 감격하며 형님을 우러러보았다.

이연화가 천천히 오향두를 씹어 먹는 동안 옆자리 손님들도 모두 왕팔십의 집에서 발견된 돼지를 화제로 올리고 있었다. 이연화가 왕팔십에게 물었다. “오늘 마을에서 암돼지를 잃어버렸다는 사람이 있어?”

왕팔십이 고개를 설레설레 흔들었다. “돼지 키우는 사람은 많지만 누군가 암돼지를 잃어버렸다는 얘기는 듣지 못했어요. 만약 그랬다면 아침 댓바람부터 우리집에 찾아와 돼지를 돌려달라고 했겠죠. 돼지 한 마리가 얼마나 비싼데.”

이연화는 돼지 값이 비싸다는 말에 동의하며 고개를 끄덕였다. “죽은 돼지가 어젯밤에 몰래 자네 집으로 와 들보에 매달렸으니, 이야기꾼이 봤으면 흥미진진한 일화 하나를 만들어내고도 남았겠어.”

왕팔십이 아쉽다는 표정으로 말했다. “그랬다면 이야기꾼이 며칠 만에 떼돈을 벌 수 있었을 텐데요.”

두 사람이 그렇게 돼지 이야기를 하는데 다른 손님들이 갑자기 술렁이며 밖을 쳐다보았다. 왕팔십이 무슨 일인지 궁금해 사람들 틈으로 다가가 고개를 쭉 빼고 밖을 내다보다가 깜짝 놀라 그 자리에서 굳어버렸다.

그의 집에 불이 난 것이다.

집에서 불길이 활활 타오르며 시커먼 연기가 치솟고 있었다. 그가 당장에 동해의 용왕으로 변해 물을 뿜는다 해도 잿더미밖에 남지 않을 것 같았다. 왕팔십은 열여덟 푼짜리 이불마저 사라졌다는 사실에 절망했다. 어떻게 불이 났을까? 그의 집에는 흔한 기름등잔 하나 없는데, 어떻게?

이연화가 날아오는 연기와 열기를 피하려 소매를 펄럭였다. 옆집에서 불이 난 바람에 만복두화장도 피해를 입어 손님들이 얼굴을 감싼 채 밖으로 뛰쳐나갔지만 이연화는 오향두가 아직 남아 하는 수 없이 코를 쥔 채 계속 먹었다.

왕팔십이 멍한 표정으로 돌아와 이연화 옆에 털썩 앉더니 코를 훌쩍이며 중얼거렸다. "역시 돼지 요괴가 찾아온 게 불길했어요. 내 집, 내 이불……" 왕팔십은 생각할수록 서러워 왈칵 울음이 터졌다. "하늘에 계신 어머니, 아버지. 저는 도둑질도 안 하고 강도짓도 안 하고 여자를 해한 적도 없는데, 하늘은 왜 아내도 도망치게 하고 집도 불타게 만들었나요? 제가 무슨 죄를 지었길래요? 돼지고기도 몇 번 먹지 않았는데 어째서 돼지 요괴의 미움을 산 건가요? 흑흑흑……"

훌쩍이는 왕팔십의 울음소리와 바깥의 왁자지껄한 소리를 들으며 이연화는 앞에 놓인 오향두를 물끄러미 응시하다가 한숨을 내쉬었다. "자네만 괜찮다면…… 당분간 내 집에서 같이 지내도 좋아."

그 말에 감격한 왕팔십이 바닥에 털썩 무릎을 꿇었다. "형님, 형님은 제 귀인이세요. 하늘에서 내려온 신선이세요!"

이연화는 미련이 남은 표정으로 그만 젓가락을 놓고 음식값을 치른 뒤 왕팔십을 데리고 나왔다.

밖으로 나오자 열기가 훅 끼쳤다. 왕팔십의 집이라는 게 홍염각의 나뭇간이었기에 장작이 가득 쌓여 있어 그게 다 타고 불까지 꺼지려면 한 시진으로는 부족할 듯했다. 이연화와 왕팔십도 사람들 틈에 섞여 불난 집을 직접 보았다. 왕팔십이 또 울음을 터뜨리려는데 이연화가 나지막이 말했다. "사람이 없을 때 불이 나서 다행이군……"

그 말에 왕팔십은 등줄기에 식은땀이 흐르며 울음도 멈췄다.

이연화가 왕팔십의 어깨를 두드렸다. "따라오게."

얌전히 이연화를 따라가던 왕팔십의 눈이 점점 휘둥그레졌다. 형님이 화려한 연꽃 문양으로 장식된 이층짜리 누각으로 들어가는 것이 아닌가. 높다란 누각은 아니지만 왕팔십의 눈에는 호화로운 별원이요, 신선이 사는 집으로 보였다. 이연화가 문을 열었지만 왕팔십은 감히 발을 들여놓지 못하고 창이 환하게 뚫린 집안을 두리번거렸다. 많지 않은 세간이 모두 말끔하게 정돈되어 왕팔십이 살던 나뭇간과는 천지 차이였다. 왕팔십은 신선이 사는 곳을 더럽힐 것 같아 발을 들여놓을 수 없었다.

바들바들 떨고 있는 왕팔십에게 이연화가 자상한 목소리로 말했다. "왜 그래?"

왕팔십은 금세 울음이 터질 것 같은 얼굴로 말했다. "너무 깨끗해서 들어갈 수 없어요……"

"아, 깨끗하다고?" 이연화가 바닥을 가리키며 말했다. "먼지가 있잖아. 괜찮으니 들어오게."

먼지라고? 왕팔십이 눈을 가늘게 뜨고 자세히 살펴보니 바닥에 먼지 몇 톨이 보였다. 이연화가 먼저 들어갔으니 황송해하며 얼른 따라 들어갔다.

왕팔십이 길상문연화루에 발을 들여놓은 그 순간, 밖에서 화분 하나가 날아와 방금 그가 서 있던 자리에 쨍그랑 소리를 내며 떨어졌다. 왕팔십이 소스라치게 놀라 밖을 내다보았지만 거리를 분주히 오가는 사람들만 보일 뿐 누가 화분을 던졌는지 알 수 없었다.

이연화가 얼른 왕팔십을 잡아당긴 후 문을 닫았다.

문 앞 바닥에 깨진 화분은 오래되어 보였다. 흙만 가득 담겨 있었다. 원래 뭐가 심겼었는지 몰라도 화초는 뽑히고 흙만 담긴 채 날아온 것이다.

흙투성이로 산산조각난 화분을 보니 조금 아깝다는 생각도 들었다.

이연화는 의자에 앉아 지난번 방다병이 떨어뜨리고 간 바둑알 하나를 오른손에 쥐고 가볍게 탁자를 두드리며 왕팔십을 물끄러미 쳐다보았다. 왕팔십은 한사코 의자에 앉을 수 없다고 버티는 중이었다.

왕팔십은 이 형님이 자신을 고통에서 구해주고자 하늘에서 내려온 신선이라고 생각했지만, 그가 자신을 말없이 뚫어져라 쳐다보자 슬며시 겁이 났다. "형님?"

생각에 잠겼던 이연화가 고개를 끄덕이며 입을 열었다. "위층에

객방이 있어. 그 방에 묵게. 방안에 술잔이며 붓, 벼루 같은 것들이 있는데 그것들은 건드리지 말고."

왕팔십이 연방 고개를 조아려 절했다. 말만으로는 이 감격과 고마움을 다 표현할 수 없을 것 같았다.

이연화가 진지한 표정으로 말했다. "단, 한 가지 일을 도와줘야겠네. 아주 중요하고 급하며 다른 사람들은 해낼 수 없는 일이야."

왕팔십이 반색했다. "형님이 시키는 일이라면 뭐든 다 하겠습니다. 홍염각 나뭇간이 불타버려 돌아갈 면목도 없으니, 여기서 일을 도울 수 있다면 그보다 더 기쁜 일이 어디 있겠어요."

이연화가 점잖게 고개를 끄덕이고는 흰 손에 쥔 바둑알로 계속 탁자를 똑똑 두드렸다.

향 한 자루가 다 탈 만큼의 시간이 흐른 뒤, 왕팔십은 이연화에게 '중요하고 급하며 다른 사람들은 해낼 수 없는' 그 일을 받았다. 바로 돈 세는 일이었다. 이연화가 미간을 찌푸리며 돈 꾸러미를 건넸다. "이게 분명히 백한 개인데 나는 아무리 세어도 백 개밖에 안 되니, 이걸 좀 세어줘."

왕팔십은 황송한 표정으로 평생 만져본 적도 없는 큰돈을 받아 들고는 잔뜩 긴장한 채 세기 시작했다.

2. 부서진 문

이튿날, 왕팔십은 닭이 울기도 전에 일어나 능숙한 손길로 누각 위아래층을 말끔히 청소했다. 원래는 형님을 위해 죽이라도 끓이려 했지만 물 끓이는 화로만 있을 뿐 부엌 공간도 따로 없고 쌀도 찾을 수 없었다. 그가 분주히 움직이는 동안 이연화는 일어나려는 낌새도 없이 곤히 자고 있었다.

닭이 세 번 울고 날이 밝았다.

이연화는 왕팔십이 꾸러미의 돈을 열 번 세고 난 뒤에야 자리에서 천천히 일어나 옷을 입었다. 그때 갑자기 쾅 하는 소리가 났다. 누군가 길상문연화루의 대문을 발로 차서 연 것이다. 금색 비단 장포 차림에 검을 든 중년 남자가 들어오며 고함을 질렀다. "왕팔십 어디 있느냐! 썩 나오지 못할까!"

옷매무새를 가다듬고 내려와 왕팔십이 조금 전 그를 위해 따라 놓은 물 한 잔을 막 집어들려던 이연화는 눈을 부라리며 기세등등하게 들어온 금색 옷의 남자와 마주쳤다. 이 남자가 누군지, 무슨 일로 왔는지, 어째서 남의 집 문을 발로 찼는지, 얼마를 변상하라고 요구할지 이연화가 미처 생각하기도 전에 남자가 걸걸한 목소리로 외쳤다. "이연화, 우리 만성도萬聖道 앞에서는 길상문연화루도 별 볼 일 없어. 대단하긴 개뿔! 난 왕팔십만 데려가면 그만이니까 당신은 비켜!"

만성도는 강절 지역 무림의 총맹總盟이었다. 최근 각려초가 점점 야심을 드러내고 사고문도 부흥하는 가운데, 강절 지역에서도 몇 년 전 만성도 총맹이 세워지고 지역의 서른세 개 무림문파가 연합해 함께 행동하며 세력을 키우기 시작했다. 그 결과 만성도는 이제 무림 중 가장 실력 있는 동맹으로서 무림 세계는 물론이고 관가에서도 무시할 수 없는 세력으로 성장했다.

금색 옷의 남자는 이연화에게 물 한 모금 마실 틈도 주지 않고 왕팔십을 내놓으라고 성화를 부렸다. 처음 보는 사람이 위아래로 금색 옷을 빼입고 자신을 찾아오자 왕팔십은 얼굴이 하얗게 질렸다. 집에서 돼지가 매달려 죽은 것이 이토록 무서운 상황을 불러올 줄은 상상하지 못했다. 고작…… 암퇘지 한 마리 때문에?

"금金 선생." 이연화가 미소로 응대했다. "왕팔십을 데려가겠다면 그리하시오. 그런데 이 홍염각 하인이 무슨 죄를 저질렀기에 만성도에서 직접 잡으러 왔습니까?"

금색 옷의 남자가 미간을 찡그리며 눈을 부라렸지만 이연화는 전혀 불쾌해하지 않고 여전히 온화한 표정이었다.

졸지에 '금 선생'이 된 금색 옷의 남자가 씩씩대며 말했다. "난 금씨가 아니오."

이연화는 별로 중요하지 않다는 듯 계속 말했다. "왕팔십의 집에서 돼지가 목매달려 죽은 일이 만성도와 깊은 관계가 있나보군요……"

금색 옷의 남자가 버럭 성을 냈다. "잿더미가 된 저자의 집에서 난운침亂雲針 봉소칠封小七의 영패令牌*와 부러진 창날이 발견됐소. 그런데도 날 막을 셈이오?"

이연화가 미간을 찌푸렸다. "봉소칠?"

금색 옷의 남자가 고개를 끄덕였다. "만성도 총맹주 봉경封磬의

---

* 명령을 전달할 때 쓰는 작은 패.

딸이오."

이연화가 왕팔십을 흘긋 보더니 중얼거리듯 말했다. "이제 보니…… 그 돼지가 정말 예사롭지가 않군. 왕팔십."

이연화가 부르는 소리에 왕팔십이 곧장 대답했다. "예, 형님."

이연화가 금색 옷의 남자를 가리키며 정색을 하고 말했다. "금 선생이 네게 물어볼 게 있다니 따라가보아라. 널 해치지는 않을 테니 걱정 말고."

왕팔십이 소스라치게 놀라 이연화의 바짓가랑이를 붙잡고 울음을 터뜨렸다. "형님, 절 버리지 마세요. 가기 싫습니다. 저는 형님 곁에 있고 싶어요. 죽어도 못 갑니다. 모르는 사람을 따라가기 싫습니다. 형님……"

이연화가 손으로 얼굴을 감싼 채 한숨을 내쉬자 금색 옷의 남자가 눈살을 찌푸리며 성큼성큼 다가와 왕팔십을 끌고 가려고 했다. 그런데 키도 작고 다리도 짧은 왕팔십이 어찌나 힘이 센지 이연화의 다리를 꽉 붙잡고 놓지 않았다. 금색 옷의 남자는 왕팔십을 끌고 가려고 쩔쩔매다가 창피했는지 흙빛이 된 얼굴로 외쳤다. "그럼 이 선생도 같이 갑시다!"

이연화가 차분한 표정으로 말했다. "만성도에 한번 가보는 것도 괜찮지만 선생이 내 집 문을 발로 차서 망가뜨리는 바람에 집을 비우면 도둑이 들까봐……"

금색 옷의 남자가 미간을 씰룩이며 으르렁거렸다. "문은 만성도에서 고쳐줄 것이니 어서 갑시다!"

이연화가 소매를 가볍게 툭툭 털었다. "남아일언중천금이니, 과연 금 선생의 말씀도 천금이겠지요. 그럼 갑시다."

금색 옷의 남자는 얼굴이 더 구겨졌다. 그는 금씨가 아니었지만 어쨌든 왕팔십을 데려가게 되었으니 왈가왈부 따지고 싶지 않아 손을 휙 휘둘렀다. "갑시다!"

형님도 같이 간다는 말에 신이 난 왕팔십이 이연화의 뒤를 바짝 따라 문을 나섰다.

문 앞에 마차 한 대가 서 있었다. 세 사람이 마차에 오르자마자 준마가 먼지를 일으키며 내달리기 시작했다.

마차 내부는 별다른 장식 없이 수수했다. 금 선생은 가부좌를 튼 채 눈을 감았다. 이연화가 살짝 하품하며 마차 내부를 둘러보는데 귀퉁이에 놓인 보따리가 눈에 들어왔다. 길이가 세 척 조금 넘어 보이는 길쭉한 모양인데, 겉을 싼 노란 비단은 어디서 찢어낸 천을 재단도 하지 않고 그대로 쓴 모양이었다. 그 천 가장자리에 붓으로 그린 듯한 용의 형상으로 보이는 그림이 있었다. 한참 그걸 보던 이연화가 불쑥 물었다. "금 선생, 저게 뭡니까?"

금색 옷의 남자가 벌컥 성을 냈다. "난 성을 바꾼 적이 없소! 나는 천리소풍행千里嘯風行 백천리白千里요."

이연화가 "아" 하고 짧은 탄성을 내뱉은 뒤 계면쩍은 표정으로 그를 보았다. "그런데 저게 뭡니까?"

백천리가 그 보따리를 흘긋 보더니 얼굴에서 노기를 거두었다. "검입니다."

이연화가 물었다. "소사少師입니까?"

백천리가 조금 놀란 표정으로 대답했다. "그렇습니다."

부드러운 눈길로 보따리를 응시하던 이연화가 빙그레 미소를 지었다.

백천리가 의아하다는 듯 물었다. "소사를 아십니까?"

이연화가 말했다. "알지요."

"오래전 이상이가 지녔던 검입니다. 이상이는 쌍검을 가지고 다녔는데 하나는 강하고 하나는 부드러웠습니다. 그중 강한 것이 소사, 부드러운 것이 '문경'이었지요. 그런데 두 검 모두 이상이와 함께 바다에 빠졌습니다. 수년 전 어떤 이가 동해에서 낚시를 하다가 우연히 소사를 발견했는데 그후 여러 사람에게 팔리며 돌아다니다가 내 손에 들어왔습니다. 지금까지 마흔세 명의 손을 거쳤다고 하더군요." 백천리가 담담하게 말했다. "그게 명검의 숙명 아니겠습니까……"

이연화가 백천리의 얘기를 듣고 검으로 다시 시선을 옮겼다. "이 검을……"

백천리가 차가운 말투로 물었다. "한번 보시겠습니까?"

이연화가 고개를 끄덕이자 백천리가 말했다. "편히 보세요. 저는 검을 쓰지 않습니다. 창해검滄海劍 막창해莫滄海 어르신이 가지고 계셨던 것을 사람들에게 보여주려 샀을 뿐입니다. 한 명이라도 더 이 검을 보고 그 과거의 기세를 기억할 수 있게 말입니다."

이연화가 진지하게 말했다. "금 선생, 진심으로 고맙습니다."

백천리가 또 미간을 찡그렸다. 금씨가 아니라 백씨라고 말해준 걸 금세 잊었단 말인가! 이연화가 노란 비단 보따리를 집어들자 매끄러운 비단천이 손등을 타고 흘러내리며 검이 드러났다.

검은빛이 도는 장검이었다. 그 검은빛에서 짙은 쪽빛이 은은하게 돌았다. 검집에선 우물 벽처럼 어두우면서도 매끄러운 윤기가 흘렀다. 검집을 감쌌던 비단천이 스르르 벗겨질 때는 서늘한 기운이 훅 끼칠 정도였다. 손으로 감싸쥔 검자루는 비단천으로 싸여 그 모습이 보이지 않았지만, 이연화는 검자루에 애자睚眦*가 조각되어 있고 애자의 입에 검수劍穗**를 끼울 수 있다는 걸 잘 알았다. 십오년 전 이상이가 교완만을 기쁘게 하려고 이 검자루에 길이가 한 장이나 되는 붉은 비단을 묶은 뒤 양주 강산소江山笑의 청루青樓 지붕 위에서 취여광醉如狂 삼십육 검을 보여준 적이 있다.

그의 검술을 보려고 쏟아져나온 사람들로 양주성 골목마다 발 디딜 틈이 없었다.

이 검이 적비성이 탄 배의 돛대를 부러뜨린 뒤 뱃머리의 쇠사슬 틈으로 떨어졌다가 갑판이 갈라질 때 튕겨나가 망망대해에 가라앉게 된 것도 기억하고 있었다.

별안간 죽을 듯이 숨이 막혔다. 검을 쥔 그의 손이 가늘게 떨렸다. 문득 전운비가 했던 말이 떠올랐다. '미련 없이 검을 버리는 이도 있지만, 일평생 저버리지 않는 이도 있습니다. 사람마다 신념이 다른 법이지요.'

그렇다. 사람마다 신념이 다르다. 이연화는 이번 생에서 저버린 많은 것들 중 이 소사검에게 제일 미안했다.

---

* 용의 아홉 아들 중 둘째.

** 검자루에 달린 술.

아직 검을 검집에서 빼지 않고 들고만 있는데도 이연화의 얼굴이 창백해지자 왕팔십은 걱정이 되었다. "형님?"

철컹 하는 소리와 함께 이연화가 검을 빼자 서늘한 검광이 마차 안을 비췄다.

검날의 표면은 흠집 하나 없어 얼굴이 비칠 정도였다.

백천리가 의아한 표정으로 이연화를 보았다. 소사검은 그리 쉽게 뽑을 수 있는 검이 아니었다. 동해에 가라앉았을 때 검이 침몰선 위로 떨어져 진흙에 파묻혔는데, 워낙 평범한 재질이 아니었기에 따개비 같은 것이 붙지 않아 용수철이 원래 상태 그대로 보존될 수 있었다. 검신이 매끄럽고 검을 잡아주는 검집의 용수철이 무척 단단해 웬만한 힘이 아니면 검을 뽑는 것조차 쉽지 않았다. 백천리가 손에 넣은 후 일 년이 지나도록 검을 뽑을 수 있는 사람은 열 명 중 한둘뿐이었다. 백천리 자신도 검을 거의 뽑지 않았다. 그런데 힘이 별로 세 보이지도 않는 이연화가 단번에 검을 뽑은 것이다.

"의술로만 유명하신 줄 알았는데 완력도 이렇게 강하시군요. 혹시 검에 조예가 깊으십니까?"

왕팔십이 이연화의 손에 들린 검을 두려운 눈으로 쳐다보았다. 검은 결국 흉기가 아닌가…… 그런데 저것을 온화한 눈빛으로 바라보다니! 이연화는 따뜻한 눈빛으로 검을 몇 번 더 살펴보고는 검집에 넣고 백천리에게 돌려줬다.

백천리가 으쓱한 표정으로 물었다. "어떻습니까?"

이연화가 말했다. "소사는 원래 명검이지요."

백천리가 노란 비단천으로 검을 다시 감싼 뒤 원래 있던 자리에 내려놓고는 왕팔십을 보며 돌연 화를 냈다. "어젯밤 무슨 일이 있었느냐?"

왕팔십이 더듬거리며 답했다. "어, 어젯밤이요? 어젯밤에 요강을 비우러 갔다 오니까 돼지가 들보에 매달려 있었습니다. 하늘에 맹세코 조금도 거짓이 없는 참말입니다! 나리 살려주십시오!"

백천리가 엄한 목소리로 물었다. "그 돼지가 여자옷을 두르고 있었지?"

왕팔십이 고개를 끄덕였다. "그렇습니다. 여자옷이었습니다."

백천리의 말투가 누그러졌다. "그 옷에 이상한 점이 없었느냐?"

왕팔십이 망연한 눈으로 백천리를 보았다. "여인의 옷이······ 아주 하얗고, 주머니에 금이 들어 있었습니다."

왕팔십은 그 외에 다른 이상한 점은 떠오르지 않았다.

백천리가 소매에서 뭔가를 꺼내 보이며 물었다. "주머니에 이게 들어 있었느냐?"

백천리의 손바닥 위에 올려진 금엽을 보고 왕팔십이 고개를 힘껏 끄덕였다.

백천리가 또 물었다. "이 금엽 명패 말고 다른 건 없었고?"

돼지와 옷은 전부 불에 타버렸지만 왕팔십은 기억력이 좋은 편이었다. "주머니에 금엽과 자그마한 붉은 콩 한 알, 종이 한 장, 나뭇잎 한 장이 있었습니다."

백천리와 이연화가 서로 얼굴을 쳐다보았다. "종이? 뭔가 쓰여 있었느냐?"

왕팔십은 이마에 식은땀이 맺혔다. "그건······ 제가 글을 몰라서 뭐라고 쓰여 있었는지는 모르겠습니다."

백천리가 잠깐 생각에 잠겼다 물었다. "돼지는 이상한 점이 없었느냐?"

왕팔십이 냉큼 말했다. "돼지가 여자옷을 입고 목이 매달려 있었는데, 목은 흰 비단천으로 묶였고 배에는 부러진 창날이 박혀 있었습니다. 모든 게 다 이상했습니다……"

백천리가 미간을 구기며 의자 밑에서 부러진 창날을 꺼냈다. "이것 말이냐?"

왕팔십이 자세히 살펴보다가 더듬더듬 말했다. "아닌 것 같습니다. 이것보다 더 반짝이고, 더 길었습니다……"

백천리가 표정을 조금 누그러뜨리며 의자 밑에서 부러진 창날을 또하나 꺼냈다. "그럼 이건?"

왕팔십이 자세히 살펴보고는 고개를 끄덕였다.

왕팔십은 확실히 기억력이 비상했다. 백천리가 부러진 창날 두 개를 보여준 건 왕팔십의 말을 얼마나 믿을 수 있는지 시험해보려는 것이었다. 왕팔십이 그렇게 많은 것을 자세히 기억하리라고 기대하지 않았기 때문이다. 돼지와 소복은 잿더미가 됐지만 다행히 손해가 크지 않은 듯했다. "기억력이 참으로 좋구나."

태어나서 지금까지 누군가에게 칭찬을 들어본 적이 없는 왕팔십은 등줄기에 땀이 흘렀다. "그건 제가…… 평소에 남이 시키는 일만 하다보니……"

이연화는 그 부러진 창날에 주목했다. 새것처럼 반짝이는 창날이었다. 절반은 불에 그을려 변색됐지만 그 빛을 완전히 잃지는 않았고, 잘린 단면이 가지런한 것으로 보아 어떤 무기에 베인 것 같았다. 창날에 붙어 있던 머리카락 몇 가닥은 불에 타서 흔적도 없이 사라진 뒤였다.

"그 흰옷이 봉 소저의 옷일 거라 생각하십니까?"

백천리가 낮은 목소리로 말했다. "사매가 실종된 지 열흘쯤 됐습니다. 만성도 전체를 호령할 수 있는 이 금엽 명패는 세상에 단 세 개뿐인데, 하나는 봉경 사부께서 가지고 계시고, 하나는 사매에게, 나머지 하나는 총맹에 봉인되어 있습니다. 그런데 그게 여기서 발견됐으니 만성도가 긴장하지 않을 수 있겠습니까?"

"왕팔십." 이연화가 흔들리는 마차에 몸을 맡긴 채 눈을 가늘게 뜨고 등받이에 편안하게 몸을 기댔다.

"네, 형님. 분부만 하세요." 왕팔십이 무릎을 굽히고 허리를 숙였다.

이연화가 그에게 편히 앉으라는 손짓을 했다. "어젯밤에 집에 들어가서…… 돼지 요괴를 발견한 게 몇시쯤이었지?"

왕팔십이 망설임 없이 대답했다. "삼경이 지나고 향 한 대가 다 탈 시간이 채 안 됐을 때였습니다."

이연화가 고개를 끄덕이자 백천리가 다시 호통치듯 물었다. "어찌 그리도 자세히 기억할 수 있느냐?"

왕팔십이 당황해서 더듬거렸다. "홍염각은…… 손님을 삼경까지만 받는다는 원칙이 있습니다. 삼경이 지나면 손님들을 다 돌려보내지요. 그렇게 삼경이 얼추 지났을 때쯤 제가 요강을 비웁니다."

백천리가 미간을 찌푸렸다. "삼경?"

밤이 깊고 인적이 드문 그즈음에 누군가가 왕팔십의 나뭇간에 몰래 숨어드는 건 조금도 어렵지 않을 것이다. 하지만 사람들이 계속 오가는 기루에서 남들 눈에 띄지 않고 돼지를 옮기는 건 결코 쉬운 일이 아니다.

"주머니에 들어 있었다던 그 붉은 콩은 이상한 점이 없었어?" 이연화가 물었다.

왕팔십은 무심코 주머니를 만지작거리다 눈을 번쩍 뜨더니 주머니에서 붉은 콩을 꺼내 내밀었다. "여기 있어요! 제가 가지고 있었어요."

왕팔십의 주머니에는 붉은 콩뿐만 아니라 마른 잎사귀가 달린 나뭇가지와 꼬깃꼬깃 접힌 종이까지 있었다.

백천리가 종이를 냉큼 받아서 살펴보았다. 먹으로 구불구불 그린 선 몇 개와 함께 띄엄띄엄 글이 적혀 있었다. '가운데 네 개가 있는데, 위에 하나 아래 하나, 또는 위에 하나 아래 넷, 또는 위에 둘 아래 둘. 이중 하나를 고르시오.' 아주 작은 글씨였는데 봉소칠의 필체는 아니었다. 백천리는 문장을 읽고 또 읽었지만 무슨 뜻인지 이해할 수 없었다.

이연화가 마른 나뭇가지를 집어들고 잠시 생각에 잠겼다가 말했다. "사매에게 정해진 배필이 있었습니까?"

백천리가 미간을 찡그렸다. "사매의 나이가 열일곱이라 아직 배필을 정하지 않았습니다. 사부께서 마흔이 넘어 사매를 얻으신데다 사낭師娘*께서 사매를 낳고 얼마 안 되어 병으로 돌아가셨는데, 사매가 사낭을 많이 닮아 사부께서 어릴 적부터 몹시 아끼셨고 그

탓에 사매의 성격이 제멋대로입니다. 사부, 아니, 총맹주께서 최근 두 달 동안 사매에게 어울리는 강호의 준걸들을 배필로 정해주려고 했지만 사매가 시집을 가지 않겠다고 몇 차례나 소란을 피웠습니다. 사부께서 전남滇南에 일을 보러 가셨다가 사매가 소란을 피운다는 소식을 듣고 홀로 돌아오셨는데, 사부께서 돌아오신 그날 청량우清凉雨 사건이 발생했고 사매가 행방불명됐습니다. 사부께서 며칠이나 찾아다녔지만 행방을 찾진 못했습니다."

이연화가 붉은 콩을 자세히 들여다보았다. 피를 머금은 듯 새빨갛고 복숭아꽃 봉오리처럼 안쪽이 동그랗게 검붉어 무척 예뻤다. 이연화가 중얼거렸다. "붉은 콩은 남국에서 나는데 봄이 오니 얼마나 많이 자랐을까**…… 상사자相思子*** 열매군요……"

백천리가 이연화에게 종이를 건네고 열매를 집어들었다. "그 옷이 사매의 것이라면 이것들도 사매의 물건일 텐데, 저는 사매가 이런 붉은 콩을 갖고 있는 걸 본 적이 없습니다. 이 종이에 쓰인 글귀도 사매의 글씨가 아닙니다."

"봉 소저의 옷이 아니라면 금엽 명패는 옷의 주인이 봉 소저에게서 얻은 것이겠군요." 이연화가 말했다. "아니면 누군가 봉 소저의 물건을 주머니에 넣고 돼지에게 입혔을 수도 있고……"

백천리가 고개를 저으며 낮은 목소리로 말했다. "참으로 이상한 일입니다. 총단에 도착하면 맹주와 상의해야겠습니다."

---

* 사부의 부인.

** 당나라 시인 왕유(王維)의 시 「상사(相思)」의 한 구절.

*** 콩과의 상록 덩굴성 나무.

마차는 꼬박 하루를 달려 강절 최고의 무림성지 만성도 총단에 도착했다.

마차가 멈추기 전 어렴풋이 호금 소리가 들렸다. 멀리서 들려오는 연주는 그 소리가 마치 흐느끼는 듯도, 푸념하는 듯도 하며 구성지고 섬세했다. 고래등 같은 전각이 기세등등하게 서 있으리라는 이연화의 예상과 달리 만성도 총단은 뜻밖에도 흐드러지게 핀 꽃으로 둘러싸여 있었다.

왕팔십이 마차의 주렴을 들추고 바깥 풍경을 보며 감탄했다. 길가에 무리 지어 핀 작은 자줏빛 꽃들의 모습이 기이하리만치 아름다웠다.

좀더 가자 색색의 장미, 살구꽃, 목단, 진달래가 차례로 나타났다. 마차가 한참을 달린 뒤에야 꽃들의 바다 사이로 앞뜰이 나타났다.

앞뜰 부지는 꽤 넓었다. 들보는 정교하게 조각되었고, 문과 벽은 등나무로 가득 덮여 있었다. 붉은 옷을 입은 제자 둘이 문 앞에 서 있는데 자세에 흐트러짐이 하나 없고 눈빛도 예리했다. 꽃이 만개하고 꿀벌이 꽃들 사이를 날아다니는 풍경이 아니었다면 누구든 절로 숙연해질 것 같았다.

호금 소리가 계속 들려왔다. 가냘프면서도 힘이 느껴지는 연주가 구슬픈 넋두리처럼 들렸다.

"누가 연주하는 겁니까?" 이연화가 감탄했다. "이렇게 훌륭한 호금 연주는 오랜만에 듣는군요."

백천리가 무심한 투로 대답했다. "소邵 사제입니다."

이연화가 말했다. "사제의 호금 연주가 무척 훌륭하군요. 한데 어떤 슬픈 일이 있었기에 연주 소리가 이토록 처량한 걸까요?"

백천리가 짜증이 섞인 투로 말했다. "소 사제가 어리고 무지하여 마교 사람과 어울리다 맹주에게 벌을 받아 목단원牧丹園에서 자숙하는 중입니다."

이연화가 놀라 되물었다. "마교요?"

백천리가 고개를 끄덕이는 걸 보며 이연화가 좀더 깊은 질문을 이어갔다. "지금 무림에서는 어떤 문파가 마교가 됐습니까?"

백천리가 의아하다는 눈빛으로 이연화를 보았다. "모르십니까?"

이연화가 고개를 끄덕였다. 그가 그걸 어떻게 알겠는가?

백천리가 말했다. "사고문의 의사가 어찌 그걸 모를 수 있습니까? 초肖 대협이 어룡우마방을 마교로 규정하셨는데요. 세상의 악을 제거하겠다고, 강호의 모든 정도正道는 각려초와 공존할 수 없다고 선포도 하셨잖습니까."

그 말에 이연화가 깜짝 놀랐다. "초 대협이 그랬다고요?"

백천리는 짜증이 묻어나는 목소리를 숨기지 않고 말했다. "사고문의 결의가 발표되면 천하의 무림이 모두 순종하는 거지 뭘 그리 놀라는 겁니까?"

이연화가 작은 소리로 중얼거렸다. "그…… 그건 아마 초 대협의 생각이 아닐 겁니다……"

그건 용왕관 사건으로 큰 고초를 겪을 뻔한 부형양의 생각일 것이다. 각려초가 선한 무리와 악한 무리를 오가며 이익을 취하는 걸 막으려는 의도는 좋지만 이처럼 단호하게 선을 그을 필요가 있었을까? 총명한 부 군사가 왜 그런 결정을 내렸을까?

대화를 나누는 사이에 마차가 대문 앞에 다다랐다. 세 사람은 마차에서 내려 등나무로 뒤덮인 문으로 들어갔다.

안으로 들어서자마자 꽃이 만발한 화원이 나타났다. 이연화가 호기심이 동한 듯 물었다. "장미 덩굴이 벽을 뒤덮은 저 방이 봉소칠 소저의 처소입니까?"

백천리가 방들을 손으로 가리키며 하나하나 일러줬다. 왼쪽에서 첫번째가 백천리 자신의 방이고, 장미 덩굴이 벽을 타고 올라간 방은 연금중인 소소오邵小五의 방이었으며, 실종된 봉소칠의 처소는 뒤뜰에 있는 봉경의 처소와 나란히 있었다.

쉰 살쯤 되어 보이는 긴 수염의 남자가 조롱박을 손에 들고 꽃에 물을 주고 있었다. 백천리가 그를 보고 성큼성큼 다가갔다. "총맹주님!"

긴 수염의 남자가 몸을 돌리자 이연화가 웃으며 인사했다. "저는 이연화라고 합니다. 만성도 총맹주를 뵙게 되다니 크나큰 영광입니다."

긴 수염의 남자도 웃으며 그를 맞이했다. "죽은 사람도 살려내는 이연화 선생을 어찌 나 같은 속인과 비교할 수 있겠습니까? 너무 겸손하시군요."

총맹주는 자신의 제자보다 훨씬 온화한 성품인 듯했다.

백천리가 왕팔십을 앞으로 밀었다. "총맹주님, 옷은 다 타버리고 그 옷을 봤던 사람만 남아서 그 옷이 사매의 것인지 아닌지 확인할 수 없었습니다."

긴 수염의 남자는 바로 봉경이었다. 봉경이 말했다. "소칠이 평소에 자주 입었던 옷을 가져다 이……" 봉경이 왕팔십을 위아래로 훑어보며 호칭을 어떻게 해야 할지 잠시 고민했다.

이연화가 눈치 빠르게 끼어들었다. "형제입니다."

봉경이 그 말을 받아 말을 이었다. "……형제에게 보여주거라." 그러고는 조금 우스웠는지 이연화를 보고 가볍게 웃었다.

백천리가 옷을 가지러 가자 봉경이 빙그레 웃으며 이연화와 왕팔십에게 말했다. "제자의 일 처리가 다소 세심하지 못하니, 혹여 두 분께 실례를 범했다면 양해해주시지요."

이연화가 진지하게 말했다. "아닙니다. 백 대협의 단정한 품행과 선량한 마음에 감동했습니다."

봉경은 속으로 조금 놀랐다. 백천리가 이연화를 감동시킬 일을 했다니 뜻밖이었다.

"이 선생께서 사건 당시에 그 방을 보셨다고 들었는데, 특별히 이상한 점은 없었습니까? 제 여식이 나이가 어리고 제멋대로입니다. 제가 잘못 가르친 탓이지만 여식이 어디에 있는지 몹시 걱정스럽습니다."

봉경은 매우 예의바른 사람이었다. 초조하고 불안할 텐데도 차분함을 잃지 않았다. 이연화는 그날 일을 곰곰이 떠올려보다가 고개를 저었다. "최근에 제가 기억력이 좋지 않습니다. 저보다는 이 형제에게 물어보는 것이 좋겠습니다."

봉경의 시선이 왕팔십에게로 옮겨갔다. 왕팔십이 열매와 종이를 내밀었다.

봉경이 그것들을 자세히 살펴보았다. 수많은 화초를 심어 기르고 있지만 상사자는 심은 적이 없고, 종이에 쓰인 글귀도 도통 무슨 뜻인지 이해할 수 없었다.

그때 왕팔십이 불쑥 말했다. "제가 집에 갔을 때 문이 열려 있었어요……"

봉경이 눈썹을 움찔하며 다음 말을 기다렸지만 왕팔십은 봉경의 그런 반응에 말문이 막혔다.

이연화가 왕팔십을 보며 부드럽게 말했다. "집을 나설 때 문을 열어놓고 갔는지, 잠그고 갔는지 기억나느냐?"

형님의 말에 왕팔십은 얼굴에 화색이 돌았다. "삼경에 요강을 비우러 나갈 때는 문을 잠근 적이 없어요. 문을 닫기만 하지 잠그지는 않아요. 제가 나간 사이에 누군가가 돼지 요괴 목을 매단 게 틀림없어요."

봉경이 조금 놀란 기색으로 물었다. "자네가 한밤중에 문을 잠그지 않고 나간다는 걸 아는 사람이 몇이나 되지?"

왕팔십이 머뭇거렸다. "포주 마님과 채소 장수 왕이王二, 돼지 잡는 백정 삼괴三乖, 장작 나르는 조趙씨…… 그 외에는 없는 것 같습니다."

봉경이 미간을 찡그리더니 사람을 보내 그들을 조사해보라고 분부했다.

이연화는 봉경과 왕팔십이 그날 밤에 대해 얘기하는 것을 흐뭇하게 지켜보다가 주위를 두리번거렸다. 만발한 장미를 보니 봉경은 정말로 꽃을 좋아하는 것 같았다. 그 순간 구슬픈 호금 소리가 또 들려왔다.

"참으로 절묘한 호금 연주로군……" 이연화가 중얼거렸다. 예전에 한창 풍류를 즐기던 시절에도 이렇게 훌륭한 호금 연주는 들어본 적이 없었다. 방씨 가문 소유의 유명한 조설루照雪樓에서 돈을 받고 연주한다면 기루의 문턱이 닳아 없어질 정도일 것이다.

봉경이 탄식했다. "가문에 불미스러운 일이 있었습니다."

이연화가 말했다. "소 소협이 죄를 지었다고 백 대협에게 들었습니다."

봉경이 미간을 찡그렸다. "참으로 부끄럽게도, 어리석은 제자가 마교의 간교한 자와 깊이 사귀어 문풍을 더럽혔습니다."

그 말에 이연화의 호기심이 동했다. "간교한 자가…… 누구입니까?"

봉경이 한숨을 내쉬었다. "청량우입니다."

이연화가 깜짝 놀랐다. "일품독一品毒 말입니까?"

봉경이 고개를 끄덕였다.

어룡우마방은 그 이름처럼 수많은 부류의 사람들이 모여 있는데 그중에서도 일품독 청량우는 독을 잘 쓰기로 유명했다. 하지만 나이가 몇인지, 어떻게 생겼는지, 어떤 무공을 잘 쓰는지, 어떤 여인을 좋아하는지는 전혀 알려진 바가 없었다. 청량우라는 이름도 본명이 아니었다. 이 신비한 인물이 봉경의 제자와 깊은 친분을 맺었다니 이상하지 않을 수 있겠는가.

이연화는 점점 더 호기심이 동했다. "청량우가 독을 잘 쓴다고는 하나 나쁜 짓을 저질렀다는 얘기는 들어본 적이 없습니다. 귀맹의 제자가 청량우와 친분을 맺는 것이 반드시 나쁜 일은 아닌 듯한데 총맹주께서는 왜 그리 화를 내셨습니까?"

온화하고 점잖은 봉경의 낯빛이 약간 변했다. "청량우가 신분을 속이고 내 총단에 하인으로 들어와 못된 짓을 일삼았습니다……" 봉경은 그 일을 외부인에게 말하고 싶지 않았지만 갑자기 화가 치밀어 저도 모르게 발설했고, 일단 말을 꺼냈으니 숨기지 않고 털어놓았다. "석 달 전에 신분을 속이고 총단의 하인으로 들어왔는데, 내 둘째 제자가 사리분별을 못하고 그자와 친하게 지냈습니다. 얼마 후 그자가 칠원방七元幇 방주 모용좌慕容左를 죽였고, 그 일이 들통난 뒤에도 어리석은 제자가 그자를 체포하지 않고 오히려 도망치도록 도왔으니, 이 일이 알려지면 우리 총맹이 세상의 웃음거리가 되지 않겠습니까!"

이연화가 봉경을 위로했다. "아…… 어쩌면, 소 소협에게도 그럴 만한 이유가 있었던 건 아닐까요. 그런데 청량우가 모용좌를 죽인 이유가 무엇입니까? 청량우의 명망과 무공이면 굳이 그런 식으로 모용좌를 죽일 필요가 없었을 텐데요."

그렇다. 칠원방 방주 모용좌는 무예도 변변찮고 지위도 낮은 인물이었다. 청량우가 모용좌를 죽이려고 마음먹었다면 굳이 만성도 총단에 잠입해 석 달이나 기다리지 않아도 단숨에 죽여버릴 수 있었을 것이다.

봉경이 어두운 목소리로 말했다. "청량우가 모용좌를 죽이려고 우리 총단에 들어오진 않았을 겁니다. 필시 다른 목적이 있었을 테지요. 그 목적을 달성하지 못하고 우발적으로 모용좌를 죽이는 바람에 정체가 들통나 어쩔 수 없이 도망친 것이고요."

이연화가 "아" 하고 짧은 탄성을 내뱉고는 나지막이 말했다. "그랬군요."

봉경은 '연금된 제자'에 대한 이연화의 호기심이 풀렸을 거라고 생각했지만 뜻밖에도 이연화가 재차 물었다. "모용좌는 어디서 죽었습니까?"

이연화의 주제넘은 호기심에 봉경은 조금 언짢았지만 담담히 답했다. "화원에서 죽었습니다."

이때 백천리가 봉소칠이 자주 입던 옷을 찾아 가져왔다. 눈처럼 흰옷에는 아직도 그윽한 향기가 배어 있었다. 왕팔십이 그걸 보더니 눈이 휘둥그레졌다. "바로 이겁니다…… 이런 옷이었어요. 하얗고 긴 비단옷……"

그 말에 봉경의 낯빛이 변했다. 봉소칠의 영패와 옷이 발견됐다는 건 왕팔십의 집에 있던 물건이 정말로 봉소칠과 중요한 관계가 있다는 의미였다. 들보에 매달린 돼지, 부러진 창날, 금엽 명패. 봉소칠이 큰 변고를 당한 게 틀림없었다. 그렇지 않다면 옷과 물건을 모두 잃어버렸을 리 없다.

그렇다면, 봉소칠은 지금 어디에 있단 말인가?

백천리가 어두운 목소리로 말했다. "총맹주님, 사매에게 정말 변고가 생긴 듯합니다. 제자들을 보내 상세히 알아보게 했지만 어떤 자들인지 몰라도 한 시진도 안 되어 옷을 태워버리는 바람에 아무것도 알아내지 못했습니다. 왕팔십과 이 선생이 식사하러 가지 않았다면 유일한 목격자마저 목숨을 잃었을지도 모릅니다."

봉경의 얼굴에 노기가 차올랐다. 만성도의 관할지에서 누군가 감히 그의 딸에게 손을 쓴 것은 처음 있는 일이었다. "금풍당위金楓堂衛 백오십 명을 풀어 각양촌을 샅샅이 뒤져라! 한구석도 빼놓지 말고!"

좀곧 온화하고 점잖은 태도를 보이던 총맹주가 불같이 성을 내자 이연화는 깜짝 놀랐다. 성격 좋은 사람이 한번 화나면 누구보다 무섭다더니 틀린 말이 아니었다. 봉경이 분부를 내리고 백천리가 고개를 끄덕이는 것을 보며 이연화는 자신이 낄 자리가 아닌 듯해 걸음을 돌려 꽃이 만발한 화원으로 향했다.

대청을 나서자 달콤한 향기를 머금은 미풍이 불어와 얼굴을 감쌌다. 문밖에 품종을 알 수 없는 주황색 장미가 가득 심겨 있었다. 숨을 깊이 들이마시자 향기가 뼛속까지 스며들어 온몸이 가벼워지는 것 같았다. 방다병이 이 꽃들을 본다면 너무 통속적이라고 싫어하겠지만 이연화의 눈에는 예뻐 보이기만 했다.

호금 소리는 이제 들리지 않았다. 화원을 몇 바퀴 둘러보던 이연화는 실종된 봉소칠의 규방을 기웃거렸다. 문은 닫혀 있었지만 은은한 향기가 바람에 실려 왔다. 봉소칠의 옷에서 나던 향기와 같았는데 꽃향기는 아니었다. 방안을 기웃거리던 이연화는 문득 그 향기가 사향 냄새라는 걸 깨달았다. 화원에 워낙 여러 꽃향기가 섞여 무슨 냄새인지 분별하기 어려웠던 것이다. 사향 냄새임을 깨달은 이연화는 본능적으로 코를 킁킁대며 냄새가 나는 곳을 찾기 시작했다. 방안에서 새어나오는 냄새는 아니었다.

한참 동안 개처럼 코를 킁킁대며 다니다 봉소칠의 규방 문밖에 심긴 꽃나무 사이에서 깨진 그릇 여러 개를 발견했다. 그릇뿐 아니라 진주며 옥팔찌, 머리장식, 연지분 같은 것도 있었고, 볶은 콩으로 만든 탕이 반쯤 남은 그릇까지 있었다. 과연 이 아가씨의 성질머리가 대단하긴 한 모양이었다.

이연화는 미간을 찌푸리고 한참을 더 찾아다니다 드디어 사향 냄새의 근원지를 찾았다. 뒤뜰에 버려진 작은 향로였다. 꽃나무 가지 밑에 파묻혀 일부러 찾지 않으면 우연히 발견하기는 힘들 듯했다. 향로에 사향이 아주 조금 남았는데도 진한 향기가 풍겼다.

향로가 어찌 이런 곳에 떨어진 건지 둘러보다 그리 멀지 않은 곳에서 갖가지 꽃이 만발한 덤불 사이에 있는 젊은이를 발견했다. 작고 통통한 몸집에 동그란 뒤통수, 그리고 허리가 굵직한 젊은이가 손에 호금을 든 채 덤불 사이에 우두커니 앉아 있었다. 목이 보이지 않을 정도로 살이 쪄서 머리가 어깨에 붙은 것처럼 보였고, 어깨와 가슴의 구분도 뚜렷하지 않았으며 가슴과 배도 구분할 수 없었다. 마치 머리통이 배에 붙은 것 같았다. 몸집은 둥글둥글하고 피부는 기이할 정도로 새하얬지만 발그스름히 혈색이 돌아 뚱뚱해도 보기 싫지 않았다. 마치 희고 커다란 만두 위에 말랑말랑한 작은 만두가 올라간 모양 같았다. 그런데 두 발에 족쇄가 채워져 있었다.

족쇄와 호금으로 그가 누군지 알아챈 이연화가 말을 걸었다.

"소 소협, 말씀 많이 들었습니다."

뚱뚱한 젊은이가 놀라 고개를 드니 잿빛 옷을 입은 서생이 천천히 다가오고 있었다. 한 번도 본 적 없는 낯선 사람이었다. "누구십니까?"

이연화가 점잖게 인사했다. "이연화라고 합니다."

뚱뚱한 젊은이가 "아" 하고 놀랐다. "유명한 신의 이연화 선생이시군요."

젊은이는 세상을 떠들썩하게 한 신의가 어찌 자기 앞에 서 있는지 영문을 알 수 없었다. "설마 우리 총단 사람이 괴질에 걸렸습니까?"

이연화가 고개를 저었다. "아닙니다. 다들 건강하고 혈색도 좋고 용맹해 보이더군요……" 그러고는 말을 멈추고 빙그레 웃었다. "호금 연주를 들으러 왔습니다."

젊은이가 고개를 번쩍 들었다. 그의 얼굴에 금세 생기가 돌았다. "안목이 있으시군요. 설마 제 사부께서 절 달래주라고 부탁하신 건 아니겠죠?"

젊은이가 그렇게 물으며 이연화를 위아래로 훑어보았는데, 마치 그 눈빛이 칼을 들고 어느 돼지를 죽일지 고르는 백정 같았다. 잠시 후 젊은이가 말했다. "선생은 명망 높고 외모도 출중하지만 온몸에서 상스러움이 풍기는군요……" 그러고는 단호하게 말했다. "연주를 들려드리고 싶지 않습니다. 선생이 화원에 있는 줄 알았으면 호금을 켜지 않았을 겁니다."

이연화가 미간을 찡그렸다. "제 어떤 점이 상스러운……"

젊은이가 통통한 손가락으로 가리켰다. "흐물흐물한 골격은 무예 연마를 게을리한다는 증거이고, 창백하고 누렇게 뜬 얼굴은 밤마다 쾌락을 즐긴다는 뜻이지요. 마디가 뚜렷하지 않은 손가락을 보니 붓도 들지 않고 호금을 켜지도 않는군요. 무예가 형편없고 인품이 불량하며 호금도 못 켜고 바둑도 못 두고 글씨도 그림도 변변한 게 하나 없습니다. 그러니 이 소소오가 선생 같은 사람을 위해 호금을 켠다면 얼마나 망신스러운 일이겠습니까?"

이연화가 말했다. "외모를 보고 사람을 판단하지 말라고 했습니다. 나는 소협의 뚱뚱함을 탓하지 않는데 소협은 어찌 나를 상스럽다고 하십니까?"

그 말에 소소오가 조금 놀라는 듯하더니 갑자기 웃음을 터뜨렸다. "하하하! 재밌는 분이시군요." 그러고는 호금을 내려놓고 눈빛을 번뜩이며 이연화를 노려보았다. "뭘 염탐하려는 겁니까?"

이연화가 부드러운 미소를 지었다. "눈치가 빠르시군요. 내가 알고 싶은 건 하나뿐입니다. 청량우와 영사매令師妹* 중에 누가 차지했습니까?"

소소오는 이연화가 왜 그런 질문을 하는지 모르겠다는 듯 어리둥절한 표정을 지었다. 조금 전의 그 날카로운 눈빛은 사라졌다. 그러다 잠시 후 잔뜩 흥분한 눈빛으로 물었다. "어떻게 그걸…… 어떻게 아셨습니까? 넘겨짚은 겁니까?"

이연화의 미소가 점점 밝아졌다. "아직 제 질문에 대한 답을 듣지 못했습니다. 청량우입니까, 영사매 봉소칠입니까?"

---

* 상대의 사매를 높여 부르는 말.

"뭘 말입니까?" 소소오가 가느다란 두 눈을 크게 떴다. 원래는 큰 눈이지만 살에 눌려 작아 보일 뿐이었다.

이연화가 부드럽게 말했다. "소사검 말입니다."

소소오가 다시 가느다랗게 실눈을 뜨더니 한참 만에야 입을 뗐다. "정말 알아챘군요……"

이연화가 태연하게 화원에 만개한 꽃들을 보았다. "알았지요."

소소오가 말했다. "사매가 차지했습니다."

"그럼, 봉 소저는 어디 있습니까?" 이연화가 천천히 물었다. "봉 소저가 어디에 있는지 소협은 알죠?"

소소오가 쓴웃음을 지었다. "나도 알고 싶습니다. 알 수도 있었지만 사부가 날 여기에 가두는 바람에 알 수 없었습니다." 그러고는 한숨을 길게 내쉬며 침울한 표정을 지었다. "사매는 청량우를 따라갔습니다. 내가 말렸거나 같이 따라갔으면 사매가 실종되지 않았을 텐데, 사매를 말릴 수도 없었고 따라가지도 못했습니다." 소소오가 분에 겨운 표정으로 이를 악물었다. "사부가 날 가두면 사매가 돌아올 줄 알았는데."

이연화는 말없이 듣기만 했다. 소소오의 분노는 오래가지 않았다. 그가 다시 고개를 번쩍 들고 물었다. "그런데 그 일을 어떻게 아셨습니까? 사부와 대사형도 모르는 일인데, 청량우가 소사검 때문에 왔다는 걸 선생이 어떻게 아셨습니까?"

"청량우가 만성도 총단에 잠입한 건 필시 목적이 있어서겠지요." 이연화가 옆에 있는 장미를 만지작거렸다. 이슬이 매달린 꽃잎이 보드랍고 매끄러웠다. "이곳에 잠입해 석 달이나 기다렸다고 들었습니다. 사람을 죽일 생각이었다면 만성도를 몇 번이나 전멸시킬 수 있었을 시간이지요. 전멸까지는 아니더라도 아무 일 없이 멀쩡할 순 없었을 겁니다. 청량우는 사람을 죽이러 온 게 아닐 테지요. 그렇다면 물건을 가지러 온 것일 테고요." 이연화가 빙그레 웃었다. "만성도 총단에서 청량우가 목숨걸고 훔칠 만한 물건이 무엇이겠습니까?"

소소오가 이연화를 살짝 흘겨보았다. "총단에는 보물이 많으니 청량우가 돈이 필요했을 수도 있잖습니까……"

"청량우가 모용좌를 죽였지요." 이연화가 빙긋 웃으며 소매를 펄럭여 손부채질을 했다. "화원에서요."

소소오가 눈을 치떴다. "그래서요?"

이연화가 느릿느릿 말했다. "그래서 도망쳤지요. 바람처럼."

소소오가 말했다. "그게 어쨌단 말입니까?"

이연화가 답했다. "청량우 정도의 실력자가 모용좌를 죽여서 그렇게 황급히 도망쳤을까요? 석 달이나 기다린 건 그에게 아주 큰 목표가 있었다는 뜻입니다. 그런데 모용좌 한 사람을 죽이고 도망쳤다니 이상하지 않습니까?" 이연화가 천천히 소소오를 보았다. "가장 이상한 점은 봉경 총맹주의 애제자인 소 소협이 청량우가 무사히 도망칠 수 있도록 비호해줬다는 사실이지요……"

소소오가 콧방귀를 뀌었다. "흥. 내가 원해서 그리했을 뿐이고, 사부도 어쩌지 못하는데 선생이 뭘 어쩔 겁니까?"

이연화의 입가에 천천히 미소가 떠올랐다. "그후 영사매가 실종됐고, 며칠 뒤 각양촌의 한 기루 나뭇간에서 영사매의 옷과 영패가 발견됐지요. 그것도 죽은 암퇘지의 몸에서 말입니다."

이연화의 마지막 말에 마침내 소소오의 낯빛이 변했다. "도망친 건 청량우인데 어째서 사매를 의심하는 겁니까?"

이연화가 부드러운 목소리로 말했다. "저는 그 소사검이 가짜라는 걸 알기 때문이지요."

소소오가 또 콧방귀를 뀌었다. "대사형이 그 검을 보물 다루듯 애지중지하는데 어떻게 가짜일 수 있습니까? 그 재질과 무게를 보면 알겠지만……"

이연화가 웃으며 소소오의 말을 잘랐다. "검집은 진짜지만 검은 가짜입니다. 소사검은 검집과 분리된 채 깊은 바다에 수 년간 가라앉아 있었고, 바다에 빠지기 전에 용수철이 망가져서 흠집 하나 없이 발견될 수 없습니다. 누군가 비슷한 재질로 가짜 검을 만들어 진짜 검과 바꿔치기한 겁니다. 백 대협이 큰돈을 주고 그걸 사들였을 당시에는 막창해 선생이 감정을 한 뒤이니 그때는 진짜였을 겁니다. 그런데 지금은 가짜입니다. 그렇다면 진짜가 가짜로 바뀌는 과정에서 무슨 일이 있었을까요? 먼저 청량우가 총단에 잠입했고, 그다음에 영사매가 실종됐습니다." 이연화는 장미 꽃잎을 만지작거리던 손을 그제야 거두었다. 미련이 남은 표정이었다.

"백 대협의 처소는 화원에서 왼쪽으로 첫번째 방이고, 모용좌는 화원에서 죽었습니다. 청량우가 백 대협의 방에 가까이 갔었다는 뜻이지요. 모용좌가 죽은 뒤 청량우는 도망쳤습니다. 왜 그랬을까요?" 이연화가 느긋한 투로 말했다. "두 가지 가능성이 있습니다. 첫째, 청량우가 백 대협의 방에 들어가 검을 바꿔치기한 뒤 진짜 검을 가지고 도망친 겁니다. 백 대협의 방에 들어갔다 나오는 과정에서 모용좌와 마주치는 바람에 그를 죽인 거고요. 둘째, 청량우가 백 대협의 방에 들어갔다가 소사검이 가짜인 걸 알고 그대로 도망친 겁니다."

소소오가 박수를 짝짝 쳤다. "훌륭하군요!"

이연화가 포권례로 답하며 미소를 지었다. "과찬입니다."

소소오가 양쪽 송곳니를 드러내며 의미심장한 미소를 지었다. "내가 왜 청량우를 도왔는지도 맞힌다면 사매가 갔을 만한 곳을 알려줄 수도 있습니다."

이연화가 어깨를 으쓱였다. "그게 뭐가 어렵습니까? 영사매가 청량우를 좋아해 검을 훔치는 걸 도와줬거나, 소협이 청량우를 좋아해 검을 훔치는 걸 도와줬거나. 둘 중 하나겠지요……"

소소오가 버럭 화를 냈다. "허튼소리 마시지요! 내가 그 기생오라비를 좋아하느니 차라리 이 선생을 좋아하겠습니다! 사매가……" 소소오는 흠칫하며 입을 꾹 다물었다가 짜증스러운 투로 홱 쏘아붙였다. "청량우를 좋아했습니다."

이연화가 말했다. "그래서 청량우가 사람을 죽이고 도주할 때 사매가 상심할까봐, 그리고 사부가 알면 진노할까봐 청량우를 도와준 거로군요."

소소오가 고개를 끄덕였다. "모용좌는 질이 나쁜 사람이었습니다. 그날 모용좌가 대사형의 방에 몰래 들어갔다가 청량우와 마주쳤어요. 청량우는 검을 훔치러 들어갔던 것이고, 모용좌는 독을 쓰러 들어갔던 것이지요." 소소오의 표정이 싸늘히 굳었다. "대사형은 백천원 곽 대협과 결투를 앞두고 있었는데 모용좌가 대사형의 금구金鉤*에 독을 바르려고 들어갔다가 청량우에게 독살당한 겁니다. 자업자득이지요!"

이연화가 물었다. "청량우가 무고한 사람을 함부로 죽이는 위인은 아닌 것 같군요. 영사매가 진즉에 청량우의 속내를 알아차렸을 텐데 어째서 총맹주와 백 대협에게 알리지 않고 그가 검을 훔치도록 도운 건가요?"

"나도 청량우의 속내를 간파했습니다. 하지만 사람을 죽이러 온 것도 아니고 대사형의 낡은 검 하나 때문에 온 것 아닙니까? 그런 일로 사람을 죽일 필요는 없다고 생각해서 내버려뒀지요. 사매가 몰래 청량우를 도울 거라고는 생각하지 못했습니다. 청량우가 도망치던 날 밤, 사매도 그를 따라갔습니다. 검을 주려고 따라갔다고 생각했어요. 성질이 고약한 사매를 청량우가 좋아할 리 없으니 검만 주고 쫓겨올 줄 알았지요. 그래서 사부의 명대로 순순히 연금을 받아들였는데 사매가 실종된 겁니다." 소소오가 소매를 펄럭여 부채질하며 고개를 내저었다. "난 청량우가 누군가를 구하기 위해 소사검을 훔치려 한다는 것만 알 뿐입니다. 사매는 틀림없이 청량우를 따라갔을 거고요. 하지만 그 둘이 어디로 갔는지는 정말 모릅니다."

이연화가 나지막이 중얼거렸다. "소사검은 그다지 예리하지도 않은데……"

---

* 구(鉤)는 자루가 달리고 끝이 갈고리처럼 휜 무기를 일컫는다.

소소오가 소매를 더 세게 펄럭였다. "그게 무슨 말입니까! 이상이의 소사검이 얼마나 강한데 예리하지 않다뇨?"

이연화가 진지하게 말했다. "소사검은 단단하여 베고, 부수고, 때리고, 깨는 건 문제없지만 예리하진 않습니다. 종이 반 장도 가르기 힘들 겁니다…… 청량우가 예리한 검을 기대했다면 실망했을 겁니다."

소소오가 투실투실한 다리로 땅을 구르자 바닥이 쿵쿵 울렸다. "기필코 손에 넣으려 했다면 소사검에 대해 잘 알지 않았겠습니까? 소사검으로만 해결 가능한 일이 있을 수도 있고요."

이연화가 미간을 찡그렸다. "청량우가 누구를 구하려고 했는지는 일단 제쳐두고, 봉 소저가 청량우를 따라갔다면 어디로 갔든 각양촌에서 멀지 않을 겁니다."

소소오가 고개를 끄덕였다. "이제 보니 그리 상스러운 분은 아닌 것 같군요. 조금 수다스럽긴 해도……"

이연화가 쓴웃음을 지었다. "소협도 실은 충성스러운 제자였군요. 그런데 왜 총맹주에게 그런 얘기를 하지 않았습니까?"

소소오가 콧방귀를 뀌었다. "사부는 겉으로 인자해 보여도 속은 잔인한 분입니다. 청량우가 사부님 관할지에서 모용좌를 죽인 건 아무리 수만 가지 이유가 있었더라도 사부님 체면을 땅에 떨어뜨린 겁니다. 사매가 그런 청량우를 좋아했다는 사실은 더더욱 사부님 얼굴에 먹칠을 한 것이고요. 내가 무슨 얘기를 한들 소용이 있겠습니까? 난 어차피 적과 내통해 사부를 배신한 반역자일 수밖에 없지요."

이연화도 동의했다. "참으로 영민하시오."

소소오는 방다병이나 시문절과는 비교도 할 수 없을 만큼 똑똑한 사람이었다.

소소오가 심드렁한 투로 대꾸했다. "과찬이십니다."

3. 두번째 시신

이연화와 소소오는 봉소칠이 청량우를 좋아했다는 것에서 봉경 얘기로, 다시 꽃 얘기를 거쳐 봉경이 세상을 먼저 뜬 아내 때문에 꽃을 좋아하게 되었다는 얘기로, 또다시 아내 사랑이 지극한 봉경이 아내를 꽃밭에 묻어줬다는 얘기와 꽃을 찾아 날아오는 벌과 나비 얘기, 마지막으로 잠자리를 기름에 튀겨 먹는 얘기까지 화제를 바꿔가며 긴 대화를 나눴다. 이연화는 한담을 실컷 나눈 뒤 흡족한 표정으로 일어나 천천히 대청으로 향했다.

그런데 대청으로 돌아가보니 뜻밖에도 여전히 봉경의 얼굴은 잔뜩 굳어 있고 백천리는 우두커니 서 있었다. 이연화가 대청을 나올 때 그대로인 것 같았다. 왕팔십은 겁에 질린 얼굴로 옆에 앉아 조금 전에는 없었던 차 한 잔을 두 손으로 감싸쥐고 있었다. 봉경이 손님에게는 예의를 갖추는 사람인 듯했다.

또하나 달라진 점이라면 바닥에 시신이 놓여 있다는 것이었다.

이번에도 돼지였다.

첫번째 암퇘지는 봉소칠의 옷을 걸치고 배에 부러진 창날이 꽂힌 채 들보에 매달려 있었다.

지금 바닥의 이 돼지는 수퇘지로 머리에 자루가 씌워진 채 왼쪽 발굽이 잘렸으며, 가슴으로 들어간 쇠몽둥이가 배를 관통해 등으로 튀어나와 있었다.

봉경의 낯빛이 몹시 좋지 않았다. 백천리의 낯빛도 좋을 리 없었다. 왕팔십은 초점 잃은 눈동자로 차갑게 식은 차를 두 손에 쥔 채 벌벌 떨고 있었다. 겁에 질려 혼이 빠져버리고 껍데기만 남은 것처럼 보였다.

이연화가 허리를 숙여 돼지의 머리에 씌인 자루를 벗겨냈다. 돼지 머리는 형체를 알아보기 어려울 정도로 처참하게 난도질되어 있었다.

이연화는 천천히 허리를 펴고 고개를 들어 봉경을 보았다.

첫번째 돼지가 들보에 매달린 일은 그저 놀랍고 의아하며 한편으론 조금 우습기도 했는데, 두번째 돼지 사체가 이런 상태로 나타나자 이 사태가 무슨 의미인지 짐작할 수 있었다.

돼지 두 마리는 단순히 그저 돼지가 아니었다.

각각 한 사람씩을 의미했다.

돼지의 모습대로 죽은 두 사람을.

그중 하나는 봉소칠일 것이다.

"어디서 발견한 겁니까?" 이연화가 물었다.

백천리가 싸늘한 목소리로 말했다. "홍염각 나뭇간의 잿더미에서 발견됐습니다."

"오늘 발견된 건가요?" 이연화가 측은하다는 눈길로 왕팔십을 보았다. 그래서 왕팔십이 저토록 겁에 질려 혼이 나간 얼굴이었던 것이다.

"아닙니다. 어젯밤에 발견돼서 준마에 싣고 백 리를 달려 옮겨 왔습니다." 굳었던 봉경의 얼굴이 천천히 평온을 되찾았다. "이 선생님, 이 일에 제 여식이 관련됐는데 괴이하기 짝이 없군요. 오늘 밤 저와 백천리가 각양촌에 직접 가봐야 할 것 같아 선생을 계속 모실 수 없겠습니다……"

이연화가 "아" 하고는 겸연쩍은 표정으로 말했다. "오래 폐를 끼쳤으니 저도 돌아가야지요. 제 형제도 크게 놀란 듯 보이니, 더 물어보실 것이 없으면 이제 그만 형제를 데리고 돌아가겠습니다."

봉경은 왕팔십에게 아직 의심이 남았는지 망설이다 고개를 끄덕였다. "그렇게 하시지요."

이연화가 왕팔십에게 다가가 그를 잡아당겼다. "총맹주께 바쁜 일이 있으니 우리는 그만 가보세."

"네네……" 왕팔십은 몸을 떨며 돼지 사체에서 눈을 떼지 못했다. 너무 놀라 넋이 나갈 지경이었지만 죽은 사람도 살려내는 신의 이연화가 곁에 있으니 무슨 일이 생겨도 걱정 없을 것 같았다.

이연화는 왕팔십이 손에 든 차를 쏟을까봐 찻잔을 받아 내려놓았다.

"그럼 다음에 또 뵙겠습니다." 이연화가 인사했다.

백천리도 고개를 끄덕였다. "이 선생이 계속 각양촌에 계신다면 의문이 생길 때 찾아뵙겠습니다."

이연화가 환영의 미소를 지었다. "편하신 대로 하세요."

백천리는 이연화의 온화한 표정을 보다가 문득 자신이 길상문 연화루의 문을 발로 찼던 일이 생각나 '편하신 대로 하세요'라는 말이 조금 이상하게 들렸지만 그의 온화한 미소에 의심을 거두었다.

이연화는 왕팔십을 데리고 만성도 총단을 떠났다.

봉경이 마차를 내어줘 이연화는 기분좋은 표정으로 말등을 채찍질하며 출발했다. 마차가 점점 빨리 달리며 덜컹거리자 왕팔십이 떨리는 목소리로 말했다. "형님…… 전 이제 홍염각으로 돌아갈 수 없으니 서두르실 필요 없습니다. 천천히 가세요."

"걱정 말게. 준마 두 필이 달리니까 마차가 넘어지진 않아." 이연화가 달리는 말에 계속 채찍질하며 호기롭게 말했다.

요동치는 마차 안에서 왕팔십의 몸이 이리저리 부딪혔다. 그런데 신나게 달리던 마차가 갑자기 휘청하더니 우당탕탕 요란한 소리와 함께 멈춰 섰다. 왕팔십의 눈앞이 순간 환해지더니 마차 지붕이 날아가 땅으로 떨어져 박살났다. 혼비백산한 왕팔십이 부서진 마차에서 기어나와보니 말 두 마리가 바닥에 넘어져 고통스럽게 버둥거리고 이연화는 옆에 서서 그걸 지켜보고 있었다.

놀란 왕팔십이 말들을 가리켰다. "형님…… 말을 너무 세게 모셨어요. 말 한 필에 은자 수십 냥은 될 텐데."

"운이 나빴어……" 이연화는 그렇게 중얼거리고는 주위를 두리번거리다 웃으며 말했다. "다행히 각양촌에서 멀지 않군."

왕팔십은 말 두 마리를 내려다보았다. 다리를 살짝 접질린 것 같았다. 한 마리는 심하게 다치지 않아 이내 몸을 뒤집어 일어났고, 다른 한 마리는 일어나지 못하고 버둥거렸다.

"하늘은 생명을 아끼신다네. 내가 비록 신의이지만 말의 다리를 치료하진 못해. 이렇게 하자." 이연화가 턱을 만지작거리다 희고 가는 손가락으로 왕팔십을 가리켰다. "자네가 내려와."

이미 마차에서 내려온 왕팔십이 이연화의 말이 무슨 의미인지 알아듣지 못하고 멍하니 쳐다보기만 하자 이연화가 부상이 심한 말을 가리키며 말했다. "저 말을 태우고."

왕팔십이 입만 떡 벌린 채 아무 말도 못하는데 이연화가 나무를 꺾어다 바닥에 누운 말을 지탱해 일으켜 부서진 마차에 간신히 실었다. 그러고는 움직일 수 있는 말을 다시 마차 앞에 묶었다.

"가세."

왕팔십은 말과 나란히 선 이연화를 멍하니 쳐다보며 그가 과연 평범한 사람은 아니라고 생각했다.

"이리 오게." 이연화가 손짓하자 왕팔십이 다가갔다. 말이 말을 끄는 상황을 보며 왕팔십은 처음으로 이 형님과 함께 다니는 것이 조금 창피하다는 생각이 들었다.

붐비는 길은 아니었지만 나무꾼과 아낙들이 종종 지나갔다. 이연화가 낑낑대며 말을 끌고, 마차에 실린 말은 계속 고통스럽게 울부짖는 모습을 다들 신기한 눈으로 쳐다보았다. 그렇게 반 시진을 꾸역꾸역 걸어가자 이연화도 몹시 힘이 들었다. 말은 너무 무거웠고, 이연화는 마차에 실린 말보다 기력이 없었다. 하는 수 없이 왕팔십이 더 힘을 내 말을 끌었다. 키 큰 사람 하나, 키 작은 사람 하나, 말 한 마리까지, 젖 먹던 힘을 짜내 낑낑대며 마차를 끌어 간신히 각양촌에 도착했다.

이미 밤이 깊은 뒤였다.

왕팔십은 마을 어귀로 들어서다 홍염각 옆에 세워진 만성도의 마차를 발견하고는 속으로 투덜거렸다. 이연화는 왕팔십에게 얼른 가서 말을 치료해줄 의원을 데려오라고 한 뒤 말 두 필을 길상문연화루 밖에 묶었다.

깊은 밤, 각양촌은 평소와 달리 유난히 고요했다. 만성도 사람들이 봉소칠을 찾겠다며 마을을 헤집고 다녀 사람들이 겁에 질린 게 틀림없었다.

이연화는 잘 수리된 길상문연화루의 문을 열고 기분좋게 집안으로 들어가 등불을 켰다. 그러고는 탁자에 앉아 품안에서 물건 두 가지를 꺼냈다.

마른 나뭇가지와 구겨진 종이였다.

왕팔십의 주머니에서 나왔던 물건이었다. 왕팔십이 나뭇가지와 종이는 백천리에게 주고 상사자 열매는 이연화에게 주었는데, 백천리는 종이만 대충 살펴본 뒤 이연화에게 종이와 나뭇가지를 건네고 이연화가 가지고 있던 열매를 가져갔다. 그리고 이연화는 나뭇가지와 종이를 백천리에게 돌려주지 않았다.

만성도 총단에서도 이연화는 그걸 봉경에게 보여주기만 하고 자연스럽게 다시 자기 품에 넣었다. 그래서 이 두 물건이 지금 이연화에게 있는 것이다.

나뭇가지를 등불에 비춰 자세히 살펴보니 빈 꼬투리가 달렸고, 꼬깃꼬깃 접힌 종이에는 여전히 의미를 알 수 없는 글귀뿐이었다.

밖에서 불어온 미풍이 이연화의 머리카락을 스쳤다. 바람에 등불이 흔들리며 집안이 어두워졌다 밝아졌다를 반복했다. 이연화는 나뭇가지와 종이를 다시 조심스럽게 품안에 넣었다. 등불이 흔들리는 사이, 어두운 위층에서 검은 그림자가 소리도 없이 스르르 내려왔다.

꼭 귀신 같았다.

이연화는 나뭇가지와 종이를 품안에 넣은 뒤 손을 뻗어 탁자 아래를 더듬었다. 작은 술단지가 손에 닿고 그 옆으로 작은 술잔 두 개가 만져졌다. 탁, 이연화가 술잔 하나를 들어 탁자 맞은편 자리에 놓았다.

위층에서 천천히 내려온 검은 그림자가 그 소리에 우뚝 멈추고 또 한번 탁 하고 소리가 났다. 이연화가 자기 앞에 술잔을 놓는 소리였다. 술잔을 내려놓는 흰 손가락이 마치 바둑돌을 내려놓는 듯 자연스러웠다. 이연화가 빙긋 웃었다. "남쪽 날씨가 따뜻하긴 하나 밤에는 쌀쌀합니다. 야夜 선생께서 저와 함께 앉아 한잔하실 의향이 있을지 모르겠습니다."

이연화의 뒤에 서 있던 야 선생이 천천히 앞으로 다가왔다. 이연화는 몸을 똑바로 세우고 앉아 친절한 미소를 지었다. 등불에 비친 상대는 검은 경장勁裝* 차림에 검은 천으로 얼굴을 가려 눈조차 보이지 않았다.

"과연 명불허전이시군요." 알아듣기 힘든 쉰 목소리는 원래 그

---

* 협객들이 주로 입는 차림으로, 소매와 바지통이 펄럭이지 않도록 좁게 만든 옷.

의 목소리가 아닌 듯했다.

"과찬이십니다." 이연화가 술단지를 들어 잔 두 개에 차례로 따랐다. "야 선생께서 이 깊은 밤에 무슨 일로 이곳에 오셨는지요?"

야 선생이 음침한 투로 말했다. "두 가지 물건을 가지러 왔소."

이연화는 품에서 나뭇가지와 종이를 꺼내 탁자에 올려놓은 뒤 천천히 맞은편 자리로 밀며 가볍게 웃었다. "위험을 무릅쓰고 오신 연유가 고작 이것 때문이었군요. 원래 제 것이 아닌데 원하시면 말씀하십시오. 제가 어찌 감추겠습니까?"

이연화가 순순히 물건을 내놓을 거라고는 예상하지 못했는지 야 선생은 흠칫 놀라며 살기등등했던 기세를 누그러뜨렸다. 굳이 밤에 몰래 찾아온 이유가 없어져버렸다. 그는 잠시 생각에 잠겼다가 나뭇가지와 종이를 품에 넣었다.

"이렇게 말이 잘 통하는 사람일 줄 몰랐군요."

이연화가 천천히 말했다. "야 선생의 출중한 무예를 제가 감히 따라갈 수 없는데 별로 중요하지도 않은 물건 때문에 선생과 대결한다면 어리석은 일이 아니겠습니까?"

야 선생은 싸늘하게 콧방귀를 뀌고는 탁자에 있던 술잔을 들어 기름등잔을 향해 휙 뿌렸다. 등불이 꺼질 듯 작아졌다가 금세 다시 환해졌다. 그 짧은 순간에 야 선생은 이미 사라지고 없었다.

귀신처럼 왔다가 귀신처럼 떠난 것이다.

이연화는 엷은 미소를 지으며 술잔을 기울였다. 약한 황주인지라 바닥에 쏟아졌어도 불이 붙을 위험은 없었다.

그때 문밖에서 말이 크게 울부짖고 왕팔십이 말을 달래는 소리가 들렸다. "제발…… 착하지, 가만히 있어. 널 낫게 해주려는 거야. 발로 차지 마. 아야! 너 다리 다친 거 아니야? 그런데도 어떻게 발길질을 해? 종鍾 의원님, 이 말 좀 보세요. 세상에, 여기까지 마차에 태워 모시고 왔더니 이렇게 버릇이 나빠졌어요."

이튿날.

이른아침 일어난 이연화는 왕팔십에게 또 돈을 세라고 시킨 뒤 밖으로 나갔다.

험상궂게 생긴 자들이 각양촌 구석구석을 들쑤시고 다녀 분위기가 흉흉했지만 마을 사람들은 평소처럼 계속 끼니를 해결해야 했으므로 다들 장에 나와 거리가 북적였다. 비록 사람들은 겁에 질려 굳은 얼굴이었지만 거리는 여전히 활기찼다.

이연화도 장을 보러 나왔다. 연화루에는 쌀 한 톨도 없는데 오늘은 왠지 주루의 만두를 먹고 싶지 않았다.

물건을 팔러 나온 사람은 평소보다 적었다. 이연화는 배추 두 포기와 쌀 반 자루를 산 뒤 고기 파는 노점으로 향했다. 아낙 몇이 노점 앞에서 돼지껍질 한 덩이를 서로 사려고 실랑이를 벌이고 있었다. 최근에 돼지고기가 부족해 고기를 사기가 쉽지 않았다. 이연화가 슬며시 보니 고깃덩이가 얼마 남지 않아 차례가 돌아오지 않을 것 같았다. 실망의 한숨을 내쉬고 고개를 드는데 아낙들의 닦달에 땀을 뻘뻘 흘리는 사내가 보였다. 바로 삼괴였다. 과연 백정답게 체구가 건장했다. 고기가 신선하지 않다고 불평하는 아가씨와 무게를 적게 달아줬다고 따지는 아주머니의 목소리가 낭랑하게 울리는 가운데 몸집과 달리 목소리가 작은 삼괴의 항변은 들리지 않았다. 그러다 화를 못 참고 달려든 여자들에게 얻어맞고 혼쭐까지 당했다. 이연화는 재빨리 자리를 피해 달걀을 사러 갔다.

이연화가 장을 보는 잠깐 사이에 만성도 사람들이 홍염각을 겹겹이 에워쌌다. 백천리는 포주부터 아직 홍염각에서 일을 시작하지 않은 어린 과부까지 모조리 끌어다 가둬버렸다.

이연화가 그 소식을 듣고 태연하게 배추 두 포기와 달걀 몇 개, 쌀 반 자루를 들고 천천히 길상문연화루로 돌아오니 과연 왕팔십은 차분히 앉아 엽전 세는 데만 몰두하고 있었다. 이연화는 흡족한 표정으로 잠시 왕팔십을 보다가 말했다. "점심은 달걀부침이나 해 먹도록 하지."

"제가 부칠게요." 왕팔십이 벌떡 일어났다.

이연화가 고개를 끄덕이며 들고 온 것들을 왕팔십에게 건네면서 삼괴가 아낙들에게 두들겨맞았다는 얘기를 했다.

그 말에 왕팔십이 놀라서 말했다. "삼괴는 좋은 사람이에요. 한 번도 돼지 무게를 속여서 판 적이 없어요. 그 여자들이 괜히 트집 잡는 거예요."

이연화가 잠시 생각에 잠기는가 싶더니 왕팔십에게 넌지시 말했다. "어젯밤에 말을 치료해준 의원을 모시고 삼괴에게 한번 다녀와보지."

왕팔십이 눈을 크게 떴다. "그 의원은 말을 치료하는 사람이에요. 그렇게 튼튼한 삼괴가 여자들한테 몇 대 맞았다고 다쳤을 리도 없고요."

이연화가 고개를 저으며 정색했다. "아니야. 다쳤을 거야. '옷이 붉게 부어오르거나' '머리카락이 골절됐는지도' 모르잖아. 이따가 의원이 오시거든 말을 치료한 뒤에 삼괴에게도 모시고 가봐."

왕팔십이 생긴 건 어수룩해도 아둔한 사람은 아니었다. 왕팔십 역시 잠시 생각에 잠겼다 이제 알겠다는 듯 말했다. "삼괴에게 하실 말씀이 있나요?"

이연화가 왕팔십의 머리를 쓰다듬으며 웃었다. "가서 삼괴에게 한번 물어봐주게……"

이연화는 왕팔십의 귓가에 대고 뭔가 속삭였다. 왕팔십이 어리둥절한 표정으로 바라보자 이연화가 또 그의 머리를 쓰다듬었다. "그럼 다녀와."

왕팔십은 고개를 끄덕이고는 벌떡 일어났다. 밖으로 나가는 왕팔십을 향해 이연화가 한마디 덧붙였다. "얼른 다녀와서 밥하는 거 잊지 말고."

왕팔십이 고개를 끄덕이며 말했다. "형님, 저도 조금은 알 것 같습니다……"

이연화가 빙그레 웃었다. "자넨 기억력도 좋고 똑똑하니까."

왕팔십의 얼굴이 환해졌다. "의원님께 다녀오겠습니다."

이연화는 왕팔십을 배웅한 뒤 말이 울부짖고 발버둥치는 소리를 들으며 흐뭇한 표정으로 늘어지게 하품했다. 그러고는 책 한 권을 펼쳐 얼굴에 얹고 의자에 기대어 잠들었다. 그리고 얼마 안 가 꿈을 꾸기 시작했다. 꿈에서 암퇘지 요괴가 새끼를 많이 낳았다. 갓 태어난 새끼 돼지 요괴들이 장미가 만개한 화원을 폴짝폴짝 뛰어다녔다…… 화원에서 꽃에 둘러싸여 돼지들을 구경하며 태평하게 누워 있는데 갑자기 누가 몸을 흔들었다. 깜짝 놀라 눈을 뜨니 눈앞이 금빛으로 환했다. 눈을 비비고 다시 보니 백천리였다.

"금 선생, 고작 하루 못 봤을 뿐인데 아주 오랜만인 것 같습니다……" 백천리가 이번에는 문을 걷어차고 들어온 게 아니라 창을 넘어 들어온 것 같았지만 이연화는 한숨만 내쉴 뿐 별말 하지 않았다.

백천리가 빙긋 웃었다. "대문은 잘 고쳐놓았습니다."

이연화가 말했다. "고맙습니다."

"이 선생님." 백천리는 대문 얘기를 하려고 온 게 아닌 듯했다.

"음……" 이연화가 천천히 의자에서 일어나 옷매무새를 단정히 한 뒤 다시 똑바로 앉았다.

백천리가 갑자기 한숨을 내쉬었다. "홍염각 사람들을 모두 조사했는데, 그 돼지 두 마리는 포주가 사람을 시켜 매달아놓은 거라고 합니다. 녹색 옷에 복면을 한 검객이 강제로 시킨 일인데, 그 이유는 자기들도 모른다고 하더군요."

이연화가 "아" 하고 놀랐다. "그게 정말입니까?"

백천리가 고개를 끄덕였다. "포주 얘기로는 그 복면 검객이 소리 없이 왔다가 사라졌는데, 피 묻은 검을 들고 있었다고 합니다. 심지어 자기 입으로 방금 여자를 죽였다고 말했다는데, 그 여자의 인상착의가 사매와 똑같습니다." 백천리가 긴 한숨을 내쉬고는 쓴웃음을 지었다. "물론 헛소리겠지요. 하지만……"

"하지만 현재로서는 그 헛소리가 봉 소저의 생사를 증명하는 유일한 증거로군요. 만성도를 아무리 뒤져도 그보다 더 유력한 증거를 찾을 수 없잖습니까." 이연화도 한숨을 내쉬었다. "만성도가 이 정도 규모로 움직였는데 아무 결과도 없으면 체면이 말이 아니겠지요. 봉 소저의 행방을 서둘러 알아내지 못하면 그 헛소리를 조사 결과로 내미는 수밖에 없을 겁니다. 안 그러면 강호의 조롱을 살 테니까요."

백천리가 고개를 끄덕였다. "병자만 잘 치료하는 게 아니라 어려운 문제도 잘 해결하신다고 들었는데……"

이연화가 빙그레 웃었다. "궁금한 게 몇 가지 있는데 금 선생이 솔직히 대답해주시겠습니까?"

백천리가 미간을 찌푸렸다. "어떤 게 궁금하신가요?"

이연화가 탁자 밑에서 어젯밤에 반쯤 마신 술단지와 술잔 두 개를 꺼내 차례로 술을 따른 뒤 먼저 한 잔을 들이켰다. 어젯밤과 술맛이 똑같았다.

"첫째, 소사검에 대한 겁니다."

백천리의 미간이 더욱 찌푸려지고 목소리도 날카로워졌다. "소사검이 어쨌다는 겁니까?"

이연화가 빈 잔을 탁자에 내려놓고 잔을 쥔 세 손가락으로 술잔의 거친 표면을 가만히 만지작거리며 온화한 투로 말했다. "그 소사검이 가짜라는 걸 아십니까?"

그 말에 백천리의 얼굴에 노기가 차올랐다. 백천리는 탁자를 치며 벌떡 일어났다.

이연화는 백천리에게 앉으라고 한 뒤 말을 이었다. "금 선생이 검을 얼마나 자주 꺼내 보는지 모르겠습니다만 출타할 때 그걸 왜 가지고 다니십니까?" 이연화가 가볍게 미소를 지었다. "소사검이 명검이기는 하나 예리한 편도 아니고 선생이 검을 잘 쓰는 것도 아닌데 가지고 다니면 거추장스럽지 않습니까?"

성정이 거칠고 급해 쉽게 흥분하는 백천리가 역시나 발끈하며 말했다. "내가 검을 자주 빼지는 않지만 매달 보름날 검을 꺼내서 닦습니다. 검을 가지고 다니는 건……"

백천리가 잠시 멈칫하자 이연화가 부드러운 투로 말했다. "검을 도둑맞았기 때문이지요."

백천리는 놀라 말문이 막혔다. 이연화가 온화한 표정으로 백천리를 보았다. "금 선생, 소사검이 가짜인 걸 정말 몰랐습니까?"

백천리가 눈을 휘둥그레 뜨며 믿을 수 없다는 표정을 지었다. 그의 입에서 '절대 그럴 리 없습니다'라는 말이 나오기도 전에 이연화가 말했다. "누군가 그 검을 노리고 있다고 느낀 게 언제지요? 청량우가 신분을 드러낸 그날 밤?"

"청량우가 모용좌를 죽인 사건 직후 내 방에 갔더니 누군가 방을 뒤진 흔적이 있었습니다. 검이 놓인 위치도 달라졌고요." 백천리는 머릿속이 혼란스러웠다.

"둘째, 봉 소저가 돌아가신 총맹주의 부인과 얼마나 닮았나요?" 이연화가 미소를 지었다.

백천리는 어안이 벙벙했다. 마른하늘의 날벼락 같은 얘기를 꺼내놓고는 뒤이어 아무 상관도 없는 질문을 할 줄은 예상하지 못했기 때문이다. 백천리는 봉경의 제자 중 유일하게 부인의 생전 모습을 알고 있었다. "사매는 사낭과 정말 많이 닮았습니다."

창밖에서 따스한 햇살이 비쳐들었다. 이연화가 자기 술잔에 천천히 술을 따라 조금 마셨다.

"셋째, 청량우가 석 달 전에 신분을 숨기고 귀 총단의 하인으로 들어왔다고 했는데 무슨 일을 했습니까?"

백천리는 질문의 저의를 짐작할 수 없었다. "부엌에서 허드렛일을 했습니다."

"넷째, 사매가 지금 어떤지 보고 싶으신가요?" 이연화의 입가에 옅은 미소가 번졌다. 어쩐지 서늘한 느낌이 드는 미소였다.

댕그랑. 백천리 앞에 있던 술잔이 엎어졌다. 백천리가 도끼눈을 뜨고 이연화를 노려보았다. "사매가 어디 있는지 알고 있소? 알면서 왜 말하지 않은 것이오?"

이연화가 말했다. "네, 압니다."

백천리는 갑자기 혼란스러워졌다. 이연화가 봉소칠의 행방을 안다면 만성도는 뭐하러 기루를 점거하고 포주와 기생들을 위협했단 말인가?

"안다고? 어떻게 알았소? 왜 말하지 않았소?"

"처음에는 절반밖에 몰랐으니까요." 이연화가 천천히 말했다. "나중에야 온전히 알게 됐습니다."

백천리는 머리끝까지 화가 치밀어 저도 모르게 고함을 질렀다. "사매는 지금 어디 있소?"

한데 이연화가 뜬금없는 질문을 했다. "내 아우는 어디 있죠?"

백천리가 어리둥절해서 대답했다. "바깥 부뚜막에서 밥을 짓고 있었소."

이연화가 그 말에 기분이 좋아진 듯 술잔을 내려놓고 웃으며 말했다. "우선 밥부터 먹고 사매를 보러 가야겠군요."

백천리가 노발대발했다. "만성도를 어찌 보는 거요? 이렇게 중대한 일을 두고 한가하게 밥이나 먹으란 말이오?"

백천리의 호통에 이연화가 흠칫하며 어색하게 웃었다. "하지만 제가 배가 고파서요."

이연화는 아직 노기를 가라앉히지 못한 백천리를 내버려두고 태연하게 아래층으로 내려갔다. 왕팔십이 돌아와 달걀을 부치고 밥도 다 해놓은 뒤였다. 이연화와 왕팔십은 배추와 달걀, 쌀밥 두 그릇을 탁자에 차려놓고 마주앉아 희희낙락 밥을 먹기 시작했다. 백천리가 화를 내며 먹지 않겠다고 했기에 이연화도 억지로 권하지 않았다.

천연덕스럽게 밥을 먹는 이연화를 보고 백천리는 화가 나서 미칠 것 같았지만 봉소칠이 어디에 있는지 아는 사람이 그뿐이었으므로 기다리는 수밖에 없었다. 입안에 든 걸 뱉어내고 말하라고는 할 수 없는 노릇이 아닌가? 마침내 식사를 마친 이연화가 말했다. "왕팔십."

왕팔십은 기다렸다는 듯 고개를 끄덕이며 허리를 숙였다. "삼괴에게 물어보니……"

거기까지 말한 왕팔십은 잠시 망설이다 조심스럽게 계속했다. "크게 놀란 것 같았습니다. 자기 집에 있다고 했습니다."

이연화가 술잔을 내려놓고 빙그레 웃었다. "그럼 가시죠."

백천리가 노기를 누르며 이연화의 뒤를 따랐다. 이연화는 번화한 거리를 지나 외진 골목으로 접어들더니 다 쓰러져가는 작은 집으로 들어갔다. 문을 들어서자마자 역한 냄새가 훅 끼쳐와 백천리는 그제야 그곳이 돼지 잡는 도살장이라는 걸 알았다.

건장한 체구의 사내가 마당에 앉아 멍하니 하늘을 올려다보다 누군가 문을 열고 들어오는 기척에 화들짝 놀랐다. 특히 백천리의 금빛 찬란한 옷을 보고는 몸을 벌벌 떨 정도로 기겁했다.

이연화가 웃었다. "삼괴?"

사내가 망연한 눈동자로 이연화를 보았다. "누구십니까?"

이연화가 치아를 드러내며 웃었다. "왕팔십의 형님이네."

조금 정신이 든 듯 삼괴의 눈동자가 반짝였다. "왕팔십의 형님이십니까? 그런데…… 어찌 이리도 젊으십니까?"

이연화가 헛기침을 하고 빙그레 웃었다. "물어볼 게 있네."

겁에 질린 삼괴의 얼굴 위로 한 가닥 반가운 기색이 스쳤다. "사람을 구하는 살아 있는 신선이시라고 왕팔십에게 들었습니다."

이연화가 고개를 끄덕이며 온화한 투로 말했다. "무서워 말게. 삼괴, 자네는 용감하고 똑똑한 사나이야. 자네가 잘못한 건 없네. 내가 있으니 아무도 자네를 탓하지 않을 거야."

잿빛 옷을 입은 수수한 모습은 상서로운 구름을 타고 다니는 신선과는 거리가 멀었지만, 온화한 얼굴에 높지도 낮지도 않은 목소리와 자신을 과장하지도 뽐내지도 않는 겸손함에 삼괴는 그를 믿을 수 있는 사람이라고 생각했다.

"저, 저는……" 삼괴가 더듬거리며 말하려는데 갑자기 밖에서 검을 휘둘러 일으킨 바람이 삼괴의 목을 향해 덮쳐 왔다. 백천리가 황급히 금구를 휘둘렀지만 땅 하는 소리와 함께 금구가 검날에 닿는 순간, 그의 오른손에 극심한 통증이 일고 손바닥이 뜨거워지더니 살이 갈라져 피가 철철 흘렀다. 상대는 백천리의 실력으로 막을 수 없을 만큼 엄청난 무공의 소유자였다.

그사이에 이연화는 삼괴를 잡아당겨 뒤로 몇 걸음 물러났다. 검은 옷에 복면을 한 검객이 장검을 든 채 우뚝 서 있었다. 살기등등한 두 눈동자만이 복면 위로 드러난 채였다.

이연화가 삼괴를 등뒤에 감추고 물었다. "금 선생, 자객이 습격했는데 이걸 어쩌지요?"

백천리가 소매에서 영전令箭*을 꺼내 위로 쏘아올리자 그것이 공중에서 터지며 자주색 불꽃이 치솟았다. 습격을 당했을 때 지원을 요청하는 만성도의 암호였다.

각양촌은 워낙 작은 마을이다보니 불꽃이 터지자마자 만성도 제자들이 금세 모여들어 주위를 겹겹이 에워쌌다.

복면 검객의 표정은 전혀 볼 수 없었다.

백천리는 만성도 제자들이 많이 모였으니 복면 검객이 아무리 뛰어난 고수여도 그를 제압할 수 있으리라 생각했다. 백천리가 싸늘하게 외쳤다. "누구냐? 어째서 이 사람을 해치려는 것이냐?"

복면 검객은 아무 대답도 하지 않고 미동도 없이 서 있었다.

바로 그때 삼괴가 갑자기 이연화의 등뒤에서 나오더니 복면 검객

---

* 군대의 명령 등을 전달할 때 쓰는 화살.

을 가리키며 그에게 달려들 기세로 다가갔다. “이놈, 이놈이……”

이연화가 삼괴를 잡아당겨 만류했다. “이자가 왜?”

“이놈이 그 사람들을 죽였습니다.” 삼괴의 두 눈이 붉어지고 우직해 보였던 얼굴이 일시에 일그러졌다.

그 말에 백천리는 아연실색했다. 봉소칠이 정말 살해당했단 말인가? 삼괴가 그걸 봤단 말인가? 봉소칠이 죽었다면 시신은? 복면 검객은 누구고? 방금 전에 자신이 “누구냐?” 하고 외치기는 했지만 복면 검객의 체구와 행동이 어쩐지 낯익었다. 알 수 없는 두려움이 등줄기를 타고 올라왔다. “넌……”

검객이 복면을 벗자 백천리는 그 자리에서 굳어버리고, 옆에 있던 제자들도 일제히 외마디 비명을 질렀다. 복면 뒤에서 나타난 사람은 긴 수염을 늘어뜨린 흰 얼굴에 꼿꼿한 체구를 가진 만성도 총맹주 봉경이었다!

살랑 불어오는 미풍 속에서 봉경의 얼굴은 여전히 온화하고 평온했다. 봉경이 말했다. “이 선생, 강호를 잘 아시는 분이 어찌 한낱 백정의 근거도 없는 모함을 믿는단 말이오? 내가 이자를 죽이려는 건 이자가 내 딸을 죽인 범인이기 때문이오!”

백천리는 사부님이 친딸을 죽였다는 삼괴의 말을 도저히 믿을 수 없었지만, 사부님이 복면 검객 차림으로 하는 말 역시 신뢰할 수 없었다. 봉소칠은 무공이 그리 강하지 않았지만 무공을 전혀 모르는 일개 백정의 손에 죽임을 당할 리 없었다. 대체 어떻게 된 일이란 말인가?

“아닙니다, 아니에요!”

근엄하고 여유 있는 봉경의 말에 모두 입을 다물고 조용해졌지만 삼괴는 계속해서 용기 내어 외쳤다. "거짓말! 당신이 봉 소저를 죽였잖아! 당신이 그 사람들을 죽였잖아!"

봉경이 조금도 동요하지 않고 말했다. "내 딸을 죽인 건 바로 네 놈이다."

삼괴는 더 화가 났다. "난…… 당신이 누군지도 몰라!"

"나를 알지도 못하면서 어째서 내가 살인을 했다고 말하는 것이냐? 내가 죽였다는 이가 누군지 알고나 있느냐? 죽은 이는 바로 내 딸이다. 눈에 넣어도 안 아픈 딸을 내가 어찌 죽일 수 있겠느냐?" 봉경의 말투가 점점 더 차분해졌다.

"당신이 죽였어! 이 금수보다 못한 인간! 당신이 찔렀을 때 그 여자는 살아 있었어. 나중에 그 여자가…… 목을 매달아 죽었어! 내가 다 안다고! 바로 당신이 한 짓이야." 삼괴가 발을 구르며 악을 썼다.

"그래? 그럼 내가 왜 딸을 죽였는지 이유를 말해보거라." 낯빛이 조금 변했지만 봉경은 여전히 차분한 목소리로 말했다.

삼괴는 말문이 막혔다. 하고 싶은 말이 많은데 뭐라고 해야 좋을지 알 수 없었다.

그때 옆에 있던 사람이 태연한 말투로 끼어들었다. "바로 청량우 때문이지요."

이연화였다. 조금 전 삼괴가 봉경을 가리키며 그가 사람을 죽였다고 외쳤을 때는 다들 경악하며 믿지 못했지만, 이연화의 이 한마디에 삼괴의 말은 반박의 여지 없는 기정사실이 되었다. 만성도 제자들의 얼굴이 돌처럼 굳었다. 환한 대낮에 사람들 앞에서 총맹주가 의심을 받는다는 자체가 이루 말할 수 없는 모욕이었기에 차마 계속 보고 있을 수 없었다.

봉경이 천천히 이연화에게 시선을 옮겼다. 이연화는 온화하고 점잖은 미소를 짓고 있었다. 봉경이 또박또박 말을 이었다. "죽도록 밉기는 하지만 마교의 간교한 이에게 미혹됐다 해서 내 손으로 딸을 죽일 리는 없소."

봉경의 말에 모두 고개를 끄덕였다. 봉소칠이 청량우를 따라갔지만 그렇다고 봉경이 딸을 죽일 리는 없었다.

이연화가 고개를 저으며 천천히 말했다. "총맹주께서 따님을 죽인 건 따님이 청량우를 흠모했기 때문이 아닙니다." 이연화가 봉경을 지그시 쳐다보았다. "진짜 이유를 사람들 앞에서 말해도 되겠습니까?"

"당신이……" 봉경의 얼굴이 순식간에 하얗게 질렸다.

이연화가 손가락을 입술에 대고 "쉿" 하는 소리를 낸 뒤 놀란 얼굴로 서 있는 백천리를 보며 물었다. "총맹주께서 친딸을 죽인 이유를 아시겠습니까?"

"절대 그럴 리 없소…… 사부께서 친딸을 죽였을 리 없소……" 백천리가 뻣뻣하게 굳은 몸으로 고개를 절레절레 저었다.

이연화가 한숨을 내쉬었다. "왕팔십의 집에 매달려 있던 그 돼지를 기억하시나요? 이 비극적인 이야기의 시작이 바로 목을 맨 돼지였죠."

금구를 쥐었던 백천리의 손에서 스르르 힘이 빠지고 상처에서 흐른 피가 손바닥을 붉게 적셨다. 조금 전 봉경이 휘두른 검의 위력이 이토록 강하고 살의가 강렬했는데 백천리가 어찌 그걸 몰랐겠는가.

봉경은 안색이 변했지만 여전히 담담하게 이연화를 응시했다. "이 선생, 죄를 덮어씌우려 작정하면 무슨 이유인들 만들어 낼 수 없겠소? 오늘 선생이 우리 만성도를 모욕한 대가는 반드시 치르게 하겠소."

이연화가 상관없다는 투로 말했다. "그 돼지 이야기를 듣고 싶지 않으십니까?"

봉경이 차갑게 말했다. "여기서 선생의 말을 막으면 세상 사람들이 우리 만성도를 옹졸하다고 욕하지 않겠소? 말해보시오! 단, 선생이 내뱉은 모든 말의 대가는 확실히 치러야 할 것이오."

이연화가 빙그레 웃으며 가볍게 손뼉을 쳤다.

"그날 밤 삼경, 왕팔십이 살던 나뭇간에서 여자옷을 걸친 돼지가 목매달려 죽었다는 건 각양촌 사람들이 다 아는 사실입니다. 다들 이상한 일이라고 했지요. 그 돼지 몸에는 부러진 창날이 박혀 있었고 품에서는 만성도의 금엽 명패가 발견됐습니다. 그저 짓궂은 장난으로 여기고 처음에는 크게 신경쓰지 않았습니다. 그래서 총맹주의 따님이 실종됐다며 만성도에서 찾아와 물을 때 저는 그저 지나가는 구경꾼일 뿐이었습니다. 그런데……" 이연화가 잠깐 멈췄다가 천천히 말을 이었다. "돼지를 목매달아놓은 것이 무슨 의도인지도 모르고, 만성도의 봉 소저가 어디로 갔는지도 몰랐지만, 누가 돼지를 매달아놨는지는 처음부터 알았습니다."

백천리가 깜짝 놀랐다. "그게 누굽니까?"

이연화가 미소를 지었다. "죽은 돼지가 매달려 있는데 각양촌에서는 돼지를 잃어버린 집이 없었습니다. 그럼 그 돼지는 어디서 왔을까요? 이백 리 밖에서 왔을까요? 어떻게 아무 의심도 받지 않고 돼지를 마을로 들여올 수 있었을까요? 돼지 한 마리쯤 사라져도 아무도 이상하게 생각하지 않는 사람의 소행이라는 뜻이지요. 돼지를 싣고 돌아다녀도 아무도 개의치 않는 사람의 소행이라는 뜻이기도 합니다. 그게 누구겠습니까?" 이연화가 신이 난 표정으로 얘기했다. "왕팔십이 삼경에 요강을 비우러 나갈 때 문을 잠그지 않는다는 걸 아는 사람이 누굴까요? 집에서 돼지가 사라졌는데 이상하게 여기지 않는 사람, 죽은 돼지를 싣고 버젓이 돌아다닐 수 있는 사람이 누굴까요?" 이연화가 삼괴를 가리켰다. "당연히 돼지를 죽여 고기를 파는 사람이겠지요."

다들 그렇게 단순한 걸 왜 생각하지 못했을까 자책하며 이제야 알겠다는 듯 고개를 끄덕였다.

이연화의 말이 이어졌다. "그런데 삼괴는 왜 왕팔십의 집에 죽은 암돼지를 매달아놨을까요? 사실 친구 관계는 제삼자가 함부로 말할 것이 아니기에, 처음에 저는 돼지를 매달아놓은 사람이 삼괴일 거라는 얘기를 하지 않았습니다."

삼괴는 그 말에 모골이 송연해져 긴장된 표정으로 이연화를 보았다. 이연화가 계속해서 말했다. "하지만 삼괴가 다음으로 수퇘지의 왼쪽 다리를 자르고 쇠막대기를 꽂고 머리까지 베어 잿더미가 된 나뭇간에 버렸을 때는 제가 틀렸다는 걸 알았습니다. 이건 짓궂은 장난이 아니라 피비린내나는 고발이었지요. 즉, 살인의 흔적이라는 걸 알았습니다. 누구든 그 돼지 두 마리를 봤다면 두 사람이 죽은 모습을 재현해놓은 것임을 알았을 겁니다. 암퇘지를 매달아놓은 건 사람들의 관심을 끌거나 왕팔십을 겁주려는 의도가 아니라, 누군가 여자를 그렇게 죽였다는 암시였습니다."

이연화가 사람들을 천천히 둘러보았다. 검고 투명한 그의 눈동자에서 차분한 빛이 반짝였다. 모두 입을 꾹 다문 채 숨죽이고 이연화의 말을 들었다. "두 사람을 누가 죽였을까요? 범인을 아는 사람은 어째서 당당히 고발하지 못하고 죽은 돼지로 시신을 재현하는 방법을 썼을까요? 이 궁금증은 삼괴에게 물어보면 바로 해결되겠지만 그러기에는 위험이 따랐습니다." 이연화가 삼괴를 흘긋 보았다. "삼괴가 돼지를 이용해 살인 사건을 알린 건 범인이 그걸 근거로 자신을 찾아내는 일은 없을 거라고 생각했기 때문입니다. 그런데 제가 개입하는 바람에 삼괴의 존재를 알게 된 범인이 삼괴를 죽여 입막음을 하려고 한다면 얼마나 위험하겠습니까? 그래서 물어볼 수 없었지요. 그럼 어떻게 해야 할까요?"

이연화는 잠시 말을 멈추고 가볍게 헛기침을 한 뒤 다시 말을 이었다. "바로 그때 우연한 일로 범인이 누군지 확신하게 됐습니다."

4. 범인

"왕팔십이 암퇘지의 옷 주머니에서 세 가지 물건을 꺼냈습니다.” 이연화가 말했다. “상사자 열매 한 톨, 나뭇가지 하나, 종이 한 장이었지요. 종이에 수수께끼 같은 글귀가 적혀 있어 백 대협이 유심히 살펴봤지만 그건 범인과 별로 관계가 없는 것이었습니다.”

이연화가 ‘금 선생’이 아닌 ‘백 대협’으로 칭하자 백천리는 어쩐지 어색했다.

“범인과 관련된 건 상사자 열매입니다. 그 열매는 이곳에서 나지 않습니다. 남만南蠻의 높은 산에서만 나지요. 주머니에 들어 있던 열매는 싱싱하고 윤기가 돌았으며 꼬투리까지 달린 걸 보아 딴 지 얼마 안 된 것이었습니다.” 이연화가 말했다. “최근 총단에서 누가 남만에 다녀왔죠? 바로 총맹주입니다.”

백천리가 말했다. “총맹주는 초대를 받고 다녀온 겁니다.”

이연화가 미소를 지었다. “제자들을 데리고 다녀오셨겠지요?”

“그건……” 백천리의 말문이 막혔다.

이연화가 긴 한숨을 내쉬었다. “그래서 이 열매가 봉 소저의 주머니에 들어 있었던 겁니다. 총맹주가 따님을 몹시 아낀다는 건 세상이 다 아는 사실이지만 그래도 아버지가 딸에게 상사자 열매를 주는 건 이상한 일*이지요. 그런데……”

이연화의 목소리에 갑자기 힘이 들어갔다. 만성도 제자들은 이연화의 설명에 화가 치밀어올랐지만 일단 끝까지 들어보기로 하고

---

* 진나라 때 전쟁에 나간 남편이 전사했다는 소식에 목숨을 끊은 여인의 무덤에서 나무가 자라 빨간 열매가 달리자 사람들은 남편을 그리워하는 아내의 사랑이 열매가 된 것이라 믿고 그 나무를 ‘상사자’라고 불렀고, 이때부터 상사자는 사랑하는 연인 사이의 그리움을 상징했다.

꾹 참았다.

"꼬투리 속에 열매가 여러 톨 들어 있었을 텐데 봉 소저의 주머니에는 왜 한 톨만 있었을까요?" 이연화가 어깨를 으쓱였다. "나머지는 어디로 갔을까요? 상사자가 그리움을 의미하는 나무이지만 그 열매에는 맹독이 있습니다. 그 맹독성 열매들이 어디로 갔을까요?"

백천리가 미간을 찡그렸다. "그게 무슨 말입니까? 설마…… 사매가 그걸로 사람을 해쳤다는 겁니까? 사매가 비록 어리고 성정이 제멋대로이기는 하나 사람을 해칠 인물은 아닙니다."

이연화가 고개를 저었다. "그런 뜻은 아닙니다. 그저 의문이라는 말이지요. 이번에 만성도 총단에 갔을 때 두 가지 얘기를 들었습니다. 하나는 총맹주의 부인께서 딸을 낳고 얼마 안 되어 돌아가신 뒤 총맹주는 새로 혼인하지 않고 부인을 빼닮은 봉 소저를 애지중지 키웠다는 것입니다. 또하나는 일품독 청량우가 백 대협의 소사검을 훔치고자 부엌에서 허드렛일하는 하인으로 위장해 총단에 잠입했는데 무슨 이유에선지 봉 소저가 청량우를 좋아하게 됐다는 것입니다. 게다가 봉 소저는 청량우를 위해 몰래 소사검을 훔치고, 청량우가 모용좌를 독살하자 그를 따라 도망갔습니다."

그 사실을 아는 사람이 거의 없었기에 다들 반신반의하며 서로 얼굴만 쳐다보았다.

백천리가 천천히 고개를 끄덕였다. "그게 어디가 이상하단 말입니까?"

"소사검을 훔치고자 만성도에 잠입했다는 사실을 청량우가 얼마나 은밀히 감췄겠습니까? 만성도의 소 소협은 워낙 영리하고 안목이 남다르니 그 사실을 눈치챈 게 이상한 일이 아닙니다만, 봉 소저는 어떻게 알았을까요?" 이연화가 한숨을 내쉬었다. "도도하고 제멋대로라고 평판이 자자한 봉 소저가 어떻게 부엌에서 허드렛일하는 하인을 흠모하게 됐을까요? 청량우가 봉 소저를 얼마나 믿었기에 자신이 소사검을 훔치러 왔다는 걸 얘기했을까요? 그 둘 사이에 남들이 모르는 일이 있었을 겁니다. 그런데 봉 소저와 부엌 하인 사이에 어떻게 연관성이 생길 수 있었을까요?" 이연화가 백천리와 봉경을 차례로 응시했다. "바로 음식입니다."

"음식이요?" 백천리가 어리둥절한 표정으로 반문했다.

"네, 음식이요." 이연화가 천천히 말했다. "무슨 일이 있었는지는 모르겠지만, 청량우는 독을 잘 쓰기로 유명한 사람이니 음식과 사라진 맹독성 열매, 봉 소저, 이 셋을 합치면 기이한 상상을 하지 않을 수 없습니다."

백천리는 등줄기가 서늘해졌다. "그러니까 설마……"

이연화가 말했다. "누군가 봉 소저의 음식에 독을 넣은 것을 청량우가 발견해 해독시켜준 겁니다. 그래서 봉 소저가 생명의 은인을 사랑하게 된 것이지요. 제 추측일 뿐입니다만."

하지만 그 추측이 정말 그럴듯해 주위가 삽시간에 고요해졌다. 다들 머릿속이 멈춰버린 듯 놀란 표정으로 이연화를 보기만 했다.

이연화가 계속해서 말을 이었다. "청량우와 봉 소저가 서로 아는 사이가 됐다는 점에서 저는 총단 중 누군가가 봉 소저를 해치려 하지 않았을까 가정해봤습니다. 봉 소저의 처소 밖 화원에는 여러 가지 물건이 버려져 있었습니다. 금은보화에 머리 장식이며 옥비녀까지, 돈으로 계산하면 엄청난 금액일 겁니다. 봉 소저는 어리고 돈을 벌지 않았으니 누군가에게 받은 것들이었겠지요. 봉 소저는 어릴 적부터 총단에서 곱게 자라 강호 사람들과 별로 왕래가 없었는데, 그렇다면 그 금은보화를 누가 주었을까요?" 이연화가 입가를 살짝 올리며 봉경을 흘긋 보았다. "만성도 총단에서 총맹주 말고 또 누가 봉 소저에게 그런 금은보화를 줄 수 있을까요? 아버지가 딸에게 보석을 주는 건 자연스러운 일이지만, 그렇다고 하기에는 너무 많은 양입니다. 봉 소저의 태도도 너무 안하무인이고요."

이연화는 거기서 잠시 멈췄다가 천천히 말을 이었다. "봉 소저는 이제 열일곱 살이고 아버지는 줄곧 딸을 규중에 숨겨두고 애지중지했는데, 갑자기 두 달 전에 사윗감을 고르기 시작했다고 들었습니다. 여러 사람을 골랐지만 봉 소저가 혼인하지 않겠다며 소란을 피웠다고요. 봉 소저의 나이가 아직 열일곱인데 총맹주는 왜 갑자기 딸을 시집보내려 했을까요?" 이연화가 엷은 미소를 지으며 봉경을 보았다.

봉경은 입을 꾹 다문 채 이연화를 싸늘하게 노려보았다.

"봉 소저가 화단에 버린 물건 중에 향로가 있었습니다." 이연화가 웃음기를 싹 거두고 무거운 목소리로 말했다. "향로에는 상등품 사향 한 조각이 있었는데 한쪽 모서리에 타다 남은 흔적이 보였습니다. 사향은 본디 향이 진해서 굳이 태워 향을 낼 필요가 없지요. 게다가 봉 소저는 그걸 멀리 던져버렸습니다." 이연화가 봉경을 응시했다. "사향에서는 향기가 아니라 누린내가 났습니다. 약으로 쓰는 것이었죠. 누가 그걸 봉 소저의 방에 뒀까요? 누가 그걸 태웠을까요? 상사자 열매와 금은보화를 주며 봉 소저를 애지중지하던 총맹주는 갑자기 그녀를 시집보내려 하고, 봉 소저의 방에서는 누군가가 사향을 태웠습니다. 어쩌면 봉 소저의 음식에 독성이 있는 사향을 넣었을 수도 있고요. 사향은 뱃속의 태아를 없앨 때 쓰는 약입니다……"

"그 입 다무시오!" 백천리가 버럭 소리쳤다. "내 예를 갖춰 대해 주려 했거늘 그런 헛소리를 지껄이다니! 그건 사부님에 대한 모욕일 뿐만 아니라 사매에 대한 모욕이오! 천박한 인간 같으니!"

주위를 둘러싸고 있던 제자들이 술렁였다. 다들 '뱃속의 태아를 없앨 때 쓰는 약'이라는 말에 크게 놀랐다. 그게 무엇을 뜻하는지 누가 못 알아듣겠는가.

바로 봉경과 봉소칠이 패륜을 저질렀고, 봉소칠이 임신하자 봉경이 뱃속의 태아를 없애 그녀를 시집보내려 했지만, 봉소칠이 거부해 어쩔 수 없이 죽였다는 의미였다.

점잖고 고상하며 화초 기르기를 좋아하고 책 읽기를 즐겨 하는 봉경이 그런 짓을 저질렀다는 걸 누가 믿을 수 있을까?

봉경의 얼굴에서 핏기가 싹 가셨다. "이연화, 네 말이 사실이라는 증거를 내놓지 못하면 지금 당장 널 죽여도 이 분노가 풀리지 않을 것이다!"

이연화가 바닥을 가리켰다. "그 둘을 한번 더 보고 싶으신가요? 증거는 어쩌면 그 두 사람에게 있을지도 모르겠군요."

그 말에 봉경은 그대로 얼어붙고 삼괴가 소리를 지르기 시작했다. "바로 당신이야! 당신이 아가씨를 죽였어!" 그러고는 미친 사람처럼 삽을 들고 땅을 파기 시작했다. 흙을 조금 파내자 큰 구덩이가 나오고 멍석 두 장이 나타났다. 삼괴가 구덩이로 뛰어내려가 그중 하나를 들췄다. "아가씨가 당신 아이를 가졌잖아!"

백천리가 구덩이 속 퉁퉁 부은 시신을 놀란 눈으로 내려다보았다. 이목구비가 비틀리고 긴 머리가 흐트러진 채 진흙 속에 누워 있는 사람은 바로 철없고 제멋대로인 사매였다. 사매가 이런 모습으로 나타날 줄은 상상도 못했다. 그 옆에 피범벅이 되어 흰 베에 쌓인 것은 몸체도 제대로 갖춰지지 않은 태아였다.

삼괴가 또다른 멍석을 걷자 난도질당한 얼굴이 나타났다. 알아볼 수 없을 정도로 처참히 베였지만 생전에 준수한 외모였다는 걸 짐작할 수 있었다. 다들 그 얼굴을 처음 보았지만 그가 청량우임을 알았다.

이토록 잘생긴 남자였을 줄이야.

삼괴가 봉경을 똑바로 가리키며 외쳤다. "그날 밤 이모 댁에 갔다가 돌아오는 길에 산에서 당신이 이 사람들과 싸우는 걸 봤어. 여자를 붙잡아 데려가려는데 이 남자가 가로막으니 당신이 여자를 발로 차서 쓰러뜨렸지. 그뒤 부러진 창으로 남자를 나무에 박아놓고 검으로 손을 베고 얼굴을 난자해 죽였어! 검이 부러지도록 난도질했지! 여자가 죽지 않으니 계속 발로 차다가 창날로 배를 찔렀고. 그러고는 여자가 들고 있던 검을 빼앗아 검자루로 여자를 후려쳤어! 내가 다 봤다고! 당신은 쓰러져 피 흘리는 여자를 내버려두고 갔지. 내가 여자를 집으로 데려와 며칠 동안 보살폈어. 뱃속

아기는 죽었지만 여자는 아직 살아 있었어. 하지만 여자는 당신이 남자를 죽였다는 걸 알고 매일 울기만 했지. 어느 날 돼지고기를 팔고 돌아와보니 여자가 흰 천으로 들보에 목을 매 죽었어."

삼괴는 봉경을 가리키며 부들부들 떨었다. "이 여자한테 다 들었어. 당신이 친아버지인데 어머니와 많이 닮은 자기를 겁탈했다고! 자기가 이 남자와 도망칠까봐, 이 남자가 당신의 추악한 짓을 세상에 알릴까봐 입막음하려고 죽였다고! 당신의 이름은 듣고도 까먹었지만 당신이 권력가라는 건 기억해! 아무리 그래도 사람을 죽이다니, 그것도 둘이나! 이렇게 젊은 아가씨를 죽게 만들고도 당신이 사람이야? 절대로 용서할 수 없었어. 내가 그 모습을 다 봤으니까! 이 삼괴가 비록 백정이고 아는 것도 없고 재주도 없지만 당신이 반드시 천벌을 받아야 한다고 생각했어!"

삼괴가 돼지 잡을 때 쓰는 받침대를 세게 내려치자 받침대가 쓰러질 듯 흔들렸다. "이 사실을 관리에게 알려 당신이 처벌받게 하려고 계획했지! 그래서 돼지 두 마리를 죽여 이 두 사람이 죽은 모습을 그대로 꾸몄던 거야. 이렇게 이상한 사건이 벌어지면 누군가가 이들의 억울함을 풀어주리라 생각했지. 과연 하늘이 다 보고 계셨어!"

봉경의 얼굴이 하얗게 질렸다. 시신 두 구를 차분히 내려다보던 이연화가 말했다. "청량우의 시신에 칼로 벤 자국이 낭자한데 백대협은 이것이 무슨 검법인지 아시겠습니까?"

백천리가 주춤거리며 뒤로 물러났다. 비록 검술을 배우지 않았지만 봉경의 가문에서 대대로 전수하는 기운십삼검旗雲十三劍이라는 검법임을 잘 알았다. 상대에게 최대한 상해를 입힐 수 있는 검법으로, 검을 찌르고 빼는 방식이 독특했다. 청량우의 얼굴에 난 검자국과 배에 창이 꽂힌 흔적에 모두 기운십삼검의 특징이 그대로 드러나 있었다.

이연화가 고개를 들어 서서히 내려앉는 석양을 응시하며 말했다. "총맹주님, 제가 품은 수많은 의심은 그저 추측일 뿐이었습니다. 그런데 총맹주님을 범인이라고 확신한 계기가 뭔지 아십니까?"

봉경이 싸늘하게 웃었다.

이연화가 천천히 말했다. "나뭇가지와 종이 때문이었습니다."

봉경은 아무 말도 하지 않았다.

"만성도 총단에서 돌아오는 길에 총맹주가 주신 준마가 다치는 바람에 귀가가 늦어졌습니다. 말이 놀라서 넘어지면 큰 사고가 나기 마련인데 제가 워낙 운이 좋았는지 화를 면할 수 있었습니다. 그 말들이 왜 넘어졌는지 의원을 불러 자세히 살펴봤습니다. 저는 그 까닭이 총맹주님이 베풀어주신 친절함과 관계가 있다고 생각했지요." 이연화가 웃으며 말을 이었다. "그런데 길상문연화루에 돌아와보니 저를 기다리는 사람이 있었습니다. 그 두 가지 물건을 내놓으라고 하더군요. 참으로 이상했지요. 왕팔십 자신도 자기 주머니에 그 세 가지 물건이 있다는 걸 몰랐습니다. 왕팔십이 상사자 열매, 나뭇가지, 종이를 꺼낼 때 그 자리에는 저와 백 대협뿐이었습니다."

백천리는 몸을 떨면서도 금구를 쥔 손에 힘을 주며 고개를 끄덕였다.

"그리고 우리가 총단에 가서 총맹주를 만났을 때 백 대협과 왕팔십이 그 세 가지 물건 얘기를 꺼냈습니다. 백 대협은 상사자 열매를 총맹주에게 주었고, 저는 나뭇가지와 종이를 다시 품에 넣었지요." 이연화가 빙그레 웃었다. "그러면 제집에 와서 그 두 가지를 달라고 한 사람은 누굴까요? 백천리와 왕팔십, 그리고 저와 총맹주님 외에 그 두 가지 물건의 존재를 아는 사람은 없습니다. 그 물건이 제게 있다는 사실을 아는 사람은 더더욱 없지요." 이연화가 안타깝다는 듯 고개를 저었다. "아마 그 이상한 종이에 총맹주님의 정체를 고발하는 비밀이 감춰져 있으리라 생각하셨겠지만 그렇지 않았습니다. 위험을 무릅쓰고 그걸 가지러 오시는 바람에 저는 오히려 총맹주님이 범인이라고 확신했습니다. 저보다 일찍 각양촌에 왔고 무예가 훌륭하며 그 두 가지 물건이 제게 있다는 걸 아는 사람은 백 대협과 총맹주님뿐이었는데, '야 선생'은 백 대협이 아니었죠."

봉경이 잠시 생각하다가 천천히 미소를 지었다. "야 선생이 백천리가 아니라는 걸 어떻게 확신하지?"

이연화가 진지한 목소리로 말했다. "백 대협이었다면 제가 야 선생이라고 불렀을 때 틀림없이 탁자를 치며 자신은 백씨라고 강조했을 겁니다…… 총맹주님 수련 경지가 정말 대단하시더군요. 진작 알아봤지만 말입니다."

백천리가 떨리는 목소리로 외쳤다. "사부님!"

봉경이 천천히 돌아보자 백천리가 어금니를 꽉 물고 한참을 부들부들 떨다가 한 마디씩 힘주어 물었다. "그 두 가지 물건이 정말 사부님께 있습니까? 증명해주시길…… 이 제자가 청하옵니다."

봉경이 허리를 젖히며 큰 소리로 웃었다. "하하하, 하하하하!"

그러고는 품에서 세 가지 물건을 꺼내 바닥에 툭 던졌다. 바로 상사자 열매와 나뭇가지와 종이였다.

"악을 처단하며 반평생을 살아온 내가 악이 될 줄은 몰랐군. 이연화! 당신이 추측한 것이 대부분 맞소! 전남에서 가져온 상사자 열매 세 톨을 화두탕花豆湯*에 넣어 소칠에게 먹여 뱃속의 아이를 없애려 했는데 청량우 그놈 때문에 일을 그르쳤소. 그래서 사향을 태웠는데 또 소칠이 그걸 던져버렸지. 소칠은 나를 미워했기에 일부러 반항하려고 아기를 지우지 않으려 한 거요." 봉경이 또 허리를 젖히고 크게 웃었다. "좋소. 이렇게 됐으니 다 털어놓겠소! 내가 친딸과 간통했다고 생각하시오? 금수보다 못하다고 생각하시오? 흥! 소칠은 내 딸이 아니오!" 봉경의 말투가 갑자기 날카로워졌다. "소칠은 내 아내가 다른 남자와 사통해서 낳은 딸이오. 그걸 알고 내가 그녀를 죽여 장미 아래에 묻었지. 소칠은 내 딸이 아니니 내가 하고 싶은 대로 했소. 그 어미 아비가 내게 죄를 지었으니 내가 그 딸에게 복수한 거요. 그게 무슨 잘못이란 말이오? 하하하, 하하하하!"

백천리가 경악하며 봉경을 보았다. 자신이 삼십 년 넘게 존경해 온 사부에게 이런 숨겨진 모습이 있었다니…… 봉경의 미치광이

---

* 땅콩, 대추 등을 넣고 끓인 탕.

같은 웃음소리에 만성도 제자들 모두 등줄기가 선득해져 뒷걸음질쳤다. 아내를 죽이고 양녀와 사통한 그가 또 무슨 짓을 저지를지 누가 알겠는가?

쨍 하는 청량한 울림과 함께 봉경이 검을 뽑았다. 어스름한 저녁놀 아래서도 그의 손에 들린 검은 희푸른 검광을 내뿜었다. 그건 바로 소사검이었다!

백천리가 소사검을 보고 본능적으로 덮쳐 빼앗으려 했지만 이연화가 팔을 들어 저지했다.

백천리는 놀라 멈칫했다. 이연화의 무공이 자기보다 강할 거라고는 생각하지 않았는데, 그의 팔에 가로막혀 앞으로 한 발짝도 더 나갈 수 없었다.

이연화가 부드럽게 물었다. "백 대협, 이 검을…… 얼마 주고 사셨습니까?"

"은자 십만 냥을 줬소."

이연화가 탄식했다. "너무 비싸군요."

그러고는 봉경을 보며 차분히 말했다. "살 수 없으니 훔칠 수밖에 없었군요."

봉경이 갑자기 살기등등한 기세로 검을 휘둘렀다.

두 사람이 물러나지 않고 서로 맞서자 주위에 있던 제자들이 겁에 질린 얼굴로 뒷걸음질쳤다.

거센 바람이 불어와 모래를 흩날리고, 태양은 서쪽 하늘로 점점 내려앉았다.

제15장

지생극락탑

"그래서?"

촛불이 흔들리고 탁자와 의자가 삐그덕대는 소리가 길상문연화루의 정적을 깼다. 한 사람이 부아가 돋은 투로 말했다. "돼지 요괴가 씐 봉경이 갑자기 벽돌로 제 머리를 쳐서 기절하는 바람에 네가 이 검을 주워왔다는 거야?"

그 앞에 단정하게 앉은 사람이 대답했다. "넌 정말 똑똑해……"

"얼어죽을 이연화! 날 뭘로 보고 그런 거짓말을 하는 거야? 어서 말해! 각양촌 사건의 진실이 뭐야?" 말을 꺼낸 사람이 버럭 성을 내자 나무그릇이 바닥에 떨어져 빠직 갈라지는 소리가 났다.

평소에 아무것도 올리지 않고, 심지어 술을 마실 때 술잔조차 탁자 밑에서 꺼내서 쓰는 길상문연화루의 나무탁자 위에 어찌된 일인지 황금보다 더 빛나는 비단 천이 깔렸다. 비단 천 위에는 사계절 풍경이 알록달록 수놓인 푹신한 깔개가 놓였다. 그 깔개 위에 보라색 무늬가 상감된 흑단목 받침대가 조상의 위패처럼 단정하게 올려져 있고, 그 위에 검 한 자루가 귀한 자태를 뽐내며 누워 있었다.

진한 잿빛 위로 푸르스름한 빛이 감돌며 우물 벽처럼 매끄럽고 서늘한 기운이 흐르는 이것은 바로 상이태검 이상이가 아끼던 소사검이었다.

"내가 지금껏 없었고 앞으로도 없을 절세의 검법으로 봉경을 완벽하게 제압하니 백천리가 탄복해서 오체투지하며 스스로 내게 이 검을 바쳤다고 해도 넌 안 믿을 테고, 봉경이 갑자기 크게 깨닫고 뉘우치면서 비열한 삶보다 깨끗한 죽음을 선택하겠다며 자결을 결심한 뒤 두 손으로 이 검을 바쳤다고 해도 안 믿을 테고, 봉경이 검을 쓰는 내 모습을 보고 그 천부적인 자질을 높게 사 친히 이 검을 내게 줬다고 해도 안 믿겠지. 그렇다면……" 이연화가 턱을 만지작거리며 방다병이 조상의 위패처럼 모셔놓은 검을 보고 중얼거렸다. "그렇다면 남모르게 병을 앓던 봉경이 내가 손을 쓰기도 전에 별안간 급사했다고 하면 어때?" 이연화가 잔뜩 기대하는 눈빛으로 방다병을 보았다.

방다병은 똥을 실컷 먹은 쥐가 된 것 같았다. 황당한 거짓말을 늘어놓고 어느 거짓말이 더 그럴듯하냐고 묻는 경우가 세상천지에 어디 있단 말인가? "얼어죽을 이연화!" 방다병이 탁자를 쾅 내려치며 일어났다. "어쨌든 진실을 말해주지 않겠다는 거지? 상관없어! 이 몸이 꼭 알아내고 말 테니까! 네가 말하지 않겠다면 백천리에게 물어보면 돼! 백천리는 말해주겠지! 어차피 그날 그 자리에 만성도 제자가 예순네 명이나 있었는데 네가 아무리 그날의 진실을 숨길 수 있을 것 같아?"

이연화가 말했다. "네 말도 맞아."

"넌 입만 열면 헛소리지. 네가 이 검을 어떻게 손에 넣었는지 이 몸이 기필코 알아내고 말겠어! 두고 봐! 얼어죽을 이연화! 나쁜 자식!" 방다병이 분을 못 이겨 발을 굴렀다.

방다병이 이를 갈며 으르렁거리는데도 들은 체 만 체하던 이연화가 품에서 뭔가를 꺼내 탁자에 가만히 내려놓았다. "난 지금 소사검보다 이게 더 궁금해."

"뭔데?" 방다병의 관심이 금세 탁자 위 물건으로 쏠렸다.

이연화가 말했다. "왕팔십이 봉소칠의 주머니에서 발견한 종이야. 글귀가 적혀 있는데, 난 이게 봉소칠이 아니라 청량우의 것일 가능성이 크다고 봐."

방다병이 의아한 표정으로 물었다. "청량우의 것이라고? 이게 뭔데?"

이연화가 진지한 표정으로 말했다. "되게 재밌는 물건일 것 같지 않아?"

1. 첫번째 종이

이연화가 탁자에 올려놓은 건 글귀가 적힌 단순한 쪽지가 아니라 종이에 풀을 붙여 만든 육면체였다. 모서리마다 자르라는 표시인 듯한 선이 그려져 있었다.

방다병이 눈을 크게 떴다. "글귀가 적혀 있다고? 어디에?"

이연화가 탁자를 똑똑 두드렸다. "안쪽에."

방다병이 미간을 찌푸렸다. "이게 뭔데? 어디에 쓰는 거야?"

"몰라." 이연화가 고개를 젓고는 생각에 잠긴 표정으로 육면체를 응시했다. "원래는 열십자 모양의 종이였고 '가운데 네 개가 있는데, 위에 하나 아래 하나, 또는 위에 하나 아래 넷, 또는 위에 둘 아래 둘. 이중 하나를 고르시오'라고 쓰여 있었어."

"가운데 네 개가 있는데, 위에 하나 아래 하나, 또는 위에 하나 아래 넷, 또는 위에 둘 아래 둘. 이중 하나를 고르시오?" 방다병의 미간이 점점 더 찌푸려졌다. "그건 또 무슨 소리야?"

이연화가 손끝으로 탁자에 네모 몇 개를 그렸다. "백지 가운데를 네 개로 나누고 위아래에 하나씩 더 있는 형태를 말하는 거야. 이건 어떤 물체를 설명하는 글귀야. 가운데에 네 개가 있고 위아래에 두 개가 있거나, 가운데에 네 개가 있고 그중 첫번째 것의 위에 또하나가 있고 네번째 것의 아래에 또하나가 있거나. 이 말에 들어맞는 물체는 바로 육면체지. 이 열십자 모양의 종이를 한 칸 한 칸 접으면 육면체를 만들 수 있어." 이연화가 손을 펼쳤다. "다른 모양의 종이라도 풀로 붙여서 똑같은 육면체를 만들 수 있지."

방다병이 종이를 붙여 만든 육면체를 수상쩍다는 듯 응시했다. "그래. 네가 백지를 만 가지 방법으로 이어붙여 육면체를 만든다고 쳐. 그걸 어디다 쓸 건데?"

이연화가 살짝 위축된 투로 말했다. "나도 몰라. 그래서 이게 아주 재밌는 물건이라는 거야."

이연화는 언제 그랬냐는 듯 흡족한 표정으로 고개를 비딱하게 기울이고는 의자 등받이에 편히 몸을 기댔다. "이 물건은 봉소칠이 소사검을 훔친 직후에 그녀의 품에 들어갔어. 봉소칠은 누군가를 구하려는 청량우를 도우려고 했지. 봉소칠과 청량우가 사람을 구하러 가는 길에 봉경에게 죽임을 당하고 소사검을 빼앗겼으니 그들이 구하려던 사람은 구조되지 못했을 거야. 이 육면체가 청량우가 구하려던 사람과 관련있을 것 같아." 이연화가 진지한 투로 말을 이었다. "청량우가 생명의 위험을 무릅쓰고 만성도에 석 달 동안 잠복하면서 소사검을 훔쳐가며 구하려던 사람이 누굴까? 흥미로운 사연이 있는 게 분명해."

방다병이 목소리를 낮추고 말했다. "이 물건이 사람을 구하는 일과 관련있다고? 어떤 장소라든가 장치를 푸는 방법이 여기 감춰졌단 말이야?"

이연화가 말했다. "가만히 보면 참 영특하단 말이지……"

방다병이 비딱한 눈초리로 이연화를 노려보았다. "또다른 뭔가가 있으면서 나한테 숨기는 거 아냐?"

이연화가 얼른 고개를 저었다. "절대 아니야. 나도 너랑 같은 생각이야."

방다병이 믿지 못하겠다는 듯 콧방귀를 뀌었다. "설마 청량우 대신 그 사람을 구하려는 건 아니겠지?"

이연화가 위패처럼 모셔진 소사검을 흘긋 보고는 씩 웃었다. "소사검은 예리하지 않아. 세상에 소사검이 아니면 벨 수 없는 물건은 없어. 중요한 건 검이 아니라 검을 쓰는 사람이란 뜻이지."

방다병이 깜짝 놀랐다. "검을 쓰는 사람? 이상이? 이상이는 십이 년 전에 죽었잖아. 청량우가 이 검을 훔쳐도 이상이를 구할 순 없어."

이연화가 진지하게 말했다. "네 말이 맞아…… 난 중요한 건 사람이라고 했지 이상이라고 하지 않았어."

방다병의 눈이 휘둥그레졌다. "이상이가 아니야? 그럼 누구?"

이연화가 고개를 끄덕였다. "소사검은 아주 강한 검이야. 세상 그 어떤 검보다 강도가 뛰어나지. 보통 장검으로 감당할 수 없는 검법에 대항하려면 소사검이 있어야 해."

방다병이 명검을 계속 눈으로 훑었다. "설마 청량우가 이걸 낭아봉狼牙棒*삼아 휘두르려는 미치광이에게 주려고 목숨걸고 훔쳤다는 얘기야?"

이연화가 헛기침을 했다. "여러 가능성이 있지. 누군가 청량우에게 소사검을 가져오면 어떤 이의 목숨을 살려주겠다고 했거나, 이 검으로 어떤 장치를 깨부술 수 있다고 생각했거나, 아니면 이 검에 신비한 재료가 섞여 있어 갈아서 먹이면 사람을 살릴 수도 있다거나……"

방다병이 꽥 소리치며 말허리를 잘랐다. "먹는다고?"

이연화가 진지한 투로 하던 얘기를 계속했다. "아니면 이 검이 무림의 한 선배가 세상에 남긴 신물信物이어서 손에 넣으면 어떤

* 창처럼 긴 막대 끝에 쇠못을 촘촘히 박은 무기.

소원을 이룰 수 있다든가……"

방다병이 괴상하다는 눈빛으로 노려보았지만 이연화는 아랑곳하지 않고 태연히 앉아 있기만 했다. 한참 뒤 방다병이 중얼거렸다. "여기 앉아서 네 헛소리를 듣다니 내가 미쳤지. 우리 아버지는 내게 글공부를 해서 벼슬길로 나가라고 하시고, 할아버지는 부마가 되라고 하시는데. 할일이 산더미처럼 쌓였는데 미쳤다고 여길 와서……" 방다병이 탁자를 쾅 내려쳤다. "육면체를 가지고 놀고 싶으면 너나 놀아. 각양촌 사건도 말하기 싫으면 됐어! 소사검 얘기도 말하기 싫으면 관두라고! 내 앞에서 헛소리하려고 궁리할 필요 없단 말이다! 난 간다!"

"음……" 이연화는 지금 황제에게는 무녀독남인 태자뿐인데 최근에 공주가 새로 태어나기라도 했느냐고 답하려고 했지만, 설령 그렇더라도 공주의 나이가 너무 어려서 방다병은 죽었다 깨어나도 부마가 될 수 없었다.

이연화가 말을 잇기도 전에 방다병이 벌떡 일어나더니 소매를 툭툭 털고 창을 넘어 가버렸다.

여유만만한 걸음걸이로 멀어지는 방다병의 뒷모습을 보며 이연화가 중얼거렸다. "넌 내가 진실을 말하면 믿지 않고, 헛소리를 하면 눈동자를 반짝거리며 듣는구나……" 이연화도 몸을 일으켰다. 소사검을 위패 위에서 내려놓으려는데 막상 달리 둘 곳이 없어서 한숨을 내쉬고는 그대로 두었다.

긴 세월이 흐른 뒤 중생들이 마련한 위패 위에 놓인 채 사람들의 추모를 받는 것이 어쩌면 소사검의 숙명일 수도 있었다.

이 검의 주인은 이미 오래전에 죽었으니까.

홧김에 이연화를 두고 나왔지만 방다병은 부마가 되고 싶은 생각이 눈곱만큼도 없었다. 길상문연화루에서 나오자마자 망설임 없이 방향을 틀어 숭산嵩山 소림사로 향했다. 하지만 방다병은 아버지가 자신보다 훨씬 똑똑할 줄은 예상하지 못했다. 불효자 아들놈이 절에 숨어 출가하겠다고 협박하리라 진즉에 예상하고 숭산 밑으로 사람을 보냈던 것이다. 방다병은 길목에서 자신을 기다리던 사람들에게 붙들려 곧장 궁으로 끌려갔다.

방다병의 조부 방이우는 태자의 스승인 태자소부까지 지낸 사람이고, 방다병의 부친 방칙사方則仕는 호부상서였다. 최근 황제는 새로 임명한 병부상서 왕의천王義釧의 딸을 소령 공주로 삼더니 방다병을 공주의 배필로 삼고 싶어했다. 이렇게 경사스러운 일을 어찌 한시라도 지체할 수 있겠는가? 방다병은 집안 시위侍衛에게 전신 스물여덟 곳의 혈도를 짚인 뒤 이틀 밤낮을 쉬지 않고 이동해 경덕전景德殿에 도착했다.

방다병은 왕의천을 만난 적이 없었다. 조정 관리인 부친은 도읍에 살고 방다병 자신은 고향에 사는데다, 열여덟 살부터는 강호를 떠돌며 집에도 거의 들어가지 않았으므로 부친과도 서먹한데 병부상서와는 말할 것도 없었다. 왕의천이 어떻게 생겼는지도 몰랐으니 왕의천의 딸이 어떻게 생겼는지는 더욱 알 리 없었다. 얼굴도 모르는 공주와 혼인을 하라니 이게 무슨 날벼락 같은 소리인가. 만일 공주가 나이 서른에 팔 척 장신이며 허리는 목욕통만큼이나 굵다면 아무리 하늘에서 내려온 선녀라고 해도 방다병은 감당할 수 없었다. 그래서 궁에 들어간 뒤 기회를 틈타 도망치기로 마음먹었다.

경덕전은 황제의 부름을 받고 알현하러 온 관리들이 대기하는 곳으로, 황궁과는 담 하나를 사이에 두고 있었다. 이곳에 머무는 사람들은 황제의 명을 받고 왔지만 언제 황제를 알현할 수 있을지는 알 수 없었다. 모두 서로 예의를 갖춰 대했고, 친분이 없어도 친한 척하며, 친한 사이에는 더욱 격의 없이 지냈다.

방다병이 스물여덟 곳에 혈도를 짚여 무공을 쓸 수 없는데다 사람이 많이 오가는 경덕전에서 계속 시위를 붙여 따라다니게 할 수도 없었으므로 방칙사는 아들에게 당부한 뒤 시위들을 철수시켰다. 방칙사의 당부란 이곳이 도읍에서도 중요한 곳인 만큼 경거망동하여 소란을 피워서는 안 되며 만약 어긴다면 엄하게 다스리겠다는 경고였다. 한나절쯤 아버지 말대로 얌전히 있었지만 밤이 깊어지자 견딜 수 없었던 방다병은 몰래 창문을 넘어 후원으로 향했다.

황제와 공주가 있는 궁에서 멀리 떨어진 곳이었기에 지금 도망치면 아버지가 알기 전에 도읍을 벗어날 수 있을지도 몰랐다. 자신이 도망친 뒤 아버지가 황제에게 벌을 받지 않을까 하는 걱정 따위는 방다병의 고려 대상이 아니었다.

밤 깊은 이경 무렵이면 경덕전 사람들은 바깥출입을 하지 않고 얌전히 방에 머물렀기에 당연히 창을 넘어 밖으로 나가는 사람도 없었다. 방다병은 혈도를 짚여 무공을 쓸 수 없었지만 움직임은 여전히 가벼웠으므로 아무도 모르게 조용히 경덕전을 빠져나왔다.

휘영청한 달빛이 정원을 밝게 비췄다. 방다병이 몸을 움츠리고 숨을 죽이며 후문이 어느 쪽에 있을까 살피던 때였다.

끼익 하는 작은 소리가 들렸다. 소리는 그리 멀지 않은 곳의 나무다리에서 들려왔다. 방다병은 바닥에 엎드려 화초 수풀 뒤로 몸을 숨긴 뒤 나무다리 쪽을 조심스레 살폈다.

형체를 분간하기 어려운 그림자 하나가 다리를 건너는 중이었다. 나무다리의 회랑이 등나무 덩굴에 덮여 있고 안에 걸린 등불이 어두웠기에 다리 위에 누군가 있다는 건 분명했지만 생김새는 알아볼 수 없었다. 야간 순찰을 도는 경덕전의 시위일 수도 있었다. 방다병은 숨죽인 채 꼼짝도 하지 않고 화초와 한몸처럼 수풀 속에 엎드렸다.

그런데 끼익끼익 하는 작은 소리만 띄엄띄엄 들려올 뿐 아무도 다리에서 내려오지 않았다. 방다병이 한참을 기다리다 이상한 생각이 들어 귀기울여봤지만 사람의 숨소리는 들리지 않았다. 방다병은 수풀 속에서 기어나왔다. 무슨 일인지 알 수 없지만 다리에 가봐야 할 것 같았다. 나무가 무성하고 꽃이 흐드러진 정원에 서늘한 밤바람이 불자 어쩐지 으스스한 기분이 들었다.

방다병이 눈을 크게 뜨고 다리 위를 보았다.

다리 위에는 아무도 없었다.

그런데 다리 위 회랑에 밧줄이 매달려 있고 밧줄 끝에 둥근 올가미가 엮여 있었는데 그 올가미에 옷이 걸려 있었다.

옷이 바람에 흔들릴 때마다 밧줄이 매달린 회랑 지붕의 나무에서 끼익끼익 소리가 났다.

이게 뭐지? 방다병이 눈을 깜빡였다. 옷이 틀림없었다. 여자옷이라는 걸 알아볼 수 있었다. 그때 멀지 않은 곳에서 순찰을 도는 발소리가 들렸다. 방다병이 재빨리 밧줄과 옷을 살펴보는데 옷 아래에 눈에 익은 물건이 떨어져 있었다. 그걸 본 순간 대담한 생각이 떠오른 그는 재빨리 다리로 뛰어가 밧줄과 옷을 잡아당겨 내린 뒤 둘둘 말아 품에 넣고 그 밑에 떨어진 물건도 주워서는 옆쪽 수풀에 몸을 숨긴 뒤 바짝 엎드려 숨을 죽였다.

순찰을 도는 시위는 이상한 낌새를 느끼지 못하고 성큼성큼 걸어 다리 옆을 지나갔다.

방다병은 심장이 터질 듯이 쿵쾅거렸다. '겁 많은 내가 이렇게 대담한 행동을 하다니, 난생처음이야. 그런데 아무래도 이건 단순한 일이 아닌 듯한데……'

조금 전 옷을 말아넣을 때 그것이 경용輕容이라는 얇은 비단으로 만든 옷임을 알았다. 경용은 무척 비싸고 아주 가벼운 옷감이었다. 밧줄이 움직여 흔들렸다는 건 이 옷에 다른 물건이 있다는 뜻이었다. 결정적으로 방다병이 떠는 이유는 급히 품에 넣은 또하나의 물건 때문이었다.

바로 쪽지였다.

열십자 모양의 종이에 접혔던 자국이 선명하게 남아 있었다. 육면체였다. 아직 풀로 붙여 완성된 형태가 아니고 밤바람에 팔락이기도 했지만 접으면 육면체가 되는 종이임은 분명했다.

이곳은 각양촌에서 백 리나 떨어져 있고, 얼어죽을 이연화가 지금 머무는 아태진阿泰鎭과도 오륙십 리는 떨어진데다, 황궁이 있는 도읍인데 어떻게 이 물건이 여기에 있단 말인가?

누가 나무다리에 목을 매다는 밧줄을 묶어놓은 걸까? 그 밧줄에 옷을 걸어놓은 건 또 누굴까? 손바닥에서 땀이 배어나왔다. 사람의 소행인지 귀신의 소행인지는 알 수 없지만 방다병에게 보여주려던 게 아니라는 사실은 분명했다.

이건 경덕전에 있는 누군가에게 보여주기 위한 것이었다.

방다병은 정원에서 한 시진쯤 웅크리고 있다가 마침내 결정을 내렸다.

이튿날 동이 텄다.

방다병은 각지에서 온 관리들을 위해 준비된 경덕전의 침대 위에서 늘어지게 하품하며 눈을 떴다. 침대가 작고 좁은데다 너무 딱딱했다. 방씨 저택에서 쓰는 침대는 고사하고 이연화의 길상문연화루에 있는 것보다 더 딱딱하다는 사실을 도무지 이해할 수 없었다. 세수를 한 뒤 찬찬히 세어보니 현재 경덕전에 머무르는 관리가 모두 다섯 명인데 무예를 닦은 이는 한 사람도 없는 듯했다. 방다병은 관리들의 얼굴을 번갈아 살펴보았다. 태연한 표정들을 보니 어젯밤 그가 몰래 빠져나갔다는 사실을 아는 이는 아무도 없는 듯했다.

"방 공자." 그때 누군가 다가와 말을 걸었다. 서남 지역에서 온 지방관리로, 코밑에 양쪽으로 뻗은 수염이 인상적이었는데 관직명이 너무 길어 기억하지 못하고 노魯씨라는 것만 생각났다. 방다병이 씨익 웃었다. "노 대인."

노 대인이 주저하며 물었다. "내가 물건을 하나 잃어버렸는데 아무리 찾아도 보이지 않는군요. 어찌하면 좋겠습니까?"

조금 전에 일어나 죽 한 모금 먹지 않은 방다병은 노 대인의 말에 가슴이 철렁 내려앉아 어색한 미소를 지었다. "어떤 물건을 잃어버리셨습니까?"

서남 지역에서 온 노 대인의 이름은 노방魯方이고 나이는 아직 마흔이 되지 않았다. 방다병의 물음에 노방이 미간을 찡그리며 약간 난감한 표정을 지었다. "그게……"

"노 대인이 집에서 가져온 상자입니다." 옆에 있던 이씨 성을 가진 관리가 대신 대답했다. 그도 서남 지역에서 왔는데 말투는 도읍 사람 같았다. "어제 노 대인의 탁자 위에 있는 걸 나도 봤는데 오늘 별안간 보이지 않았습니다."

방다병도 미간을 찡그렸다. "상자라고요?" 그러고는 화통하게 웃더니 말했다. "어떤 상자를 잃어버렸는지 모르겠지만 원하는 걸 말해주시면 사람을 시켜 몇 개 사다드리라고 하지요."

"아닙니다. 아닙니다." 노방이 깜짝 놀랐다.

노방은 방씨 가문의 부와 권세가 대단하다는 것도, 방다병이 머지않아 황제의 사위가 될 거라는 사실도 잘 알았다. 노방이 망설이다가 머뭇거리며 말했다. "아내에게 주려고 도읍에 있는 옛친구에게 부탁해서 산 옷이 그 상자에 들어 있었습니다. 나 때문에 반평생을 청빈하게 살며 경용 한번 보지 못한 아내입니다. 그런데 그 옷이 밤사이에 감쪽같이 사라졌습니다."

방다병이 깜짝 놀랐다. 그 옷이 노방의 것일 줄은 예상하지 못했다. 밧줄에 걸려 있던 옷이 그의 것이라면 설마 그의 목을 매달기 위해 밧줄을 묶어둔 것이란 말인가? 그런 것 같지는 않았다. 노방이 무예를 단련한 사람도 아닌데다 아주 멀리서 온 사람이니 청량우와 아는 사이일 가능성은 거의 없었다. 그런데 어떻게 그의 물건에서 봉소칠이 갖고 있던 것과 똑같은 종이가 발견된 걸까? 봉소칠은 그 종이를 청량우에게 받은 듯한데, 애초에 그 종이는 어디서 난 걸까?

설마 청량우가 노방의 것을 훔친 걸까?

그럼 노방의 옷을 훔쳐 정원 다리에 매달아놓은 건 또 누구란 말인가? "방 공자가 많이 놀라신 것 같군요." 옆에 있는 이씨 관리가 느릿느릿 말했다. "이런 곳에 도둑이 있다니 나도 놀랐습니다."

"그렇습니다. 황궁에서 가까운 이곳에 도둑이라뇨?" 방다병이 그를 흘긋 보았다. 입이 툭 튀어나오고 뺨은 홀쭉한데다 피부색이 창백했지만 차분한 눈빛 때문인지 못생긴 외모에도 그리 밉상은 아니었다.

"아닙니다. 아닙니다. 도둑맞은 것이 아니라 내가 잃어버렸을 겁니다." 노방이 급히 손사래를 쳤다. "이런 곳에 어찌 도둑이 있겠습니까? 절대로 그럴 리 없지요."

방다병과 이씨도 고개를 끄덕이며 수긍한 뒤 그 일은 그렇게 일단락되었다.

2. 두번째 종이

노방이 '잃어버린' 옷은 둘둘 말린 채 방다병의 이불 속에 있었다. 경용은 워낙 얇고 가벼워 둘둘 말아 이불 속에 넣어도 표가 나지 않았다. 옷 속에 들어 있던 것도 어젯밤에는 너무 늦은 시각이라 등잔불을 켤 수 없어서 자세히 보지 않고 종이와 함께 옷장에 넣어버렸다. 대담하게 그의 옷장을 뒤질 사람이 없을 거라고 생각했기 때문이다.

관리들과 얘기를 나눈 뒤 방으로 돌아온 방다병은 등잔불을 켜고 옷장에 넣어놓았던 물건을 꺼냈다.

옷은 경용으로 만든 여자의 조삼罩衫*이었다. 조삼은 보통 주머니가 없으므로 그 옷에도 주머니가 없었다. 물건은 주머니에 든 것이 아니라 옷자락에 매달려 있었다.

그건 바로 비취비녀였다.

비녀는 둥글고 매끄러웠으며 공작 깃털 무늬가 무척 정교하고 화려하게 조각되어 있었다. 방다병이 비녀를 멍하니 보았다. 값진 물건이라서가 아니라 그것이 남자용 비녀였기 때문이다.

부유한 가문에서 자란 방다병도 이토록 화려한 비녀는 본 적이 없었다. 그의 이모들도 이 정도의 최상급 비취를 이만큼 정교하게 깎아 만든 비녀는 본 적이 없을 것 같았다.

옷에 매달린 건 이 비녀뿐이었다. 노방의 말대로 한 번도 착용

---

* 겉옷 위에 걸쳐 입는 외투의 일종.

하지 않은 새 옷인 듯했다. 방다병은 회랑에 매달려 있던 밧줄을 집어들었다. 천조각 세 가닥을 꼬아 만든 것이었다. 스물여덟 곳에 혈도를 짚였지만 하루가 지나고 기혈이 거의 통했다. 이제 몸에 힘을 줄 수 있어 밧줄을 잡고 힘껏 잡아당기자 밧줄이 단단히 버텨냈다. 이 정도라면 한 사람의 목을 조르거나 매달아 죽이기에 충분했다. 그런데 어째서 이걸로 옷을 매단 걸까? 경용을 매다는 데는 머리카락 세 올이면 충분한데 왜 굳이 이렇게 튼튼한 밧줄을 만들었을까?

이상해. 참 이상해……

방다병이 비녀와 밧줄을 다시 옷장에 넣고 이번에는 종이를 꺼내 살펴보았다.

종이는 어제 이미 보았는데 역시 글씨가 적혀 있었지만 위에 하나 아래 하나, 위에 둘 아래 둘 어쩌고 하는 글귀가 아니라 덩그러니 '구중九重'이라는 두 글자뿐이었다. 접힌 자국대로 종이를 접어 보니 과연 육면체가 되었다. 이 육면체에도 선이 몇 개 그려져 있는데 이연화가 보여준 육면체와 거의 같은 위치였다.

바람에 등불이 흔들리자 그림자도 흔들렸다. 방다병은 종이를 다시 집어넣었다. 창밖 회랑에 매달린 등불이 바람에 흔들리며 붉은 불빛이 어두워졌다. 방다병은 코를 문지르며 방안을 두리번거렸다. 긴 밤 홀로 앉아 있으려니 무료해서 책을 보기로 했다. 그가 덜렁대기는 해도 무식하게 칼이나 휘둘러대는 무뢰한이 아니라 풍부한 식견을 갖추고 문무를 겸비한 인재였다.

천천히 책장으로 다가가 거기에 꽂힌 책들을 천천히 살펴보았다. 열 권쯤 되는 책들은 대부분 『시경』 『논어』 같은 경전들이었다. 그 책들 뒤로 뭔가가 가로로 꽂혀 있는 것 같았다. 손을 넣어 더듬다가 잡히는 것이 있어 꺼냈다.

등불 빛 속에 날리는 먼지가 보였다. 그 자리에 오래 있었던 듯 먼지가 두껍게 쌓였다. 방다병이 얼굴을 찡그리며 팔을 최대한 멀리 뻗어 먼지를 떨어내고 자세히 보니 역시 책이었다.

그런데 장정은 훌륭하나 진짜 책이 아니었다. 등잔을 가져다 비춰보니 춘화집도 아니고 무림의 비급도 아니었다. 실망한 표정으로 책장을 펼쳤지만 대부분 빈 종이였다. 등잔 가까이에 대고 아무리 뒤적여봐도 뒷부분에는 아무것도 쓰여 있지 않고 처음 몇 장에만 글씨와 그림이 있었다. 첫 장에는 '극락탑'이라는 세 글자만이, 두번째 장에는 연꽃, 진주, 조개껍데기 등이 드문드문 그려져 있었다. 필체도 조잡하기 짝이 없어 방다병의 명필은 고사하고 이연화의 괴발개발 필체보다도 못했다. 한 장을 더 넘기자 이상하게 생긴 새 여섯 마리가 그려져 있었지만 그 뒤에는 아무것도 없었다.

방다병은 책을 이리저리 뒤적이다 더 볼 것도 없다는 듯 옆에 툭 던져놓고 침대에 벌러덩 드러누웠다. 눈을 감으려는 찰나, 대들보 위에서 그림자 하나가 얼핏 움직이더니 천장으로 뭔가가 휙 지나갔다. 방다병이 깜짝 놀라 벌떡 일어났다. 이 시간에, 이런 장소에서 누군가 지붕 위에 숨어 방안을 엿볼 줄은 생각도 못했지만, 자신이 아무 기척도 느끼지 못했다는 사실에 더욱 놀랐다. 세상에 그런 능력을 가진 자가 있다니.

누구지? 저자가 뭘 보았을까? 노방의 아내 옷을 훔쳐다 다리 위에 걸어놓은 사람일까? 이렇듯 무예의 고수라면 어째서 그런 쓸데없는 짓을 했단 말인가? 방다병은 섬뜩한 기분에 온몸에 소름이 돋았다. 그 옷이 나한테 있는 걸 저 사람이 보았을까? 내일 그 사실을 소문내면 노방에게 뭐라고 해명하지?

대들보로 올라가보니 먼지만 두껍게 쌓였을 뿐 발을 디딘 흔적은 없었다. 위를 보니 천장에 창문이 하나 있었다. 조심스레 창문을 통해 밖으로 나가 지붕에서 밑을 내려다보았다.

그가 방안에 불을 환하게 켜놓은 채 경계심을 풀고 있었으므로 누군가 순찰 도는 시위의 눈을 피해 지붕으로 올라가 몰래 훔쳐보았을 가능성이 있지만 창문 밑 대들보가 시야를 가린 탓에 방안이 잘 보이지는 않았다. 다시 지붕을 보았다. 오랜 세월 바람을 맞고 햇빛을 받은 지붕 위로 흙먼지가 두껍게 쌓였는데 그 위로 스친 흔적만 있을 뿐 발자국은 보이지 않았다. 몸을 돌려 다시 안으로 들어와 창틀을 잡고 밖을 내다보니 자신이 지붕에 엎드렸던 흔적이 원래 지붕에 있던 흔적보다 더 진하고 또렷했다.

아까 지붕에 있던 자는 제비처럼 가벼운 사람이란 말인가? 방다병은 천장에서 뛰어내린 뒤 곰곰이 생각했지만 도무지 이해할 수 없어 탁자에 멍하니 앉아 있었다. 등잔불이 계속 흔들리며 작은 불꽃이 반짝였다. 잔에 차를 따르던 방다병은 순간 손을 멈췄다. 조금 전까지만 해도 자신의 그림자가 왼쪽에 있었는데 지금은 오른쪽에 있었다.

등잔불이 오른쪽에서 왼쪽으로 옮겨진 것이다.

누가 등잔을 옮겼지?

고개를 왼쪽으로 돌려 조심스럽게 살피는데 섬뜩했던 기분이 가시기도 전에 싸늘한 한기가 방다병을 덮쳤다.

책이 사라졌다.

부적처럼 괴상한 그림들이 그려진 그 책을 태사의 위에 던져놓았는데 온데간데없이 사라져버렸다.

방다병은 벌떡 일어나 방안의 모든 것을 자세히 살펴보았다. 침대 위 이부자리는 가지런했고, 책장에는 아까와 변함없이 책들이 아무렇게나 꽂혀 있었으며, 그가 가져온 옷 몇 벌도 열린 상자 속에 그대로 널브러져 있었다. 달라진 건 하나도 없었다.

오로지 그 책만 보이지 않았다.

무예를 닦고 강호를 떠돌며 희한하고 괴상한 일을 숱하게 목격하고 죽을 고비도 여러 번 넘긴 방다병이지만 이렇게 식은땀 나는 경험은 처음이었다.

시신은 없었다.

그저 이 상황이 이상할 뿐이었다.

이곳은 경덕전이었다.

도둑맞은 여자옷, 목을 매다는 밧줄, 몰래 훔쳐본 누군가, 사라진 책……

경덕전과 도읍 안팎에 저지할 수 없는 그림자가 떠돌고, 그 그림자가 섬뜩하고 악의에 가득찬 일을 조금씩 벌이고 있었다. 그가 벌이는 일이 완성되면 아마 끔찍한 결과가 나타날 것이다.

하지만 그가 누군지 아무도 모른다.

그가 무슨 일을 벌이고 있는지 아무도 모른다.

방다병이 옷장 문을 열었다. 옷장 속에 넣어둔 비녀와 밧줄은 그대로였다. 천장 창가에서는 이것들이 어디에 있는지 제대로 보이지 않았던 건지, 아니면 일부러 두고 간 건지 알 수 없었지만 어쨌든 책은 사라지고 비취비녀와 밧줄은 제자리에 있었다.

침대 위 이불이 흐트러지지 않은 걸 보면 여자옷도 이불 속에 그대로 있을 것이다.

무슨 책인지는 몰라도 그자에게는 방다병이 어제 주운 물건들보다 훨씬 중요한 모양이었다.

방다병이 의자에 털썩 앉아 어금니를 잘근잘근 씹었다. 이 몸이 귀신을 만났는데 얼어죽을 이연화는 어딘가에서 한가하게 노닥거리고 있을 테다. 이곳을 빠져나가면 길상문연화루를 불질러버리겠다!

창밖에는 검붉은 등불이 계속 흔들리고 있었다. 밤바람이 제법 세게 불었다.

그 시간, 노방은 자기 방에서 탁자 앞에 앉아 넋을 놓고 있었다.

사실 그 옷은 아내가 아닌 첩에게 주려던 것이지만 누구에게 줄 옷인지는 별로 중요하지 않았다. 소심하고 겁 많은 그는 감히 부정을 저지르고 뇌물을 받는 짓을 하지 못하기에 비싼 경용을 살 수 없었다. 그런데 대체 누가 그에게 그 옷이 있다는 걸 알고 감쪽같이 훔쳐갔단 말인가. 아무리 생각해도 이해할 수 없었다.

게다가 이 경덕전에서 말이다.

그저 우연일까?

그 옷의 출처를 생각하면 노방은 온몸이 오싹하고 불안했다. 그때 창밖에서 바스락 소리가 났다. 창밖을 살펴보던 노방은 눈이 휘둥그레지고 입가가 파르르 떨렸다. 이내 온몸이 뻣뻣하게 굳어 거의 기절할 것처럼 비틀거렸다.

정원에서 어떤 물체가 기어다니고 있었다.

옷을 입은 사람의 형상에 머리카락이 듬성듬성 난 뭔가가 바닥에 납작 엎드린 채 기괴하게 기어가는데, 그 어깨와 팔다리가 제각각 다른 방향으로 꿈틀거렸다.

"컥컥……" 노방의 목에서 이상한 소리가 터져나왔다. 뭘 어찌해야 할지 알 수 없고, 울어야 할지 웃어야 할지도 알 수 없었다.

"하하하……"

사람 형상을 한 물체가 고개를 돌리자 어두운 수풀 사이로 두 눈동자가 번뜩였다. 사람의 눈이 아니었다. 머리가 달린 목 옆에 붙은 커다란 살덩어리가 쉬지 않고 꿀렁거려 보기만 해도 역겹고 두려웠다.

"하하하하……" 노방이 갑자기 미친듯이 웃기 시작했다.

그 기괴한 물체는 진흙이며 나뭇가지, 낙엽 부스러기가 잔뜩 붙은 여자옷을 입고 있었다. 노방이 본 적 있는 옷이었다. 노방이 본 적 있는 옷!

이제야 경용을 훔친 이를 알 것 같았다. 귀신의 소행이었다.

극락탑에서 죽은 그 여자 귀신이!

"하하하……" 노방이 웃으며 그 자리에 주저앉았다. 여자 귀신이 목숨을 가지러 왔으니 이비李非라고 도망칠 수 있을까?

"하하하하하……" 노방의 광기어린 웃음소리가 사방으로 퍼져 나갔다. 시위와 하녀들이 그 소리를 듣고 급히 달려와보니 노 대인이 바닥에 주저앉은 채 눈물 콧물이 범벅된 얼굴로 침을 흘리며 웃고 있었다. 다들 깜짝 놀라 외마디 비명처럼 그를 불렀다. "노 대인!"

노 대인과 친한 이비도 급히 달려왔다. 방다병은 길을 몰라 돌고 돌다가 겨우 그 방에 도착해 실성한 노방을 남들과 똑같이 놀란 표정으로 쳐다보았다.

노방이 정말로 실성해버렸다.

비록 실성했지만, 문인답게 품격이 있어선지 그는 껙껙거리고 웃다가 기력이 다 빠지자 입을 꾹 다문 채 아무 말도 하지 않았다.

방다병이 어찌된 일인지 몰라 이비를 흘긋 보니 원래도 하얀 편인 그의 얼굴이 핏기 하나 없이 창백했다.

의원이 도착하자 사람들이 노방을 침대로 옮겼다. 의원의 치료를 받고 더이상 껙껙거리는 소리는 내지 않았지만 얼굴은 계속 웃고 있었다. 사람들은 멀쩡하던 그가 왜 갑자기 실성했는지 짐작할 수 없었다.

창밖을 내다보던 방다병은 노방이 뭔가를 보고 실성했으리라는 직감이 들었다.

지붕 위에서 자신을 몰래 들여다보고 책을 훔쳐간 그자를 방다병은 보지 못했지만 노방은 본 것 같았다.

그런 뒤에 실성한 것이다.

누군지 보지 못한 것이 오히려 운이 좋았던 걸까? 대체 그자의 정체가 뭘까?

이튿날, 노방이 실성했다는 소문이 퍼져 경덕전이 술렁였다. 사람들은 노방이 귀신 들린 게 아닐까 하며 불안에 떨었다. 만약 그 귀신이 아직도 경덕전을 떠돈다면 누구든 또 실성할 수 있지 않겠는가? 사람들은 경덕전 곳곳에서 향을 피우고 부처에게 기도하기 시작했다. 구고구난 관세음보살에게 기도하는 사람, 아미타불 여래불에게 기도하는 사람, 사리불이니 마하목건련이니 마하가섭이니 하는 부처의 제자들에게 기도하는 사람 등 그 대상도 제각각이었다.

방다병은 방안에 소림사 법공法空 방장의 초상화를 걸어놓고 향세 자루를 태우며 기도하는 시늉을 했지만 속으로는 얼어죽을 이 연화가 어디에 있을까 생각했다. 여기서 귀신을 만날 줄 알았다면 길상문연화루에서 술이나 계속 퍼마실 것을 왜 그리 휙 나와버렸는지 후회막심이었다.

"내무부가 경덕전에서 불사佛事를 열고자 최고의 법사法師를 모셔왔다고 하니 다들 너무 심려치 마십시오." 경덕전도 황궁 내무부가 관리하지만 숙식이 변변찮아 황궁의 사치스러움과는 거리가 멀었다. 매일 몇 푼 되지 않는 맑은 죽에 간단한 반찬이 전부였다.

"법사라고요?" 방다병의 얼굴에 화색이 돌았다. 사람이 한 소행이라는 흔적을 찾을 수 없으면 법사를 불러 불사를 해보는 것도 좋은 방법일 터였다. 설마…… 그 작자는 아니겠지?

"그렇습니다. 최근 태자마마에게 큰 신임을 얻은 법사가 있는데 존호가 '육일六一'이라고 합니다. 소문에는 그 법사가 과거와 미래를 볼 수 있고 비바람을 부릴 수 있어 태자마마 주위에서 작은 귀신들을 여럿 잡았다고 합니다." 경덕전을 관리하는 내무부 이등태감 왕아보王阿寶가 말했다. 평소에는 황궁 일이 바쁘다며 경덕전에 거의 오지 않아 열흘이고 보름이고 그를 볼 수 없었지만, 오늘은 불안해하는 사람들을 다독이기 위해 육일법사의 일을 알려주려 직접 행차한 것이다.

오, 비바람을 부리고 귀신을 잡는 법사라니. 방다병은 갑자기 흥미가 생겼다. "법사가 언제 옵니까?"

"오후에 올 겁니다."

이비는 말없이 앉아 있고 다른 대인 셋과 방다병도 서로 대화를 나눠본 적이 없기에 각자가 생각에 잠긴 채 우두커니 앉아 있었다.

기분이 좋아진 방다병이 이비 옆에 있는 사람에게 웃으며 말을 걸었다. "어쩐지 낯이 익습니다만……"

그가 눈치 빠르게 얼른 자기소개를 했다. "저는 조척趙尺이라고 합니다. 회주淮州의 지주知州*입니다."

방다병은 관리가 아니지만 그가 곧 황제의 사위가 될 것임을 누구나 알았기에 다들 그의 앞에서 무척 겸손했다.

조척이 높은 관리임을 알고 난 방다병은 "아" 하고 짧은 탄성을 내뱉고는 옆에 있는 다른 사람에게 시선을 옮겼다. "대인도 어쩐지 낯이 익군요."

그도 조척처럼 눈치 빠르게 자기소개를 했다. "저는 상흥행尙興行이라고 합니다. 대리시大理寺 중행주中行走입니다."

* 주(州)의 최고위 관리.

이번에는 예상보다 낮은 관직이어서 조금 놀랐다. 세번째 사람은 방다병이 말을 걸기도 전에 스스로 자기소개를 했다. “저는 공부감조工部監造 유가화劉可和입니다.”

방다병이 의아한 표정으로 물었다. “여러분 모두 황제의 부름을 받고 오셨습니까?”

네 사람이 서로 얼굴만 쳐다보다가 이비가 작게 헛기침을 하며 말했다. “그렇습니다.”

방다병은 의아했다. 황제는 어째서 서로 관련도 없고 지위도 제각각인 자들을 도읍으로 불러모았을까.

그의 생각을 눈치챈 조 대인이 말했다. “영민하신 황제 폐하께서 조서를 내려 저희를 부르신 데는 깊은 뜻이 있을 것입니다. 지식이 일천한 저희가 황제 폐하의 깊은 뜻을 헤아리지 못하는 것이지요. 황제 폐하를 알현하면 그 뜻을 알게 될 것입니다.”

할말이 없어진 방다병은 속으로 의뭉스러운 조척을 욕했다. 그들 네 명 모두 황제가 자신들을 왜 불렀는지 뻔히 알면서 그 이유를 밝히지 않고 있었다. 지금 황제는 무능한 인물이 아니었다. 황제가 각지의 지방관을 불러 경덕전에 모아놓고 기다리게 하는 건 필시 중요한 일이 있기 때문일 것이다. 혹시 황제가 알아보려는 일이 노방이 도둑맞은 물건과 관계된 게 아닐까? 방다병은 별안간 온몸에 소름이 돋았다. 만약 정말로 그렇다면 방다병 자신과 황제를 비롯해 일련의 사람들에게 곧 위험이 닥치는 건 아닐까?

관리들과 한담을 나누며 맛없는 죽을 먹고 있을 때 문밖에서 누군가 외쳤다. “육일법사께서 오셨습니다.”

식사중이던 다섯 명이 일제히 고개를 들었다. 방다병은 젓가락을 내려놓고 눈동자를 반짝이며 문 쪽을 보았다. 육일법사가 어떤 승려일지 몹시 궁금했다.

잠시 후 육일법사가 문을 열고 들어왔다.

3. 육일법사

문을 열고 들어온 육일법사를 보고 방다병은 말문이 막혀 잠시 멍하니 있다가 우스워 죽겠다는 표정을 지었다.

방다병을 향해 점잖게 미소 짓는 육일법사는 노란빛 감도는 흰 피부에 눈매가 청아했다. 뚱뚱하지도 마르지도 않은 체형에 키가 크지도 작지도 않았으며, 몇 군데 기운 자국이 있는 잿빛 옷을 입고 있었다. 세상에 그런 사람이 이연화 말고 또 있겠는가?

"말씀 많이 들었습니다. 법사님, 이쪽으로 앉으시지요." 조척이 깍듯하게 맞이하며 자리에서 일어나자 모두 그를 따라 일어났다.

이연화가 법력 높은 고승처럼 조척을 향해 고개를 끄덕였다. "노 대인께서 귀신에 들렸다고요?"

조척이 얼른 대답했다. "그렇습니다. 노 대인이 어젯밤 무슨 연유인지 갑자기 귀신에 들려 실성해 아직도 정신이 돌아오지 않고 있습니다."

이연화가 팔을 가볍게 흔들고는 자신을 보고 있는 사람들에게 고개를 끄덕여 인사했다. "노 대인은 어디에 계십니까? 노 대인이 계신 곳으로 안내해주시지요."

이비가 벌떡 일어나 이연화를 위아래로 훑어보며 말했다. "법사님, 이쪽으로 오시지요."

자신이 지척에 있는데도 이연화가 눈길 한번 주지 않고 이비의 뒤를 따라 노방의 방으로 향하자 방다병은 속으로 중얼거렸다. '저 놈이 감히 태자까지 속여?'

잠시 후 이연화와 이비가 노방의 방에서 나왔다. 이비의 표정을 보니 법사의 강한 신력으로도 노방을 고치지 못한 것을 안타까워하는 듯했다.

이연화가 대청으로 돌아와 진지하게 말했다. "천년 묵은 여우가 이곳에 제집을 짓기로 했군요. 불사로 여우를 쫓아내지 않으면 여러분 모두 여우에게 괴롭힘을 당할 겁니다. 가벼우면 노 대인처럼 실성하는 데 그치겠지만 심하면 피의 재앙을 당할 테고요."

이비는 얼굴이 하얗게 질려 아무 말도 하지 못했다. 조척이 말했다. "그렇다면 어서 빨리 불사를 열어 천년 묵은 여우를 쫓아내고 모두를 평안하게 해주십시오."

이연화는 오늘밤 자시에 여우를 쫓는 불사를 할 것이며, 자신을 도울 한 사람 외에 나머지는 모두 경덕전 밖으로 나가 있으라고 지시했다. 그리고 불사를 위해 좋은 술 한 동이와 육류 요리 네 가지, 채소 요리 네 가지, 과일 약간, 복숭아나무로 만든 검 한 자루, 부적 종이를 몇 장 준비해달라고 요청했다.

경덕전으로 건너오기 전에 이미 일러뒀던 터라 왕 태감이 이연화가 요청한 물건을 다 준비해둔 상태였다.

이연화가 빙긋 웃으며 물었다. "오늘밤 어떤 분이 불사를 도와 주시겠습니까?"

방다병이 굵은 목소리로 답했다. "제가 돕겠습니다."

이연화가 방다병에게 공손하게 예를 갖춰 인사했다. "부마시군요. 오늘밤은 조금 위험할 수도 있습니다."

방다병이 눈을 크게 떴다. "저는 위험을 두려워한 적이 없습니다. 무슨 일이든 목숨걸고 제일 앞에 서서 불구덩이에 뛰어들었으며, 용감하게 홀로 적진에 뛰어들어 난관을 돌파했습니다."

이연화가 흐뭇한 표정으로 말했다. "숱한 역경을 견뎌내신 분이라 그런지 부귀한 상인데다 상서로운 기운이 온몸에 서려 있군요. 천년 묵은 여우도 감히 범접할 수 없을 것 같습니다."

방다병이 의뭉스럽게 말했다. "그렇습니다. 잘 보셨습니다. 천년 묵은 여우도, 자유자재로 변신하는 요괴도 본 부마에게 가까이 왔다가는 상서로운 기운에 혼비백산할 겁니다."

이연화가 고개를 끄덕였다. "이제 보니 부마도 요괴를 제압하는 이치에 정통하시군요."

오랫동안 관직 사회를 겪어본 관리들은 방다병의 냉소로 가득 찬 표정과 은근히 육일법사를 비꼬는 듯한 언사에, 황제가 점찍은 부마와 태자가 신임하는 법사 사이에 팽팽한 신경전이 벌어졌다고 생각하고 각자 핑계를 대며 서둘러 자리를 떴다.

사람들이 다 떠나자 방다병은 흥 하며 콧방귀를 뀌고, 이연화는 두리번거리다 의자 하나를 골라 앉았다. 하필이면 조금 전 방다병이 앉았던 의자였다.

방다병이 또 콧방귀를 뀌었다. "여긴 또 어떻게 왔어?"

"봉소칠의 그 종이가 공물지였더라고. 그래서 도읍으로 왔지." 이연화가 사실대로 말했다. "도읍에 도착해 어느 집 담을 넘었는데 알고 보니 태자의 저택인 태자부太子府였어. 때마침 정원에서 달구경을 하시던 태자와 딱 마주쳤지……" 이연화가 우아한 미소를 지으며 자기 얼굴을 만지작거렸다. "담을 넘어 들어갔는데 사람들이 사방에 서 있고 그 가운데서 태자께서 술잔을 기울이며 달구경을 하고 계시더라고."

화를 내려던 방다병이 참지 못하고 웃음을 터뜨렸다. "도둑으로 몰려서 곤장 오십 대는 맞았어야 정상이지!"

이연화가 생각에 잠긴 듯 또 얼굴을 만지작거렸다. "아냐…… 태자께서 내게 어디서 온 법사냐고 물으셨어. 태자부에 귀신이 출몰한다는 걸 알고 귀신을 제압하고자 특별히 구름을 타고 태자부를 찾아온 줄 아시더라고……"

방다병이 사레들려 밭은기침을 해댔다. "켁켁……"

이연화가 여전히 미소를 머금고 말했다. "도둑으로 몰리느니 법사로 오해받는 게 훨씬 나을 듯해 재빨리 법호도 지었지. '육일'이라고."

방다병은 눈이 휘둥그레졌다. "태자께서 널 믿으셨다고? 설마 궁에 살면서 지금껏 경공신법을 한 번도 보지 못하신 거야?"

이연화가 빙긋 웃었다. "태자 곁에 무예의 고수는 많지만 그 누구도 태자 앞에서 감히 담을 넘지는 못했겠지."

방다병이 "흥!" 하고 콧방귀를 뀌었다. "태자께서 정말로 널 믿으셨다고?"

이연화가 한숨을 내쉬었다. "처음에는 육일법사의 구름 타는 재주를 칭찬하셨어. 그리고 내가 정원에서 고양이 몇 마리를 잡아줬지. 녀석들이 정원 새장 속 새들을 잡아먹고, 부엌에서 닭고기에 오리고기까지 훔쳐먹고, 태자부에서 소란을 피웠다는군. 그걸 보시더니 곁에 있는 시위의 말도 듣지 않고 나를 철석같이 믿기 시작하셨어."

방다병이 쿨럭이고는 한숨을 내쉬었다. "지난 역사에 무고지화巫蠱之禍*가 괜히 있는 게 아니로구나. 이런 헛된 사술邪術마저 철석같이 믿다니. 이 나라에 망조가 들었구나, 망조가 들었어……"

이연화가 말했다. "천만에. 이 나라 천자께서는 안목이 높고 영민하시어 자리에 앉아서도 천리를 내다보고, 가까이 있는 훌륭한 사윗감도 알아보시는데 어찌 나라의 망조를 논할 수가……"

방다병이 버럭 성을 냈다. "얼어죽을 이연화! 이제 법사까지 됐으니 이 경덕전의 일을 수습하지 못하면 태자가 네 인피를 벗겨버릴 거야!"

"쉿!" 이연화가 목소리를 낮추고 물었다. "노방이 어쩌다 실성한 거야?"

방다병이 여전히 성난 목소리로 말했다. "내가 그걸 어떻게 알아? 그저께는 멀쩡했는데 어제 갑자기 미쳐버렸어. 내가 신선도

---

* 한나라 무제 때 황위 계승을 둘러싸고 주술과 미신을 이용해 정치적 동란을 일으킨 사건.

아니고, 귀신은 알겠지! 법사인 네가 잘 알아보든가!"

이연화가 조용히 말했다. "노방이 어떻게 실성했는지를 모르는데 네가 부마를 하려고 여기 얌전히 머문다?"

방다병이 놀라서 멍하니 쳐다보자 이연화가 곁눈질로 그를 보며 물었다. "뭘 발견했어?"

방다병이 눈치 빠른 이연화를 속으로 욕하며 마지못해 얘기를 꺼냈다. "옷을 발견했어."

이연화가 반색했다. "옷?"

방다병은 결국 경덕전에서 있었던 일을 털어놓았다. "후원의 나무다리에서 목매달아 죽은 귀신처럼 밧줄에 매달려 있던 경용을 발견했어."

이연화의 눈동자가 점점 반짝였다. "지금 어디 있는데?"

방다병이 말했다. "감춰놨지."

이연화가 빙긋 웃으며 방다병을 위아래로 훑어보았다. "생각보다 대담한걸?"

방다병이 말했다 "흥! 다들 너처럼 겁쟁이인 줄 알아? 경용으로 된 여자 조삼이야. 노방이 가지고 있던 건데 누가 훔쳐서 다리에 매달아놨는지 모르겠어. 노방은 바로 그다음날 실성했어."

이연화가 생각에 잠겼다가 중얼거렸다. "노방이 그 옷을 그렇게 마음에 들어했다니…… 참 이상하네."

방다병이 말했다. "아내에게 줄 옷이었대. 설령 아내를 몹시 아끼더라도 아내도 아니고 옷을 잃어버린 건데 실성할 것까진 없잖아?"

이연화가 웃으며 말했다. "노방의 옷이 아니었구나."

방다병이 의자에 편히 앉은 이연화를 흘겨보고는 그 옆에 놓인 의자에 앉아 얘기를 계속했다. "어제 밤손님이 지붕에서 내 방을 몰래 엿봤어."

이연화가 놀란 표정을 지었다. "밤손님? 넌 그걸 몰랐어?"

방다병이 쓴웃음을 짓자 이연화가 중얼거렸다. "어쩐지……"

방다병이 물었다. "어쩐지 뭐?"

이연화가 진지하게 말했다. "어쩐지 오늘 널 봤을 때부터 똥 밟은 얼굴이더라……"

방다병이 왈칵 성을 내며 벌떡 일어났다. "무예의 고수였어!"

"그걸 어떻게 알아?" 이연화가 물었다.

"그자가 지붕에 엎드려 몰래 방안을 엿봤는데 난 아무 기척도 느끼지 못했어." 방다병이 한숨을 내쉬었다. "게다가 내가 그자의 그림자를 보고 지붕에 올라가 살피는 사이에 방안에 있던 책을 훔쳐갔고."

"책이라고?" 이연화가 겸손한 눈빛과 간절한 표정으로 온화하게 물으며 방다병을 보았다.

방다병은 손으로 허공에 책 모양을 그려 보였다. "방안의 책장에서 작은 책을 발견했는데, 이상한 그림만 그려져 있고 글자라고는 표지에 적힌 '극락탑'이라는 석 자뿐이었어. 그래서 그냥 옆에 놓아뒀는데 지붕에 올라갔다 내려와보니 그 책이 없어졌어." 방다병이 마지막 말을 되풀이했다. "그 책이 없어졌어. 그리고 등잔이 오른쪽에서 왼쪽으로 옮겨져 있었어."

"사람은 보지 못했어?" 이연화가 미간을 찡그렸다.

"못 봤어!" 방다병이 차가운 투로 말했다. "귀신 그림자만 봤어. 내 방 지붕에 있다가 들어와 등잔을 옮기고 물건을 만지기까지 했는데 난 아무것도 보지 못했다니까?"

"그다음엔 노방이 실성했고?" 이연화가 흰 손가락으로 태사의 팔걸이를 몇 번 두드리더니 눈을 치켜떴다. "넌 보지 못한 걸 노방이 본 거야?"

방다병이 말없이 생각에 잠겼다가 한숨을 내쉬었다. "그런 것 같아."

"멀쩡하던 사람이 뭘 보면 갑자기 실성할 수 있지?" 이연화가 일어나 서성거리며 방안을 두 바퀴 돌았다. "귀신은 아닐 거야. 귀신이라면 네 목숨을 원하지 책을 가져가진 않았을 거야."

방다병이 작은 소리로 말했다. "사람을 실성할 만큼 놀라게 하는 게 뭘까?"

이연화가 미간을 찡그렸다. "그게 이상하단 말이지."

방다병이 냉정한 투로 말했다. "이상한 건 그렇다 치고, 이게 정말 천년 묵은 여우의 장난이 아니라면 오늘밤 육일법사는 그 여우를 어떻게 잡을 거야?"

"우선 네 방을 보고 싶어." 이연화가 말했다.

방다병의 방은 옷 상자를 몇 차례 뒤적인 흔적과 정교한 자수가 놓인 눈처럼 부드러운 비단옷들을 둘둘 말아 바닥에 던져놓은 것을 제외하면 어젯밤 그대로였다. 이연화가 방안을 휘 둘러보자 방다병이 이불 속에 있던 경용을 꺼내 보여줬다.

과연 흔히 볼 수 있는 조삼이었다. 이연화가 손가락으로 옷자락을 가볍게 건드렸다. "여기……"

경용 조삼의 소맷부리에 동그란 구멍이 뚫려 있었다. 새 옷인데 그 부분은 뭔가에 잡아당겨진 흔적이 있고 색이 약간 바랬다.

방다병이 그제야 떠올라 공작 깃털이 조각된 비녀와 밧줄을 꺼냈다. "이게 옷에 매달려 있었어."

이연화가 비녀를 천천히 집어올려 검지로 비녀 머리부터 끝까지 훑었다. 곧은 비녀는 표면이 거울처럼 매끄러웠다.

"이렇게……" 이연화가 천천히 말했다. "매끄러운 걸 어떻게 매달았지?"

방다병이 흠칫했다. 옷을 둘둘 말아 품에 찔러넣었다가 나중에 꺼낼 때 비녀가 툭 떨어졌으므로, 옷에 비녀를 어떻게 매달아놨는지 방다병도 보지 못했다. 이제 보니 비녀 끝이 모서리 하나 없이 둥글고 납작했으며 조각한 부분도 섬세하고 매끄러웠다. 이걸 어떻게 경용에 매달았을까?

"유일한 가능성은……" 이연화가 비녀 끝으로 경용에 난 구멍을 가리키더니 그 구멍에 비녀를 꽂았다. "이렇게." 그러고는 긴 한숨을 내쉬었다. "누가 비녀를 옷에 꽂은 거지. 이 옷에 원한이 맺혔거나, 이 옷을 입은 사람을 찌르려 했거나 둘 중 하나겠지. 사람이 이걸 입었든 입지 않았든 어차피 옷 주인을 찔러야 했어." 이연화가 잠시 멈췄다가 천천히 말했다. "아니면 이렇게……" 그러면서 비녀를 뽑아 소매 안으로 넣어 바깥쪽으로 찌르자 비녀 끝이 밖으로 나왔다. “이렇게.”

방다병이 그걸 보고 오싹해서 말을 더듬거렸다. “이건……”

“그러니까 이건 주인이 있는 옷이야. 옷 주인이 비녀를 들고 바깥쪽으로 찔렀어. 고의였는지 실수였는지는 몰라도 자기 옷소매에 구멍을 낸 거지.” 이연화가 어깨를 으쓱했다. “어떻게 구멍이 났든 아무튼 주인이 있는 옷이야.”

주인이 있는 옷이었다.

그리고 그 주인은 노방이 아닐 것이다.

노방은 이 옷을 아내에게 주려고 했으므로 그가 옷에 구멍을 냈을 리 없고, 그리고 이 구멍은 어젯밤에 생긴 것이 아닌 듯했다.

“내가 보기엔……” 생각에 잠겼던 이연화가 천천히 말했다. “이렇게 꽂았다면……” 그가 비녀를 소매 밖에서 안으로 꽂았다. “옷을 매달면 비녀가 무거워서 저절로 떨어졌겠지.” 이번에는 비녀를 빼내 소매 안에서 밖으로 꽂았다. “이렇게 하면 소매가 비녀 머리를 감싸서 비녀가 떨어지지 않아.”

“이 경용이 나무다리에 걸려 있었을 때 비녀가 소매 안에서부터 꽂혀 있었다?” 방다병이 말했다. “그러니까 이건 새 옷이 아니고, 노방의 것도 아니야!”

이연화가 고개를 끄덕였다. “비녀도 노방이 꽂은 게 아닐 거야.”

“노방은 이 옷을 어디서 구했을까.” 방다병이 문득 생각난 듯 말했다. “누군가 이 옷을 훔친 이유를 알겠네. 이 경용은 애초에 노방의 것이 아니고, 누군가 이걸 훔쳐다 비녀를 꽂아놓은 거야. 이 옷이 노방의 것이 아님 깨우쳐주고, 그가 이 옷을 어떻게 손에 넣었는지 잊지 말라고 경고하기 위함이야."

"맞아." 이연화가 한숨을 내쉬었다. "이 옷에 아무것도 없잖아. 경용이 비싼 옷감이지만 그 값이 비취비녀에 미치진 못해. 이 옷 때문에 귀신놀이를 할 리는 없어. 노방은 남한테 말할 수 없는 어떤 일을 목격하고, 남한테 말할 수 없는 곳에서 이 옷을 손에 넣었을 거야. 그래서 불안해하다 크게 놀라면서 실성해버린 거지."

방다병이 중얼거렸다. "노방이 작은 상자를 잃어버렸다고 했는데, 이 비녀와 경용을 함께 가져다놓은 건 어쩌면 노방을 겁주려는 의도일 수 있어."

이연화가 미소를 지었다. "급할 거 없어. 노방은 실성했지만 이비는 멀쩡하잖아? 노방에게 있었던 비밀스러운 일을 아마 이비가 알거야."

방다병이 웃으며 이연화의 어깨를 두드렸다. "가끔 너도 내 반만큼은 똑똑하단 말이지."

한편 왕 태감은 시위들을 시켜 이연화가 요청한 물건들을 가져와 노방이 머무는 방의 창밖 정원에 펼쳐놓게 했다. 시위들은 절도 있는 걸음걸이로 성큼성큼 들어와 일사불란하게 일을 마친 뒤 돌아갔다. 왕 태감은 경덕전의 일에는 큰 관심이 없었고, 황제가 부마로 점찍은 방 대인의 장남에게 모든 주의가 쏠려 있었다. 하지만 방 공자는 그에게 별다른 인상을 남기지 못했다. 왕 태감은 이제 겨우 서른 살을 넘겼을 뿐이지만 구중궁궐에서 오래 생활한 탓에 감정은 메마르고 눈치는 비상했다. 그는 방다병과 이연화를 각각 훑어보고는 곧바로 돌아갔다.

석양이 질 무렵, 경덕전에는 방다병과 이연화만 남았다. 건물은 몇 채 되지 않는데 정원은 그에 비해 넓고 꽃과 나무가 무성했으며 황궁과 담장 몇 개를 사이에 두고 있어서 적막했다.

이연화가 향로에 향 세 대를 피운 뒤 고기와 채소 요리를 각각 네 가지씩 펼쳤다. 음식이 식어 차가웠지만 며칠 동안 맑은 죽에 변변한 반찬도 없이 끼니를 때운 이에게는 아주 맛있었다. 방다병이 돼지족발을 들고 한입 베어 문 뒤 물었다. "이비를 어떻게 할 생각이야?"

"이비?" 이연화가 젓가락으로 표고버섯을 집으며 천천히 말했다. "난 이 대인을 잘 모르고 부마도 아니니까 그를 함부로 대할 수 없지." 그러고는 표고버섯을 입에 넣고 우물거리며 같은 접시에서 새우를 골라 집었다. "웬일이야? 화도 안 내고."

방다병은 이내 다른 생각을 하느라 이연화가 '부마'라는 말을 입에 올린 것도 용서했다. "얼어죽을 이연화."

이연화가 눈썹을 추어올렸다. "응?"

방다병이 품에서 종이를 한 장 꺼냈다. "이거…… 네가 그 거북이 등딱지 같은 집에서 나온 게 설마 이것 때문이야?"

이연화는 눈동자가 흔들리더니 소매에서 봉소칠의 종이를 꺼내 그 두 장을 나란히 놓았다. 종이에 난 자국이 똑같고, 방다병의 종이가 약간 작은 것을 제외하면 필체도 동일했다.

두 장의 출처가 같은 곳인 듯했다.

"구중?" 이연화가 잠시 생각하다가 말했다. "청량우는 누군가를 구하기 위해 목숨건 모험을 했지만, 그 사람이 구조됐는지는 알 수 없어. 청량우와 봉소칠은 죽었고, 봉소칠에게서 종이가 한 장 나왔어. 또 노방이 잃어버린 상자에는 출처를 알 수 없는 옷이 들어 있었고, 노방은 실성했어. 그 옷은 정원에 걸려 있었고, 옷 아래에도 종이가 한 장 떨어져 있었지. 어쩌면……" 이연화가 천천히 말했다. "어쩌면 우리 생각이 처음부터 틀렸을까. 이 일이 우리 생각과 전혀 다른 성격일 수도 있을까."

방다병이 끼어들었다. "청량우와 봉소칠은 봉경이 죽였는데 이 종이와 무슨 관계가 있겠어……"

"맞아. 청량우와 봉소칠은 봉경이 죽였지." 이연화가 말했다. "하지만 봉경이 아니더라도 그 둘은 결국 누군가에게 죽임을 당하지 않았을까? 청량우는 누굴 구하려고 했던 걸까? 이 종이는 생전에 가지고 있던 걸까, 아니면 봉소칠이 죽은 뒤에 누군가가 몰래 옷 속에 넣어놓은 걸까?"

방다병이 고개를 저었다. "아냐. 청량우는 죽었지만 봉소칠은 그 자리에서 죽지 않았어. 두 사람이 봉경에게 쫓기는 걸 백정이 목격했잖아? 봉소칠은 백정이 구해줬는데도 결국 스스로 목을 매달았고. 봉소칠이 죽은 뒤 이 종이를 넣은 거라면 백정이 어떻게 모를 수 있겠어?"

"아니." 이연화가 미소를 지었다. "그게 바로 이 종이가 청량우의 주머니가 아니라 봉소칠의 주머니에서 발견된 이유일 거야. 누군가 청량우와 봉소칠을 추격했지만 한발 늦은 거지. 청량우는 죽어서 매장되고 봉소칠은 겨우 숨만 붙어 있었겠고. 그래서 청량우의 주머니에 넣으려던 종이를 봉소칠의 주머니에 넣은 거야. 백정 삼괴는 무공을 모르고 집을 비울 때가 많으니, 누군가가 목매달아 자결한 봉소칠의 주머니에 종이 한 장 넣는 게 뭐가 어렵겠어?"

방다병은 말문이 막혔다. 정말로 그랬을 가능성이 있지만 여전히 의문은 남았다. "이깟 종이 한 장을 봉소칠의 주머니에 넣어서 뭐해?"

"노방의 옷을 정원에 걸어둔 것과 마찬가지지. 쓸데없는 일이지만 누군가 그렇게 했잖아." 이연화가 온화한 투로 말했다. "노방의 일은 이렇게 된 것 같아. 원래 노방은 죽고, 노방 아내의 옷은 정원에 목을 맨 것처럼 매달려야 했어. 그리고 옷에는 비녀가 꽂혀 있고, 그 아래에 종이가 떨어져 있어야 했지. 그런데 그날 네가 경덕전에 도착한 거야. 경덕전에 도착하자마자 호시탐탐 도망칠 기회를 엿봤겠지. 경덕전을 구석구석 살펴보고 한밤중에 담을 넘는 대담한 행동도 했을 테고. 그래서 원래는 노방을 죽였어야 했는데 네가 불청객처럼 갑자기 끼어드는 바람에 그러지 못한 거야."

방다병이 놀라서 말했다. "그러니까 누군가 노방을 죽이려다 내가 나타나는 바람에 죽이지 않았다는 얘기야? 하지만 그날 혈도를 짚여 무공을 쓸 수 없었으니 날 죽이려 했다면 아주 손쉬웠을 텐데."

이연화가 미간을 찡그렸다. "다른 사람이었다면 물론 죽였겠지. 하지만 넌 부마잖아. 네가 갑자기 죽으면 네 아버지, 네 아버지의 아버지, 네 부인, 네 부인의 아버지가 가만히 있겠어?"

방다병은 사레가 들렸다. "켁켁…… 내가 부마가 아니었으면 진즉에 죽었을 거라고?"

이연화가 동정어린 눈빛으로 방다병을 보며 미소를 지었다. "축하해. 넌 공주님과 꼭 혼인을 해야겠구나."

방다병이 콧방귀를 뀌며 화제를 돌렸다. "그런데 노방이 죽지도 않았는데 옷은 왜 다리에 걸려 있었을까?"

"옷을 걸어놓고 준비를 마친 뒤 노방을 죽이려는데 네가 나타난 거지. 노방을 죽이기도 전에 눈앞에서 네가 그것들을 가지고 가버린 거야." 이연화가 한숨을 내쉬었다. "내가 범인이었으면 아마 화가 머리끝까지 났을걸."

방다병은 말문이 막혔다. "내가 다리에 걸린 옷을 발견하는 바람에 범인의 일을 그르쳤단 뜻이야?"

이연화가 진지하게 말했다. "그럴 가능성이 커. 그래서 다음날 밤에 범인이 지붕에서 널 훔쳐본 것이지."

방다병이 놀란 표정으로 생각에 잠겼다가 말했다. "내가 그 옷을 주운 날, 범인은 노방을 죽이지도 않았고 옷을 다시 가져가지도 않았어. 옷이 없어진 걸 알고 노방이 놀랐고, 다음날 밤 내가 정원에 나가지 않았을 때 범인이 노방을 찾아가 실성하게 만든 거야."

이연화가 고개를 끄덕였다. "그게 합리적인 추측이겠지."

"그렇게 본다면 이건 여러 계책을 함께 구사해 상대를 혼란에 빠뜨리는 연환계네. 청량우와 봉소칠이 죽은 뒤 누군가 봉소칠의 주머니에 종이를 넣었고, 노방이 실성하자 또 누군가 종이를 두고 갔어. 이 종이에 어떤 의미가 있는 게 분명해."

"은근한 위협인 것 같아." 이연화가 슬그머니 젓가락을 뻗어 방다병 앞의 족발 접시에서 밤을 집으려 했다.

“위협이라고?” 방다병이 재빨리 젓가락을 날려 밤을 전부 골라 자기 앞으로 가져다놓았다. “위협만으로 노 대인을 실성하게 하고 경덕전 전체를 뒤숭숭하게 만들었다는 거야?”

눈앞에서 밤이 사라지자 이연화가 미소를 지으며 방향을 틀어 옆에 있는 생선조림으로 젓가락을 옮겼다. 생선을 집는 속도가 방다병보다 빨랐다. 이연화가 생선살을 씹으며 태연하게 얘기를 계속하자 방다병은 속으로 조금 부아가 났다. “청량우는 누군가를 구하려 했고, 노방은 출처가 불분명한 옷을 손에 넣었어. 청량우가 구하려 했던 사람과 그 옷이 관련된 게 분명해. 이 종이를 흘린 의도는 아마……”

이연화가 젓가락을 입에 가져다대고 속삭이듯 말했다. “어떤 일을 아는 사람은 죽는다는 경고일 거야.”

“그 일을 아는 사람은 입을 잘못 놀리면 목숨을 잃을 수 있다는 거로구나. 노방처럼 아무것도 모른 채 그저 아내에게 옷을 가져다주려는 사람조차 말이야.” 방다병도 속삭이듯 말했다. “그럼 이 종이는 일종의 표시겠군.”

이연화가 만족스러운 표정으로 고개를 끄덕였다. 생선조림이 만족스러운 건지 방다병의 얘기가 만족스러운 건지는 알 수 없었다. “그 일을 아는 사람만이 이 종이에 감춰진 뜻을 알겠지. 우리는 모르는 게 당연해.”

생선을 좋아하지 않는 방다병은 이연화가 생선을 맛있게 먹자 조금 약이 올랐다. “청량우가 구하려던 사람과 노방이 아내에게 주려던 옷이 무슨 관계가 있는지 모르겠어. 범인이 어떤 이상한 비밀을 감추려는 걸까?"

생선을 다 먹은 이연화가 아쉬운 듯 입맛을 다셨다. 이연화는 좋아하지 않았지만 방다병은 돼지족발을 좋아했다. "이 두 장 모두 금사가 박힌 채색 종이야." 이연화가 종이 위에 희미하게 보이는 금사와 종이 가장자리에 붙어 있는 가느다란 채색 잔털을 가리켰다. "이건 공물지야. 이런 종이는 연주兗州의 금잠金蠶이 멸종된 후 더이상 생산되지 않았어."

이연화는 잠시 말을 멈췄다가 다시 이었다. "연주의 금잠이 멸종된 건 백 년도 더 된 일이고."

"이 종이가 백여 년 전에 만들어졌단 말이야?" 방다병이 의아한 표정을 지었다. "백여 년 전에 만든 종이가 아직도 남아 있다고?"

이연화가 더 정확히 말했다. "백여 년 전 공물지이고, 이 글귀는 황궁에서 쓴 거야."

방다병이 젓가락을 탁 내려놓았다. "황궁에서 보낸 사람이 귀신놀음으로 노방을 실성하게 만들었다는 거야?"

이연화가 고개를 저었다. "아냐. 갑자기 황제 폐하께서 노방, 이비, 조척, 상홍행, 유가화를 부른 건 분명 중요한 일이 있어서일 거야. 황제께서 그들을 죽여 입막음하려 했다면 여러 방법이 있겠지. 흰 천을 하사해 목을 매달게 할 수도 있고, 황궁 시위를 보내 다섯 사람을 모두 죽인 뒤 경덕전에 불을 지르고 우연한 화재가 발생했대도 누가 감히 의심하겠어? 그런데 범인은 노방을 놀라서 실성하게 하고 종이를 한 장 남겼을 뿐이야. 그렇다면 황제 폐하가 보낸 사람은 아니겠지."

방다병이 "음" 하고 생각에 잠겼다가 소매에서 옥 단적을 꺼내 두 번 툭툭 두드렸다. "한 가지 가능성이 남아 있어. 범인이 어떤 일을 아는 모든 사람에게 발설하지 말라고 경고하기 위해 이 종이를 남긴 거야. 그 일을 안다는 낌새가 조금이라도 보이면 무조건 죽여버리겠다는 거지. 누구도 그 비밀을 알아서는 안 된다는 거야. 황제도 포함해서."

이연화가 고개를 끄덕였다. "엄청난 비밀이겠구나. 어쩌면 백 년 전의 비밀일 수도 있고."

"엄청난 비밀을 조사하는 데 여전히 천년 묵은 여우가 필요한가요?" 그때 담장 위에서 누군가 느긋한 투로 말했다. "안 필요하면 내가 가져다 먹을게요."

방다병이 깜짝 놀라 고개를 돌려보니 정원 담장에 토실토실한 뚱보가 올라앉아 있었다. 큰 만두 위에 작은 만두를 올려놓은 양 몸이 둥글둥글한 뚱보가 호금을 등에 메고 손에는 털이 북슬북슬한 뭔가를 들고 있었다. 그것은 목이 졸려 죽은 건지 미동도 없이 그의 손에 들려 있었다. 이연화는 불청객을 향해 고상한 미소를 지었다. 마치 자신은 어떤 상황에서도 교양을 잃지 않는다는 듯한 태도였다. "소 소협."

"소 소협"이라는 말을 듣고 방다병이 그제야 알겠다는 듯 "아" 하고 짧은 탄성을 터뜨렸다. 만성도 봉경의 제자 소소오였다. 소소오는 이미 자신의 사부가 저열한 인품의 소유자라는 걸 알고 있었다.

"이제 보니 소 소협이 이런 뚱보였군." 방다병이 말했다.

"유명한 근심공자 방다병이 이렇게 깡마른 몸매인 줄은 몰랐습니다." 흰 피부에 혈색이 붉은 뚱보가 느긋하게 담장에 걸터앉은 채 말했다.

방다병이 콧방귀를 두 번 뀌고는 눈을 흘겼다. 이렇게 고상하고 점잖은 나를 만두 두 개와 비교하다니! 방다병은 화를 억지로 참으며 소소오를 흘겨보았다. "재주 많은 소 소협이 경덕전에는 어쩐 일인가?"

소소오가 날카로운 눈초리로 방다병을 몇 번 흘겨보고는 고개를 저었다. "참으로 저속하시군요……"

소소오가 갑자기 소매로 얼굴을 가리고 웃더니 여자 목소리를 흉내내며 말했다. "제 이름은 수옥秀玉이라고 합니다. 저를 소협이라 부르기 싫다면 수옥이라고 부르시지요."

방다병이 숨이 넘어갈 듯 기침을 터뜨렸다.

이연화가 옆에서 얼굴을 가리고 탄식하며 방다병에게 말했다. "뚱보라고 부르고 싶으면서 왜 소협이라고 불러?"

방다병이 가까스로 숨을 고르자 소소오가 껄껄 웃으며 담장에서 뛰어내렸다. "방 공자는 너무 말라서 몇 번만 더 화나게 하면 생명이 위험할 듯싶군요."

방다병이 언짢은 표정으로 나지막이 말했다. "수옥, 여자의 몸으로 담을 넘어오다니 무슨 일이시오?"

소소오가 투실투실한 손으로 이연화를 가리켰다. "이 선생님께서 여기서 불사를 한다며 천년 묵은 여우를 잡아달라고 부탁하셨습니다. 어렵게 한 마리 잡았는데 이 선생님께서 방 공자를 만나더니 저를 잊으신 모양입니다."

방다병이 차가운 투로 말했다. "육일법사가 어떤 법술을 쓰는지 궁금했는데 이제 보니 바람잡이가 있었군."

이연화가 낯빛도 변하지 않고 고상한 미소를 지었다. "우선 술부터 한잔합시다."

이연화가 천년 묵은 여우에게 바치는 술동이를 열고 술잔 세 개를 채우자 소소오가 한입에 털어넣더니 미간을 찡그렸다. "퉤, 퉤. 너무 독하군요."

방다병이 소소오의 손에 들린 물체를 곁눈질로 살폈다. "그게 여우라고?"

"이 선생님의 부탁을 받고 여우를 잡으러 산에 갔는데 여우가 없어 대신 이걸 잡았습니다." 소소오가 손에 들고 있던 걸 바닥에 툭 던졌다.

이연화가 턱을 괴고 털이 북슬북슬한 그 물체를 살펴보는데 방다병이 이맛살을 찌푸리며 말했다. "보나마나 개겠지."

방다병의 말대로 소소오가 가져온 것은 온몸이 누런 털로 뒤덮인 개 한 마리였다.

그것도 아주 촌스럽게 생긴 똥개였다.

이연화가 턱을 만지작거리며 생각에 잠겨 있는데 방다병이 작은 소리로 말했다. "천년 묵은 여우가 개와 정을 통했나……"

소소오가 부끄러운 기색 하나 없이 신이 난 표정으로 말했다. "천년 묵은 여우가 과거 시험을 보러 가는 서생에게 반해 미인으로 변한다는 얘기를 들어보셨죠? 이 천년 묵은 여우도 암캐에게 반하면 똥개로 변할 수 있지요. 그게 뭐가 이상하단 말입니까?"

방다병이 중얼거렸다. "야단났군, 야단났어. 이 천년 묵은 여우가 똥개인 것도 큰일인데 게다가 숫놈이라니."

털이 북슬북슬한 천년 묵은 여우를 보며 한참 생각에 잠겼던 이연화가 헛기침을 하며 말했다. "들개는 후각이 아주 예민하다고 들었는데."

개를 보며 중얼거리던 방다병이 고개를 번쩍 들었다. "뭐라고?"

소소오의 눈동자가 반짝였다. 이연화가 느릿느릿 말했다. "이 개가 노방이 옷을 찾은 곳으로 안내해줄지도 몰라."

"옳거니! 개는 후각이 아주 좋지. 그 옷이 나한테 있어. 이 개가 옷이 있던 곳을 찾아낸다면 감춰진 비밀을 알 수 있을지도 몰라!" 방다병의 얼굴에 화색이 돌았다.

이연화가 곁눈질로 방다병을 보며 말했다. "그런데……"

방다병은 여전히 신이 나서 외쳤다. "옷을 가져올게!"

이연화가 말했다. "하지만……"

방다병이 짜증이 묻어나는 투로 물었다. "또 뭐야?"

이연화가 말했다. "냄새를 맡으려면 적어도 이 개가 살아 있긴 해야잖아."

방다병이 멈칫 놀라 바닥에 누워 있는 개를 내려다보았다. 혀를 축 늘어뜨리고 눈을 감은 모습이 이미 숨이 끊어진 것 같았다.

소소오는 아랑곳하지 않은 채 접시를 들고 옆에 앉아 쩝쩝거리며 족발을 맛있게 뜯고 있었다.

방다병이 화를 내며 소소오의 멱살을 잡았다. "이 뚱보야! 개를 목 졸라 죽인 거야?"

소소오가 족발을 입안 가득 넣고 우물거리며 말했다. "이 선생님이 천년 묵은 여우를 잡아오라고만 했지 죽은 여우인지 산 여우인지는 일러주시지 않았다고요. 이것도 많이 생각해드린 겁니다. 아예 목을 비틀어 잘라버리고 천년 묵은 여우라고 우겼을 수도 있다고요. 그랬으면 이게 개라는 걸 누가 알겠어요?"

방다병이 소소오를 꽉 붙잡는데 뒤에서 무슨 소리가 들렸다.

"휘이, 휘휘……"

뒤를 돌아보니 이연화가 뼈다귀를 들고 바닥에 쪼그려앉아 죽은 개의 코에 대고 문지르며 휘파람을 불고 있었다. 소소오는 놀라고 방다병은 미간을 찡그렸다. 죽은 게 틀림없어 보였던 천년 묵은 여우가 갑자기 잉어처럼 펄쩍 뛰어오르더니 이연화가 든 뼈다귀를 덥석 물고 도망치려고 했다. 하지만 이연화의 손에 잡힌 뼈다귀는 꿈쩍도 하지 않았다.

천년 묵은 여우가 있는 힘껏 뼈다귀를 물고 버텼다. 뼈다귀를 쟁취할 때까지 절대 물러서지 않을 듯 보였다.

소소오와 방다병은 넋을 놓고 그 모습을 쳐다보았다. 조금도 동요하지 않으며 미소 짓는 이연화의 모습이 순식간에 되살아난 여우 사체만큼이나 섬뜩했다. 천년 묵은 여우가 으르렁거리는 것을 보며 방다병이 감탄했다. "과연 천년 묵은 여우답구나……" 산에서 잡자마자 개가 축 늘어져 미동도 하지 않아서 자신이 너무 세게 잡았다고 생각했던 소소오는 조금 민망해졌다.

이연화가 뼈다귀를 잡아당기자 개가 몸을 낮추고 네 다리로 버티며 조금씩 뒤로 끌고 갔다. 이연화가 손을 뻗어 털을 쓰다듬자 개가 온몸의 털을 곤두세우더니 뼈다귀를 놓고 그 손을 물려고 덤볐다. 그 동작이 소림의 여의수如意手만큼이나 빠르고, 무당파의 삼재검三才劍만큼이나 강했으며, 아미파의 이고장尼姑掌만큼이나 용맹한 동시에 개방의 타구봉打狗棒만큼이나 사나웠다. 하지만 덥석 물고 보니 그것은 이연화의 손이 아니라 방금 그 뼈다귀였다.

이연화가 위치를 바꿔 개의 위아랫니 사이로 뼈다귀를 홱 집어넣은 것이다.

개가 분해서 우우 울부짖자 이연화가 손을 뻗어 머리를 쓰다듬었다. 이번에는 개도 이연화의 손길에 머리를 맡겼다가 다시 뼈다귀를 놓고는 그 손을 물었다. 하지만 덥석 물고 보니 이번에도 그 뼈다귀였다.

바짝 약이 오른 개가 펄쩍 뛰어오르며 이연화를 향해 달려들면서 요란하게 컹컹 짖기 시작했다. 개가 품으로 달려들자 이연화는 왼손으로 개의 등을 쓰다듬으며 오른손에 든 뼈다귀를 휘둘렀다. 개가 마구 짖으며 물려고 덤볐지만 번번이 뼈다귀에 막혀 이연화의 소매조차 물 수 없었다.

방다병은 웃어야 할지 울어야 할지 난감한 표정을 지었고 소소요는 흥미진진하게 구경했다. 마침내 항복한 개가 마지못해 품에 안기자 이연화가 개의 머리를 쓰다듬었다.

이연화가 상으로 뼈다귀를 주었지만 개는 자신에게 굴욕을 안긴 그것을 쳐다보지도 않고 외면했다. 이연화도 화를 내지 않고 소소오의 족발 접시에서 살코기 한 덩이를 집어 개에게 주었다. 개는 한참 코만 킁킁거리다 더는 참지 못해 덥석 물고는 체면도 내던지고 낑낑거리며 살코기를 먹었다.

"뚱보야." 방다병이 손짓했다. "네가 잡아온 녀석이 정말로 천년 묵은 여우인지도 모르겠구나."

눈동자를 굴리며 고기를 먹는 개를 보면서 소소오가 한숨을 내쉬었다. "이런 걸 잡아오다니 제 눈이 삐었나봅니다."

하지만 이연화는 흡족한 표정으로 개의 머리를 쓰다듬었다. "부마, 옷을 가져와봐."

4. 천년 묵은 여우

방다병이 이불 속에 둘둘 말려 있던 경용을 서둘러 가져오자 이연화가 족발 한 덩이를 경용으로 감싼 뒤 보이지 않는 곳에 감췄다. 과연 천년 묵은 여우는 기대를 저버리지 않고 금세 옷을 찾아내 맛있게 족발을 뜯어먹었다. 이연화가 족발 냄새가 밴 옷을 보이지 않는 곳에 감추자 천년 묵은 여우가 또 금세 찾아냈다. 이번에는 옷 안에 족발이 없었으므로 이연화가 따로 고기 한 점을 상으로 주었다.

천년 묵은 여우의 반짝이는 눈동자를 보고 방다병은 녀석이 작아 보여도 탁자에 차려진 고기를 다 먹어치울 만큼 먹성이 대단하다는 걸 알았다. 몇 차례 시험해보니 녀석이 아주 영리해서 옷을 찾아내면 고기를 먹을 수 있다는 걸 알아차렸다. 이연화는 마침내 경용을 몰래 감춘 뒤 녀석에게 똑같은 냄새를 찾아내도록 했다.

천년 묵은 여우가 잠시 주춤거리더니 이내 코를 킁킁대며 쌩하니 밖으로 달려나갔다. 이연화, 방다병, 소소오도 얼른 뒤따라 나갔다. 잠시 후 개 한 마리와 사람 셋이 노방의 방 앞에서 멈췄다. 세 사람은 훈련이 제대로 먹혀들었음을 알았다. 개는 과연 자신이 무엇을 찾아야 하는지 정확히 파악했다.

그런데 노방의 방으로 들어가 한참 코를 킁킁거리던 개가 갑자기 방향을 돌리더니 밖으로 달려나갔다. 세 사람도 개를 따라 사방을 뛰어다녔다. 개가 개구멍으로 빠져나가면 사람은 담을 넘었다. 달리는 속도가 워낙 빨라서 개를 놓치지 않고 따라가기에도 벅찼기에 어디로 가는지 생각할 겨를도 없었다. 한참을 정신없이 돌아다니던 개가 어느 커다란 건물로 들어갔다.

방다병과 소소오가 개를 따라 들어가려는데 이연화가 앞을 막아섰다. "잠깐."

"왜 그래?" 빌어먹을 똥개가 어찌나 빠른지 방다병은 숨이 턱까지 차올랐다. "어쩌면 이 안에……"

이연화가 진지하고 참을성 있게 미소를 지었다. "음…… 우리가 아주 큰 착각을 했어."

방다병과 소소오는 어리둥절했다. 여태껏 잘 쫓아와놓고 이게 무슨 소리란 말인가? 천년 묵은 여우는 확고한 목표를 가지고 추호의 망설임도 없이 달렸다. 자기가 찾는 것이 어디에 있는지 아는 듯한데 뭐가 문제란 말인가? 이연화가 겸연쩍은 표정으로 조금 전 개가 뛰어들어간 곳의 편액을 가리켰다. "여긴……"

방다병과 소소오가 동시에 고개를 들어 위를 보았다. 금빛 찬란한 문 위에 정교하게 무늬가 조각된 편액이 걸렸고, 거기에 세 글자가 커다랗게 새겨져 있었다.

어선방.

방다병은 입이 절로 벌어지고, 소소오는 얼굴이 창백해졌다. 이연화가 민망한 듯 말끝을 흐렸다. "우리 생각이 틀렸어……"

그들은 아주 큰 오류를 범하고 말았다. 개가 기억하는 건 옷이 아니라 족발 냄새였다.

그 때문에 개가 어선방을 찾아온 것이다. 조금 전 그 족발 요리는 아침에 어선방에서 만든 게 틀림없었다.

세 사람 모두 머쓱한 표정으로 코를 문지르며 어디 가서 이 일을 절대로 얘기하지 않겠노라고 속으로 다짐했다.

아무 소득이 없으니 조용히 돌아가야 했지만 올 때보다 돌아가는 길이 더 조심스러웠다. 올 때는 황궁인 줄도 모르고 정신없이 담을 넘었지만 이제 이곳이 황궁이라는 걸 알았으니 행여나 누군가에게 들킬까봐 조마조마했다.

가슴을 졸이며 경덕전으로 돌아와보니 법단이 차려진 정원은 조금 전과 변함 없이 접시가 어지럽게 놓여 있고 음식 찌꺼기가 바닥에 지저분하게 떨어져 있었다. 이연화가 손수건을 꺼내 다 먹은 접시를 정리하고 탁자를 말끔히 닦았다. 이어 바닥에 떨어진 뼈다귀를 쓸어낸 뒤 빈 접시를 안고 설거지를 하러 갔다.

방다병은 다리를 꼬고 앉아 이를 쑤시고, 소소오는 눈을 감고 잠들었다.

그런데 잠시 후 수풀 속에서 바스락거리는 소리가 들렸다. 소소오가 왼쪽 눈을 살짝 떠보니 누런 털뭉치가 눈앞에서 살랑거렸다. 소소오가 깜짝 놀라 벌떡 일어났다. "천년 묵은 여우!"

누런 털이 북슬북슬한 똥개가 입에 뭔가를 물고 세차게 꼬리를 흔들었다. 마치 웃고 있는 듯 입꼬리도 한껏 올라갔다.

얼른 다가가 개의 입에 물린 것을 확인한 병다병은 화들짝 놀랐다.

또다른 경용이었다!

이연화가 소리를 듣고 달려왔다. 누런 똥개가 고개를 바짝 들고 가슴을 편 채 늠름한 자태로 법단에 서 있었다. 반짝이는 이빨로 연자줏빛 천조각을 물고 있었다.

게다가 검붉은 핏자국이 묻어 있는데 천이 찢어진 쪽을 향해 핏자국이 조금씩 번진 형태였다.

"맙소사!" 방다병이 소리쳤다. "이걸 어디서 찾았지?"

이연화가 개의 머리를 쓰다듬어주자 소소오가 방금 치워놓은 돼지뼈와 생선뼈를 얼른 가져다 그 앞에 놓았다.

천년 묵은 여우는 눈을 가늘게 뜨며 이연화의 손에 머리를 몇 번 비비더니 천조각을 올려놓고는 잽싸게 어디론가 달려갔다. 세 사람은 정신을 바짝 차리고 조심스럽게 뒤를 쫓아갔다.

이번에 천년 묵은 여우는 황궁으로 들어가지 않고 경덕전 밖 좁은 길을 따라 뛰었다. 어선방 뒷문으로 이어지는 길인데 반대쪽 끝은 장터와 연결되어 황궁에서 필요한 과일과 채소를 실어나르는 상인들이 자주 통행하고 곳곳에서 호위병들이 검문하는 곳이었다.

천년 묵은 여우가 길옆 숲속으로 뛰어들었다.

그리 외진 숲도 아니고 낮에는 행인이 많은 곳이지만 밤이어서 숲속이 칠흑처럼 어두웠다.

컹컹! 천년 묵은 여우가 커다란 나무를 향해 큰 소리로 짖었다.

방다병이 화절자를 꺼내 불을 밝혔다. 세 사람은 나무 밑으로 가서 위를 올려다보았다.

그들이 마주한 것은 거미줄 같은 핏발로 흰자위가 뒤덮인 공포에 질린 두 눈이었다.

창백하게 일그러진 얼굴 아래로 젖은 머리카락이 거꾸로 쏟아지듯 흘러내렸다.

그 순간, 피 한 방울이 방다병의 손등 위로 툭 떨어졌다.

"맙소사……" 소소오의 입에서 짧은 휘파람이 새어나오고, 이연화는 미간이 찔그러졌다. 방다병은 눈도 깜박거리지 못하고 공포에 질린 그 눈을 쳐다보았다.

심장이 밖으로 튀어나올 듯 미친듯이 뛰고 온몸의 피가 다 굳는 것 같았다.

나무에 걸려 있는 사람은 바로 이비였다.

가로로 베여 칼자국이 난 목에서 피가 흘러나왔다. 이비는 이미 숨이 끊긴 뒤였다.

시신 아래 핏자국이 낭자했다.

아직도 피가 방울방울 떨어졌다.

천조각 세 가닥을 꼬아 만든 줄에 묶인 채 나무에 거꾸로 매달린 이비는 진자주색 경용을 입고 있었다.

이비도 경용을 갖고 있었다니!

하지만 옷이 몸에 꽉 끼는 것으로 보아 이비의 옷이 아닌 게 분명했다.

피는 옷을 붉게 물들인 것으로 모자라 장대비가 지나간 뒤 처마에서 떨어지는 물방울처럼 여전히 아래로 떨어졌다.

똑, 똑.

이미 차갑게 식은 피였다.

방다병의 손에 들린 화절자는 어느새 불이 꺼졌다. 잠시 후 바스락 소리를 내며 이연화가 앞으로 한 걸음 다가가더니 어둠 속에서 허리를 굽혀 붉게 물든 풀밭에서 뭔가를 주워들었다.

피에 젖은 종이였다.

방다병이 고개를 돌려 보니 이번에도 열십자 모양의 종이였는데 그가 주웠던 것보다 조금 작았다. 피에 젖었지만 종이에 글씨가 적혀 있음을 알아볼 수 있었다. 방다병이 다른 화절자에 불을 붙였다. 소소오도 다가가 이연화가 든 종이에 쓰인 '백색목百色木'이라는 세 글자를 확인했다.

천년 묵은 여우가 소리 없이 이연화의 발밑에 엎드렸다. 이연화는 피 묻은 종이를 들여다보다가 허리를 굽혀 개의 머리를 쓰다듬으며 가벼운 한숨을 내쉬었다.

방다병이 싸늘한 목소리로 말했다. "내 잘못이야."

소소오가 두 사람의 어깨를 두드렸다. "경덕전에서 놓아준 이비를 여기서 죽일 줄 누가 알았겠어요?"

이연화가 고개를 저었다. 불빛이 어슴푸레해 소소오는 이연화의 표정을 볼 수 없었다. 방다병이 싸늘하게 말했다. "노방과 이비의 관계가 심상치 않다는 걸 눈치챘었어. 노방이 실성했으니 이비를 죽일 거라고 예상할 수 있었는데…… 내 잘못이야." 그러고는 나무를 주먹으로 세게 쳤다. "다 내 잘못이야!"

화절자가 다시 꺼졌다. 소소오는 할말이 없었고 방다병은 살의가 치밀어 이를 갈았다. 이비의 시신에서 신음하듯 피가 계속 떨어졌다.

"인생이란…… 원래 잘못의 연속이지." 이연화가 말했다. "여기서 잘못하지 않으면 또다른 곳에서 잘못을 저지르겠지. 네가 칠팔십이 되면 이런 게 다 얘깃거리가 될 거야……"

방다병이 버럭 화를 냈다. "얼어죽을 이연화! 사람이 죽었어! 멀쩡한 사람이 죽었는데도 넌 헛소리나 하니 양심이라고는 눈곱만치도 없어?"

이연화가 계속 중얼거렸다. "인생이란…… 원래 많든 적든 잘못을 저지르며 살 수밖에 없어. 일부러 하는 잘못, 모르고 하는 잘못, 진짜 잘못, 가짜 잘못, 반은 진짜고 반은 가짜인 잘못. 모든 일에는 책임이 있어. 어떤 책임은 꼭 짊어져야 하지만, 짊어질 필요 없는 책임도 있어. 예를 들면 이런 일 말이야……" 한숨을 내쉬는 이연화의 표정이 무척 진지했다. "방 공자가 모든 걸 예상해야 한다고 생각하는 사람은 없어. 죽은 이비조차 죽기 직전에 네가 달려와 구해줘야 한다고 생각하지 않았을 거야. 그러니까 너무 깊이 생각하지 마. 이건 네 잘못이 아니야."

소소오가 힘껏 고개를 끄덕이며 방다병의 어깨를 세게 두드렸다. 바람에 날아갈 듯 야윈 방다병이 소소오의 팔에 밀려 넘어질 뻔했다.

침묵하던 방다병이 긴 한숨을 게워냈다. "평소에 내가 너한테 잘해줄 때는 왜 이렇게 좋은 말을 해주지 않은 거야?"

이연화가 정색했다. "난 항상 좋은 말만 하는데……"

방다병이 "흥!" 하고 콧방귀를 뀌었다. "여긴 어쩌지? 천년 묵은 여우는 찾지도 못했고 이비는 죽었어. 네가 법사라는 걸 왕 태감과 태자가 믿어줄 거 같아? 네 삼족을 멸할 때 내가 널 안다는 건 절대로 말하지 말아줘."

이연화가 싱긋 웃었다. "물론이지. 그렇게 된다면 네가 아는 사람은 공주뿐이야. 난 모르는 사람인 거야."

"이비가……" 소소오가 자신의 말랑말랑한 배를 만지며 말했다. "여기서 죽임을 당한 걸까요, 아니면 죽임을 당한 뒤 여기로 옮겨져 매달리게 된 걸까요?"

이연화가 주위를 둘러보니 사방이 어두컴컴했다. 그리 깊은 숲은 아니지만 밤이 깊어 한 치 앞도 분간하기 힘들 만큼 어두웠다. 화절자에 불을 붙여 바닥을 비춰보니 오솔길이 있었다. 낮에는 사람들이 많이 지나다니는 모양이었다.

그 오솔길 위에 피 묻은 발자국이 어지럽게 찍혀 있었다.

"우리보다 먼저 이비를 발견한 사람이 있는 것 같아요." 소소오가 살집이 두툼한 턱을 괴고 만지작거렸다. "누군가가 여기서 이비를 만나기로 했는데, 약속 시간에 와보니 이비가 이 상태로 나무에 매달려 있어 놀라서 도망친 걸까요?"

"그건 모르지. 그저 지나가던 사람이 발견하고 놀라서 도망쳤을 수도 있고." 이연화가 쪼그려앉아 발자국을 자세히 살펴보았다.

방다병이 피 묻은 발자국을 따라 몇 걸음 걷다가 미간을 찡그렸다. “이상한데. 발자국이 점점 작아져.”

소소오도 화절자에 불을 붙여 이연화와 함께 바닥에 찍힌 발자국을 살펴보았다.

오솔길에 찍힌 발자국은 풀밭에서 시작되었고 처음 몇 개는 또렷했다. 발자국 주인이 풀밭을 지나갈 때는 피가 흘러나온 지 얼마 안 된 때였던 것 같다. 어쩌면 이비의 숨이 끊기기 전이었을 수도 있다. 발자국이 대여섯 개 찍혀 있는데, 갈수록 발자국 사이의 거리가 멀어진 것을 보면 나무에 매달린 시신을 보고 놀라서 허겁지겁 달려 도망친 것 같았다.

하지만 발자국은 대여섯 개가 전부였다. 그 뒤로는 없었다.

풀밭에서 허겁지겁 도망친 사람이 오솔길에서 갑자기 사라진 것 같았다.

발자국이 사라진 곳은 숲에서 열 장 정도 떨어진 곳이어서 아무리 절대고수라도 한 번에 날아갈 순 없다. 그는 어디로 갔을까? 발자국이 사라진 곳 근처에 생긴 지 얼마 안 된 핏자국이 몇 개 있었다.

핏자국의 생김새가 매화 꽃송이 같았다. 작은 밥그릇만한 크기로 보아 사람 발자국은 아니었다. 핏자국이 가볍게 찍히고 피가 묻은 곳 외에는 다른 흔적이 거의 남아 있지 않았다. 핏자국 몇 개만 보면 정체를 알 수 없는 뭔가가 풀밭을 지나 숲 밖으로 나간 듯했다.

“얼어죽을 이연화……” 방다병이 헛웃음을 웃었다. “이거 정말…… 천년 묵은 여우인가?”

소소오가 머리를 긁적였다. 발자국을 보면 사람이 갑자기 그림자처럼 정체를 알 수 없는 뭔가로 변해서 도망친 흔적 같았다.

이연화가 핏자국을 살펴본 뒤 진지하게 말했다. "뭔지는 모르겠지만 천년 묵은 여우의 발이 이렇게 클 리는 없어."

점점 날이 밝아오고 이비가 피살당했다는 사실이 곧장 형부와 대리시에 보고되었다. 포화이청천인 복승해와 화여설 두 사람에게 서둘러 도읍으로 와서 사건을 조사하라는 명이 내려졌다.

화여설은 멀리 산서山西에 있어서 곧바로 올 수 없었지만 복승해는 때마침 도읍에 있었기에 날이 다 밝기도 전에 이비가 죽은 숲에 도착했다.

"경덕전에 법단을 차리고 불사를 해서 천년 묵은 여우를 불러냈는데, 자네의 법술이 듣지 않아 여우가 도망쳤고, 여우가 이 숲을 지나가다 밤에 홀로 나와 시를 읊조리던 이 대인을 우연히 마주쳐 죽였다는 말인가?" 복승해가 싸늘한 눈초리로 바라보는데 이연화는 태연하고 온화한 눈빛으로 천년 묵은 여우가 경덕전에서 소동을 피운 과정을 아주 진지하게 설명했다.

"방 공자, 그리고 자네." 복승해가 방다병을 흘긋 보고 다시 소소오를 보았다. "두 사람이 천년 묵은 여우를 직접 봤다고?"

방다병은 고개를 끄덕였고, 소소오는 머리를 감싼 채 한쪽에 웅크리고 앉아 있었다. 사람이 뚱뚱하면 그리 똑똑해 보이지 않고 괜히 우둔해 보이기 마련이어서 복승해처럼 노련한 판관도 소소오보다는 방다병에게 시선이 더 많이 갔다.

"봤습니다." 방다병이 얼른 대답했다. "법사께서 법단을 차리고 불사를 하셨는데, 부적을 태운 뒤 복숭아나무 검으로 허공을 찌르자 하늘에 먹구름이 끼고 천둥번개가 치더니 검은 연기가 수천 가닥 몰려들어 기이한 요괴로 변했습니다. 평생 한 번 볼까 말까 한 기이한 광경이었습니다."

원래 얼굴빛이 거무죽죽한 복승해가 그 얘기를 듣고 얼굴이 파랗게 질리며 소소오에게 시선을 옮겼다. "자네는?"

"저, 저요?" 소소오가 여전히 머리를 감싼 채 말했다. "어제 저녁…… 아니, 어제 해지기 전부터 숲에서 잠을 잤습니다. 아주 깊이 잠들었는데 한밤중에 무슨 소리가 들려서 눈을 떠보니 이 두 공자님과 천년 묵은 여우가 있었습니다…… 나리!" 소소오가 갑자기 복승해 앞으로 가서 털썩 엎드리더니 그의 바짓자락을 붙잡고 소리쳤다. "소인은 아무 죄도 없습니다. 아무것도 모릅니다. 소인은 그저 자고 있었을 뿐입니다. 이 대인의 일과는 아무 관계도 없습니다. 저는 여든 살 노모와 세 살 먹은 어린 자식을 부양하고 있고 아내는 땡중과 눈이 맞아 도망쳤습니다. 억울합니다!"

방다병은 속으로 소소오에게 감탄했지만 복승해는 마음이 약해지는 기색도 없이 담담하게 물었다. "천년 묵은 여우를 네가 직접 봤느냐?"

소소오가 투실투실한 몸을 파르르 떨며 연방 고개를 주억거렸다. "봤습니다. 봤습니다."

"천년 묵은 여우가 어떻게 생겼더냐?" 복승해가 차가운 투로 물었다.

소소오가 머뭇거리지도 않고 말했다. "붉은 털과 노란 털이 뒤

섞여 길게 자란 것이 한 올 한 올 바늘 같고, 입은 뾰족하고 귀는 길었습니다. 두 눈은 구리방울처럼 둥글었고, 구름을 타고 날아갈 때는 토끼보다 빨랐습니다……"

복승해의 낯빛이 점점 더 푸르게 변했다. "그 여우가 이 대인을 나무에 매다는 것도 봤느냐?"

"그건……" 뜻밖의 질문에 말문이 막히자 소소오는 이연화에게 떠밀었다. "눈을 떴을 때는 이 두 공자님만 보였고 이 대인은 이미 나무에 매달려 있었습니다." 그가 이연화를 가리켰다. "천년 묵은 여우는 구름을 타고 날아가고 있었고요……"

복승해가 마지막 말을 못 들은 척 담담하게 물었다. "이 대인이 피살당할 때 네가 숲에 있었고, 방 공자와 육일법사 외에 다른 사람이 숲으로 들어오거나 나가는 건 못 봤다는 말인가?"

소소오가 작은 소리로 말했다. "천년 묵은 여우는 있었습니다……"

복승해가 싸늘한 눈초리로 소소오를 보았다. "조정 관리인 이 대인이 도읍에서 피살됐으니 대리시가 진상을 조사해 범인을 찾아낼 것이다. 이 대인이 피살당할 때 숲에 있었다고 네 입으로 말했으니 너도 일단 살인 용의자다. 나와 함께 가자."

소소오가 소스라치게 놀라 더듬거렸다. "사…… 살인 용의자라고요? 제가요?"

"방 공자와 이 대협." 복승해가 눈동자를 휙 돌리더니 육일법사라는 이연화의 신분을 무시한 채 말했다. "방 공자는 이 대인과 경덕전에서 만났으니 어젯밤 숲으로 따라온 것이 우연은 아닐 테고,

이 대협 자네는 강호의 점잖은 인물이니 태자부에서 소란을 일으켰더라도 악의가 없었다면 내가 관여하지 않겠지만, 실제로 경덕전에서 법사를 사칭해 요설로 사람들을 혼란에 빠뜨렸네. 무림 사람인 자네에게는 법술을 핑계로 조정 관리를 죽인 뒤 밤을 틈타 시신을 나무에 걸어놓는 일쯤은 어렵지 않겠지……"

방다병은 그 말에 놀라 말문이 막히고 소소오는 두 눈이 반짝였다. 복승해가 말했다. "여봐라. 이 둘을 압송해 다시 심문할 때까지 옥에 가두고, 방 공자는 방부方府로 돌려보내 엄격히 단속하도록 해라."

방다병이 복승해에게 손가락질했다. "이 무슨…… 이러는 법이 어딨습니까?"

복승해는 방다병을 본체만체하고 소매를 펄럭이며 가버렸다.

소소오는 복승해의 뒷모습을 보며 감탄한 표정으로 중얼거렸다. "관부에 저렇게 훌륭한 관리가 있을 줄이야."

사실 이연화는 복승해와 친분이 두터웠지만 그가 워낙 공평무사한 성격이라 의심스러우면 친부라도 체포해 옥에 가둘 사람이라는 걸 알고 있었으므로 별로 놀라지 않았다.

금세 포졸들이 달려와 소소오와 이연화에게 가쇄를 채웠다. 옆에 선 채 어쩔 줄 몰라하는 방다병에게 이연화가 가볍게 손을 저으며 미소를 지었다. "복 대인이 터럭 하나까지 자세히 살필 것이니 무고한 사람에게 억울한 누명을 씌우진 않을 거야. 어서 돌아가. 아버님이 기다리실 텐데."

방다병이 말했다. "야, 야…… 너 진짜 옥에 갇히는 거야?"

이연화가 말했다. "경덕전에서 법사를 사칭해 요설로 사람들을 혼란에 빠뜨렸고, 무림 사람이니 법술을 핑계로 조정 관리를 죽인 뒤 밤을 틈타 시신을 나무에 걸어놓는 일쯤은 어렵지 않아…… 그러니 옥에 갇혀야지."

방다병이 성을 냈다. "헛소리! 이비를 나무에 매달 수 있는 무림 사람이 어디 한둘이야? 그럼 그자들을 다 잡아 옥에 가둬야겠네?"

이연화가 온화한 미소를 지었다. "어서 돌아가. 아버님께 호위병을 열일고여덟 명쯤 붙여달라고 해서 집밖으로 한 발짝도 나오지 말고 무슨 일을 하든 조심해."

말을 마친 이연화는 손을 저으며 소소오와 함께 포졸을 따라 대리시 감옥으로 향했다.

방다병이 미간을 찡그렸다. 이연화의 말뜻을 그도 알아들었다. 노방이 실성하고 이비가 죽은 건 그들이 알면 안 되는 비밀을 알았기 때문인 듯했다. 방다병도 경덕전에서 며칠 머무르며 영문 모를 책을 발견한데다 노방의 옷과 비녀를 손에 넣었으니, 어쩌면 이제 범인은 방다병이 곧 부마가 될 신분이라는 것도 개의치 않고 그를 죽이려 할 수 있었다.

비밀을 아는 사람은 죽는다.

죽은 사람들은 종이를 한 장씩 가지고 있었고, 방다병과 이연화는 그 세 장을 모두 보았으므로 결코 가볍게 여길 일이 아니었다.

방다병은 이연화의 뒷모습을 물끄러미 바라보았다. 조금 전 이연화의 미소가 왠지 옥에 갇히는 편이 더 안전하다고 우쭐대는 것처럼 느껴졌다.

5. 재심문

이비가 피살당했다는 소식에 도읍이 발칵 뒤집혔다. 노방이 실성했을 때는 경덕전에 불길한 기운이 서린 듯하다는 소문이 조금 퍼졌을 뿐이지만, 이비가 참혹한 모습으로 살해당한 채 발견되자 이제 아무도 경덕전 근처에 가지 않으려 했다. 황제도 불같이 진노했다. 긴히 논의할 안이 있어 노방 등 관리 다섯 명을 도읍으로 불렀는데, 그들을 만나기도 전에 한 사람은 죽고 한 사람은 실성했다. 혹시 황제가 그들을 만나지 못하게 방해하려는 자의 소행일까? 황제는 조척, 상홍행, 유가화 세 사람을 즉시 접견하겠다며 황궁으로 불렀다.

황제가 그들을 접견하는 동안 복승해는 이비의 시신이 발견된 숲을 샅샅이 조사한 뒤 곧장 감옥으로 향했다.

복승해는 밥도 안 먹고 잠도 안 자는지, 이연화가 얼추 밥때가 되었겠다고 생각할 때 호위병들을 이끌고 감옥으로 들어왔다.

"물러가 있거라." 복승해가 좌우 시위와 포졸들에게 말했다.

감옥을 지키는 포졸들은 복승해를 신처럼 존경했으므로 즉시 밖으로 나가 아무도 그들을 방해하지 못하도록 철통같이 문을 지켰다.

복승해가 팔다리에 가쇄를 찬 이연화를 싸늘한 표정으로 보았다. 이연화는 하옥된 지 채 두 시진도 지나지 않았지만 포졸에게 빗자루를 달라고 해 감옥 안을 말끔히 청소했다. 원래 부들방석이 깔려 있었는데 이연화는 자기 겉옷만 벗어 부들방석 위에 놓고 아직 한 번 앉아보지 못한 터였다. 복승해가 감옥 문을 열고 들어오자 이연화가 멍하니 선 채 바라보다 미소를 지었다. "복 대인."

"이 대협." 복승해가 덤덤한 투로 말했다. "최근 이 대협이 만성도 봉경 사건을 해결하는 데 큰 공을 세웠다며 강호에 칭찬이 자자하더군."

이연화가 "아" 하며 의아한 표정으로 복승해를 보았다. 심문 전에 아무 관계도 없는 얘기를 꺼내는 복승해의 의도를 짐작할 수 없었다. 복승해가 말했다. "어째서 육일법사라는 거짓 신분으로 경덕전에서 가짜 불사까지 했나?"

사실 복승해는 이연화를 매우 신임했다. 그래서 시위와 포졸들을 밖으로 내보내고 이연화에게 어찌된 일인지 자초지종을 듣고 싶었던 것이다.

이연화가 "아" 하고 짧은 탄성을 내뱉었다. "그건……" 실은 육일법사를 사칭하고 경덕전에서 가짜 불사를 한 데에 특별한 의도는 없었다. 하지만 그 덕분에 종이쪽지를 발견한 건 뜻하지 않은 수확이었다. 이연화가 감옥 안을 천천히 한 바퀴 도는 동안 복승해는 계속 그를 응시했다. 이연화가 복승해를 향해 다가갔다.

"복 대인."

복승해가 고개를 끄덕이자 이연화가 미소를 지으며 말했다. "도읍에서 오래 계셨으니 혹시 극락탑에 대해 들어보셨습니까?"

복승해가 미간을 찡그렸다. "극락탑? 자네 그걸 어디서 들었나?"

이연화가 그럴 줄 알았다는 듯 느릿하게 말했다. "그것이 이 대인의 사망과 관련있는 듯합니다."

복승해가 의아하다는 표정을 짓더니 한참 생각에 잠겼다가 입을 열었다. "'극락탑'이라는 세 글자를 어디서 들었지?"

"책에서요." 이연화의 목소리는 차분했다. "방 공자가 경덕전에서 묵었던 방에 이상한 책이 있었는데 그 책 표지에 '극락탑'이라고 쓰여 있었다고 합니다."

복승해가 물었다. "책 안에는?"

이연화가 고개를 저었다. "알 수 없는 연꽃과 새 그림 외에는 거의 빈 종이였답니다."

복승해가 차가운 투로 말했다. "어째서 그 물건이 이 대인의 사망과 관계가 있다고 생각하는가?"

이연화가 또 감옥 안을 천천히 반 바퀴 돌고는 고개를 들었다. "방 공자의 방에 있던 그 책을 누군가 훔쳐갔는데 바로 그날 밤 노대인이 갑자기 실성하고, 다음날 밤에는 이 대인이 살해당했습니다." 이연화가 복승해를 똑바로 응시했다. "그래서 여쭤볼 수밖에 없습니다. 극락탑이 대체 무엇인가요?"

복승해는 이연화의 말이 진실인지 거짓인지 판단하려는 듯 차분한 눈빛으로 한참 생각에 잠겼다가 천천히 말했다. "극랍탑은…… 선대 황제께서 개국공신들의 유골을 안치하기 위해 지은 불탑이었네."

이연화가 의아하다는 표정으로 물었다. "그렇다면 좋은 일인데 왜 저는 그런 탑에 대해 들어본 적이 없을까요?"

황제가 정말로 그런 공덕을 쌓았다면 어째서 이를 아는 사람이 없단 말인가?

복승해가 고개를 저었다. “나도 자세히는 모르지만 그 탑이 어떤 연유로 다 완성되지 못한 것으로 아네. 그래서 그 탑에 대해 아는 사람이 없지.”

이연화가 빙그레 웃었다. “아무도 모르는데 대인은 어찌 알고 계십니까?”

복승해가 노여워하지 않고 대답했다. “황제께서 노방 등 다섯 관리를 도읍으로 부른 이유가 바로 극락탑 때문이었어. 그래서 알고 있지.”

이연화가 한 차례 헛기침을 하고는 아주 진지한 투로 말했다. “제 말은 사실입니다. 어젯밤 저희가 그 숲에 간 건 정말로 천년 묵은 여우 때문이었습니다.”

복승해의 미간이 한층 더 찌푸려졌다. “천년 묵은 여우?”

이연화가 정색하고 진지하게 말했다. “그러니까…… 방 공자가 기르는 개 이름이 ‘천년 묵은 여우’입니다. 어젯밤 경덕전에서 술을 마시는데 그 개가 어디서 피 묻은 옷 조각을 물고 왔기에 개를 따라갔던 겁니다.”

복승해가 이제야 알겠다는 듯 되물었다. “개를 따라서 그 숲에 갔다가 이 대인의 시신을 발견했다고?”

이연화가 고개를 끄덕였다. “복 대인이 잘 살펴주십시오.”

그런데 무슨 생각을 하는지 복승해의 안색이 변했다. “그럼 그 개는 지금 어디에 있지?”

이연화가 또 헛기침을 했다. “방 공자가 키우는 개니까 방 공자가 알겠지요.”

복승해가 고개를 끄덕였다. "자네 얘기는 증거가 없으니 따로 조사해보겠네. 자네 혐의가 벗겨졌다는 뜻은 아니야."

이연화가 미소를 지었다. "지금 제 관심은 오직 언제 밥을 먹을 수 있느냐입니다. 당분간은 밖에 나가고 싶지 않습니다."

복승해는 조금 놀랐지만 더 말하지 않고 돌아갔다.

복승해는 똑똑한 사람이었다. 이연화는 마음 편히 부들방석에 앉았다. 극락탑에 얽힌 일이 매우 큰일인 듯한데다 황실과 관계된 일이라면 관리가 처리해야 순조로울 것 같았다.

게다가 이 감옥은 아주 깊숙한 곳에 위치해 겨울에는 따뜻하고 여름에는 시원하니 침대가 없어도 편히 잘 수 있었다.

방다병은 방부으로 돌려보내졌지만 영리한 그가 순순히 말을 들을 리 만무했다. 게다가 부친 방칙사가 왕의천과 친분이 두터워 자신이 방부로 들어간다면 공주와의 거리가 훨씬 가까워질 것이었다. 방부로 향하던 방다병은 도중에 시위 둘을 따돌리고 재빨리 도망쳤다. 크게 놀란 시위들은 방칙사와 복승해에게 방다병이 사라졌음을 보고하는 한편, 내심 방 공자의 훌륭한 경공법에 감탄을 금치 못했다.

이연화는 투옥되기 전 방다병에게 종이 세 장을 몰래 쥐여주고 갔다. 감옥에 갇히기 전에 몸수색을 거칠 텐데 이 이상한 종이 세 장을 복승해에게 들키고 싶지 않았다. 방다병은 종이 세 장을 꺼내 재빨리 눈으로 훑었다. 어디로 가야 할지 당장 생각나지 않았지만, 우선 족발을 감쌌던 옷과 경용에 묶여 있던 밧줄, 그리고 비녀가 아직 경덕전에 있으니 그걸 가지러 가야 할 것 같았다.

도읍의 큰길을 몇 바퀴 돌아 경덕전 후문에 도착한 방다병은 담을 넘어 정원의 큰 나무를 기어오른 뒤 시위들에게 들키지 않고 자신의 숙소 지붕으로 올라갔다. 순찰을 도는 시위들은 경덕전에 남았지만 끔찍한 사건이 일어난 뒤로는 그들 역시 벌벌 떨며 대낮에도 밖으로 나오지 못했다. 방다병이 먼지 쌓인 지붕을 눈으로 훑다가 그날 보았던 흔적 외에 희미하게 스친 자국을 하나 더 발견했다.

발자국이었다.

엎드려 자세히 보니 지붕 가장자리에 발자국이 희미하게 찍혀 있었다. 뭔가가 지붕으로 올라온 흔적 같은데 자국이 온전하지 않고 먼지가 얇게 쓸린 정도였다. 그런데! 유심히 살펴보니 이비가 피살된 숲에서 보았던 매화처럼 생긴 발자국과 무척 비슷했다.

아니, 바로 그 발자국이었다. 방다병이 속으로 욕을 뇌까렸다. 이 지붕에 올라온 '사람' 혹은 '물체'가 숲에도 갔었던 것이다. 방다병은 지붕창을 열고 방으로 가볍게 탁 뛰어내렸다. 그 미세한 기척 외에는 아무 소리도 나지 않았다.

방다병은 창문을 열고 뛰어내리기 직전에 방안이 달라졌음을 알아차렸다. 도둑이 다녀간 듯 탁자와 의자가 쓰러져 있었기 때문이다. 이상한 직감을 품고 바닥에 착지한 방다병은 방안 광경을 보자마자 외마디 비명을 내지르며 우당탕 문을 열고 밖으로 뛰쳐나갔다.

경덕전 시위들이 큰 소리를 듣고 놀라 "누구냐!" 하고 외치고는 이내 대여섯 명이 달려왔다.

방다병은 하얗게 질린 얼굴로 정원에 섰다. 문이 활짝 열린 방에서 이상한 냄새가 풍겨나왔다. 방다병을 아는 시위들이 갑작스러운 그의 출현에 어리둥절해하는 사이 비명소리가 들렸다. 시위 하나가 방안을 들여다보다 비명을 지르며 허겁지겁 뒤로 물러선 것이다. "사람이 죽었다! 또 사람이 죽었다!"

방다병은 위아랫니가 딱딱 부딪힐 만큼 놀랐다. 도둑이 왔다 간 양 탁자와 의자가 다 쓰러지고 방안이 심히 어지럽혀져서가 아니었다. 그가 문을 박차고 도망쳐나온 이유는 따로 있었다. 바닥에 피범벅된 시신이 쓰러져 있었던 것이다.

시신의 상태가 참혹하기 짝이 없었다. 가슴과 배 한가운데가 쫙 갈라진 채 팔다리는 뼈만 남았으며 맹수에게 산 채로 뜯어먹힌 것처럼 뱃속에 내장이 없었다. 하지만 바닥에는 핏자국 하나 없었다. 몸의 대부분이 해골처럼 뼈만 남았는데 머리와 얼굴은 온전해서 누구의 시신인지 단번에 알 수 있었다. 왕 태감이었다.

"여봐라! 어서 복 대인께 알려라!" 방다병이 큰 소리로 외쳤다.

시위들은 왕 태감이 어째서 방다병의 방에서 저렇게 참혹한 꼴로 죽었는지 이해할 수 없었다. 끔찍한 광경에 놀라 어쩔 줄 모르던 시위들이 방다병의 외침을 듣고 허겁지겁 보고하러 갔다.

방다병은 정신을 가다듬고 방으로 다시 들어갔다. 피비린내가 진동했다. 옷장을 열어보니 비녀와 밧줄은 그대로 있었다. 비녀를 꺼내 품에 넣고 밧줄도 풀어서 그중 한 가닥을 챙겼다.

방안을 한 바퀴 둘러보았지만 종이쪽지는 없었다. 방다병은 분노가 치밀었다. 누가 이런 괴이한 짓을 벌이고 있단 말인가? 왜 무고한 사람들을 죽인단 말인가? 왕 태감의 시신 상태로 보아 맹수에게 당한 듯했다. 설마 맹수를 부릴 줄 아는 자의 소행일까? 아니면 정말로 요괴가 맹수로 변해 살인을 저지른 걸까?

하지만 이곳은 도읍이고 황궁 옆에 자리한 중요한 장소였다. 이런 곳에서 사람 잡아먹는 맹수를 기를 수 있을까? 호랑이? 표범? 이리? 들개? 방다병은 혼란스러웠다. 노방의 실성과 이비의 죽음은 그 옷과 관계가 있는 것 같지만, 왕 태감은 대체 왜 죽은 걸까?

복승해가 급히 달려왔다. 방다병은 자신이 방부로 향하던 길에 도망쳐 이곳으로 왔다가 왕 태감의 시신을 발견했다고 간단히 설명했다.

복승해는 부하들을 시켜 방 주위를 겹겹이 둘러싸고 지키게 한 뒤 면밀히 조사하기 시작했다. 방다병이 복승해에게 물었다. "이연화는 어떻게 하실 겁니까?"

복승해가 미간을 찡그리자 방다병이 화를 냈다. "이연화를 언제 풀어주실 겁니까?"

복승해가 대답하지 않자 방다병이 발을 구르며 소리쳤다. "대인도 보시지 않았습니까? 이연화는 이비를 죽이지 않았습니다. 감옥에 갇혀 있는 이연화가 들개도 아닌데 어떻게 여길 와서 사람을 뜯어먹었겠습니까?"

복승해가 연신 얼굴을 찡그리며 소매에서 뭔가를 꺼내 방다병에게 건넸다. "직접 가서 만나보시오."

복승해가 건넨 것은 영패였다. 방다병은 영패를 홱 낚아채고는 복승해에게 눈길도 주지 않고 자리를 떴다. 복승해의 얼굴에 엷은 쓴웃음이 번졌다. 장래의 부마가 자신을 냉대하며 자신이 이 사건을 해결할 수 있을 거라고 조금도 믿어주지 않았다.

그런데 왕 태감은 왜 죽임을 당한 걸까? 이연화의 말대로라면 황제가 극락탑에 대해 조사하는 걸 막으려는 누군가의 소행인 듯했다. 혹시 왕 태감이 어떤 단서를 발견하고 미처 보고하기 전에 살해당한 걸까?

복승해는 깊은 생각에 잠겼다. 왕 태감은 내무부에서 지위가 별로 높지 않은 이등태감으로, 어선방의 일부 일들을 맡아보거나 경덕전처럼 빈 곳들을 관리했다. 그런 그가 무엇을 발견할 수 있었을까? 왕 태감을 다른 사람과 착각해서 잘못 죽인 걸까? 아니면 사람을 가리지 않고 무작위로 죽이는 살인마인가?

이비가 살해당한 숲에 남아 있던 핏자국과 왕 태감의 참혹한 시신을 보면 범인은 신출귀몰하는 맹수이거나 일부러 혼란을 유도하려 맹수로 가장한 자 같았다. 정말 맹수가 있다면 도읍의 황궁 옆에 출몰하는데도 그간 본 사람이 없다는 게 가능할까?

복승해는 우뚝 생각을 멈췄다. 아니다! 본 사람이 없는 게 아니다! 어쩌면 노방이 보았을 수도!

대체 어떤 맹수이길래 사람을 놀라 실성하게 만든 걸까?

이연화는 감옥에서 잠을 자고 있었다.

감옥에서 나오는 밥이 나쁘지 않았다. 묽은 죽에 간단한 반찬이지만 달걀도 있어서 무척 만족스러웠다. 소소오가 어디에 갇혔는지 모르지만 이 정도 식사로 그의 배를 채울 수 있을지 걱정되기는 해도 다른 건 조금도 걱정되지 않았다.

덜컹 하는 소리가 이연화의 단잠을 깨우더니 누군가 큰 소리로 외쳤다. "35번 감옥! 일어나! 면회다!"

이연화가 벌떡 일어나 앉았다. 어릴 적 양친을 여의고 숙부랑 백부와도 헤어졌으며 아내는 재가했는데 누가 면회를 왔단 말인가? 참으로 이상한 일이었다. 맞은편 감옥에 있는 사형수들이 일어나 부러운 시선으로 이연화를 보고, 이연화도 호기심어린 눈으로 입구 쪽을 쳐다보았다.

검은 머리에 눈처럼 흰 옷을 입고 비단신을 신은 사람이 들어오자 이연화는 얼굴에 실망감이 역력했다. 맞은편 감옥의 사형수들은 감탄하며 자기 식구들은 한 명도 이곳에 들어오지 못하는데 역시 부귀한 친척이 있다는 건 좋은 일이라고 고개를 끄덕였다.

이연화가 한숨을 쉬며 자리에서 일어나 미소로 맞이했다. "아버지께 쫓겨났구나?"

이연화를 찾아온 사람은 물론 방다병이었다. 굳은 얼굴로 들어온 방다병은 이연화의 말을 듣고 얼굴이 더 굳어졌다. "얼어죽을 이연화, 왕 태감이 죽었어."

이연화가 깜짝 놀랐다. "왕 태감이?"

방다병이 어금니를 물고 뇌까리듯 말했다. "죽었어. 어떻게 살해당했는지 몰라도 피와 살이 싹 뜯겨나갔어."

이연화가 미간을 찡그렸다. "어디서 죽었어?"

방다병이 말했다. "경덕전, 내 방에서. 방안을 찾아봤는데 이번에는 종이쪽지가 없었어. 물건이 그대로인 걸 보면 도둑질을 하러 온 것도 아니야." 그러고는 소매 속에서 비녀를 살짝 꺼내 보여준 뒤 다시 넣었다. "어째서 내 방에서 죽었을까."

"정말 이상한 일이군." 이연화가 중얼거렸다. "설마 왕 태감이 뭘 알아냈나? 왕 태감이 뭘 알아낼 수 있지?"

방다병이 고개를 저었다. "어쨌든 여기서 빨리 나와. 일이 점점 커지고 사람들이 계속 죽고 있어. 살인마가 누군지 찾아내야 해."

이연화가 헛기침을 했다. "그건……"

이연화는 도읍에서 범인을 찾는 건 자신이 아니라 복승해와 화여설이 할 일이라고 말하려 했지만 방다병의 노한 얼굴을 보고는 목구멍까지 나왔던 말을 도로 삼켰다.

방다병은 잔뜩 화가 나 있었다.

모든 게 심상치 않았다.

"어서 나와! 나오라고!" 방다병이 감옥 문을 발로 찼다.

이연화가 머리를 감쌌다. "그러지 마. 발로 차지 마. 관부의 물건이라 조심해야 해!"

방다병이 화를 주체하지 못하고 한번 더 발길질을 하자 우지끈 소리가 나며 감옥 문에 금이 갔다.

"멈춰라!" 문밖에 있던 포졸이 뛰어들어왔다.

하지만 방다병은 냉소하며 뭔가를 손에 들고 흔들었다. "복 대인의 영패가 내게 있다. 내가 이자를 데려가겠다는데 감히 누가 날 막겠느냐?"

한창 소란이 벌어질 때 복승해의 목소리가 들렸다. "모두 나가 있거라."

포졸들이 깜짝 놀라 방다병과 이연화를 가리키며 말했다. "대인, 이 두 사람이 탈옥을 시도하려 했습니다. 중죄를 저질렀으니 용서해선 안 됩니다."

복승해가 담담하게 말했다. "나도 안다."

포졸들은 더이상 아무 말도 못하고 천천히 물러갔다.

복승해가 방다병을 흘긋 보자 방다병은 코웃음을 칠 뿐 손에 든 영패는 돌려주지 않았다.

이연화가 하는 수 없이 턱을 문지르며 말했다. "내가 경덕전에서 법사를 사칭해 요설로 사람들을 혼란에 빠뜨렸고, 무림 사람이니 법술을 핑계로 조정 관리를 죽인 뒤 밤을 틈타 시신을 나무에 걸어놓는 일쯤은 어렵지 않아…… 그러니 여길 나갈 수 없어."

방다병은 여전히 화가 풀리지 않았다. "그래, 그래, 그래. 네가 왕 태감도 잡아먹었고 노방을 놀래켜 실성하게 만들었어. 또 천년 묵은 여우를 시켜 살인도 했지. 황제 폐하께 달려가 네 목을 베어 버리라고 간언하고 말겠어!"

복승해가 언성을 높였다. "방 공자!"

방다병은 아직도 노기가 풀리지 않아 계속 말했다. "널 구하려 한 게 쓸데없는 오지랖이었어. 됐어! 너 없어도 내가 범인을 붙잡을 수 있어!"

복승해가 성난 목소리로 외쳤다. "방 공자!"

방다병은 그제야 입을 다물었지만 복승해는 거듭 큰 소리로 외쳤다. "나라에는 나라의 법이 있고, 집안에는 집안의 법도가 있소! 무엇이 중한지 분간하시오!"

방다병이 펄쩍 뛰며 복승해에게 삿대질했다. “뭐가 중한지 아주 잘 압니다! 저 안에 갇힌 사람은 내 사람이고 살인을 저지르지 않았으니 데리고 나가겠다는 겁니다. 이게 얼마나 중요한 일입니까? 내가 겸손하고 신중한 사람이 아니었다면 진즉에 대인을 칼로 베었을 겁니다!”

강호의 호걸들을 많이 접한 복승해였지만 방다병처럼 거칠고 제멋대로인 사람은 처음이었다. 복승해가 손으로 방다병의 어깨를 탁 쳤다.

그렇지 않아도 속에서 치미는 불길을 풀지 못해 어쩔 줄 모르던 방다병은 복승해가 어깨를 치자 곧바로 되받아쳐 그의 가슴과 옆구리의 대혈大穴을 찔렀다. 복승해는 억지를 쓰며 소란을 피우는 방다병을 붙잡아 방부로 되돌려보내려 했지만 말이 통하지 않고 오히려 자신을 공격해오자 피하지 않고 맞섰다.

“멈춰요! 멈춰!” 감옥 안에 있는 사람이 소리쳤다. “그러면 안 됩니다! 그러지 마세요!”

하지만 이미 결투를 시작한 두 사람의 귀에는 아무것도 들리지 않았다. 상대를 무릎 꿇리겠다는 생각뿐이었다. 그들이 맞붙어 엎치락뒤치락하는데 갑자기 방다병은 팔꿈치가 저릿하고 복승해는 무릎이 시큰했다. 둘이서 함께 뒤로 홱 돌아 감옥 안의 이연화를 보았다.

이연화가 손을 저었다. “잠깐, 잠깐. 이 대인도 왕 태감도 살해당했으니 한시라도 빨리 범인을 찾고 싶은 두 분의 심정은 알겠습니다. 그런데 가만히 생각해보면 두 분의 뜻이 같은데 굳이 승부를 가릴 필요가 있겠습니까?"

방다병은 "흥!" 하고 콧방귀를 뀌었고 복승해도 여전히 냉랭한 표정이었다. 이연화가 계속 말했다. "제가 감옥에서 곰곰이 생각해보니 이 사건은 이상한 점이 많습니다. 그래서 두 방향에서 동시에 조사하는 편이 나을 것 같습니다."

과연 이연화의 말에 방다병과 복승해의 눈동자가 반짝이고 노기가 조금 누그러졌다. 이연화가 말했다. "황제 폐하께서는 극락탑 일을 논의하려고 관리 다섯 명을 도읍으로 부르셨습니다. 그런데 애초에 그 다섯 관리는 극락탑에 관한 소식을 어디서 들었을까요? 황제 폐하는 그들이 극락탑의 소재를 안다는 걸 어떻게 아셨을까요? 그 다섯 명이 아는 극락탑의 비밀은 무엇일까요?"

복승해가 고개를 끄덕였다. "그 사안은 내가 이미 윤곽을 잡고 있네."

이연화가 복승해를 흘긋 보고 계속 말을 이었다. "그다음은 경덕전입니다. 어째서 방 공자의 방에 '극락탑'이라고 적힌 책이 있었을까요? 그 책을 훔쳐간 사람은 누굴까요?"

복승해가 한참 만에 고개를 끄덕이며 말했다. "누가 책을 훔쳐갔는지 알아내더라도 그가 살인 사건과 관련있다는 걸 입증할 순 없어."

"극락탑을 세울 당시에 거기에 어떤 비밀이 숨겨졌겠지요." 이연화가 탄식했다. "이미 백 년 전 일인데 그 다섯 사람은 극락탑의 비밀을 어떻게 알았을까요? 그들이 어떤 일을 계기로 극락탑의 비밀을 알게 됐고, 황실이 그 일을 조사한 것 같습니다. 그게 아니면 황제 폐하께서 그 다섯 명을 한꺼번에 도읍으로 부르셨을 리 없지요."

방다병이 뭔가 생각난 듯 말했다. "황제께서 그 다섯 사람을 도읍으로 부르니 그들이 극락탑의 비밀을 알고 있다는 걸 아는 사람이 입막음을 하려고 죽인 거야!"

복승해가 천천히 한숨을 내쉬고는 뒤로 두 걸음 물러났다. "하지만 극락탑은 다 완성되지 못했네……"

이연화가 웃었다. "복 대인, 중요한 걸 간과하셨습니다. 극락탑이 '다 완성되지 못한 것' 자체가 의문점입니다."

복승해가 미간을 찡그리고 천장을 올려다보며 생각에 잠겼다. 방다병이 말했다. "얼어죽을 이연화, 입막음을 위해 노방과 이비를 해친 거라면 왕 태감은 왜 죽었어?"

이연화가 인상을 쓰며 되물었다. "왕 태감이 어떻게 죽었다고 했지?"

방다병은 이연화보다 더 인상을 쓰며 대답했다. "정체를 알 수 없는 맹수에게 다 뜯어먹히고 뼈만 남았다니까."

이연화가 한숨을 내쉬고 작은 소리로 말했다. "세상에 정말로 천년 묵은 여우나 백호대왕 같은 요괴가 있을지도 몰라……"

방다병이 이연화의 말에 코웃음을 치며 헛소리라고 핀잔을 주려다가 문득 호랑이나 개의 발자국으로 보이는 흔적이 떠올라 입을 다물었다.

한참 생각에 잠겼던 복승해가 입을 열었다. "황제가 조 대인을 비롯해 세 사람을 접견하셨는데 결과가 어땠는지 방 대인이 알고 계실지도 모르겠네."

대리시 관리 복승해는 마음대로 황궁에 출입할 수 없었지만 호부상서 방칙사는 황제의 두터운 신임을 받고 있었다. 황제가 공주를 위해 대형 공사를 계획한다면 황제가 부마로 낙점한 방다병의 부친 방칙사가 은밀한 내부 사정을 알 가능성이 컸다.

방다병이 깜짝 놀랐다. "집에 가서 부친께 물어보겠습니다."

이연화도 고개를 끄덕였다. "그래. 어서 가봐."

방다병은 복승해에게 영패도 돌려주지 않고 곧바로 방부로 출발했다.

방다병이 돌아가자 복승해가 가벼운 한숨을 내쉬었다. 이연화가 감옥 안에서 빙그레 미소 짓자 잠시 후 복승해의 얼굴에도 옅은 미소가 떠올랐다. "누군가와 결투를 벌인 것도 오랜만이군. 참으로 우스워."

이연화가 한숨을 내쉬었다. "방 공자는 젊고 혈기가 왕성합니다. 방 공자를 더 화나게 했다가는 큰일났을 겁니다."

복승해는 웃음기를 거두고 아무 말도 하지 않았다. 잠시 뒤 그가 천천히 한숨을 내쉬었다. "황제 폐하께서 노방 등 다섯 관리를 도읍으로 부르셨는데 그 다섯 명은 십팔 년 전 모두 도읍에 있었네. 노방, 이비, 조척, 상홍행 네 사람은 황궁의 한직 관리로서 젊고 무예도 조금 할 줄 알았지. 그러다가 황제 폐하께서 병력 감축을 하실 때 어린 나이 때문에 군적을 박탈당한 뒤 각자 무예를 그만두고 글공부를 해서 과거시험에 합격해 지금에 이르렀어."

"황궁의 한직이라……" 이연화가 감옥을 천천히 반 바퀴 돌았다. "그것 말고 십팔 년 전 그들이 황궁에 이름을 남길 만한 일이 있었습니까?"

십팔 년 전 수백수천 명의 군적을 박탈했는데 황제가 어떻게 그 들만을 아직도 기억하는 걸까?

"그 네 명이 당시에 황궁에서 죄를 지었네." 복승해가 말했다. "좀도둑질을 했어……" 그가 잠시 멈췄다가 다시 말했다. "당시 내무부 총관태감이 왕계란王桂蘭이었는데, 그의 성품은 천하가 다 알고 있었지."

이연화가 고개를 끄덕였다. 왕계란은 선황을 모시던 대태감이었는데, 이십이 년 전 선황이 붕어한 뒤 지금의 황제를 이어서 모시다가 황제가 즉위한 지 팔 년째 되던 해에 세상을 떠났다. 왕계란은 두 황제가 아끼는 태감이었지만 몹시 잔인한 인물이었다. 재물을 탐한 것도 아니고 여색을 밝히지도 않았으며 권력을 독점하고 전횡을 부리지도 않았지만 궁중에서 누가 작은 실수라도 저지르면 절대로 가볍게 봐주지 않았다. 당시 노방 등 젊고 세상물정 모르는 관리들이 왕계란에게 걸렸으니 무사할 수 없었을 것이다. 그런데 당시 왕 태감 때문에 고초를 겪은 이가 수없이 많은데 어째서 황제는 이들만 도읍으로 불렀을까?

복승해가 말을 이었다. "그건 중요하지 않아. 중요한 건 그들의 기록이 남들과 다르다는 점이지."

이연화는 진지한 표정으로 묵묵히 복승해의 말을 들었다.

한참 뒤 복승해가 말했다. "내무부의 기록에 따르면, 왕계란은 그들을 곤장 마흔 대씩 때린 뒤 우물에 던져버리라고 명령했어."

이연화가 깜짝 놀랐다. “우물에 던졌다고요? 그러고도 살아남았습니까?”

복승해가 무거운 표정으로 천천히 고개를 끄덕였다. “정상적이라면 물에 빠져 죽었겠지.”

이연화는 복승해의 눈치를 살피다가 저도 모르게 웃음이 터졌다. “죽지 않고 물귀신으로 변해 우물에서 기어나오기라도 했단 말입니까?”

복승해의 표정이 더 어두워졌다. “기록에 따르면 그 네 사람이 ‘이튿날 멀쩡히 살아서 평소대로 일했으며 언행에 이상한 점이 없었다’고 되어 있네.”

이연화가 물었다. “헤엄을 잘 치는 사람이라면 우물에 빠져도 죽지 않고 살아나올 수 있을 겁니다.”

복승해가 표정을 일그러뜨리더니 또박또박 힘주어 말했다. “그들은 팔다리가 결박된 채 우물에 던져졌네…… 그 일 이후 궁중 사람들이 모두 그들을 멀리했지. 그러다 얼마 후 다른 핑계로 군적을 박탈당한 뒤 평민이 됐어.”

이연화가 탄식했다. “그들이 죽을 고비에서 살아난 것이 극락탑과 무슨 관계가 있을까요?”

복승해가 말했다. “한 사람이 그들에게 어떻게 우물에서 살아나왔느냐고 물었더니, 우물에 빠졌다가 신선경에 다다랐는데 바닥에 금벽돌이 깔리고 사방이 온통 진주로 뒤덮인 그곳을 구경하다보니 어느새 몸에 있던 상처가 말끔히 나았고 눈을 뜨자 자기 방에 누워 있었다고 말했다더군.”

이연화가 의아하다는 표정으로 물었다. "황제 폐하께서 단지 그 일만으로 그들이 극락탑과 관계가 있다고 생각하신 걸까요?"

복승해가 빙긋 웃으며 고개를 끄덕였다. "궁중 기록에는 당시에 극락탑이 완성되지 못했다고 되어 있지. 그런데……" 복승해가 나직한 목소리로 말했다. "극락탑이 완성되고 온갖 진귀한 보배로 가득 채워졌지만 어느 날 돌연 사라져버렸다는 소문도 있네."

"사라졌다고요?" 이연화가 고개를 갸웃거렸다. "궁중 이야기는 모두 신비롭군요. 그렇게 큰 불탑이 어찌 하루아침에 사라질 수 있지요?"

복승해가 담담한 투로 말했다. "궁중에는 과장된 전설이 많아. 백 년 전 일인데 누가 확실히 알겠어? 그러더니 이제는 사람이 죽었다 살아났다는 얘기까지 나왔군."

이연화가 미간을 찡그렸다. "대인은 그 얘기를 믿지 않으세요?"

복승해가 냉랭하게 말했다. "그들이 정말로 죽었다가 되살아날 수 있다면 이번에는 왜 죽었겠나?"

이연화가 고개를 들고 한숨을 내쉬었다. "그럼 그 네 명에 끼지 않은 유가화는요?"

복승해가 담담하게 말했다. "황제 폐하께서 그를 부른 건 그가 궁중 감조監造*였기 때문이지 다른 뜻은 없어."

두 사람은 입을 다물고 침묵에 잠겼다.

깊이 들어갈수록 점점 더 이상한 사건이었다. 십팔 년 전 수수

* 나라에서 필요한 물건을 만들 때 그 일을 감독하는 관리.

께끼에 얽힌 모든 것들이 짙은 안개에 휩싸여 있었다.

6. 네번째 종이

방다병은 열다섯 살부터 아버지를 거의 본 적이 없었다. 아버지를 만나기 위해 이토록 급히 달려가는 건 난생처음이었다.

조회를 마치고 퇴청한 방칙사는 방부로 돌아와 가마에서 완전히 내리기도 전에 대문 앞에서 이리저리 서성이는 허연 물체를 발견했다. 자주 만나지는 않지만 친아들을 몰라볼 리 없었다. 방칙사가 주렴을 젖히고 가마에서 내려 미간을 찡그리며 물었다. "집에서 조용히 어명을 기다리지 않고 어디서 소란을 피우고 다니는 것이냐?"

방다병이 목을 움츠렸다. 사이가 서먹해 아버지를 보기만 해도 괜히 주눅이 들었다. "어…… 여기서…… 아버지를 기다렸습니다."

방칙사가 아들을 위아래로 두 번 훑어보았다. "무슨 일이냐?"

방다병이 어색하게 웃었다. 방칙사는 굳이 화를 내지 않아도 위엄이 넘치고 위세가 등등해 그의 앞에서는 섣불리 말을 꺼낼 수 없었다. "그게 그러니까……"

아버지의 엄한 표정에 방다병이 코를 비비며 도망칠까 망설이는데 방칙사가 아들의 어깨를 두드렸다. "할말 있으면 서재로 오너라."

방다병이 엉거주춤 대답하고는 아버지를 따라 서재로 향했다.

서재에 들어가자 검은 표지에 금테를 두른 책이 박달나무 책장에 빽빽이 꽂혀 있는 모습이 시야 가득 들어왔다. 수천수만 권은 될 책들이 방안을 가득 채우고 있었다. 방다병은 코를 만지작거리며 어릴 적에 이 서재를 보았더라면 지레 질겁하고 도망쳤을 거라고 생각했다.

"경덕전의 일은 알고 있다." 방칙사의 표정은 무겁지만 차분했다. "이 대인의 일, 왕 태감의 일 모두 폐하께서 각별히 관심을 갖고 계시지. 네가 날 찾아온 것도 그 일 때문이겠지?"

아들 주변에서 사람이 둘이나 죽었는데도 여유로운 투로 점잖게 말하는 아버지를 보며 방다병은 속으로 늙은 여우 같은 관리라고 그를 흉봤지만 겉으로는 공손하고 고상하게 말했다. "소자가 들으니 황제 폐하께서 조 대인 등 세 사람을 불러 접견하셨다고 합니다. 세 사람 모두 이 대인, 노 대인과 친분이 있는데 조 대인은 이 대인이 살해된 사건을 어떻게 생각하는지 모르겠습니다."

방칙사가 조금 감탄한 듯한 표정으로 아들을 보았다. "황제 폐하께서는 오래전 일을 몇 가지 물으셨을 뿐이다. 조 대인도 이 대인의 죽음을 몹시 안타까워하더구나."

방다병이 또 말했다. "황제 폐하께서 신하들을 아끼시어 이번 일로 조 대인 등이 몹시 놀란 것을 알고 곧바로 접견하셨다 들었습니다. 황제 폐하의 후한 배려에 조 대인은 무엇으로 보답했습니까?"

방칙사가 말했다. "폐하께서 베풀어주신 은혜를 우리 신하들은 죽어서도 다 갚을 수 없지. 황제께서 필요로 하실 때 몸과 마음을 바쳐 일하는 것이 조 대인이 성은에 보답하는 길일 터."

방다병이 마른 웃음을 지으며 공손하게 말했다. "과연 관직에 오래 몸담으신지라 처세가 유연하고 빈틈이 없으시며……"

방칙사가 안색이 조금도 변하지 않고 말했다. "과찬이로구나."

방다병이 이어 말했다. "후안무치하고 양심도 없으십니다."

방칙사가 창문을 쾅 닫으며 어둡게 굳은 표정으로 몸을 돌렸다. "아비에게 지금 그게 무슨 말버릇이냐? 네 나이도 이제 적지 않고 내일이면 폐하를 알현해야 하거늘, 이런 태도로 폐하를 만족시킬 수 있겠느냐?"

방다병이 화를 냈다. "제가 언제 공주와 혼인한다고 했습니까? 공주가 원한대도 제가 싫습니다. 저는 열여덟 살부터 강호를 떠돌며 살았으니 방 대인과 아무 사이도 아닙니다……"

방칙사가 버럭 화를 내며 탁자에 있던 문진을 홱 집어 방다병의 손을 향해 내려쳤다. 그러나 방다병이 재빨리 피하는 바람에 쨍그랑, 소리와 함께 벽옥으로 된 문진만 쪼개져버렸다.

어린 나이에 과거에 급제하고 책 만 권을 읽었지만 무공을 연마한 적 없는 방칙사는 아들 때문에 화가 머리끝까지 치밀어도 어쩔 수 없었다. 그가 성난 목소리로 말했다. "우둔하고 어리석으며 고집스럽기가 한이 없구나. 이게 다 네 어미가 널 버릇없이 키운 탓이다!"

방다병이 눈을 크게 뜨고 말했다. "황제 폐하께서 조척, 상흥행, 유가화에게 무슨 말씀을 하셨습니까? 다 알고 계시죠? 어서 말해 주십시오!"

방칙사가 잔뜩 가라앉은 목소리로 말했다. "그건 궁중 비사인데 너와 무슨 상관이냐?"

방다병이 싸늘하게 말했다. "이비가 죽고 왕 태감도 죽었습니다. 조척 등이 비명횡사하지 않을 거라고 어찌 장담하십니까? 그들이 감추고 있는 비밀이 무엇입니까? 아버지가 말하지 않으면 천하에 또 누가 알겠습니까? 이비가 죽은 이유를 아무도 모르는데 살인자를 어떻게 찾으란 말입니까? 이비가 얼마나 참혹하게 죽었는지, 왕 태감은 또 얼마나 잔혹하게 살해당했는지 모릅니다. 아버지는 이품관리이고 죽은 이들도 아버지와 같은 관리입니다. 그런데도 피가 끓어오르지 않다니, 이게 바로 후안무치하고 양심이 없는 것 아닙니까?"

방칙사는 말문이 막혔다. 아들을 일 년에 몇 번 보지 않으니 이렇게 언변이 유창한지도 몰랐다. 생각에 잠겼던 방칙사가 쪼개진 문진을 제자리에 내려놓았다. "이비를 죽인 범인은 복승해와 화여설이 찾아낼 것이다. 네가 왜 그 일에 휘말리려 하느냐?"

"시신을 봤으니까요." 방다병이 싸늘하게 말했다. "그들이 얼마나 잔인하게 죽임을 당했는지 봤으니까요."

방칙사는 저도 모르게 고개를 끄덕이며 긴 한숨을 쉬었다. "황제 폐하께서 조척, 상홍행, 유가화, 노방, 이비 다섯 사람을 부르신 건 백십이 년 전 황궁에서 극락탑을 세운 일에 대해 묻기 위함이었다."

방다병이 콧방귀를 뀌었다. "그건 저도 압니다."

방칙사가 깜짝 놀랐다. "알고 있다고?"

방다병이 냉랭하게 말했다. "극락탑은 백여 년 전 일인데 그들이 어떻게 자세히 압니까? 오늘 황제 폐하께서 그들에게 무슨 얘기를 하셨습니까?"

방칙사가 천천히 말했다. "조척, 상홍행 등은 십팔 년 전 황궁의 시위였는데 잘못을 저질러 태감 왕계란의 명으로 우물에 던져졌다. 그런데 그들은 신선경을 구경하고 상처 하나 없이 각자의 방으로 되돌아왔어. 황제 폐하는 그들이 빠졌던 우물이 극락탑과 관련된 게 아닌지 궁금해하시는 게다."

방다병은 여전히 의아했다. "극락탑은 완성되지 못했다고 들었습니다. 짓지도 못한 탑이 어떻게 관련될 수 있습니까?"

방칙사가 미간을 찡그리며 간단히 말했다. "극락탑은 완성됐다. 그런데 거센 비바람이 불던 날 밤 돌연 자취를 감췄지."

방다병이 깜짝 놀랐다. "갑자기 사라졌다고요?"

방칙사가 고개를 끄덕였다. "너무 이상한 일이라 사서에는 어떠한 연유로 극락탑을 세우지 못했다고 기록할 수밖에 없었어."

방다병이 놀란 눈으로 아버지를 보았다. 그의 아버지는 이연화처럼 거짓말을 밥먹듯이 하는 사람이 아니었다. 아버지가 거짓말하는 걸 한 번도 본 적이 없었으니, 역시 그가 극락탑이 갑자기 사라졌다고 하면 정말로 그런 것이다.

불탑이 하룻밤 사이에 통째로 사라질 수 있단 말인가?

"본 황조에는 극락탑 자리 남쪽에서는 토목공사를 금한다는 조훈祖訓이 있어. 황제 폐하께서 소령공주를 위해 조양궁朝陽宮을 짓기 위해 당시 극락탑이 있었던 정확한 위치를 알려고 하시는 것이야.

그 김에 극락탑이 어떻게 사라졌는지도 함께 조사하고 계시지."
방칙사가 한숨을 내쉬었다. "폐하께서 내무부 기록에서 노방 등 몇 사람이 겪은 일을 우연히 읽으시고는 그 일이 극락탑과 관련이 있을지도 모르겠다고 하셨어."

방다병이 말했다. "그런데 결국 노방이 실성하고 이비가 죽고, 심지어 왕 태감까지 맹수에게 잡아먹혔군요."

방칙사는 아들의 거친 언사가 탐탁지 않아 미간을 찡그렸다. "노방 등은 십팔 년 전 우물에 빠졌었다. 조척의 말에 따르면, 우물이 아주 깊었지만 밑으로 갈수록 좁아졌고 벽에는 발로 디딜 만한 틈도 있었다고 한다. 우물에 빠진 뒤 금세 몸이 떠올라 벽의 파인 곳을 밟고 서서 서로 결박을 풀어줬다는 것이지."

방다병은 충분히 가능한 일이라고 생각했다. 방칙사가 말을 이었다. "그후 노방이 발이 미끄러지며 다시 우물에 빠졌는데 떠오르지 않자 세 사람은 그가 죽었다고 생각했지. 다른 두 사람이 헤엄칠 줄 모르는 조척을 부축해 황급히 우물 벽을 타고 기어올라왔는데 다음날 노방이 멀쩡하게 살아서 그의 방에 있었다는구나."

방다병이 "아" 하고 짧은 탄성을 내뱉었다. "물에 빠진 노방이 어딜 갔었는지는 그들도 몰랐나요?"

방칙사가 잠시 숨을 고르고 말했다. "황제 폐하 앞에서 한 말이니 아마 사실이겠지. 상흥행은 조척과 십수 년간 만난 적이 없고 서로 멀리 떨어져 있었는데도 폐하 앞에서 조척과 비슷한 내용을 고했어."

"노방이 실성했으니 과거에 그가 어디로 떨어졌었는지 알 수 없겠군요?" 방다병이 눈을 크게 떴다. "하지만 그가 어디로 떨어졌든 극락탑과는 관계가 없습니다. 기껏해야 황궁 지하에서 동굴을 발견하는 정도겠죠."

방칙사가 고개를 저었다. "이상한 점이 많아. 노방은 자신이 어디에 빠졌었는지 누구에게도 말하지 않았어. 게다가 이제 실성까지 했으니 알 방법이 없지."

방다병이 말했다. "무슨 상상을 하시는 거예요? 그래봤자 우물에 빠졌던 거라고요. 조척에게 그 우물 위치를 물어 사람을 내려보내 조사해보세요. 틀림없이 그 밑에 동굴이 있을 거예요."

방칙사가 쓴웃음을 지었다. "황제 폐하께서 조척 등에게 그 우물이 어디에 있느냐고 물었지만 다들 너무 오래된 일이라 아무리 생각해도 기억나지 않는다고 하더구나."

방다병은 '그야 간단하죠. 어떤 우물인지 모르면 모든 우물을 하나씩 조사해보면 되잖아요. 뭐가 어려워요?'라고 말하려다 수심 가득한 방칙사의 표정을 보고 도로 말을 삼켰다. "아버지, 저는 그럼 이만."

방칙사가 버럭 화를 냈다. "또 어딜 가려고?"

방다병이 말했다. "볼일이 있어요. 아버지, 당분간 호위병을 평소보다 더 많이 배치해두세요."

방칙사가 더욱 성을 냈다. "내일 황제를 알현해야 하는데 어딜 가느냐? 당장 이리 오지 못하겠느냐!"

하지만 방다병은 들은 척도 하지 않고 밖으로 나갔다. "내일 황제 폐하를 알현할 때 늦지 않도록 황궁으로 가겠습니다!"

방칙사가 노발대발했다. "이 불효막심한 놈! 집으로 편지를 보내 네 조부께 널 혼내주라고 할 테다!"

방다병이 멀어지며 말했다. "아무리 그래도 저는 아버지 아들입니다!" 방다병은 이 말만 남기고 멀리 가버렸다.

방칙사는 문 앞에 서서 멀어지는 아들의 뒷모습을 바라만 보았다. 글공부에 열중하느라 무예를 연마하지 못한 것이 이토록 후회스러운 적은 없었다.

이연화와 복승해는 아직도 감옥에 있었다.

점심때가 되었는데도 복승해는 돌아가지 않고 이연화와 함께 묽은 죽에 간단한 반찬으로 끼니를 때웠다. 둘이 있으니 심심하지 않아 이연화도 별로 개의치 않았지만, 이상하게도 묽은 죽과 반찬을 먹는 복승해의 모습이 무척 자연스럽고 익숙해 보였다. 복승해가 무말랭이를 세 조각째 입에 넣고 씹는 것을 보던 이연화가 참지 못하고 물었다. "복 대인, 여기서 자주 식사를 하십니까?"

복승해가 아무렇지 않게 말했다. "무가 맛있지?"

이연화가 말했다. "무가…… 껍질이 두껍고 질겨요. 겉은 타고 속은 질기고. 그래도 맛은 나쁘지 않네요."

복승해가 두 번 씹다가 말했다. "내가 기른 무라네."

이연화가 감탄했다. "복 대인은 과연 유능하신 분입니다. 무를 길러도…… 남다르시네요."

복승해가 입가를 씰룩이며 웃음을 참았다. "내가 왜 안 가는지 안 물어봐?"

이연화가 당연하다는 듯 말했다. "방다병에게 소식이 오길 기다리고 계시겠죠."

복승해의 입가가 또 씰룩였다. "맞아. 방 공자가 뭘 알아내도 나한테까지 알려주진 않을 테니까."

이연화가 한숨을 내쉬었다. "나한테도 알려주기 싫어해요. 참지 못하고 털어놓는 거죠."

복승해가 빙그레 웃고는 묵묵히 식사를 계속했다.

방다병이 소식을 가져올 때까지 꾹 참고 기다릴 생각이었다.

그런데 잠시 후 밖에서 시끌시끌한 소리가 나더니 포졸이 황급히 뛰어들어왔다. "대인! 대인! 상 대인이…… 무천문武天門 밖에서 습격을 당해 길에서 그만…… 돌아가셨답니다."

복승해가 벌떡 일어나더니 흑빛이 된 얼굴로 젓가락을 던져놓고 급히 밖으로 나갔다.

이연화가 놀라서 감옥 안에서 외쳤다. "잠깐만요……"

복승해는 잠시 멈춰 고개를 돌렸지만 이연화의 말을 듣지 않고 나가버렸다.

상홍행이 죽었다고? 이연화도 경악했다. 이미 황제를 알현해 자신이 아는 건 다 말했을 텐데 왜 죽었단 말인가? 대체 왜? 무엇 때문에?

상홍행에게 아직 밝히지 않은 비밀이 있었던 걸까, 아니면 그 자신도 비밀이라고 인식하지 못한 무언가를 알고 있었던 걸까?

상홍행이 죽었다면 조척은? 유가화는?

이연화가 서성거리며 감옥을 두 바퀴쯤 돌다가 갑자기 감옥 문을 두드렸다. "포졸 형님!"

밖에서 지키고 있던 포졸 대장이 냉랭한 표정으로 이연화를 보았다. 저자가 들어온 뒤 감옥이 시끄럽고 어수선해졌다는 내색으로 잔뜩 인상을 쓴 채 두 걸음쯤 다가와 멈췄다. "무슨 일이야?"

이연화가 공손하게 말했다. "음…… 다 해놓지 못하고 온 일이 생각나서 잠깐 나갔다 올게요. 조금만 봐주세요."

어이없는 요구에 포졸 대장은 귀를 의심했다. "뭐라고?"

이연화가 진지하게 말했다. "깜박 잊었던 용무가 생각나서 잠깐 나갔다 올게요. 늦어도 이틀이면 돌아올 거예요. 걱정하지 마세요. 절대로 도망치지 않을 테니까. 하루이틀만 휴가를 주시면……"

포졸 대장이 챙 하고 칼을 뽑아들고 고함을 질렀다. "여봐라! 여기 탈옥하려는 자가 있다! 이자를 묶어라!"

깜짝 놀란 이연화는 감옥 문을 쾅당 열고 나가 밖에 있던 포졸들이 달려들어 에워싸기도 전에 잽싸게 빠져나가 어디론가 사라졌다.

포졸 대장이 황급히 포졸들에게 이연화를 잡으라고 소리친 뒤 감옥 문을 자세히 살펴보았다.

감옥 문에 걸린 구리 자물쇠는 열쇠로 연 것처럼 멀쩡하고 억지로 뜯은 흔적이 전혀 없었다. 포졸 대장이 어리둥절해하며 생각했다. 저자를 가둘 때 자물쇠 잠그는 걸 잊었나? 감옥 문이 잠기지 않았는데 왜 진즉에 도망치지 않았지? 아니면 저자가 무슨 자물쇠든 쉽게 따는 도둑일까? 하지만 대리시의 감옥 자물쇠는 장인이 공들여 만든 것이라 천하의 대도가 아니면 쉽게 열 수 없었다.

"어서 복 대인께 보고해! 이 대인을 죽인 천하의 대도가 탈옥했다고!"

"대장님, 그자가 감쪽같이 사라져서 추격할 수 없습니다."

"당장 신룡군통령神龍軍統領께 보고해! 즉시 탈옥수를 체포해야 한다고!"

감옥 밖은 넓은 정원이었다. 밖에서 지키던 금군禁軍들이 이연화를 보고 놀라서 달려들었다. 화살이 빗발치듯 날아왔다. 그중에는 제법 활을 잘 쏘는 병사들도 있었다. 이연화는 이리저리 화살을 피했다. 날쌔게 움직이던 잿빛 형상은 이내 그 모습이 모호해져 분간할 수 없었다. 화살이 마구 쏟아지는데도 잿빛 옷 사내는 화살을 맞지도 않고 막지도 않고 요리조리 피하다가 허공에서 사라져버렸다.

저게 무슨 무공일까?

무공이 뛰어난 몇몇 시위들도 어리둥절해서 자신의 눈을 의심했다. 틀림없이 미종보법이었다. 하지만 미종보법을 저렇게 자유자재로 구사하는 이는 세상에 몇 되지 않았다.

같은 시간, 무천문 밖도 시끄러웠다. 상홍행, 조척, 유가화의 가마가 궁에서 나와 나란히 달려 거처로 돌아가고 있었다. 그들은 머지 않아 도읍을 떠나 부임지로 돌아갈 예정이었다. 그런데 절반쯤 달렸을 때, 상홍행이 탄 가마를 메고 달리던 가마꾼들이 가마가 심하게 흔들리는 것을 느꼈다. 이상하다고 생각해 멈추려는 찰나 덜컹 하는 소리와 함께 가마가 가벼워지며 뭔가가 툭 떨어졌다. 하마터면 가마가 뒤집어질 뻔했다.

가마꾼들이 급하게 가마를 바로잡는데 행인들의 비명소리가 울려퍼지고 길 위로 검붉은 피가 흘러내렸다. 관복을 입은 누군가가 바닥에 쓰러져 있는데 목에 난 칼자국에서 피가 분수처럼 솟구쳐 온몸이 금세 피칠갑이 되었다. 바로 상홍행이었다!

거리는 순식간에 아수라장이 되었다. 가마꾼들은 어안이 벙벙했다. 조척과 유가화의 가마도 급히 멈춰 서고, 가마에서 내린 두 사람이 사람 살리라고 외쳤다. 하지만 얼마 안 되어 상홍행은 숨을 거두었다. 목을 베인 탓에 유언 한 마디 남기지 못한 채 그렇게 죽고 말았다.

혼란스러운 와중에 그곳을 휙 스치던 흰 그림자가 가마 옆에서 멈췄다. "무슨 일입니까?"

얼굴이 새파랗게 질린 조척은 벌벌 떨리는 손으로 상홍행의 시신을 가리키기만 할 뿐 아무 말도 하지 못했다.

유가화가 창백한 얼굴로 말했다. "상 대인이 길에서 살해당했습니다."

빠르게 달려온 사람은 바로 방다병이었다. 방부에서 나와 급히 대리시 감옥으로 달려가던 중 이 광경을 보게 된 것이다. 바닥에 쓰러진 상홍행의 관복에 수놓인 금실은 여전히 반짝이는데 피는 이미 검붉은 색으로 굳기 시작했다. 목을 베인 자리가 벌어져 말할 수 없이 끔찍했다.

방다병은 미간을 찡그리며 상홍행의 가마 안을 들여다보았다. 온통 피로 물들었지만 흉기는 보이지 않았다. 그런데 자리에 피가 고여 있고 그 위에 작은 종이가 놓여 있었다.

또 열십자 모양의 종이였다. 방다병이 손수건을 꺼내 피 묻은 종이를 감싼 뒤 품에 넣고는 밖으로 고개를 내밀었다. "상 대인이 무엇에 찔렸습니까?"

조척은 온몸이 떨려 말도 제대로 하지 못했다. 눈동자에는 공포가 가득 차올랐다.

유가화가 고개를 저었다. "우리도 가마를 타고 있었는데 나와보니…… 이미 이렇게 되어 있었습니다."

"흉기가 없었다고요?" 방다병도 안색이 변했다. "어떻게 그럴 수 있습니까? 상 대인 스스로 자기 목을 베었을 리도 없고."

조척이 뒷걸음질쳐 자기 가마에 바짝 붙자 가마까지 미세하게 떨렸다. 조척이 별안간 소리쳤다. "귀신이다! 귀신! 가마에 귀신이 있어……"

"귀신이 아닙니다." 누군가 조척의 등뒤에서 정색하며 말했다. "상 대인의 목 상처는 귀신에게 물어뜯긴 것이 아니라 예리한 흉기에 베인 겁니다."

갑자기 뒤에서 소리가 나자 조척이 소스라치게 놀라 "악!" 하고 외마디 비명을 지르며 앞으로 도망쳐 유가화의 등을 끌어안았다. "귀신! 귀신……" 그를 혼비백산하게 한 목소리의 주인공은 귀신이 아니라 바로 '육일법사'였다.

방다병은 이연화를 보고 입이 떡 벌어졌다. 아까 감옥에서 데리고 나오려고 할 때는 아무리 실랑이를 해도 나오지 않겠다고 버티더니 언제 그랬냐는 듯 태연하게 나와 있지 않은가. 조척이 귀신이라고 외치지 않았다면 방다병이 대낮에 귀신이 나타났다고 외칠 뻔했다.

그렇게 사람을 놀라게 한 이연화가 온화한 미소를 지으며 말했다. "귀신이 아닙니다. 사람입니다."

"누, 누, 누구……" 조척이 사시나무 떨 듯 떨었다. "내, 내, 내가……"

방다병이 상흥행의 상처를 살펴보니 정말로 귀신에 물린 자국은 아니었다. 암기暗器로는 그처럼 길게 벨 수 없고 검에 베인 것 같았다. 그렇다면 검은 어디로 갔단 말인가? 공중에서 사라지기라도 했단 말인가?

상흥행이 주렴을 들추는 순간 비도의 고수가 날린 검이 가마 안으로 들어가 상흥행의 목을 가르고 다시 주렴 사이로 나와 흔적도 없이 사라졌단 말인가? 여기는 왁자한 저잣거리였다. 누군가 가마를 향해 검을 날리고 그 검이 다시 가마에서 빠져나왔다면 그 모습을 아무도 못 보았을 리 없다.

방다병이 문득 생각했다. '설마 보이지 않는 검인가?'

보이지 않는 검? 세상에 그런 검이 있을까? 방다병이 곁눈질로 이연화를 보니 조척과 유가화의 가마 옆에 서서 다정한 눈빛으로 그들을 보고 있었다.

방다병이 헛기침을 했다. "대리시의 중범이 어떻게 감옥에서 도망쳤습니까?"

조척과 유가화가 놀란 눈으로 이연화를 보았다. 복승해가 육일법사를 하옥시켰다는 건 많은 사람들이 알고 있었다. 그런데 그가 어떻게 밖에서 돌아다니고 있단 말인가?

"저는 오랫동안 수련하고 법술에도 정통한 고수입니다. 분신술쯤은……" 이연화가 조척과 유가화를 쳐다보며 진지하게 말했다.

"자유자재로 부릴 수 있지요." 그러고는 바닥에 쓰러져 있는 상홍행의 시신을 가리켰다. "상 대인께서는 대체 무슨 일로 깊은 원한을 맺었기에 길에서 흉기에 찔리셨습니까?"

조척과 유가화가 고개를 저었다. 한 사람은 상홍행과 십수 년간 만난 적이 없으니 개인적인 원한 관계를 알 리 없었고, 또 한 사람은 경덕전에 함께 묵고도 상홍행을 알아보지 못했으니 그에 대해 아는 게 더욱 없었다.

이연화가 상홍행의 시신을 자세히 살펴본 뒤 말했다. "복 대인께서 금방 도착하실 테니 두 분은 여기 계십시오. 복 대인이 샅샅이 조사해 상 대인을 죽인 범인을 찾아내실 겁니다."

그런데 조척이 계속 몸을 떨며 이연화를 가리켰다. "당신, 당신……"

이연화가 조척에게 예를 갖춰 인사했다. "조 대인."

조척이 떨리는 목소리로 말했다. "당신, 당신이 바로…… 이 대인을 죽인 범인 아니오? 당신이 여기에 어떻게 나타난 거요? 설마…… 상 대인도 당신이 죽였소?"

뜻밖의 전개에 이연화가 깜짝 놀랐다. 유가화도 뒷걸음질쳤다. "법술의 고수이니 분신술을 부려 흔적도 없이 상 대인을 죽이는 것도 불가능하지 않겠군."

이연화가 말문이 막혔다. "아?"

다리에 힘이 풀린 조척이 주저앉았다. "당신…… 당신이 요망한 술수를 부려 이 대인과 상 대인을 죽인 게 분명해! 호랑이 요괴로 변했다가 들키자 경덕전에서 왕 태감까지 잡아먹었어!"

"그건……" 자신이 법력은 강하지만 호랑이 요괴로 변신한 적도 없으며 이 대인과 상 대인을 죽이지도 않았다고 어떻게 설명할까 이연화가 고민하는데 다급한 발소리와 함께 사람들이 달려왔다. 감옥에서 도망친 중범을 잡으러 온 황궁의 고수들이었다.

방다병은 상황이 불리함을 직감했다. 유가화와 조척은 이연화를 범인으로 확신하고 있고, 뒤에서는 고수들이 그를 잡으러 오고 있으니 지금 도망치지 않으면 늦을 것이다. 방다병은 이연화의 손을 끌고서 아까 왔던 길로 미친듯이 달려 도망쳤다.

"아……" 이연화는 미처 고민을 끝내도 전에 방다병에게 붙잡혀 함께 도망쳤다. 장작처럼 깡말라 체중이 백 근도 안 되는 방다병은 제비처럼 날쌔고 기러기 깃털처럼 가벼운 경공법이 제일 자신 있었다. 강호에서 그보다 더 빠른 사람이 몇 없을 정도였다. 방다병이 이연화를 끌고 미친듯이 달리자 뒤에서 쫓아오던 병사들과 점점 간격이 벌어졌다.

잠시 후 방다병이 뭔가 생각난 듯 눈을 휘둥그레 뜨며 이연화를 보았다. "네가 나랑 똑같이 달린 거야?"

이연화가 온화한 미소를 지었다. "난 원래 무공이 강했어……"

방다병이 코웃음을 쳤다. "네 무공이 강하면 내 무공은 천하제일이야."

두 사람은 바람처럼 달려 도읍을 빠져나와 야트막한 산으로 들어갔다. 일단은 금위군을 따돌렸으니 거기서 잠시 멈췄다.

방다병이 피 묻은 종이를 품에서 꺼내 펼쳤다. "얼어죽을 이연화, 상흥행의 죽음에 뭔가 비밀이 있는 게 분명해. 이미 황제 폐하를 알현해 아는 걸 다 고했는데 왜 죽였을까?"

이연화가 종이를 유심히 들여다보았다. "상홍행이 아는 걸 다 밝혔어도 황제께서 미처 비밀을 알아채지 못했을 수도 있고, 상 대인이 중요한 단서를 알지만 그게 단서라는 걸 대인 자신도 모르기 때문에 죽여서 후환을 없애려 했을 수도 있어."

방다병이 휙 솟구쳐 커다란 나무 위로 올라가 몸을 기댔다. "아버지 말씀으로는 황제께서 조척 등에게 극락탑에 대해 물으셨대. 하지만 조척은 당시에 자신들이 우물에 던져졌지만 노방 한 사람만 우물 밑바닥에서 실종됐고, 그런 노방이 어디에 갔었는지는 모른다고 했대."

이연화는 이해할 수 없었다. "노방이 우물 밑바닥에서 실종됐다고? 우물 밑바닥에는 물뿐인데 어떻게 실종됐다는 거야?"

방다병이 어깨를 으쓱였다. "나도 몰라. 극락탑은 다 완성됐었는데 거센 비바람이 불던 어느 밤에 갑자기 사라졌대…… 불탑 하나가 돌연 통째로 사라지기도 하는데 사람이 우물 밑바닥에서 실종되는 게 대수야? 우물 밑바닥에 동굴이 있으면 헤엄을 못 치는 사람이 가라앉았다가 실종될 수도 있지."

이연화의 표정이 밝아졌다. "그렇겠네. 불탑 밑바닥에도 동굴이 있었다면 그렇게 가라앉아서 사라질 수도 있지……"

방다병이 버럭 화를 냈다. "난 진지하게 말했는데 넌 자꾸 헛소리나 할 거야? 상홍행이 죽었으니 유가화나 조척이 다음 차례일 수도 있어. 두 사람의 목숨이 달렸다고! 범인이 누군지 알아냈어?"

이연화가 말했다. "그건…… 대낮이라 천년 묵은 여우나 백호대왕이 나타날 수 없고, 금위군이 가까이에 있고 복 대인도 멀리 있지 않으니 유 대인과 조 대인은 당분간 안전할 거야."

방다병이 눈을 크게 떴다. "범인이 누구야?"

이연화가 당황한 듯 한참 머뭇거리다 말했다. "요즘 머리가 잘 안 돌아가……"

방다병이 불만스러운 표정으로 말했다. "그래. 모르는 척해라. 유가화와 조척마저 다 죽을 때까지 모른 척하라고. 어차피 강호에선 매일 사람이 죽는데 몇 명 더 죽으면 어때?"

이연화가 말문이 막혀 가만히 있다가 한숨을 내쉬며 바닥에서 나뭇가지를 줍더니 흙바닥을 쓱쓱 그었다.

방다병은 나무 위에 앉아 먼 산을 쳐다보았다. 이곳은 도읍의 동남쪽이었고 저멀리 굽이굽이 이어진 산등성이로 피처럼 붉은 석양이 점점 내려앉고 있었다. 금빛에 둘러싸인 산등성이가 따뜻해 보였다. 그 풍경을 물끄러미 바라보던 방다병이 불쑥 입을 열었다. "얼어죽을 이연화."

이연화는 대답도 하지 않고 나뭇가지로 바닥에 그림을 그리는 데 열중했다.

방다병이 혼잣말로 중얼거렸다. "이런 풍경이 쓸쓸하다고 느낀 적 없었는데……" 방다병은 문득 조금 전 이연화가 대답하지 않았다는 걸 깨닫고 나무 밑을 내려다보았다. "얼어죽을 이연화!"

이연화는 이번에도 대답하지 않았다. 방다병이 바닥에 금을 긋고 있는 이연화를 향해 외쳤다. "뭐해?"

이연화가 격자를 그린 뒤 천천히 선 몇 개를 더 그었다. 뭐라고 하는지 몰라도 이연화가 나직이 중얼거리는 소리가 얼핏 들렸다. 방다병이 바닥으로 훌쩍 뛰어내렸다. 경공법이 훌륭해 바닥에 닿을 때도 낙엽 한 장 떨어지는 것처럼 조용했다. 이연화도 방다병이 곁에 온 것도 모른 채 바닥에 그린 격자를 보며 계속 중얼거렸다. 방다병은 이연화 옆에 한참을 서 있었지만 그가 뭐라고 하는지 알아들을 수 없었다. 참다못한 방다병이 이연화를 툭 밀었다. "뭐해? 염불해?"

"아……" 이연화가 깜짝 놀라 고개를 들고 방다병을 한참 보다가 옅은 미소를 지었다. "생각하고 있었어……"

이연화가 멍한 표정을 지었다. 자기가 무슨 생각을 하는지 모르는 게 아닌지 의심스러울 정도였다. 그때 이연화가 입을 열었다. "경용 두 벌, 비녀 하나, 나무다리에 묶인 밧줄, 거꾸로 매달린 이비, 왕 태감의 기이한 죽음, 종이 네 장, 목을 베인 이비, 목을 베인 상흥행, 십팔 년 전 실종됐던 노방, 십팔 년 후 실성한 노방…… 그리고 사라진 극락탑. 이 모든 게 하나로 연결돼 있어."

방다병이 저도 모르게 고개를 끄덕였다. "물론 그렇겠지. 황제 폐하께서 십팔 년 전 일을 묻기 위해 부르지 않으셨다면 그 사람들은 죽지 않았을 거야."

이연화가 말했다. "황제 폐하는 단지 극락탑의 위치를 알고 싶으셨고, 그들은 십팔 년 전 우물에 빠진 적이 있을 뿐이야. 그 우물이 백 년 전 극락탑의 위치와 관계가 있든 없든, 십팔 년 전 그 우물 밑바닥에 어떤 비밀이 감춰진 게 틀림없어."

방다병은 갑자기 머릿속이 환해지는 것 같았다. 방다병이 기뻐하며 말했다. "맞아! 그러니까 그들이 죽은 이유를 밝히려면 그 우물 밑바닥부터 조사해야 해."

하지만 이연화는 고개를 저었다. "그 우물의 위치부터가 수수께끼야. 황제께서도 그걸 알아내려 했지만 조척과 상흥행이 대답하지 못했어."

방다병은 다시 의문에 빠졌다. "우물은 어디에 있는지 모르고, 노방은 실성했고, 범인은 흔적도 남기지 않았어. 그럼 어디서부터 조사해야 해?"

"범인은 흔적을 남겼어." 이연화가 한숨을 내쉬었다. "오히려 너무 많이 남겨서 어디서부터 조사해야 할지 모르겠어……"

방다병이 눈을 휘둥그레 뜨고 이연화를 보았다. "범인의 흔적이 너무 많다고? 어디에? 나는 왜 못 봤지?"

이연화가 아주 다정한 눈길로 방다병을 보며 진지하게 말했다. "경용 두 벌, 비녀 하나, 나무다리에 묶인 밧줄, 거꾸로 매달린 이비, 왕 태감의 기이한 죽음, 종이 네 장, 목을 베인 이비, 목을 베인 상흥행……"

방다병은 머리가 지끈거렸다. "됐다, 됐어. 그것들이 다 흔적이면 범인이 남긴 게 아주 많지. 하지만 그걸로 뭘 알아낼 수 있어?"

이연화가 검지로 오른쪽 눈가를 지그시 눌렀다. "경용 두 벌과 비녀 하나는 이 수수께끼에 핵심 인물이 있다는 뜻이야……"

방다병도 동의했다. "맞아. 그 옷과 비녀의 주인이 범인과 중요한 관계가 있겠지. 바로 범인 자신일 수도 있고."

이연화가 나뭇가지를 다시 집어 바닥에 비녀 모양을 그렸다.

"경용과 비녀는 모두 귀한 물건이야. 아마 그 사람은 큰부자이거나 신분이 높은 사람이겠지. 그런데 겉옷 위에 경용을 몇 벌 겹쳐 입는 건 지금이 아니라 백 년 전 복식이야."

방다병이 깜짝 놀랐다. "그 옷의 주인이 오래전에 죽은 귀신이란 말이야?"

이연화가 생각에 잠겼다가 말했다. "그건 알 수 없어. 지금은 옷을 그렇게 입는 사람이 거의 없지만, 그렇다고 그런 차림을 한 이를 산 사람이 아니라고 단정지을 수도 없지." 이연화가 또 생각에 잠겼다가 말했다. "그저 그럴 가능성이 클 뿐이지."

"하지만 그런 귀신이 있다 치더라도 어쩔 건데?" 방다병이 콧방귀를 뀌었다. "백 년 전에 경용을 좋아했던 귀신은 차고 넘칠 텐데. 네 아버지의 아버지의 아버지도 좋아하셨을걸?"

이연화가 눈을 크게 뜨며 진지한 투로 말했다. "누군가가 죽었는데 노방에게 그 죽은 이의 옷과 비녀가 있었고, 이비도 그 죽은 이의 옷을 가지고 있었어. 그렇다면 노방과 이비는 그 죽은 이나 그 시신을 봤을 가능성이 커. 그것도 아니면 배장품이라도 봤겠지. 죽은 이는 대체 누구였을까?"

방다병도 점차 차분함을 되찾았다. "노방이 우물 속에 빠졌다가 실종됐었다면 아마 그 시신은 우물 밑바닥의 비밀 통로나 동굴 속에 있었겠지. 지금 이 자리에는 십팔 년 전에도, 백여 년 전에도 황궁이 있었어. 우물 속에서 누군가 죽었는데 아무도 시신을 수습하지 않았다면 죽은 이는 누굴까? 설마 궁녀나 태감?"

"아니. 궁녀나 태감은 아니야." 이연화가 나뭇가지로 그린 비녀 그림에 가위표를 그렸다. “큰부자나 신분이 귀한 사람이어야 하니까 궁녀나 태감일 리 없어. 비녀는 희귀한 옥으로 만들었고 정교하게 조각되어 있었어. 예사 물건이 아니야. 백 년 전 황궁에서 실종된 사람 가운데 경용을 좋아하고 공작비녀를 즐겨했던 이를 찾아 그 사람부터 조사해야지.” 이연화의 말투는 담담했다. 그러나 그의 미간에는 깊은 주름이 파였다.

방다병은 이연화가 이렇게 고민하는 모습을 본 적이 없었다. 정말로 기괴하고 수상한 사건이었다. “죽은 이는 아마 남자였을 거야. 그 비녀가 남자 비녀니까.”

이연화가 말했다. “그런데 네 이모는 남장여자도 아니면서 가끔 남자 비녀를 꽂더라……”

방다병이 깜짝 놀랐다. 이연화의 말이 맞았다. “노방이 우물 밑바닥 동굴에 빠졌다가 백여 년 전에 죽은 이를 봤다고 치자. 그게 어때서? 설마 그 귀신이 백 년 뒤 강시로 변해 노방을 놀라 실성하게 만들고 왕 태감을 잡아먹고, 이비와 상홍행의 목을 베었겠어? 죽은 이가 정말 강시로 변할 수 있다면 오래전 자신을 죽인 살인범을 찾으려고 하겠지, 백 년도 더 있다가 나타나 십팔 년 전에 만났던 사람들을 죽이겠어? 이치에 맞지 않아.”

“아마 죽은 이가 워낙 중요한 인물이라 살인을 해서라도 입을 막아 그에 관한 단서를 조금도 찾지 못하게 하려는 거겠지.” 이연화가 한숨을 내쉬며 나직이 말했다. “이것도 그저 가설일 뿐이고…… 백 년 전 궁중비사를 조사하려면 당시의 궁중잡기를 읽어봐야 해.”

방다병이 말했다. "밤에 몰래 가서 찾아보면 되지……"

이연화가 방다병을 흘긋 보았다. "한 가지 더. 상흥행이 비밀은 몰랐더라도 아주 중요한 물건을 갖고 있었을지 몰라. 죽은 지 얼마 안 됐으니 상흥행의 물건이 숙소에 그대로 있을 거야. 지금 가면 늦지 않을 수 있어……"

방다병이 반색했다. "상흥행의 방이 어디였는지 알아. 내가 갈게!" 말이 떨어지기도 전에 방다병이 쌩하니 몸을 돌려 왔던 길로 되돌아갔다.

"음, 하지만…… 그게……" 마지막 말을 듣지도 않고 방다병이 가버리자 이연화는 그의 뒷모습만 쳐다보았다. 방다병이 평소와 달리 열성적으로 사건을 해결하려는데, 하필이면 이번 사건은 아주 복잡하고 관련된 사람도 많으며 범위도 넓었다.

강호의 피 끓는 협객 방 공자가 정말로 작정하고 덤비면 부마 신분을 서너 개나 내려준대도 그를 붙들 수 없을 것이다.

이연화는 빙그레 웃으며 일어나 옷을 툭툭 털고는 황궁 쪽을 바라보았다.

7. 어사천룡

그날 밤, 황궁 시위와 금위군이 감옥에서 탈주한 살인범을 찾기 위해 도읍을 샅샅이 수색하자 백성들은 불안에 떨었다. 이경 삼경 깊은 밤에 갑자기 들이닥쳐 행적이 수상한 사람을 보지 못했느냐고 묻고, 자물쇠 여는 기술이 노련한 천하의 대도를 찾고, 사술에 능한 법사에 대해 자세히 묻기도 했다. 잔인한 살인을 즐기고 사람 목을 베어 피를 내서 죽이는 흉악한 살인마를 잡으러 다닌다고도 했다. 도읍 백성들 사이에서 온갖 흉흉한 풍문이 나돌았다. 최근에 감옥에서 수많은 죄수들이 탈주했는데 누구든 그들을 만나면 생명이 위험하니 해가 지면 절대로 밖에 나가지 말라는 얘기도 있었다.

삼경 무렵, 자물쇠 여는 기술에 능통하고, 사술에 능하며, 잔인하게 사람 목을 베어 죽이는 살인마는 자신이 도읍에 어떤 풍파를 일으켰고 얼마나 많은 아이들이 자신 때문에 잠 못 이루는지 알지 못한 채, 커다란 나무에 올라가 황궁 시위들이 움직이는 모습을 내려다보았다.

황궁 안은 경비가 삼엄했다. 특히 내무부는 중요한 곳이라서 시위들도 어선방과는 달랐다. 이연화는 시위들이 교대하는 틈을 타 재빨리 내무부의 담을 넘었다. 옷자락을 펄럭이며 손가락으로 뭔가를 튕겨 방금 앉아 있던 나무를 맞히자 나뭇가지가 흔들리며 잔가지와 낙엽이 우수수 떨어졌다.

탁 하는 작은 소리가 나자 그리 멀지 않은 곳에 있던 누군가가 재빨리 나무 위로 올라가 소리가 난 위치를 살폈다. 이연화는 황급히 내무부 정원의 작약 뒤로 몸을 숨겼다. 과연 황궁에는 무예의 고수가 많아 잠시도 마음을 놓을 수 없었다. 잠시 후 나무 위에서 아무것도 발견하지 못한 매복병은 원래 있던 곳으로 돌아갔다. 이연화는 그제야 그가 오른쪽으로 석 장쯤 떨어진 담장 귀퉁이의 어두운 곳에 숨어 있었다는 걸 알았다. 조금 전 담을 넘을 때는 정말

운좋게 들키지 않은 것이다. 워낙 담을 많이 넘다보니 최고의 고수도 눈치채지 못할 만큼 노련해진 것일 수도 있었다. 사방이 고요해지자 이연화가 작약 뒤에서 머리를 내밀었다. 바깥이 어두워 아무것도 제대로 보이지 않는데 갑자기 싸늘한 목소리가 들렸다. "꽃이 예쁘지?"

이연화가 깜짝 놀라 작약 뒤로 다시 몸을 숨겼다가 잠시 후 조심스럽게 눈만 내밀어 주위를 둘러보았다. 붉은 옷을 입고 허리에 검을 찬 사람이 어스름한 달빛을 받으며 작약 앞에 서 있었다. 이연화가 놀라서 그를 올려다보았다. 담장 귀퉁이에 숨었던 사람이 슬금슬금 다가와 어느새 바로 옆에 와 있었던 것이다. 아마 이연화가 담을 넘을 때부터 알았지만 일부러 내색하지 않고 퇴로를 차단한 다음 다가온 듯했다.

"누구냐?" 붉은 옷의 시위가 소란을 피우지 않고 작은 소리로 물으며 이연화를 보았다. "내무부에 함부로 들어오는 게 무슨 죄인지 아느냐?"

이연화가 마른 웃음을 지었다. "대인을…… 어떻게 불러야 할까요?"

치켜올라간 짙은 눈썹 아래로 두 눈동자가 형형하게 빛나는 준수한 청년이 이연화의 말을 듣고 웃었다. "향 두 대가 탈 동안 여기 숨어 있었다는 걸 안다. 인내심은 있지만 무공이 형편없군. 자객은 아닌 듯한데 여긴 왜 들어왔지?"

이연화가 한숨을 쉬었다. "황궁에 대인 같은 고수가 몇 명이나 있는 겁니까?"

시위는 대답하지 않았지만 입가에 우쭐한 웃음이 걸렸다.

이연화가 탄식했다. "대인 같은 고수가 몇 명만 더 있어도 황궁은 난공불락이겠군요…… 이 나라에는 다행이요, 황궁에는 복입니다……"

시위가 흥미로운 표정으로 이연화를 보았다. "좀도둑, 내무부에는 뭐하러 들어왔어?"

이연화가 천천히 일어나 옷에 묻은 흙을 툭툭 떨고는 진지하게 말했다. "책을 보러 왔습니다."

시위가 눈썹을 추어올리며 손가락으로 이연화를 가리켰다. "함부로 황궁에 들어오면 내가 당장 여기서 죽여버릴 수도 있어. 신중하게 대답해."

이연화가 태연하게 대답했다. "왕 태감께서 생전에 문장에 능하고 풍류를 즐기셨으며 시 쓰는 것도 좋아하셨다고 들었습니다. 왕 태감의 글재주를 존경해 특별히 찾아왔습니다."

붉은 옷의 시위가 웃음을 터뜨렸다. "하하하! 재미있는 놈이로군. 왕 태감이 경덕전에서 요괴에 잡아먹혔다는 얘기는 들었어도 문장에 능하고 풍류를 즐겼다는 얘기는 들어본 적이 없어."

이연화가 여전히 태연한 투로 말했다. "제가 말한 왕 태감은 왕아보 태감이 아니라 왕계란 태감입니다. 왕아보 태감의 글재주에 대해선 저도 아는 바 없지만, 왕계란 태감은 글재주가 훌륭해서 황제의 명을 받고 「옥액유란부玉液幽蘭賦」「장춘여화가長春女華歌」 같은 훌륭한 시가를 지으셨다고 들었습니다."

"왕계란 태감이라고?" 시위가 의아하다는 표정으로 물었다.

"왕계란 태감은 십수 년 전에 돌아가셨는데 그의 시가를 보려고 야밤에 황궁으로 숨어들었다는 것이냐?"

이연화가 고개를 끄덕였다. "왕 태감은 내무부 총관이셨으니 그분의 유작이 내무부에 보관되어 있을 거라고 생각했습니다."

시위가 의심스러운 눈초리로 이연화를 보다가 쏘아붙였다. "헛소리 작작해!"

"네?" 이연화는 순간 사레가 들려 쿨럭였다. "정말입니다. 왕 태감의 유작을 보고 싶어서 왔습니다. 보십시오, 저는 침궁이나 태화전太和殿으로 가지 않았고, 어선방에 가서 독을 넣지도 않고, 인화당仁和堂에 불을 지르지도 않았잖습니까. 저는 나쁜 사람이 아닙니다."

시위가 말했다. "됐다, 됐어. 머릿속에 해괴한 꿍꿍이만 잔뜩 들었군. 대인께 데려가야겠다." 시위가 허리춤에서 검을 뽑아들었다. "양손을 묶고 꿇어앉아!"

"잠깐만요." 이연화가 손을 흔들었다. "대인도 저와 이렇게 많은 얘기를 나눴으니 역적과 사통하고 자객을 내버려둔 게 아닌가요? 지금 저를 대인에게 넘기면 제가 사실대로 다 말할 겁니다. 어떻게 하면 왕 태감의 유작을 볼 수 있게 저를 놓아주시겠습니까?"

시위가 빙그레 웃었다. "이런 교활한 놈을 봤나. 어떻게 하면 널 놓아주겠느냐고? 간단하지. 내 장검과 싸워 이기면 놓아주겠다."

이연화가 말했다. "잠깐, 잠깐만요. 약자를 이렇게 괴롭히는 건 강호의 법도에 맞지 않습니다. 이 일이 알려지면 대인은 강호의 웃음거리이자 사문師門의 수치가 되어 사형, 사제, 사저, 사매 모두가 얼굴을 들고 다니지 못할 겁니다……"

"하! 이놈이 강호의 법도를 잘 아는구나." 시위가 미소를 지었다. "그런데 내 사부는 일찍 돌아가셨고 나는 사형, 사제, 사저, 사매도 없으며 강호에 발을 들여놓은 적 또한 없는데 어쩔 것이냐?"

이연화가 뒤로 한 걸음 또 한 걸음 물러났다. "무공이 이렇게 강한데 강호에 발을 들여놓은 적이 없다고요? 그럼 어느 조정 관리의 제자입니까?"

시위가 손에 든 검을 휙 돌렸다. "이 장검을 이기면 네가 원하는 대로 해주지."

장검이 훅 달려들자 이연화가 잽싸게 몸을 옆으로 돌려 피했다. 시위는 나이는 젊지만 공력이 보통이 아니어서 오륙십 년 쌓은 내공에 못지않았고, 그의 검 또한 검날에 흐르는 빛을 보니 범상치 않았다. 시위가 검을 휘두르자 날카로운 바람이 훅 끼치며 강한 내력이 날을 따라 흐르다가 검 끝으로 맹렬하게 모여들더니 이연화의 가슴을 향해 날아왔다. 시위의 얼굴에 엷은 미소가 스치는 순간 이연화가 뭔가를 집어들어 가슴 앞에서 막았다. 딱 하는 경쾌한 울림과 함께 이연화가 들고 있던 것이 검에 찔렸다. 사방으로 퍼져나갔던 검광이 일시에 안으로 수렴되며 검 끝이 물체에 막혀 상대의 가슴 앞에서 멈췄다.

검광에 베인 것은 작약 한 그루였다.

검 끝에 찔린 것은 작약 반 그루였다.

이연화가 작약 한 그루를 뽑아 시위의 검을 막아낸 뒤, 작약이 검에 베여 부러지자 부러진 반쪽으로 검 끝을 막아낸 것이다.

시위가 눈을 가늘게 뜨고 검 끝에 박힌 작약 반 그루를 보자 이연화가 두 걸음 물러나 큰 나무 뒤로 몸을 숨겼다. "잠깐, 잠깐만요. 장검만 이기면 왕 태감의 유작을 보러 가게 해주신다고 했죠?"

시위가 웃었다. "날 이겼다고? 꿈 깨라. 내 진력의 팔 할만 썼어도 지금 네 머리가 목에 붙어 있을 것 같으냐?"

이연화가 연방 고개를 끄덕였다. "그렇지요. 그래도 어쨌든 제 머리는 붙어 있습니다."

시위가 말했다. "그래서 내가 내 진력의 팔 할만 썼어도, 라고 하지 않았느냐……"

이연화가 정색하고 말했다. "머리가 목에 붙어 있을 것 같으냐고 물으신 건 제 머리가 잘 있다는 뜻이지요. 만약 머리가 목에 붙어 있지 않은데 제가 말을 했다면 얼마나 끔찍하겠습니까?"

이연화가 갑자기 목소리를 낮추며 속삭이듯 말했다. 시위가 이연화의 시선을 따라 고개를 돌리자 이상한 사람 얼굴이 담장 위에서 흔들렸다. 밖에서 바람에 나무 흔들리는 소리가 사그락사그락 들리더니 어떤 물체가 동쪽으로 빠르게 지나갔다.

"저게 뭐죠?"

"누구냐! 거기 서라!" 시위가 장검을 휘두르며 동쪽으로 그 물체를 쫓아갔다.

이연화가 작은 소리로 외쳤다. "잠깐, 잠깐……"

하지만 시위는 이연화가 부르는 소리를 들은 체도 하지 않고 이상한 물체를 쫓아갔다. 궁중에 오래 있었으므로 자객은 많이 보았지만 이렇게 사람 같지도, 귀신 같지도 않은 물체는 처음이라 그의 신경이 바짝 곤두섰다.

이연화는 그것의 얼굴을 똑똑히 보았다. 얼굴이라기보다 가면이라고 하는 편이 더 나았다. 흰 바탕에 검은 눈썹을 그린 가면인데 이목구비를 간략하게 그리고 피처럼 붉은 점을 뿌린 모습이었다. 옷 같은 것을 걸쳐 얼핏 보면 사람 같기도 했다. 그것은 곧장 나무 위로 기어올라갔다.

이연화는 시위가 뛰어가는 방향을 보며 자신도 따라가 그 가면 속 모습까지 확인해볼까 하고 잠시 고민했다. 하지만 왕 태감의 유작을 보는 것이 더 중요하다는 생각에 옷에 묻은 먼지를 툭툭 떨어낸 뒤 내무부로 향했다.

내무부 주위도 시위들이 삼엄하게 지키고 있었지만 붉은 옷의 시위에 비하면 실력이 훨씬 떨어졌다. 이연화는 가뿐하게 창문을 넘어 들어가 실내를 몇 바퀴 돌며 살펴본 뒤 책꽂이를 찾아냈다.

백 년 전 궁중비사를 파헤치려면 먼저 궁중 기록을 봐야 하지만 그전에 확인할 것이 있었다. 당시에 정말로 이상한 일이 있었다면 노방 등을 우물에 던진 왕계란이 그 일을 조사하거나 기록을 남기지 않았을까? 관청의 사기는 위정자들의 기록이라 종종 진실과 다르기도 했다. 십팔 년 전의 진실은 과연 무엇일까?

왕계란은 우물 밑에 무엇이 감춰져 있는지 조사해봤을까?

정말로 우물 밑에 백 년 전에 죽은 사람이 있었을까?

죽은 이는 누굴까?

왕계란이 이 일을 기록으로 남겨놓지 않았을까?

내무부 장서실은 황궁의 태청루太淸樓에 비해 경비가 훨씬 느슨

했다. 정리도 덜 되어 있었으며, 책의 내용 중 장부나 물건에 대한 기록 등 잡다한 것이 많이 섞여 있었다.

이연화는 불을 밝히지 않고 달빛에 의지해 책들을 살펴보았다. 새책, 헌책, 필체가 수려한 책, 비뚤배뚤한 책이 뒤섞여 있고, 표지와 장정이 깔끔한 책도 있지만 크기가 제각각이고 비틀어지고 먼지가 두껍게 쌓인 책도 있었다. 이연화는 망설이지 않고 한 권씩 다 펼쳐봤다.

어슴푸레한 달빛 외에 컴컴한 어둠뿐이었지만 이연화는 예민한 손끝으로 이백 권 넘는 책을 금세 다 펼쳐보고 그중에서 채색 실로 묶인 책 한 권을 골라냈다.

장정이 깔끔하고 표지에 커다란 글씨로 '극락탑'이라고 쓰인 책이었다. 책장을 펼치니 진주, 조개껍데기, 새 등이 그려져 있었다.

방다병이 경덕전의 방에서 발견했다는 그 책이 틀림없었다. 그 방에서 사라진 책이 여기에 있었던 것이다. 이연화는 책을 끝까지 다 훑어본 뒤 생각에 잠겼다가 장정한 실을 풀어 그중 한 장을 빼내 품에 넣고는 다시 책을 잘 묶어 책장에 꽂아놓았다.

그다음 인보仁輔 33년의 기록을 찾아보니 과연 왕계란의 친필 기록이 있었다. 푸른 비단으로 표지를 감싼 책이었는데 당시 왕 태감의 높은 지위를 보여주듯 장정이 화려했다. 책장을 펼치자 「옥액유란부」와 「장춘여화가」가 있고, 「봉지태후수연奉旨太后壽宴」「화장시랑매화시和張侍郎梅花詩」 같은 걸작도 있었다.

왕계란의 필체는 날아갈 듯 가볍고 수려해 여느 명필가에도 뒤지지 않았다. 그가 쓴 시를 모두 훑어보던 이연화가 머리를 긁적였다. 외워보려고 했지만 워낙 많은데다 대부분 비슷해서 외우기가 쉽지 않았다. 매화를 노래한 시만 열여덟 수였다. 잠시 생각하던 이연화는 왕계란의 책을 통째로 품에 넣고 유유히 빠져나왔다.

깊은 밤, 황궁은 칠흑처럼 어둡고 회랑의 붉은 등도 짙은 어둠에 가려 어둑했다. 바람이 불자 나뭇잎 바스락거리는 소리가 들리더니 어렴풋한 그림자가 휙 스쳤다. 어두워서 사람 그림자인지 나무 그림자인지 분간하기 힘들었지만 그 그림자가 태청루로 들어갔다. 태청루는 황궁의 책을 보관하는 장서실인데 황궁에서도 외진 곳에 있고 다른 곳만큼 경비가 삼엄하지는 않았다. 잠시 후 그림자가 등에 작은 짐을 메고 밖으로 나왔다. 짐은 부피가 작지만 묵직해 보였다. 대담하게 태청루에서 책을 훔친 것이다.

이 우아한 책도둑은 물론 이연화였다.

황궁의 사서를 손에 넣고 왕계란의 친필 기록도 찾았으니 이제 담을 넘어 빠져나갈 차례였다. 그런데 담을 넘은 뒤 몇 발짝 내딛기도 전에 붉은 옷을 입고 허리에 검을 찬 사람이 숲속에서 웃을 듯 말 듯한 표정으로 이연화를 보고 있었다.

“아, 대인.” 이연화가 얼른 웃음을 지었다. “또 만났네요.”

붉은 옷의 시위가 검으로 바닥을 짚고 재미있다는 표정으로 이연화를 훑어보더니 등에 짊어진 짐을 유심히 보았다. “좀도둑, 왕태감의 작품을 보러 온 것이 아니라 태청루의 책을 훔치러 왔구나! 가져다 팔려는 거지? 대담한 놈이로군!”

이연화가 손을 내저으며 진지하게 말했다. “아닙니다, 아니에요. 정말로 책을 보러 왔습니다. 그런데 너무 어둡고 등불도 없어 책을 다 볼 수 없으니 잠시 빌려가는 겁니다. 다 보고 도로 가져다 놓을 겁니다. 있던 자리에 그대로요."

시위의 표정이 싸늘해졌다. "말은 그럴싸하군. 황궁에서 책을 훔치는 대담한 도둑은 내 생전 처음 보는구나." 시위가 길게 말하지 않고 오른손으로 장검을 빼들었다. "꼼짝 마!"

이연화가 보따리를 품에 안고 도망쳤다. "안 돼요! 저는 아직 할 일이 있어요! 다시 가져다놓겠다니까요……"

시위가 검을 들고 따라오며 외쳤다. "게 섰거라!"

청명한 호각소리가 울리자 여기저기서 호각소리가 터져나오고 사람들이 몰려들었다. 곳곳에서 길목을 지키던 시위들이 소리를 듣고 달려온 것이다.

이연화는 더 빨리 도망쳤다. 붉은 옷의 시위가 곧장 뒤를 쫓아왔지만 이연화의 속도는 줄지 않으며 세 척 거리를 유지했다. 붉은 옷의 시위는 점점 이상하다고 느꼈다. 자신의 경공법이 극한의 경지인데도 상대는 계속 똑같은 거리를 유지하는데다 지친 기색조차 없었다.

"이놈……" 붉은 옷의 시위가 눈동자를 반짝이더니 장검을 들어 이연화의 등을 향해 내질렀다.

검이 바람을 가르는 소리에 이연화가 앞으로 힘껏 달렸지만 그 순간 검기가 허공을 가르며 날아와 등뒤 중혈重穴을 똑바로 찔렀다. 시위가 의기양양해하는 순간, 눈앞에 있던 잿빛 옷이 검 앞에서 희미한 안개처럼 흩어지더니 세 척 앞에서 다시 나타났다.

찰나의 일이었다. 잿빛 옷을 입은 사람이 아무 일도 없었다는 듯 계속 보따리를 안고 달렸다. 시위가 깜짝 놀라 진기를 추스른 뒤 고함을 지르며 다시 뒤를 쫓았다. 검광이 눈밭에 비친 달빛처럼 모호하게 빙빙 돌며 검에서 처량한 울음소리가 나자 이연화가 하는 수 없이 걸음을 멈췄다. "잠깐, 잠깐만요."

시위는 이미 검과 혼연일체가 되어 있었다. 소용돌이 같은 검광이 이연화를 휘감고, 웅웅 울리는 검의 휘파람이 귓속을 가득 채웠다. 검풍이 일으킨 바람이 모래를 휘감아올리고, 휘날리는 머리카락이 검날에 베여 잘려나갔다. 과연 절세의 검술이었다. 이연화는 검광에 휘감겨 머리를 감싸쥐고 선 채로 찬사를 보냈다. "훌륭한 검술이에요. 아주 훌륭해요."

한참 뒤 검이 일으킨 빛과 소리와 바람이 천천히 잦아들자 붉은 옷의 시위가 이연화의 목에 장검을 대고 위협했다. "넌 누구냐?"

이연화가 본능적으로 말했다. "서화를 훔치는 도둑입니다."

시위가 불같이 호통쳤다. "헛소리! 방금 내 검을 피할 때 쓴 무공이 무엇이냐?"

이연화가 말했다. "그건 강호에서 유일무이한 저만의 줄행랑묘법입니다. 남에게 절대로 가르쳐주지 않아요."

시위가 이연화를 노려보았다. "그런 경공법을 쓸 줄 알면서 담을 넘다가 내게 들켰다고? 고의로 들킨 것이지?"

이연화가 비굴하게 굽실거렸다. "억울합니다. 대인께서 검으로 살기등등하게 위협하지 않으셨다면 저도 비장의 재주를 발휘해 담을 넘지 않았을 겁니다. 무예의 고수인 대인께서 담장 구석에 웅크려 숨어 있는 걸 저는 전혀 보지 못했습니다."

시위가 냉소했다. "나를 칭찬하는 것이냐, 욕하는 것이냐? 네 정체가 무엇이냐?"

이연화가 말했다. "제가 이씨니까 이형이라고 부르세요."

시위가 어이가 없어 웃음을 터뜨렸다. "이형!" 그가 검을 쥔 손에 더 힘을 주자 이연화의 목이 살짝 베여 피가 흘렀다. "사실대로 말하지 않으면 목을 베어버리겠다!"

이연화가 보따리를 끌어안은 채 꼼짝도 못하다가 갑자기 물었다. "아까 그 가면 쓴 사람을 쫓아간 일은 어떻게 됐습니까?"

시위가 무예의 고수이기는 해도 아직 젊고 혈기왕성한 탓에 그 말을 듣고 멈칫했다. "아까……"

그 기괴한 물체를 뒤쫓아갔는데 그 물체가 나무 사이를 뚫고 쏜살같이 달리다 갑자기 사라져버렸다. 물체가 사라진 곳에 가보니 조삼과 가면이 떨어져 있었다.

이연화가 또 물었다. "그 사람이 경용을 입고 있었습니까?"

시위가 불같이 화를 냈다. "그 여자가 무슨 옷을 입고 있었는지 네가 어떻게 알지? 그 여자와 한패였어? 설마 널 죽일까봐 그 여자가 날 유인한 것이냐?"

이연화는 고개를 저으려다가 장검에 더 베일까봐 꼼짝도 하지 않고 작은 소리로 말했다. "그 옷은 어디 있습니까?"

시위가 또 어이없다는 듯 웃음을 터뜨렸다. "네 목숨보다 그 옷이 더 중요해?"

이연화는 "음" 하더니 다시 물었다. "그 옷은 어디 있습니까?"

시위의 눈동자가 반짝였다. "그 옷을 어디 쓰려고?"

이연화는 또 "음" 하고는 물었다. "그 옷은 어디 있습니까?"

시위가 잠시 생각하더니 뜬금없이 말했다. "난 양씨요."

이연화가 깜짝 놀랐다. 황궁 시위 중 양씨 성에 장검을 쓰며 각부 시랑에 필적할 종삼품 관직을 가진 사람이라면 서역 나라들과의 무예 대결에서 열세 개 나라 고수들과 싸워 전승을 거둔 어사천룡御賜天龍 양윤춘楊昀春뿐이었다. 소문에 따르면 그는 삼십 년 전 황궁 제일의 고수였던 구보장비九步張飛 헌원소軒轅簫에게 사사했으며, 왕의천의 친아들이자 장래 소령공주의 오빠였다. 황제마저 그에게 '용龍'이라는 글자를 하사했으니 앞으로 무한한 출세가도를 달리게 될 것이었다. 자신이 밤새 실랑이를 벌인 사람이 방다병의 장래 처남일 줄은 꿈에도 상상하지 못했던 이연화는 한참 동안 말을 잇지 못했다. "몰라뵈어 죄송합니다."

양윤춘은 어릴 적에 헌원소의 제자가 되었다. 헌원소는 막강한 무예의 고수지만 늙어서 노망이 났는지 왕윤춘에게 자기 성을 따라 양씨로 바꾸라고 강요했다. 왕의천도 하는 수 없이 둘째 아들을 헌원소에게 양자로 주었다. 어차피 장남 왕윤양王昀揚이 있으니 가문의 대를 이을 걱정은 없었다. 그런데 뜻밖에도 양윤춘이 무예에 천부적인 재능이 있었다. 헌원소가 몹시 기뻐하며 죽기 전에 자신이 가진 모든 공력을 이 양자에게 주었고, 그렇게 황궁 어사천룡의 전기가 탄생했다. 왕의천의 딸이 황제의 양녀가 된 것도 이 둘째 오빠의 덕이 크다고 했다. 양윤춘이 열세 개 나라 고수들과 모두 싸워 이기자 황제가 몹시 기뻐하며 왕씨 집안에 무슨 선물을 줄까 생각하다가 왕의천의 딸을 공주로 삼고 몹시 아꼈던 것이다.

양윤춘은 "몰라뵈어 죄송합니다"라는 이연화의 말에 '방다병의 장래 처남이라는 걸 몰라뵈어 뵈송합니다'라는 뜻이 담긴 건 추호도 모르고 한쪽 눈썹을 추어올리며 물었다. "네가 날 안다고?"

이연화가 말했다. "절세의 무공으로 천하를 제패한 어사천룡을 모르는 이가 있겠습니까?"

양윤춘이 흐뭇한 미소를 지었다. "듣자하니 강호에서 이상이와 적비성의 무공도 내게 못지 않다고 하더구나."

이연화가 정색했다. "그들은 동해에 빠져 실종된 지 오랩니다. 그러니 안심하십시오. 지금은 양 대인이 천하제일의 고수라는 데 의심의 여지가 없습니다."

양윤춘이 팔을 내리고 검을 거두었다. "네 정체가 무엇이냐? 황궁에 왜 들어왔지? 이실직고하면 병사들이 달려오기 전에 널 살려줄 수도 있다."

이연화는 병사들이 달려오는 소리를 듣고 한숨을 내쉬었다. "양 대인을 만났으니…… 조용한 곳에 가서 말씀드리겠습니다."

양윤춘이 고개를 끄덕이더니 앞장서서 성큼성큼 걸었다. 둘은 재빠르게 방향을 틀어 황궁의 모처로 향했다.

달빛이 옥처럼 맑고 깨끗했다.

달빛에 감싸인 도읍의 어느 별원에서 한 사람이 나무 위에 엎드려 있었다. 검은 야행복 차림이라 멀리서 보면 나뭇가지와 하나인 듯했는데 기괴하리 만큼 마른 몸매였다. 물론 그는 방다병이었다.

이연화의 추측에 따르면, 상흥행은 어떤 비밀을 알기 때문이 아니라 어떤 물건을 가졌기에 죽었을 가능성이 컸다. 노방과 이비가 경용을 갖고 있었으니 상홍행도 그랬을까? 백 년 전 황족, 상인, 선비들이 경용을 스무 겹이나 겹쳐 입었다는 얘기가 있었다. 그것이 사실인지는 둘째 치고, 경용을 일고여덟 벌 겹쳐 입은 시신을 발견하고 각자 한 벌씩 가졌을 수도 있지 않은가? 만약 옷을 나눠 가진 사람이 모두 죽어야 한다면 일고여덟 명이 죽어야 한단 말인가? 상홍행도 보물을 가졌다면 어디에 숨겼을까?

누군가 상홍행이 가진 물건을 손에 넣으려고 그를 죽인 거라면 밤에 와서 훔쳐가지 않을까? 방다병은 나무 위에 엎드려 생각에 잠겼다. 상홍행의 방에 들어가 물건을 찾는 건 아주 쉬운 일이었다. 지금 복승해의 포졸들은 시신을 검시하느라 분주하기 때문에 내일 아침이나 되어야 상홍행의 물건을 수습하러 올 것이다. 그러므로 지금 그의 방에 들어간다면 아주 수월하게 물건을 손에 넣을 수 있을 것이다.

하지만 돌다리도 두들겨보고 건너기로 했다.

오늘밤 사마귀를 노리는 참새가 한 마리 더 있을지도 모르기 때문이다.

가벼운 바람이 불어 나무가 흔들리자 방다병이 아주 얕게 호흡했다. 방다병의 몸은 이미 나무와 하나가 되었다. 한참 동안 나무 위에서 지켜보았지만 상홍행의 방에 들어가는 사람은 없었다. 조척도 가마를 불러 서루西樓로 자러 가고, 여전히 상홍행의 방에는 아무도 들어가지 않았다. 또 한 시진이 흘러 방다병도 슬슬 졸음이 올 때쯤 상홍행의 방에서 갑자기 희미한 불빛이 켜졌다. 방다병은 그걸 보고 깜짝 놀랐다. 그 방에 가까이 간 사람도 없는데 방에 불이 켜지다니.

그 순간 식은땀이 흘렀다. 방다병의 방을 제집처럼 드나들며 물건을 가져갈 수 있고, 저잣거리에서 아무 흔적도 없이 상흥행의 목을 베어 죽일 수 있다면 그 냉혈 살인마는 방다병보다 훨씬 막강한 무공의 소유자일 것이다. 그런 사람이 진즉부터 상흥행의 방에 잠복했던 것이다.

조심성 없이 상흥행의 방에 들어갔다면 지금쯤 방다병도 목을 베여 피투성이 시신이 되었을 수 있었다.

온몸에 식은땀이 나서 바람이 불자 몸은 오싹했지만 몸속에서 뜨거운 피가 끓어올랐다. 상흥행의 방에 누군가 잠복할 줄은 예상하지 못했지만 도리어 기회일 수도 있었다. 흔적도 없이 사람을 죽이는 살인마의 정체를 드디어 확인할지도 모른다는 기대감이 들었다.

방안에서 희미한 불빛이 두 번 깜박인 뒤 꺼졌다. 손에서도 땀이 배어나왔지만 이 기회를 놓칠 순 없었다. 이를 악물고 멀지 않은 곳에 있는 다른 나무를 향해 나뭇가지를 던지자 맞은편 나뭇가지가 부러지고 나뭇잎이 우수수 떨어졌다.

그 소리에 방안의 기척이 뚝 끊겼다. 방다병은 손수건을 묶어 얼굴을 가린 뒤 상흥행의 방문을 홱 열고 들어가 준비한 화절자에 불을 붙였다. 그런데 환히 밝혀진 방안에는 아무도 없었다.

방안이 텅 비어 있었다! 조금 전 방안에서 불을 켰던 사람이 온데간데없이 사라져버린 것이다.

하지만 아무 흔적도 없는 건 아니었다.

바닥에 비단실 뭉치가 떨어져 있었다. 자세히 보니 연갈색 비단 옷이었다. 위아래가 연결된 심의深衣였는데 뒷부분의 옷자락이 허리에 묶여 있었다. 상홍행의 침대 밑에서 꺼낸 것 같았고, 그 옆에 나무함이 열린 채 옷들이 아무렇게나 나와 있었다. 방다병이 흘긋 보고 옷을 주워드는데 문밖에서 똑똑 소리와 함께 누군가의 목소리가 들렸다. "누가 안에 있습니까?"

맙소사! 방다병이 탁자에 있는 등잔을 집어들어 불을 붙여 던지려는데 등잔 속에 기름이 없었다. 창밖에서 사람 그림자가 스치는가 싶더니 갑자기 화절자가 날아들어와 바닥에 있는 옷 위에 떨어져 화르르 불이 붙었다.

예상치 못한 상황에 방다병은 깜짝 놀랐다. 조금 전 방안에서 희미한 불빛이 켜졌다가 꺼지더라니, 누군가 옷을 뒤진 뒤 등잔불을 끄고는 옷과 바닥에 기름을 뿌려 불을 지르려 했던 것이다. 바로 그때 밖에서 인기척이 나자 재빨리 몸을 피한 뒤 방다병이 방에 들어가는 걸 보고 불을 지른 것이다.

이렇게 간교한 자가 있다니! 방문은 굳게 잠겨 있었다. 방다병의 분노처럼 사방으로 불길이 번졌다. 바닥에 휘장과 책들을 널브러뜨려놓고 그 위에도 기름을 뿌려놓았기 때문이다. 연기가 방안을 가득 채워 질식할 것 같았다. 하지만 방다병은 차갑게 피식 웃고는 문을 부수고 나가지 않고 고래고래 소리를 질렀다. "불이야! 사람 살려! 불이야! 사람 살려!"

밖에서 문을 두드렸던 사람이 깜짝 놀라 외쳤다. "방안에 누가 있어요?" 방다병이 팔을 저어 연기를 쫓으며 외쳤다. "방 상서의 대공자이자 소령공주가 마음에 둔 사람입니다!"

밖에 있는 사람이 소스라치게 놀랐다. "방, 방 공자님이십니까? 여봐라! 방 공자가 안에 계시는데 어째서 불이 났느냐! 이걸 어쩌나. 큰일났네. 방 공자가 왜 거기 계십니까? 누가 문을 잠갔지? 여봐라! 아무도 없느냐!"

방다병은 연기가 자욱한 방안에서 코를 쥐고 서 있다가 퍼뜩 떠오른 생각에 연기를 참고 불길 속에서 뭔가를 찾기 시작했다. 조금 전 그자가 급히 도망치면서 미처 가져가지 못한 물건이 남았을지도 몰랐다.

불길은 금세 번져 웬만한 물건에는 거의 불이 붙었다. 주위를 두리번거리는데 아까 집어들었던 그 심의 속의 금실 몇 가닥이 따뜻해지는 것 같았다. 하지만 별다른 이상한 점은 발견하지 못했는데 바로 그때 방안에 있던 어떤 물건이 퍽 하고 터졌다. 소리가 난 쪽을 보니 상홍행의 침대 머리맡에서 반짝이는 물체가 튀어올랐다가 바닥에 떨어졌다. 어떤 물건이 불길에 뜨겁게 달궈졌던 것이다. 주워보니 반지였다.

반지에 박혀 있던 보석은 부서져 조금만 남았는데 영롱한 초록색으로 반짝였다. 그때 밖에서 문을 부수는 소리가 들리고 사람들의 소란스러운 아우성이 들렸다. 사람들이 어서 부마를 구해야 한다며 나무기둥으로 문을 부수기 시작했다. 방안에서 더 버티기가 힘들었다. 방다병이 문이 부서진 틈으로 옷과 머리에 불이 붙은 채 뛰어나가자 놀란 사람들이 물을 뿌려주고, 갈아입을 옷을 가져오라고 외치고, 의원을 데려오라고 소리치며 난리가 일었다.

방다병은 사람들에게 신경쓸 겨를 없이 밭은 숨을 몰아쉬었다. 복승해가 밤에 상홍행의 방에 가보라고 했을 때까지만 해도 범인이 방문을 잠그고 불을 지를 줄은 꿈에도 상상하지 못했다. 밖에 있던 사람들은 모두 방 공자의 용맹함에 감탄했다. 복 대인을 위해 모든 것을 불사하고 불길 속으로 뛰어들 수 있는 사람이 세상에 몇이나 되겠느냐며 입에 침이 마르도록 칭찬했다.

하지만 방다병은 혼란스러웠다.

타버린 옷은 남자의 심의였다.

비싼 옷감으로 만들었다는 것 외에 다른 특징은 없었다. 수놓은 무늬도 없었다.

남자 심의라는 것 외에는 특이점이 없었기에 굳이 누군가가 그걸 얻기 위해 위험을 무릅쓰고 상홍행을 죽이고 방화를 할 것 같진 않았다.

그 옷에 어떤 비밀이 숨겨져 있는 걸까? 노방이 실성한 것도 옷 한 벌 때문이었고, 이비도 옷 한 벌 때문에 죽었지만 살인마는 그 두 사람의 옷은 불태우지 않았다. 심지어 이비의 몸에 맞지도 않는 경용을 억지로 입혀놓기도 했다. 그런데 상홍행의 옷은 불태워버렸다.

대체 이유가 뭘까?

차이라고는 이 옷은 심의이고 다른 두 벌은 경용이라는 것뿐이었다.

생각할수록 점점 더 미궁에 빠져드는 것 같았다.

상홍행의 방에 숨어 있던 자는 누굴까?

불이 난 틈을 타 도망쳤을까, 아니면 밖에서 방다병을 구하려던 사람들 중에 끼어 있었을까?

방다병은 혼란스럽고, 또 혼란스러웠다.

황궁의 어선방.

양윤춘과 이연화가 대들보 위에 걸터앉아 있었다. 양윤춘은 손에 음식 접시를, 이연화는 젓가락을 든 채였다. 이연화가 곁눈으로 양윤춘을 보고 한숨을 내쉬었다. "어사천룡이 부엌에 몰래 들어와 음식을 훔쳐먹는 걸 도읍 사람들이 알면 안타까워할 거예요."

양윤춘이 웃었다. "어선방 사람들은 내가 밤참을 먹으러 온다는 걸 다 알아요. 이 음식 전부 나를 위해 특별히 남겨둔 거예요."

이연화가 양윤춘의 손에 들린 삼선 닭고기 죽순 무침에서 작은 죽순을 하나 집어먹더니 감탄했다. "과연 무말랭이와는 다르네요."

양윤춘이 미간을 찡그렸다. "무말랭이요?"

이연화가 헛기침을 했다. "아무것도 아니에요." 그러고는 몸을 곧게 폈지만 오른손은 계속해서 양윤춘이 든 접시를 향해 뻗었다. "경덕전에서 살인 사건이 몇 건이나 발생했는지 아세요?"

예상치 못한 물음에 양윤춘은 어리둥절했다. "그 살인 사건 때문에 온 거예요? 당연히 알지요." 그것도 아주 자세히 알았다. 그의 누이 왕위군王爲君이 곧 소령공주로 봉해질 것이고, 황제가 낙점한 장래의 부마 방다병이 바로 경덕전에 묵고 있었기 때문이다.

이연화가 말했다. "방 부마가 내 오랜 친구예요." 그러고는 잠시 멈췄다가 다시 말했다. "경덕전에서 노 대인이 실성하고, 이 대인, 왕 태감, 상 대인이 살해당했어요. 살해 수법이 극악무도해서 범인을 잡지 않으면 백성들이 평안할 수 없고 조정도 위엄을 잃게 될 거예요."

양윤춘은 이해할 수 없었다. 이렇게 조리 있고 논리적으로 말하는 사람이 왜 아까는 비굴하게 굽실대며 좀도둑 행세를 한 걸까? 이제 보니 옷차림도 단정하고 이목구비도 준수해 점잖고 고상한 서생처럼 보였다. 나이도 그리 많지 않아 스물네다섯 살쯤 되어 보였다.

"의협심 강한 부마가 대인들의 참혹한 죽음 때문에 근심이 많아요." 이연화가 진지하게 말했다. "진실을 밝히기 전에는 편히 잠을 자지 못할 거예요."

양윤춘은 방다병에 대해 아는 것이 거의 없었다. 그저 방 상서의 아들이고 일곱 살에 동생童生*이 되었다는 말에 어릴 적에 총명했겠거니 생각했을 뿐이었다. 그런데 이연화의 말을 듣고 나니 조금 호감이 생겼다. 이연화의 말이 이어졌다. "방 부마는 그 대인들이 어떤 비밀을 알고 있어서 피살당한 것으로 추측하고 있어요. 그 비밀은 아마 황제께서 대인들을 접견한 이유인 듯하고요."

양윤춘은 내심 놀라워하며 장래의 매부가 과연 훌륭한 사람이라고 생각했다. "틀린 접근은 아니죠. 황제 폐하께서 극락탑의 위치를 묻기 위해 그들을 접견하셨다 들었어요. 위군을 위해 궁전을

* 지방의 인재를 뽑는 시험인 동시(童試)에 지원한 사람.

새로 지으려는데 극락탑 남쪽에서는 토목공사를 금한다는 조훈을 지키려 해도 극락탑이 어디에 있었는지 모르기 때문이죠."

"맞아요. 그 대인들이 젊은 시절 궁중의 우물에 빠졌다가 그 밑에서 기이한 경험을 했던 것 같아요. 황제께서는 그 우물에 비밀이 감춰져 있고, 어쩌면 그게 극락탑과 관련이 있을지 모른다고 생각하고 계시죠." 이연화가 가볍게 웃으며 오른손에 든 젓가락으로 양윤춘의 접시에서 닭날개 하나를 집어 천천히 뜯었다. "방 부마는 십팔 년 전 그 대인들이 기이한 경험을 했다면 왕계란 태감이 그걸 기록해두었을 것이고, 또 그 일이 극락탑과 관련됐다면 백 년 전 극락탑에 관한 모든 기록을 자세히 살펴봐야 한다고 생각했어요. 그래서 오늘밤 바쁜 부마를 대신해 제가 책을 빌리러 온 거예요." 이연화가 점잖게 말하며 온화한 미소를 지었다. "책을 보고 그 자리에 다시 가져다둘 거예요. 부마는 워낙 돈이 많아서 유명한 서화가의 작품이든 금은보석이든 훔칠 필요가 없어요."

양윤춘이 닭고기 한 점을 입에 넣고 씹으며 말했다. "이제야 이해가 가는군요."

이연화가 말했다. "아무 이유 없이 도둑질을 하지는 않아요."

양윤춘이 닭뼈를 뱉고는 의미심장한 미소를 지었다. "그 우물이 어디에 있는지 궁금해요?"

이연화는 깜짝 놀라 입에 있던 죽순이 목구멍에 걸릴 뻔했다. "켁켁켁……"

양윤춘이 의기양양한 표정으로 주위를 둘러보더니 나직이 말했다. "그 우물은……"

"그 우물은 장생궁長生宮 뒤 버들연못 옆에 있죠." 이연화가 죽순을 겨우 씹어 삼킨 뒤 술잔을 들어 얼른 두 모금을 마셨다.

양윤춘이 깜짝 놀라 귀신을 보는 듯한 표정으로 이연화를 보았다. "그걸…… 어떻게 알았어요?"

이연화가 품에서 책 한 권을 꺼내 그중 한 부분을 펼쳤다. 거기에 시 한 수가 적혀 있었다. 열심히 무예를 연마했지만 글공부는 많이 하지 못한 양윤춘이 미간을 잔뜩 찡그린 채 시를 읽었다.

왕 태감의 필체로 쓰인 「야회감초설夜懷感初雪」이라는 시였다.

금산사에 눈 내리는데
열 송이 중 세 송이 연못 위로 내리네
흩날리는 눈꽃 비가 되고
융단 위에 떨어지면 서리가 되네
숲 위로 밝은 달 뜨니
흰눈과 서로 비춰 처량하구나
별들이 교대로 길게 바뀌니
복숭아도 함께 탄식하네
진주 같은 눈물 한 잔
백년의 해와 달이 길고 길구나

양윤춘이 몇 번을 읽다가 시를 가리키며 물었다. "이…… 시요?"

이연화가 마른 웃음을 지었다. "훌륭한 시예요. 금산사에 눈이 내린다는 건 왕 태감이 금산사가 보이는 곳에 앉아 시를 썼다는 의미겠죠. 아까 도망치다 보니 황궁의 장생궁 근처에 금산사가 있더군요. 장생궁 근처에 버들연못이라는 연못도 있고요."

양윤춘이 미간을 찡그렸다. "그래서요?"

이연화가 젓가락으로 허공에 그림을 그렸다. "흩날리는 눈꽃 비가 되고 융단 위에 떨어지면 서리가 되네. 이 구절은 그날 하늘에서 가랑눈이 내렸지만 왕 태감의 눈에 보이는 어떤 곳은 눈이 떨어지면 비로 변했다는 뜻이에요. 왕 태감 집의 융단 위에 떨어진 눈은 얼어서 서리가 되는데 말이죠. 그건 장생궁 근처에 다른 곳보다 따뜻해서 가랑눈이 내려앉으면 녹아버리는 곳이 있었다는 걸 의미해요. 온천이나 깊은 우물 같은 곳이겠죠."

양윤춘은 동의할 수 없었다. "왕 태감이 아무렇게나 상상해서 썼을 수도 있잖아요? 눈으로 본 걸 썼다는 증거가 있나요?"

이연화가 닭고기 한 점을 또 집어먹었다. "어차피 증거가 없는 일인데 틀리더라도 도박은 해봐야죠. 밑져야 본전인데 한번 해보자고요."

양윤춘은 별 의미도 없는 시를 이렇게 끼워맞추는 사람을 본 적이 없어서 이연화의 해석에 놀라기는 했지만 그럴듯하게 들리는 건 사실이었다.

이연화가 말했다. "숲 위로 밝은 달 뜨니 흰눈과 서로 비춰 처량하구나. 이건 그 우물 옆에 숲이 있다는 뜻이고, 눈이 밝은 달과 서로 비추려면 드문드문해서는 안 되니까 눈이 쌓일 수 있는 너른 땅이 있다는 뜻이에요."

양윤춘은 이연화에게 탄복했다. 처음에는 허무맹랑한 망상이라고 생각했지만 이제 보니 무궁한 상상력에서 나오는 추리였다.

"자, 보세요……" 이연화가 신이 난 표정으로 말했다. "금산사 옆에 연못이 있고, 그 옆에 숲이, 숲 옆에 눈밭이 있는 곳. 그 주변에 우물이 있을 것이다. 이렇게 되지요."

"잠깐!" 양윤춘이 이연화의 말을 끊고 닭고기 접시로 뻗으려던 그의 오른손을 막으며 말했다. "황궁 안에 백 개도 넘는 우물이 있는데 정확히 이 우물이라고 확신할 수 있나요?"

이연화가 양윤춘에게 가로막힌 젓가락을 안타까운 시선으로 응시하다가 미소를 지었다. "아닌가요?"

양윤춘은 또 말문이 막혀 아무 말도 하지 못했다.

양윤춘의 손을 조심스레 피해 좋아하는 죽순을 한 젓가락 집은 이연화가 밝아진 표정으로 말했다. "왕 태감은 날마다 황제를 보좌해 정사를 처리하느라 무척 바빴어요. 평소에 황제의 명으로 수많은 시를 짓고, 또 문인이나 대신들과 교류했죠. 그의 훌륭한 붓글씨도 선황에게 배운 거고요. 일인지하, 만인지상인 그 바쁜 사람이 왜 갑자기 울적해졌을까요? 한밤중에 잠을 이루지 못하고 장생궁에 가서 금산사를 보며 뭘 했을까요?"

양윤춘은 밝은 달이 한밤중을 의미한다는 걸 미처 생각하지 못했다. 이연화의 말이 맞았다. 왕계란은 한밤중에 장생궁에 가서 뭘 했을까?

장생궁은 역대 황조 귀비들의 처소였다. 선황은 황후를 몹시 사랑해 황궁에 미녀들을 적게 두었고, 그중 귀비로 봉한 여인이 없었기에 장생궁은 계속 비어 있었다.

장생궁은 왕계란의 처소에서 무척 멀리 떨어져 있었다.

그는 한밤중에 장생궁에 가서 뭘 했을까?

"이 시는 황제의 명으로 지은 것이 아니라 왕 태감 스스로 지은 것이에요. 보세요. 얼마나 상심해 감상에 젖어 있는지." 이연화가 책을 가리켰다. "냉혈한으로 이름난 태감을 이토록 울적하게 만든 일이 뭘까요? 백년의 해와 달이 길다고 탄식한 일이 뭘까요?"

양윤춘도 뭔가 생각났다. "설마 왕 태감이……"

이연화가 빙긋 웃었다. "십팔 년 전 최고 권력을 얻어 내무부를 관리하던 왕 태감은 우물의 비밀을 일찍부터 알았을 거예요." 이연화가 두 손을 마주쳐 툭툭 털었다. "이게 바로 제가 그 우물이 장생궁의 버들연못 옆에 있다고 추측하는 이유예요. 자, 이제 말해 보세요."

양윤춘의 미간에 주름이 파였다. "뭘요?"

이연화가 물었다. "우물에 관한 일을 어떻게 알게 됐는지요."

양윤춘이 갑자기 웃음을 터뜨리더니 접시를 내려놓고 술주전자를 들어 크게 한 모금 마셨다. 이연화는 아까운 표정으로 주전자를 물끄러미 쳐다보며 생각했다. 양윤춘은 황궁의 향기로운 술을 이미 마셔봤을 테니 자신에게 좀더 양보하면 좋았겠다고 말이다. 그때 양윤춘이 말했다. "내가 봤어요."

이연화가 물었다. "뭘요?"

"십팔 년 전 왕 태감이 노방 등을 그 우물에 빠뜨리는 걸요." 양윤춘이 눈을 가늘게 떴다. "그때 난 여섯 살이었어요. 막 입궐해 사부께 무예를 배우던 때였는데, 어느 날 장생궁에서 소란이 벌어져 시끄럽기에 달려가봤죠. 젊은 시위들이 장생궁에서 물건을 훔치다 들켰다고 했어요. 흔한 일이었는데 그날은 어째선지 왕 태감이 노기탱천해서 시위들을 밧줄로 묶어 모조리 우물에 던져버렸어요."

이연화가 깜짝 놀랐다. "어린아이에게 그런 장면을 보여주다니 흔한 일은 아니군요." 이연화가 물었다. "그들이 장생궁에서 뭘 훔쳤어요?"

양윤춘이 어깨를 으쓱였다. "모르겠어요. 난 다만 풀밭에 숨어서 몰래 봤는데, 왕 태감의 얼굴이 시퍼렇게 변했던 걸 보면 무척 중요한 물건을 훔쳤던 것 같아요."

이연화가 젓가락을 흔들었다. "난 그 대인들이 늙고 기억력이 쇠한데다 워낙 오래된 일이라 정말로 기억을 못하는 줄 알았어요. 그런데 그 우물이 장생궁에 있고, 자신들이 들어가선 안 되는 곳에 딱 한 번 들어갔던 거라면 기억하지 못할 리가 없겠군요. 그들이 정말로 훔쳐서는 안 되는 물건을 훔쳤던 것 같아요. 지금도 황제 폐하께 솔직히 말할 수 없는 물건이었던 거죠. 그래서 다들 장생궁에 있는 우물이라는 걸 말하지 않은 거예요."

양윤춘이 또 어깨를 으쓱였다. "내일 복 대인이 조척을 감옥에 가둬놓고 물어보면 알 수 있겠죠."

"이왕에 우물이 장생궁에 있고, 우리 둘 다 거기 가는 길을 아니." 이연화가 빙긋 웃었다. "우리가……"

양윤춘이 멈칫했다가 큰 소리로 웃었다. "하하하! 장생궁은 역대 황조 귀비들의 처소예요. 지금은 아무도 살지 않지만 그래도 우리는 들어갈 수 없어요."

이연화가 한숨을 내쉬었다. "어선도 훔쳐드시는 분이 빈집에 못 들어가다니요……"

양윤춘이 아랑곳 않고 말했다. "장생궁에 자유롭게 들어갈 순 없지만 그곳에 자객이 잠입한다면 뒤쫓아 들어가는 건 가능하지요."

이연화가 깜짝 놀랐다. "자객이라고요?"

양윤춘이 당연하다는 듯 고개를 끄덕였다.

이연화가 한숨을 내쉬고 중얼거렸다. "하라면 해야죠. 어쨌든…… 무말랭이보다는 나으니까." 그러고는 갑자기 기분이 좋아진 듯 젓가락을 내려놓았다. "오늘밤도 밝은 달이 떴으니 장생궁의 달빛도 아름답겠군요."

목이 베일 수도 있는 엄청난 일인 줄도 모르고 장생궁의 달빛이나 운운하는 이연화를 보며 양윤춘은 속으로 한숨을 내쉬었다.

8. 장생궁의 우물

장생궁은 역대 귀비들의 침궁으로, 개국황제 태조太祖의 후궁 숙귀비淑貴妃와 선황의 조모인 혜귀비慧貴妃가 살았다. 혜귀비는 훗날의 강현효혜황태후康賢孝慧皇太后로, 선황의 부친이자 현재 황제의 조부인 태종太宗을 이곳에서 낳았다. 태조와 다른 후궁 사이에는 자식이 태어나지 않아 혜귀비가 낳은 태종이 유일한 자식이었고,

나중에 태종이 황제로 등극하자 혜귀비가 황태후가 되어 혜태후라고 불렸다.

태종 이후 두 황제인 선황과 지금의 황제는 모두 황후에 대한 사랑이 깊고, 황후가 태자를 낳았기에 다른 후비를 두지 않았으므로 장생궁은 혜태후 생전 때 모습 그대로 유지되고 있었다.

노방 등이 젊은 시절 이곳에 들어가 물건을 훔친 건 이연화처럼 대담한 사람이 생각해도 탄복할 만한 일이었다. 혜태후의 침궁이었던 곳이므로 귀한 보물이 많았으리라 짐작할 수 있었다.

잠시 후 두 사람이 장생궁 앞에 도착했다. 귀비는 살지 않지만 궁녀 몇 명이 기거하며 궁 내부와 정원을 청소하고 있었다. 하지만 그 궁녀들은 모두 늙고 가는귀가 먹어 양윤춘 백 명이 옆을 지나간대도 소리를 듣지 못할 것이다. 십팔 년 전 노방 등이 쉽게 물건을 훔칠 수 있었던 것도 그 때문이었다.

과연 장생궁 주위에는 나무가 무성하고 그 옆에 버드나무 잎처럼 생긴 연못이 달빛 아래 청량하게 반짝이고 있었다. 이연화가 고개를 들어 금산사 쪽을 바라보는 동안 양윤춘은 숲속 어느 곳으로 곧장 다가갔다.

교교히 흐르는 달빛이 황궁을 감쌌다. 장생궁 가까이에 나무가 그리 무성하지 않은 곳은 나뭇잎이 흔들릴 때마다 잎 사이로 내려온 달빛이 바닥에서 이리저리 움직여 얼핏 보면 나비가 팔랑이며 날아다니는 것 같았다.

이연화의 눈앞에 우물이 나타났다.

이연화는 차곡차곡 쌓은 벽돌 사이에 이끼가 자란 평범한 우물

일 거라 예상했었다.

하지만 그의 예상은 완전히 빗나갔다.

둘레가 한 길은 될 듯한 둥근 우물 위에 커다란 나무 덮개가 있었다. 일찍부터 강호를 누빈 이연화도 이렇게 큰 우물은 본 적이 없었다. 예상치 못한 크기에 놀란 이연화가 물었다. "이 우물의 원래 용도는 뭐였나요?"

"원래 장생궁과 금산사 사이의 쓸모없는 빈터였는데 여기에 우물을 왜 만들었는지 누가 알겠어요?" 양윤춘이 어깨를 으쓱였다.

이연화가 주위를 둘러보았다. 지세가 무척 낮고 근처에 자연적으로 만들어진 버들연못도 있으니 이곳에서 물이 나오는 건 이상한 일이 아니었지만, 버들연못도 있는데 어째서 여기에 이렇게 큰 우물을 또 만들었는지 의문이었다. 이 황실에 얽힌 일들이 모두 기이하고 신비해서 짐작조차 가지 않았다.

우물 덮개가 다 썩어 양윤춘이 덮개에 달린 구리 자물쇠를 한 손으로 비틀자 자물쇠가 힘없이 떨어졌다. 양윤춘이 덮개를 들어 올렸다. "당시 왕 태감이 그들을 여기에 집어던지는 걸 봤어요."

이연화가 우물 밑을 내려다보니 더운 기운이 얼굴에 훅 끼쳤다. 밑에서 지열이 올라오는 것 같았다. 달빛이 물위로 내려앉아 영롱하게 반짝였지만 우물 밑으로 뭐가 있는지는 보이지 않았다. 이연화는 옷자락을 걷어올리고는 뛰어내리려는 듯 우물 속으로 한 발을 집어넣었다. 양윤춘이 미간을 찡그렸다. "뭘 하려고요?"

이연화가 우물 밑을 가리켰다. "내려가봐야 무슨 비밀이 있는지 알 거 아니에요?"

양윤춘이 우물 덮개를 바닥에 던졌다. "같이 갑시다."

이연화가 아무렇지 않게 "음" 하더니 우물 밑을 다시 내려다보았다.

양윤춘이 되레 의아하다는 듯 물었다. "왜 말리지 않느냐고 안 물어봐요?"

이연화가 진지한 투로 말했다. "양 대인에게 쫓기던 자객이 우물로 뛰어내리면 시신을 건져올려줄 사람은 있어야 하잖아요."

양윤춘이 큰 소리로 웃었다. "참 재미있는 분이로군요. 내려갑시다."

두 사람은 겉옷을 벗고 중의 옷자락을 걷어올린 뒤 동시에 우물로 풍덩 뛰어들었다.

우물이 워낙 커서 두 사람이 동시에 뛰어내려도 충분했다. 십팔 년 전 왕 태감이 노방 등 네 명을 함께 던져버린 걸 이해할 수 있었다. 수면에 비친 달빛이 어렴풋이 물속으로 스며들었다. 이연화와 양윤춘은 숨을 참고 물속 깊숙이 내려갔다. 물이 굉장히 맑아서 수면에서 가까운 쪽은 우물 벽도 또렷하게 보였다.

우물 벽은 얼룩덜룩하고 울퉁불퉁했다. 양윤춘이 눈을 가늘게 뜨고 주위를 둘러보려는데 갑자기 눈앞이 깜깜해지며 검고 네모진 틀이 얼핏 스쳐지나갔다. 가까이 다가가 자세히 살펴보려 했지만 이연화가 양윤춘의 옷을 잡아챘다.

양윤춘이 이연화에게 끌려 바닥으로 가라앉는데 검고 네모진 틀이 잇따라 스쳐지나갔다. 그러다 이내 암흑이 되었다. 양윤춘은 이연화가 자신을 끌고 어느 방향으로 헤엄쳐가는 듯하다고 생각했다. 우물 밑바닥이 이상하리만치 넓었다. 양윤춘이 영문도 모른 채 이연화에게 끌려 밑으로 계속 내려가는데 이연화가 갑자기 위로 솟구쳐올라갔다. 잠시 후 철렁 하는 소리와 함께 두 사람의 머리가 물위로 올라왔다.

눈을 떠보니 사방이 깜깜한 암흑이었다. 이연화의 목소리가 들렸다. "소림사에 신화상전薪火相傳이라는 무공이 전해지는데 할 줄 아세요?"

무공을 연마한 지 오래된 양윤춘은 강호에 발을 들여놓은 적이 없었지만 신화상전이라는 장법을 들어본 적은 있었다. 장력을 칼처럼 내뿜어 장작을 마흔아홉 번 내려치면 불이 붙는다는 전설의 장법인데 그는 할 줄 몰랐다. 양윤춘이 고개를 젓자 이연화가 말했다. "양 대인도 할 줄 모르시는군요…… 오래전 소림사 승려에게 그 무공의 심법에 대해 들은 적이 있어요."

두 사람이 있는 곳은 우물 밑바닥의 은밀한 공간인 듯했는데, 둘 다 물에 빠져 화절자도 모두 젖어버린 뒤였다. 양윤춘은 이연화가 불 피울 방법을 궁리하고 있다고 짐작했다. 소림사의 무공을 몰래 터득하고 싶진 않았지만 다급한 상황이라 어쩔 수 없었다. 양윤춘이 말했다. "심법을 얘기해봐요. 젖은 옷에 불을 붙일 수 있는지 한번 해봅시다."

이연화가 괴상한 심법을 일러주는 동안 양윤춘은 자신이 아는 소림사 무공과 많이 다른 것 같다고 느꼈지만 한번 믿어보기로 했다. 이연화가 중의를 벗어놓고 양윤춘이 그가 일러준 대로 장력을 세 번 쓰자 옷이 다 말랐다. 장력을 열 번 쓰자 옷에서 불꽃이 화르르 피어올랐다. 불빛 가운데서 사방을 둘러보니 그곳은 정말로 밀실이었다.

우물 밑바닥이 아니라 커다란 방이었다. 사방이 튼튼한 돌벽이었다. 멀리 보이는 돌벽 아래 침대처럼 보이는 검은 그림자가 있었다. 이연화가 물에서 나와 서둘러 다가가다가 하마터면 넘어질 뻔했다. 양윤춘도 불이 붙은 옷을 들고 침대로 다가갔다. 침대 위에 얼룩덜룩한 것들이 아무렇게나 흩어졌는데 자세히 보니 사람의 유골이었다.

양윤춘은 우물 밑바닥에 유골이 있으리라 예상하지 못해 깜짝 놀랐지만, 이연화는 짐작했다는 듯 크게 놀라지 않고 미간을 찡그리며 자세히 살펴보았다. 오래된 유골인 듯했다. 침대는 원래 나무인데 거의 썩어 형체만 남은 정도였다. 침대 위에는 유골과 찢긴 옷 조각 몇 개뿐이었지만, 침대 아래 벽 가까이에 커다란 상자가 놓여 있었다. 진흙을 빚어 모양을 잡고 자연풍에 말린 것으로 보아 밖에서 가져온 물건이 아니라 여기서 구할 수 있는 재료로 만든 것 같았다.

양윤춘은 우물에 뛰어내릴 때 겉옷은 벗었지만 검은 내려놓지 않았기에 허리춤에서 검을 뽑아 상자의 봉인을 잘라냈다. 진흙이 완전히 말라 상자의 윗부분이 뚜껑 열 듯 쉽게 열렸다.

열린 틈으로 부드러운 빛이 스며나왔다. 깜짝 놀라 자세히 보니 상자 안에 금은보화가 가득 채워져 있었다.

양윤춘이 그중 하나를 꺼냈다. 옷이 타면서 내는 불빛과 상자 속 야명주가 발하는 빛에 그 물건이 또렷이 보였다. 진녹색 구슬꾸러미였다. 차갑고 묵직한데 불빛에 영롱하게 비친 모습이 무척 아름다웠다.

이연화가 상자 속에서 또다른 것을 집어들었다. 마노였다. 안에 있는 동그란 공기 방울이 또렷하게 보일 만큼 맑고 투명하며 붉은 기가 도는 표면이 무척 매끄러웠다. 한눈에 봐도 상등품임을 알 수 있었다.

양윤춘이 진녹색 구슬꾸러미를 한참 살펴보다가 물었다. "이게 뭐죠?" 지금껏 많은 보석을 보았지만 수정도 아니고 유리도 아닌 이런 것은 본 적이 없었다.

"파리頗梨라는 보석이에요." 이연화가 상자에서 옥처럼 흰 구슬꾸러미를 꺼냈다. 꽃봉오리를 막 터뜨리려는 연꽃 조각 뒤로 콩알만한 흰 구슬 백팔 개가 금사에 꿰어져 있었다. 모난 곳 하나 없이 동글동글한 모양만 보아도 훌륭한 세공품이 틀림없었다.

양윤춘이 이연화의 손에 들린 흰 구슬꾸러미를 보았다. 도자기 같기도 하고 아닌 듯도 한 그것 역시 양윤춘은 처음 보는 물건이었다. "그건……"

"이건 차거硨磲예요." 이연화가 한숨을 내쉬었다. "파리는 붉은색이나 푸른색을 상등품으로 치는데, 그렇게 크고 색이 고운 것은 비옥한 밭 사오십 무畝와 가격이 맞먹을 거예요. 내가 든 이 차거 백팔 개를 소림사에 팔면 법공 방장이 전 재산을 탕진하겠군요."

그 말에 양윤춘이 웃음을 터뜨리고는 상자에서 묵직한 물건을 하나 꺼냈다. "비옥한 밭을 사려면 이걸 가져가면 되겠어요. 구슬들은 가져가서 팔려고 해도 알아보는 이가 없으면 낭패 아니겠어요?" 양윤춘이 막 꺼낸 물건을 들어올리자 눈부신 빛이 온 밀실을 가득 채웠다. 그건 보석이 아니라 커다란 금벽돌이었다.

금벽돌이라면 옥루춘의 집에서도 많이 보았지만 그곳 벽돌은 황궁의 벽돌보다 훨씬 작았다. 양윤춘이 집어올린 벽돌은 가로 세로가 각각 일 척이 넘고 두께가 반 촌은 되는 커다란 크기로 '금판'이라고 불러도 좋을 듯했다. 그런 금판이 진흙상자 밑바닥에 여러 개나 깔려 있었다.

이연화는 깜짝 놀라 양윤춘을 보며 말을 잇지 못했다. 양윤춘이 한숨을 내쉬며 손에 들고 있던 파리를 상자에 다시 넣었다. "왜 이런 곳에 진귀한 보배를 이렇게 많이 숨겨놓았을까요?"

이연화가 고개를 젓다가 잠시 생각에 잠기더니 또 고개를 저었다. 양윤춘이 의아하다는 듯 물었다. "왜요?"

"아무리 생각해도 모르겠어요. 노방이 우물에 빠졌다가 이곳의 많은 보물을 발견했는데 왜 가지고 나가지 않았을까요?" 이연화가 한숨을 내쉬며 양윤춘이 든 금판을 가리켰다. "황금은 크고 무거워서 가지고 나가지 못했다고 해도 마노는 작아서 들고 나갈 수 있고, 또 파리는 알아보지 못했다 해도 진주는 알아봤을 텐데……"

상자 안에는 진주꾸러미도 여러 개나 있었고 실로 꿰지 않은 진주알도 있었다. 실에 꿴 진주들은 크기도 고르고 알알이 동글동글 매끄러웠고, 실에 꿰지 않은 진주알은 엄지만큼 크거나 자줏빛, 붉은빛이 돌아 모두 매우 희귀한 것들이었다. 아무리 바보라도 엄청나게 비싼 보석이라는 걸 모를 수 없었다.

그런데도 노방은 그것들을 가지고 나가지 않았다.

왜 그랬을까?

"겁이 났나보죠. 모두 황제의 보물이잖아요. 노방은 당신처럼 대담한 도둑이 아니니까." 양윤춘이 웃으며 말했다. "상자의 봉인도 뜯지 않은 걸 보면 여기까지 왔지만 경황이 없어서 상자를 발견하지 못했을 수도 있고요."

이연화가 고개를 저었다. "이 상자는 노방이 만든 건데 어떻게 모를 수 있겠어요?"

양윤춘이 깜짝 놀랐다. "노방이 만들었다고요? 그걸 어떻게 알아요?"

이연화가 조금 전 발을 헛디뎠던 곳을 가리켰다. 물길 옆에 진흙을 파낸 흔적이 있었다. 그곳에서 진흙을 파내 상자를 만든 것 같았다. "이 상자는 금은보화의 주인이 만든 것이 아니에요. 바닥의 흔적을 보세요." 이연화가 진흙이 울퉁불퉁 파인 흔적을 가리켰다. "그리고 침대의 저 유골도요."

"저 유골이 왜요?" 양윤춘이 진흙 바닥과 침대 위 유골을 번갈아 보았다.

이연화가 진지하게 말했다. "유골이 어지럽게 흩어져 있잖아요. 유골의 주인이 자기 유골을 저렇게 어질러놓을 순 없어요. 유골이 된 후에 누군가 어질러놓은 거죠. 옷도 벗겼을 테고."

양윤춘이 고개를 끄덕이며 바닥에 있는 흔적을 가리켰다. "일리가 있군요. 이 흔적은 또 뭘까요?"

"아까 물에 빠졌을 때 아무것도 보이지 않았죠?" 이연화의 말투가 점점 진지해졌다. "양 대인 같은 무예의 고수도 아무것도 보이지 않았으니 노방은 더더욱 아무것도 보지 못했을 거예요."

양윤춘이 고개를 끄덕였다. "그렇겠죠."

이연화가 헛기침을 했다. "우물 밑바닥이 그토록 깜깜한데다 노방이 신화상전 같은 무공을 썼을 리도 없는데 어떻게 여기까지 헤엄쳐 왔을까요? 그리고 여기에 밀실이 있다는 걸 어떻게 알았을까요? 금은보화가 있다는 건요?"

양윤춘이 생각해도 이상했다. 이연화는 우물 밑에 밀실이 있으리라 이미 짐작했지만, 노방이 우물에 빠졌을 때는 여기에 밀실이 있다는 걸 알았을 리 없다. 게다가 우물 밑바닥이 그토록 깜깜한데 어떻게 이 밀실에 들어왔을까?

이연화가 천천히 말했다. "사실 아주 단순해요."

양윤춘이 미간을 찡그렸다. "단순하다고요? 설마 여기에 밀실이 있다는 걸 노방이 알았다고요?"

이연화가 한숨을 내쉬었다. "황제도 모르는 걸 노방이 어떻게 알았겠어요? 노방이 여길 찾은 건 소림사의 절세무공을 할 줄 알았기 때문이 아니라 빛을 따라온 거예요."

양윤춘이 의아한 표정으로 되물었다. "빛이요?"

이연화가 상자 안에서 빛을 발하는 야명주를 가리키며 양윤춘을 향해 친절한 미소를 지었다. "노방이 왔을 때는 이 금은보화들이 바닥에 흩뜨러져 있었을 거예요. 우물 밑바닥까지 가라앉은 뒤 빛을 보고 더듬어 헤엄쳐 왔다가 이 밀실을 발견한 거죠."

양윤춘은 깜짝 놀라는 한편 이렇게 단순한 이치를 생각하지 못한 게 부끄러웠다. “빛이라……”

이연화가 고개를 끄덕였다. “바닥에 뭔가를 파낸 흔적도 있잖아요. 노방이 여길 발견했을 때 이 금은보화가 상자에 들어 있지 않고 밖에 있었다는 뜻이에요. 그중에 야명주 몇 개가 있었기 때문에 노방이 여길 찾아내 죽지 않고 살 수 있었던 거예요.”

양윤춘도 깨달았다. “그러니까 노방이 이것들을 흙속에서 파낸 뒤 진흙으로 상자를 빚어 숨겨놨다는 말이로군요.”

이연화가 고개를 끄덕였다. “역시 똑똑하시군요. 하지만 바닥의 흔적을 보면 금은보화가 이 상자 안에 있는 것보다 훨씬 더 많았던 것 같아요.”

양윤춘이 턱을 만지작거렸다. “역시 똑똑하시군요”라는 이연화의 말이 양윤춘을 더 부끄럽게 만들었다. “노방은 이 보물들을 훔칠 생각이었군요.”

이연화가 다시 고개를 끄덕였다. “이렇게 많은 금은보화를 발견하면 훔칠 생각을 하는 게 당연하죠.”

양윤춘이 피식거렸다. “당신 같은 좀도둑이나 그런 생각을 할 거예요.”

이연화는 양윤춘의 말을 제대로 들었는지 못 들었는지 고개를 끄덕인 뒤 또 말했다. “이상한 건 노방이 이 보물들을 훔칠 채비를 다 해놓고 왜 그냥 두고 갔느냐 하는 거예요. 게다가 긴 세월이 흐른 뒤에는 뭔가를 보고 놀라서 실성해버렸어요.”

양윤춘이 빙긋 웃으며 침대 위 유골을 가리켰다. “그야 물론 건드려서는 안 되는 물건을 건드렸기 때문이겠죠.”

이연화도 미소를 지었다. "양 대인도 세상에 귀신이 있다고 믿으세요?"

양윤춘이 고개를 저었다. "본 적이 없으니 귀신이 있다 없다 말할 수 없죠. 하지만 이 밀실의 가장 큰 비밀은 금은보화가 아니라 침대에 있는 저 사람인 것 같아요." 양윤춘이 상자에서 야명주를 집어들고 유골을 비추며 찬찬히 살펴보았지만 유골이 심하게 흐트러져 아무것도 알아낼 수 없었다. "누굴까요?"

"노방이 당시에 양 대인의 반만큼만 똑똑했더라도 그런 화를 당하지 않았을 텐데요." 이연화가 탄식했다. "출입이 금지된 후궁의 우물 밑바닥에 누군가 숨어 있었어요. 남들 앞에 떳떳이 나타날 수 있는 사람이라면 굳이 이런 고통을 참을 필요가 있겠어요? 이 사람의 신원이 바로 노방이 실성하고 이비와 왕 태감, 상흥행이 살해된 사건의 해답일 거예요."

양윤춘은 말없이 생각에 잠겼다가 야명주를 천천히 내려놓았다. 이연화의 말 속에 숨은 뜻을 이해했던 것이다. 잠시 후 양윤춘이 불쑥 말했다. "하지만 이 사람은 이미 오래전에 죽었잖아요."

이연화가 조용히 말했다. "여기 있는 금은보화가 모두 불가의 보물이라는 걸 양 대인은 아실 거예요. 『아미타경阿彌陀經』에 이런 구절이 있어요. '사리불아, 그 세계를 어찌하여 극락이라 부르는지 아느냐? 그 세계의 중생은 우리 이 세계의 사람들처럼 수많은 번뇌를 겪지 않고 오로지 불국토의 온갖 즐거움만 누리기 때문이다. 그러므로 극락이라 하느니라. 또 사리불아, 이 서방 극락세계는 일곱 겹으로 된 보배난간과 일곱 겹으로 된 보배그물과 일곱 겹으로 줄지어 선 보배나무로 사방이 둘러싸여 몹시 아름답다. 그러므로 극락이라 하느니라. 사리불아, 서방 극락세계에는 일곱 가지 보물로 쌓은 연못이 있고 그 안에 깨끗하고 투명하며, 달고 부드럽고, 매끄럽고 고요하며, 마음대로 줄어들기도 하고 불어나기도 하는 신비한 물이 가득차 있다. 연못 바닥에는 금모래가 깔렸고, 연못가의 계단은 금, 은, 청금석, 유리로 만들어졌으며, 그 위에 누각이 많은데 역시 금, 은, 청금석, 파리, 적주, 마노로 꾸며졌느니라. 연못 속에 연꽃이 피어 있는데, 수레바퀴만큼 크고, 푸른 연꽃에서는 푸른빛이 나고, 노란 연꽃에서는 노란빛이 나며, 붉은 연꽃에서는 붉은빛이 나고, 흰색 연꽃에서는 흰빛이 나며, 맑고 오묘한 향기가 나느니라.' 여기 있는 진주, 황금, 마노, 파리, 차거 등이 모두 불가의 칠보예요. 그러니까 이것들은 바로 당시 극락탑에 채워져 있던 진귀한 보배예요."

말없이 생각에 잠겼던 양윤춘이 한숨을 길게 내쉬고는 말했다.

"그렇겠네요."

이연화가 유골을 가리켰다. "극락탑은 갑자기 사라졌지만 탑 속 보배들은 이곳에 있어요. 이 사람이 탑을 무너뜨리고 보물을 훔친 자일까요? 만약 그렇다면 어떻게 했을까요? 또 왜 여기서 죽었을까요? 아니라면 극락탑은 어떻게 사라졌을까요? 탑 속의 보배들은 왜 여기에 있을까요? 누가 보물을 훔쳤을까요? 누가 탑을 무너뜨렸을까요? 이 사람은 누굴까요?"

양윤춘이 씁쓸하게 웃었다. "그 질문들 모두 수수께끼로군요." 그가 한숨을 내쉬었다. "이곳이 백 년 전 비밀과 관련된 게 분명해요. 그것도 아주 큰 비밀이요." 양윤춘은 갑자기 불안해졌다. 그의 절세무공과 심성으로도 불안을 떨쳐낼 수 없었다. 이 비밀을 파헤친다면 어떤 결과가 나타날 것인가? 또 어떤 격랑이 일어날 것인가?

양윤춘의 창백한 얼굴을 보고 이연화가 한숨을 내쉬었다. "저도 남의 사적인 일을 캐는 걸 좋아하지 않고, 또 이미 죽은 사람이지만 그래도…… 일이 이렇게까지 됐네요. 그것 때문에 누군가 살인을 저질렀어요."

양윤춘이 고개를 끄덕였다. "맞아요. 어쨌든 이 일로 인해 또 누군가 목숨을 잃는 사태는 막아야 해요. 극락탑의 진실이 무엇이든 여기서 끝맺어야죠."

이연화가 조용히 미소 지은 뒤 한숨을 내쉬었다. 그러고는 침대 왼쪽으로 가서 거의 다 탄 중의를 들어 벽을 비춰봤다. "여기서 바람이 들어와요."

양윤춘도 다가갔다. 두 사람이 벽을 자세히 살펴보다가 이연화가 바람이 새어들어오는 틈을 힘껏 밀자 흙벽이 약간 흔들렸다. 문이 감춰져 있는 것 같았다. 양윤춘이 내력을 써서 밀자 철컹 소리와 함께 빗장이 부러지고 흙벽 가운데가 소리 없이 열렸다.

역시 벽에 문이 감춰져 있었다. 하지만 밖에서 빗장이 채워져 양윤춘처럼 벽 뒤까지 부술 수 있는 무예의 고수가 아니라면 밀실 안에서 문을 여는 건 불가능했다. 두 사람이 서로 얼굴을 한번 쳐다본 뒤 불붙은 중의를 들고 문을 나갔다. 비밀 통로치고는 꽤 넓고 사방 벽이 매끈했으며 벽에 기름등이 있었다. 그리 길지 않은 통로가 똑바로 이어졌는데 얼마 가지 않아 또다른 문이 두 사람 앞을 가로막았다.

역시 진흙을 다져 만든 문이었지만 이상하리만치 단단해서 두 사람이 두들겨도 꿈쩍하지 않았다. 이연화가 의아하다는 듯 말했다. "완전히 밀폐됐는데 왜 바람이 새어들어올까요?" 이연화가 불을 들어올리자 불꽃이 뒤로 흔들렸다. 고개를 들어보니 밀폐된 문 위에 아주 작은 통풍구가 있었다. 밤톨만한 크기인데다 오랫동안 방치되어 거의 막혀 있었다.

두 사람은 벽을 타고 올라가 통풍구를 통해 밖을 내다보았다.

밝은 달빛과 성긴 별빛 아래 꽃과 풀이 뒤섞여 있고, 붉은 벽과 푸른 기와가 조화를 이루고 있었다. 무척 낯익은 풍경이었다.

바로 장생궁의 후원이었다.

이연화와 양윤춘이 서로 얼굴을 쳐다보았다. 양윤춘은 이해할 수 없었다. "우물 바닥의 밀실이 어떻게 장생궁으로 통하죠?"

이연화가 나직이 말했다. "이거 큰일이군요. 불길해요……"

양윤춘이 미간을 찡그리며 물었다. "왜요?"

이연화가 한숨을 내쉬었다. "오늘밤 우리가 여길 들어왔으니 밖으로 나가면 노방, 이비 등과 같은 운명을 맞게 될 거예요."

양윤춘이 큰 소리로 웃었다. "하하하! 누가 나를 해치려 한다면 꼭 산 채로 잡아서 똑똑히 보여줄게요."

이연화가 웃었다. "그거 좋네요."

문이 막혔으니 밀실로 돌아가는 수밖에 없었다. 다시 한번 밀실 곳곳을 살펴본 뒤 이연화가 진흙상자 안에서 제일 큰 야명주를 골라 들고는 양윤춘과 함께 물길을 따라 다시 우물 밑바닥으로 헤엄쳐 갔다.

야명주의 어렴풋한 빛을 빌려 두 사람이 함께 우물 벽을 기어올라갔다. 우물 벽에 드문드문 어떤 문양이 새겨졌는데 워낙 오래되어 잘 보이지 않았다. 이연화가 만져보니 돌이 아니라 썩은 나무였다. 세게 문지르자 나무가 한 겹 벗겨지며 하얀 부분이 드러났다.

우물 벽을 한참 살펴보았지만 아무것도 발견할 수 없었다. 그런데 야명주를 돌리다 우물 바닥에 천조각 같은 게 떠다니는 것을 발견했다. 양윤춘이 다시 잠수해 들어가 천조각을 잡아당기자 진흙이 피어오르며 또다른 유골이 드러났다.

이연화와 양윤춘이 서로 얼굴을 쳐다보았다. 우물 밑에서 두 사람이 죽었을 줄은 예상하지 못했다. 그들은 누굴까? 함께 죽은 걸까, 아니면 다른 시기에 우연히 같은 곳에서 죽은 걸까?

두번째 유골 주위를 돌며 살펴보니 이 유골은 아직 머리카락이 남아 있었다. 나이가 많아 보이고 비틀린 자세로 죽은 듯했으며, 아직 옷의 일부가 남았는데 반짝이는 뭔가가 걸려 있었다. 이연화가 유골의 골반뼈에서 구리로 된 거북을 주워 양윤춘에게 흔들어 보여준 뒤 두 사람은 함께 우물 밖으로 나왔다.

고요한 정원에는 달빛과 별빛만 서로를 비추고 있었다.

이연화는 중의가 다 타버려 상반신을 맨몸으로 드러낸 채 우물에서 나왔다. 밀실에서는 빛이 어두운데다 양윤춘도 전혀 신경쓰지 않았지만 이제 보니 달빛에 비친 이연화의 흰 피부 위에 흉터가 무척 많았다. 일부러 보려는 건 아니지만 양윤춘은 자꾸만 이연화의 상반신으로 눈길이 갔다. 양윤춘의 흘끔거리는 시선을 느낀 이연화가 얼른 겉옷을 입어 몸을 가렸다.

그런데 양윤춘이 갑자기 이연화의 손을 낚아챘다. "잠깐!"

양윤춘의 노골적인 시선에 이연화는 온몸의 잔털이 곤두섰다. "왜 그러세요?"

양윤춘이 이연화의 몸에 난 상처를 보며 중얼거렸다. "훌륭한 초식이군요. 이런 초식을 받아내고도 어떻게 아직 살아 있죠?"

이연화가 황급히 허리띠를 묶은 뒤 겉으로 드러난 상처가 없는 것을 확인하고 안도의 한숨을 내쉬었다.

양윤춘이 검을 뽑아 달빛 아래서 몇 가지 초식을 해 보였다. 한 번 또 한번, 이연화의 몸에 난 상처를 따라 허공에 검을 휘두르며 그 절묘한 검법의 초식을 상상했다. 정신을 집중하고 자신을 향해 검을 휘두르는 양윤춘을 보며 이연화는 양 대인이 얼떨결에 초식을 익혀 그 검을 휘두른다면 자신은 그 자리에서 비명횡사할지도 모르겠다는 생각이 들었다. 그렇게 된다면 아마 양윤춘은 한 가지 교훈을 얻게 될 것이다. 이연화가 어떻게 아직 살아 있는지 확인하기 위해 검을 휘두른다면 목숨이 두 개라도 살 수 없다는 교훈을 말이다.

생각할수록 점점 불길했다. 조금 더 하다가는 양윤춘이 자신의 옷을 벗기고 검법서로 삼으려 할 것 같다는 생각에 이연화는 검법 연습에 여념이 없는 양윤춘을 내버려두고 살금살금 숲속으로 몸을 감춘 뒤 작은 기척도 내지 않고 사라졌다.

9. 우물 밑의 비밀

방다병이 상홍행의 방에 들어갔다가 불길에 휩싸였다는 소식에 복승해가 급히 달려왔다. 방 공자가 늘어놓던 얘기에 이렇다 저렇다 대꾸하지 않았지만 부인하지도 않았으니 그건 복승해가 묵인한 것이나 마찬가지였다. 방다병이 복승해를 도와 사건을 조사하고자 매복했다가 상대에게 화를 당해 목숨을 잃을 뻔했다는 소식을 듣고 황제도 크게 칭찬하며 다음날 아침 일찍 방다병을 접견하겠다고 했다.

방다병은 밤새 잠을 이루지 못하고 불이 났던 방에 앉아 있었다. 어제 저녁 소식을 듣고 달려온 방칙사는 위험한 모험을 저지른 아들을 호되게 꾸짖고, 황제를 알현할 때 어떤 법도를 지켜야 하고 얼마나 공손하고 얌전하게 행동해야 하며, 또 어떻게 황제의 말과 안색을 살펴 눈치껏 행동해야 하는지에 대해 저녁 내내 훈계했다. 하지만 세상의 온갖 나쁜 짓은 다 잘하고 오로지 법도와 규율을 지키는 것만은 죽어도 못하는 아들인지라 부자간에 한바탕 심하게 다툰 뒤 얼굴을 붉히며 헤어졌다.

이연화는 황궁에서 돌아와 내무부에서 가져온 책을 다 읽은 뒤 커다란 야명주를 만지작거렸다. 원래는 방 공자에게 어젯밤 황궁 최고의 고수 양윤춘을 만난 일을 자랑하려 했지만, 방다병과 방칙사가 한창 다투는 중이라 하는 수 없이 지붕 위에 올라가 방 공자가 탄생시킨 영웅담을 듣다가 깜빡 잠들었다. 눈을 떠보니 이미 해가 중천에 떠 있었다.

지붕 밑을 내려다보니 옷을 갈아입은 방다병이 꽃장식이 화려한 가마를 타고 황궁으로 출발하고 있었다. 일어나 앉았던 이연화는 다시 벌러덩 드러누웠다. 햇살이 따뜻하게 몸을 감싸주는 느낌이 무척 편안했다. 잠시 후 인기척이 들려 내려다보니 누군가가 덜컹거리며 물건을 옮기고 있었다. 자세히 보니 회주로 돌아가기 위해 짐을 싸는 조척이었다.

조척은 무척 무거워 보이는 커다란 상자를 옮기고 있었다. 이연화가 이상한 생각이 들어 지붕에서 기왓장을 빼내 상자를 향해 던졌다. 조척이 짐을 옮길 하인 둘을 부르고 있는데 어디선가 날아온 기왓장이 퍽 하고 상자 모서리에 떨어졌다. 상자가 쓰러지고 안에 있던 물건이 와르르 쏟아졌다.

조척이 깜짝 놀라 위를 올려다보니 지붕 위에서 얼굴 하나가 빠끔히 나타났다. 잿빛 옷을 입은 사람이 지붕에 엎드려 그에게 손을 흔드는데 가만히 보니 육일법사였다.

저자는…… 감옥에서 도망친 중범이 아닌가? 금위군이 꼬박 하루를 수색해도 찾지 못했는데 어찌 내 방 지붕에 숨어 있단 말인가?

육일법사가 나무상자에서 쏟아진 물건을 가리키며 씩 웃자 하얀 치아가 햇빛을 받아 반짝였다. 조척이 안색이 변해 허겁지겁 물건들을 다시 넣었지만 상자는 이미 부서진 뒤였다. 조척은 아랑곳하지 않고 하인들에게 상자를 들고 가라고 지시했다.

이연화가 눈을 가늘게 떴다. 상자에서 쏟아져나온 것들은 여러 개의 보따리였는데 그중 하나가 풀리며 구슬꾸러미 몇 개가 드러났다. 하나는 붉은 산호구슬이고 또하나는 황금 연꽃 송이였다.

어떻게 된 일인지 이제야 알 것 같았다.

이연화는 다시 지붕 위에 큰대자로 드러누웠다. 이렇게 홀가분한 기분은 며칠 만에 처음이었다.

방다병은 아버지 성화에 못 이겨 화려하기 그지없는 옷을 입고 가마에 실려 황궁으로 향했다. 황궁에서 한참을 돌고 돌아서야 마침내 태감의 간드러진 목소리가 들렸다. "내리십시오."

방다병이 정신을 가다듬고 가마에서 풀쩍 뛰어내렸다. 옆에서 방칙사가 군자의 풍모라고는 없는 아들을 성난 눈으로 노려보았지만 방다병은 아랑곳하지 않고 황궁을 두리번거렸다.

가마에서 내려 정원으로 들어가 태감을 따라 회랑을 돌고 돌아 어느 건물로 들어갔다. 오래된 듯한 건물은 내부가 어두컴컴했다. 기둥과 문에 정교한 문양이 조각되어 있었지만 방다병은 조각에 관심이 없어 자세히 살펴보지도 않았다. 벽에는 서화가 걸려 있는데 당연히 유명한 사람의 값비싼 작품이겠지만, 역시 방다병은 글 읽기를 좋아하지 않으니 글씨를 읽을 순 있지만 어디가 훌륭한지는 알아볼 수 없었다. 방다병이 심드렁한 표정으로 올려다보는데 "풋!" 하고 누가 웃는 소리가 들렸다. 자길 보고 웃는데도 이상하게 그 소리가 듣기 좋았다.

웃음소리의 주인이 말했다. "저 사람 좀 봐. 촌스러워."

방다병이 몸을 돌려 점잖고 고상한 미소를 드리우며 예를 갖춰 인사했다. "공주께서는 제 어디가 촌스럽다고 생각하시나요?"

그 말에 끓어오르는 화를 주체하지 못한 방칙사의 얼굴이 붉으락푸르락했다. 그의 앞에 앉아 있는 사람이 옷소매로 얼굴을 반쯤 가리고 예쁘게 웃었다. "지금 그 질문이 특히 그렇네요."

방다병은 화난 기색도 없이 그녀의 눈을 바라보았다. 두 사람은 곧 동시에 웃음을 터뜨렸다.

공주는 회분홍색 긴 치마를 입고 한쪽으로 비스듬하게 땋아올린 머리에 진주비녀를 꽂았다. 살결도 그 진주만큼이나 곱고 매끄러웠다. 눈매에서는 은근한 아름다움과 우아한 기풍이 흘렀다. 공주 뒤에 선 어린 하녀 둘 역시 예쁘장했다. 방다병이 공주를 보고 감탄했다. "미인이십니다."

방칙사가 참지 못하고 몸을 떨며 꾸짖었다. "이 불한당 같은 놈! 감히 공주께 무례하구나!"

하지만 공주는 얼굴을 가리고 까르르 웃음을 터뜨렸다. "방숙, 아드님이 무척 유쾌하십니다. 제가 지금까지 본 남자들과는 사뭇 다르십니다."

방다병도 공주를 칭찬했다. "공주의 미모도 제 상상과는 사뭇 다르십니다."

소령공주가 얼굴을 가렸던 소매를 내려 미소를 드러냈다. 소매에 가려졌던 두 뺨 역시 곱고 아름다웠다. 공주가 물었다. "어떤 얼굴을 상상하셨나요?"

방다병이 진지하게 대꾸했다. "황궁에서 편히 먹고 주무실 테니 키는 오 척 장신에 허리는 목욕통만큼 굵고 얼굴은 반석 같으며……"

방칙사가 버럭 소리쳤다. "방다병!"

하지만 방다병은 허공으로 눈을 한번 흘길 뿐 개의치 않았다.

공주가 까르르 웃음을 터뜨리더니 몸을 곧게 세우고 앉아 말했다. "황제 폐하께서 곧 오실 거예요. 폐하 앞에서는 그런 말씀 하시면 안 됩니다." 공주가 소매를 흔들어 부채질을 했다. "폐하께서 공자를 제 배필로 택하신 뒤 방숙의 자제분이 어떤 분일까 궁금했습니다. 고지식한 책벌레는 저도 원치 않습니다."

방다병이 반색하며 방칙사를 가리켰다. "이렇게 고지식한 책벌레와는 절대로 혼인하지 마십시오. 이렇게 무심한 사람과 혼인하면 저희 모친처럼 수십 년간 집이나 지키며 일 년에 서로 몇 번도 만나지 못할 겁니다."

공주가 미소를 거두고 조심스럽게 눈치를 살폈다. 방칙사의 얼굴은 흙빛이었지만 아까보다 더 화가 난 것 같지는 않아 마음이 놓였다. 공주가 다시 방다병에게 시선을 돌려 살포시 웃으며 입 모양으로 말했다. '모친의 명이 기구하시네요.'

방다병은 마음이 통하는 벗을 만난 듯 고개를 끄덕였다.

방칙사는 아들의 행동에 화가 났지만 젊은 두 사람이 죽이 잘 맞는다고 느꼈다. 방다병의 무례함이 공주를 노엽게 해 다리가 부러지게 곤장을 맞을 줄 알았는데 뜻밖에도 둘이 오랜 친구처럼 말이 잘 통하는 것 같았다.

잠시 후 문밖에서 태감의 외침이 들렸다. "황제 폐하 납시오!"

소령공주는 일어나고 다른 사람들은 모두 바닥에 엎드리며 외쳤다. "황제 폐하 만세 만세 만만세!"

방다병은 원래 엎드릴 생각이 없었지만 아리땁고 단정한 하녀들이 모두 엎드리자 얼떨결에 같이 엎드렸다. 하지만 만세를 외치지는 않았다.

금색 옷을 입은 중년 남자가 안으로 들어왔다. 바로 황제 형징衡徵이었다. 방다병은 황제가 궁중에서 날마다 먹고 자고, 자고 먹고, 심심하면 미녀들을 옆에 끼고 놀기만 해서 늙고 뚱뚱한데다 탐욕스러운 얼굴일 거라고 생각했는데, 이제 보니 늙지도 뚱뚱하지도 않고 더욱이 못생기지도 않은 준수한 외모에 마흔 살을 조금 넘긴 듯한 남자였다.

형징이 들어와 모두 일어나라고 해 방다병이 몸을 일으키려는데 방칙사가 얼른 끌어당겨 다시 엎드리게 했다. 방칙사가 황제에게 말했다. "이놈이 소신의 못난 아들 방다병입니다."

형징이 온화한 미소를 지으며 물었다. "책을 많이 읽은 경께서 어찌 아들에게 그런 이름을 지어줬소?"

방칙사가 조금 난처한 기색으로 말했다. "이놈이 태어날 때 소신이 타지에 있었사옵니다. 아들이 어릴 적 몸이 허약하여 기르기 힘들 줄 알고 부인이 '다병'이라는 아명을 지어 불렀는데, 그후에…… 정식으로 이름을 짓지 않았습니다."

형징이 큰 소리로 껄껄 웃었다. "충군과 애국의 마음이 각별한 경께서 부인과 아들에게는 소홀하다니 바람직하지 않소."

방칙사가 연신 머리를 조아리자 방다병은 속으로 구시렁거리면서도 겉으로는 겸손하고 온순한 표정을 지었다.

형징은 방칙사와 몇 마디 나눈 뒤 방다병에게 일어나라고 했다. 몸을 일으킨 방다병은 황제가 늙지 않은데다 자기보다 키도 좀더 큰 듯하고 젊었을 때는 미남이었을 것 같아 조금 주눅이 들었다. 황제로서 온갖 부귀영화를 누리고 천하의 미인들을 다 차지했는데 미남이기까지 하다니. 황제가 되지 못한 세상 남자들은 목매달아 죽으란 말인가?

형징은 물론 방다병이 속으로 무슨 생각을 하는지 알지 못했고, 방다병의 잘생긴 얼굴을 흡족하게 여겼다. "경에게 아들이 하나 있는데 무예가 뛰어나고 영웅 같은 의협심을 가졌다고 들었소. 어릴 적에는 신동이었고 지금은 협객이라 불린다니 참으로 대단하군."

자기 자랑에 언제나 적극적인 방다병이지만 형징의 칭찬에는 저도 모르게 얼굴이 붉어지며 뭐라고 말해야 좋을지 몰랐다. 어릴 때 신동이 아니었다고 하기에는 동생시에 급제한 것이 사실이고, 협객이 아니라고 하자니 영웅적인 일을 많이 한 것도 사실이었다. 비록 모두 혼자서 한 일은 아니었지만……

"내 여식은……" 형징이 소령공주의 손을 잡아당기자 공주가 어여쁜 미소를 지었다. 형징이 말했다. "어사천룡 양윤춘의 친누이라네. 양윤춘이 절세무공을 연마하여 황궁에서도 손꼽히는 고수인데 방 공자의 무예가 그에 비해 어떤지 모르겠군."

방다병이 깜짝 놀라 휘둥그레진 눈으로 형징을 보았다. 양윤춘은 헌원소의 수십 년 공력을 모두 물려받아 소년영웅이 된 것이고, 자신은 어머니 뱃속에서부터 무공을 할 줄 알았던 것도 아닌데 어찌 양윤춘과 비교할 수 있단 말인가? 자신의 무공은 양윤춘에게 훨씬 못 미친다고 고하려는데 형징이 먼저 입을 뗐다. "자네가 양윤춘과 무예 대결을 벌여 이긴다면 공주의 배필로 삼고자 하는데 어떻게 생각하는가?"

방다병이 하려던 말을 다시 눌러 삼켰다. 곱고 아름다운 공주가 자신을 향해 미소 짓고 있는 걸 보고 차마 그 말이 입 밖으로 나오지 않았던 것이다. 방다병은 속으로 탄식했다. 무예 대결에 이겨야 공주를 아내로 얻을 수 있다니, 부마가 되는 길은 참으로 험난했다.

아들에 대해 아는 게 별로 없는 방칙사도 아들의 무공이 양윤춘에 훨씬 못 미친다는 것쯤은 알았다. 완곡하게 사양하려는데 공주가 끼어들었다. "아버님, 영웅의 의협심을 어찌 무공의 강약으로 판단할 수 있겠사옵니까? 제 오라버니는 비록 무공이 강하나 어젯밤 범인을 잡으려다 불길에 휩싸인 방 공자의 영웅적인 의협심은 따라갈 수 없사옵니다."

공주의 말에 형징도 놀라고 방다병도 어리둥절했다.

형징이 큰 소리로 웃음을 터뜨렸다. "짐은 네가 공명功名이 없는 남자와 혼인하길 원치 않을 줄 알았는데 이제 보니 짐의 노파심이었구나."

방다병은 얼굴이 화끈해지며 속으로 쓴웃음을 지었다. 어젯밤 불길에 휩싸이자마자 살려달라고 고래고래 외친 행동은 '영웅적인 의협심'과는 확실히 거리가 멀었다.

"소령이 이렇게 얘기하니 무예 대결은 없었던 일로 하지."

형징이 미소를 지으며 방다병에게 물었다. "그대가 복승해와 함께 이비와 상홍행을 죽인 범인을 조사하는 중이라고 들었네. 조사에 진전이 있는가? 범인이 누구인가?"

방다병은 말문이 막혔다. 다른 사람이 물으면 하나도 모른다고 대답하겠지만, 황제가 묻는데다 방금 공주가 '영웅적인 의협심'을 가졌다고 자신을 치켜세웠는데 아무것도 모른다고 대답할 순 없는 노릇 아닌가! 방다병이 어쩔 줄 몰라하는데 문득 아주 작은 목소리가 귓가에 들렸다. "범인이 누군지 안다고 말해."

방다병은 하마터면 그 자리에서 펄쩍 뛰어오를 뻔했다. 그 익숙한 목소리는 바로 이연화였다. 어젯밤 얼어죽을 이연화가 황궁에 갔다가 돌아오지 않기에 복승해에게 붙잡혀 다시 하옥된 줄 알았는데 황궁에 들어와 있다니! 이연화가 지붕에 엎드려 자신에게 속삭인 것이 분명했다. 과연 겁 없는 이연화다웠다.

방칙사도 속으로 긴장했다. 황제가 이비 사건에 대해 물을 줄 알았다면 아들에게 날마다 복승해를 따라다니라고 했을 텐데 이제 와서 후회한들 무슨 소용이 있겠는가. 공주와의 혼인은 물건너간 듯했다. 그저 방다병이 황제를 노하게 해 화를 입지나 않길 바랄 뿐이었다.

"음…… 황제 폐하, 범인은 바로 공부감조 유가화입니다." 방다병이 말했다. "뭐라고?" 갑자기 안색이 굳어지며 형징이 낮은 목소리로 물었다. "증거가 있는가?"

방칙사도 깜짝 놀랐다. 범인이 누군지 모른다고 하면 그만인데 아들이 무고한 사람을 모함한 것이 아닌가! 황제 앞에서 거짓말을 하다니! 황제를 욕되게 하면 구족을 멸하는 형벌을 받는다. 순간 방칙사는 얼굴에 핏기가 내리는 걸 느꼈다. 온몸에는 식은땀이 흘렀다.

공주가 호기심어린 표정으로 눈을 깜빡이며 방다병에게 물었다. "유 대인이라고요?"

방다병이 고개를 끄덕였다. "범인은 당연히 유 대인입니다. 노 대인이 실성했을 때 유 대인이 경덕전에 있었고, 이 대인이 죽던 날도 유 대인이 이 대인과 함께 묵었으며, 상 대인이 죽었을 때도 유 대인이 곁에 있었습니다."

황제가 미간을 찌푸렸다. "하지만 노방이 실성하던 날 경덕전에는 다른 사람도 많았네."

방다병이 말했다. "경덕전에서 노 대인을 아는 사람은 이 대인, 상 대인, 조 대인 세 사람뿐이었습니다. 이 대인과 상 대인은 이미 죽었으니 범인일 리 없습니다."

황제가 고개를 끄덕였다. "그런데 조척이 아니라 유가화가 범인인 이유는 무엇인가?"

"조 대인이 죽지 않은 건 정말로 아무것도 모르기 때문이었습니다." 방다병이 말했다. "아니면 아는 것이 별로 없었기 때문일 수도 있고요. 조 대인은 오늘 아침 진귀한 보물을 가지고 회주로 돌아가려 했습니다. 범인은 보물에 관심이 없는 사람입니다."

형징이 의아하다는 표정으로 물었다. "보물이라고? 조척에게 그런 보물이 어디서 났지?"

방다병이 손가락 하나를 세우고 평소 이연화가 하듯 '쉿' 하는 소리를 냈다. "이 대인, 상 대인, 왕 태감이 살해당한 일은 무척 복잡합니다."

방다병의 말뜻을 이해한 형징이 고개를 끄덕이고는 방칙사와 소령공주를 차례로 보자 눈치 빠른 두 사람이 알아서 물러가고 방다병과 황제만 남았다.

형징이 뒷짐을 지고 몇 걸음 서성이다가 몸을 돌려 물었다. "유가화가 범인이라고? 노방 등에게 원한도 없는 사람이 어째서 살인을 했지?"

방다병이 말했다. "말하자면 깁니다. 얼마 전 강호에서 청량우라는 젊은이가 죽었습니다. 그는 위험을 무릅쓰고 보검 한 자루를 훔치려고 했습니다. '소사검'이라는 보검이었는데, 온갖 노력을 하다가 결국에는 목숨을 잃었지요."

형징이 미간을 찡그렸다. "그건 강호의 일이네. 강호에는 강호의 법도가 있다고 들었는데 짐이 나서서 그의 억울함을 풀어줘야 하는가?"

방다병이 헛기침을 했다. "물론 강호에는 강호의 법도가 있습니다. 하지만 저는……" 방다병은 이연화가 시키는 대로 '저'라고 말했지만 이마에는 식은땀이 송골송골 맺혔다. "저는 소사검이 명검이기는 하나 그리 예리한 검은 아니라는 걸 알고 있습니다. 그런데도 청량우는 어째서 그 검을 훔치려고 했을까요?" 방다병이 목소리에 더 힘주어 또박또박 말했다. "저는 어사천룡 양윤춘 대인의 검을 보고 청량우가 소사검을 훔치려 한 이유를 알았습니다."

방다병의 말투가 무척 진지했다. 형징은 비록 방다병의 설명을 완전히 이해하지 못했지만 저도 모르게 물었다. "이유가 무엇인가?"

"양 대인의 '서수검誓首劍' 때문입니다." 방다병이 천천히 말했다. "소사검과 서수검은 같은 곳에서 만들어졌으며 예리하지는 않지만 강하기로 유명하지요. '젊은 군사들을 이끌고 출정하니, 적의 목을 베어 돌아오리라揮少年之師而出, 誓取敵首而回'라는 말에서 따온 이름입니다. 서수검의 일격을 막아낼 수 있는 것은 세상에서 오직 소사검뿐입니다."

형징은 여전히 이해할 수 없었지만 장검 얘기에 흥미가 생겼다. "그 젊은이가 양윤춘과 결투를 벌이려 했다는 것인가?"

방다병이 긴 한숨을 내쉬었다. "청량우는 이미 죽었습니다. 누군가를 구하기 위해 소사검을 훔치려 했다는데, 그가 죽었으니 누굴 구하려고 했는지는 알 수 없지요. 하지만 양 대인이 황궁에 있으니 청량우가 구하려던 사람도 황궁에 있을 것입니다. 그렇지 않으면 소사검을 훔쳐 서수검에 대항할 필요가 없었겠지요."

형징이 의아한 표정으로 물었다. "누굴 구하려고 했다고?"

황제는 이 황궁에 구조가 필요한 사람이 있다는 사실을 믿을 수 없었다.

방다병이 한숨을 내쉬었다. "청량우가 죽었을 때 누군가 그의 몸에 종이를 남겨두고 갔습니다."

방다병이 품에서 종이 몇 장을 꺼내 그중 한 장을 펼쳐 보였다. "바로 이것입니다."

형징이 '가운데 네 개가 있는데, 위에 하나 아래 하나, 또는 위에 하나 아래 넷, 또는 위에 둘 아래 둘. 이중 하나를 고르시오'라고 쓰인 종이를 보고 미간을 찡그렸다. "이게 무엇인가?"

방다병이 다른 종이들을 하나씩 펼치고는 그중 피 묻은 종이를 가리켰다. "이것은 이 대인이 죽은 뒤 피 묻은 채 발견된 종이입니다." 그러고는 또다른 피 묻은 종이를 가리켰다. "이것은 상 대인이 죽었을 때 가마 안에서 발견된 종이입니다."

형징은 피 묻은 종이를 보고는 오싹해져 저도 모르게 뒤로 물러났다. "이 사건들의 범인이 한 사람이라는 것인가?"

방다병이 고개를 끄덕였다. "물론 한 사람입니다. 범인이 지금은 만들지 못하는 백 년 전 금사 채전지彩箋紙를 사용했기 때문입니다. 이 종이는 황궁에만 있는 공물지입니다."

형징이 떨리는 목소리로 물었다. "황궁에만 있는 금사 채전지를?"

방다병이 고개를 끄덕였다. "그래서 이 일이 복잡하다는 것입니다. 이 종이는 황궁에서 나온 것이 분명합니다. 보십시오……" 방다병이 두번째 종이를 펼치자 '구중'이라는 두 글자가 보였다. 세번째 종이에는 '백색목'이라는 세 글자가 적혀 있었다. "첫번째 종이에 쓰인 글귀는 백지를 육면체로 접는 방법입니다."

형징은 이해할 수 없었다. "육면체?"

방다병이 고개를 끄덕였다. "그렇습니다. 육면체입니다." 그가 두번째 종이를 가리켰다. "구중은 '구중천九重天', 즉 아홉 층을 의미합니다."

황제가 또 몇 걸음 서성였다. "세번째는?"

방다병이 말했다. "백색목. 목재의 일종입니다."

형징의 안색이 조금 변했다. "목재?"

방다병이 가볍게 헛기침을 했다. "아주 가벼운 목재입니다." 그가 피 묻은 네번째 종이를 천천히 펼쳤다. 핏자국은 이미 말랐지만 보기만 해도 끔찍했다. "네번째 종이에는 점 하나만 찍혀 있습니다. 바로 중심점을 의미합니다."

형징이 그 종이들을 다시 한번 살펴보았다. "그래서 이게 무엇인가?"

방다병이 말했다. "아직 모르시겠습니까? 이 종이들에 선이 그어져 있고 재료가 적혀 있습니다. 이것은 어떤 건물을 구상한 도안입니다."

형징의 미간이 한껏 찡그려졌다. "도안이라……"

방다병이 말했다. "이 도안은 모두 내무부에 있는 『극락탑』이라는 책에서 찢은 것입니다. 믿지 못하시겠으면 대리시 오작이나 한림원 학사를 시켜 그 책을 확인해보십시오. 그 책의 금사 채전지가 이것과 똑같은 종이일 겁니다."

형징의 안색이 어두워졌다. "그렇다면 조정 관리를 살해한 범인이 내무부에 잠입해 『극락탑』이라는 책까지 훔쳤다는 것인가?"

방다병이 자신 있게 말했다. "그렇습니다."

형징이 굳은 얼굴로 생각에 잠겼다가 한참 만에 입을 열었다. "살인범이 극락탑 때문에 황궁에 왔단 말인가?"

방다병이 고개를 끄덕였다. "내무부의 그 책에 극락탑을 지을 당시의 도안과 구상이 들어 있었을 것입니다. 범인이 그중 몇 장을 찢어 훔친 것이지요. 첫째는 남들이 극락탑의 위치를 찾아내는 걸 막기 위함이었고, 둘째는 살인 현장에 남겨두기 위함이었습니다."

형징이 대전 안을 서성였다. "범인이 유가화라는 증거는 무엇인가? 그가 어째서 내무부에서 책을 훔쳐 살인 현장에 남겨뒀단 말인가?"

방다병이 눈동자를 반짝이며 형징을 똑바로 응시했다.

혼란하고 심란한데 방다병이 자신을 똑바로 쳐다보자 형징은 어리둥절하기만 했다. "짐의 물음에 왜 대답하지 않는가?"

"황제 폐하." 방다병이 나직이 말했다. "지금 제가 폐하에 관한 엄청난 비밀을 말씀드리려 합니다."

형징은 점점 더 의아했다. "짐에 관한 엄청난 비밀?"

"폐하, 누군가 이 대인과 상 대인을 죽이고 노 대인을 실성하게 만들었습니다. 그리고 그들 곁에서 극락탑의 도안이 발견됐습니다. 물론 이건 짓궂은 애들 장난이 아닙니다." 방다병이 한숨을 내쉬었다. "황제 폐하의 영민하심을 믿고 단도직입적으로 아뢰겠습니다." 그가 가볍게 기침을 했다. "그들이 죽임을 당한 것은 극락탑의 비밀을 알고 있기 때문입니다."

"극락탑의 비밀?" 형징은 깜짝 놀라 방다병의 무례함도 문제삼지 않았다. "그들은 극락탑의 일을 모른다고 했네. 십팔 년 전에 빠졌던 우물의 위치도 기억하지 못한다고 했어. 극락탑의 비밀을 아는 사람이 있단 말인가?"

"그렇습니다." 방다병이 단호하게 말했다. "그것도 한 사람이 아닙니다. 여러 사람이 극락탑의 비밀을 알고 있습니다. 황제 폐하……" 방다병이 잠시 침묵에 잠겼다가 진심어린 투로 말했다. "누군가 극락탑의 진실을 감추고 있습니다."

"극락탑은 이미 백 년 전 일이네." 형징이 말했다. "아직도 감춰야 할 만큼 중요한 진실인가?"

방다병이 빙그레 웃었다. "폐하께서 그 진실을 알고자 노방 등을 접견하려 한 것이 돌이킬 수 없는 화를 불렀습니다. 극락탑의 일이 의심스럽지 않으십니까? 백 년 전에 사라진 신비한 극락탑과 토목공사를 금한다는 조훈. 신비해 보이는 이 모든 것에 은밀한 비밀이 감춰져 있다는 건 누가 봐도 명백합니다."

형징은 말문이 막혀 생각에 잠겼다가 한참 만에 말했다. "그렇네. 강현효혜황태후께서 왜 그런 조훈을 남기셨는지 궁금하네. 극락탑 남쪽에서 토목공사를 하지 말라는 조훈 말이네. 그 탑은 이미 사라졌는데 태후께선 왜 그런 조훈을 남기셨는지."

방다병이 한숨을 내쉬었다. "폐하, 극락탑이 어디 있는지 아십니까?"

형징이 눈을 크게 뜨며 앞으로 두 걸음 다가섰다. "그대는 범인만 찾아낸 것이 아니라 극락탑의 위치까지 알아냈는가? 과연 뛰어난 예지와 천하의 지혜를 가진 청년이로군!"

방다병이 씁쓸하게 웃었다. "폐하, 노방 등이 십팔 년 전에 빠졌던 그 우물은 극락탑과 관계가 있습니다. 그 우물이 바로 극락탑이 있던 자리에 있으니까요."

형징이 상기된 표정으로 빠르게 서성였다. "그 우물이…… 어디에 있지?"

방다병이 말했다. "장생궁 옆 숲속입니다."

형징이 깜짝 놀라 고개를 들었다. "장생궁이라고?"

방다병은 그 자리에 꼼짝 않고 선 채 안색이 약간 창백하게 변했다. "그렇습니다. 장생궁 옆 숲속에 있습니다."

형징의 안색도 미묘하게 변했다. "그곳은 강현효혜황태후가 귀비 시절 지내시던 침궁인데……"

방다병이 긴 한숨을 내쉬었다. "그렇습니다! 극락탑이 장생궁 옆에 있습니다. 불경에 이르기를 극락세계는 '일곱 겹으로 된 보배난간과 일곱 겹으로 된 보배그물과 일곱 겹으로 줄지어 선 보배나무로 사방이 둘러싸여 몹시 아름답다. 그러므로 극락이라 하느니라. 사리불아, 서방 극락세계에는 일곱 가지 보물로 쌓은 연못이 있고 그 안에 깨끗하고 투명하며, 달고 부드럽고, 매끄럽고 고요하며, 마음대로 줄어들기도 하고 불어나기도 하는 신비한 물이 가득 차 있으며, 연못 바닥에는 금모래가 깔려 있다'라고 했습니다. 장생궁 바깥 숲이 일곱 겹으로 되어 있습니다. 이것이 바로 '일곱 겹으로 줄지어 선 보배나무'를 뜻합니다. 또 그 옆에 버들연못이 있는데 그 연못 아래 지열을 품은 물길이 있습니다. 이것이 바로 '일곱 가지 보물로 쌓은 연못'과 '깨끗하고 투명하며, 달고 부드럽고, 매끄럽고 고요하며, 마음대로 줄어들기도 하고 불어나기도 하는 신비한 물'을 의미합니다."

"정말로 극락탑이 그곳에 있었다면 어째서 지금은 우물뿐이지?" 형징이 갑자기 성난 목소리로 외쳤다. "그곳은 강현효혜황태후의 귀비 시절 침궁이다. 만약 네 말이 거짓이라면 군주를 모욕한 죄를 피할 수 없을 것이다!"

방다병은 코를 문지르며 이 말의 진위는 자기도 모른다고 속으로 중얼거렸다. 이연화가 지붕에서 속삭여주는 대로, 그 우물이 바로 극락탑이 있던 자리라고 말한 죄뿐이었다.

"그 우물이 극락탑이 있던 자리라고 자신 있게 말했으니 극락탑이 어떻게 사라졌는지도 알겠군." 형징이 노기를 가라앉히지 못한 채 말했다. "극락탑이 어떻게 우물이 됐는가?"

방다병이 한숨을 내쉬며 엷은 미소를 띄웠다. "그건……"

그러고는 탁자에서 또다른 종이 몇 장을 집어들었다. 피 묻은 종이와 비슷한 크기로 잘라놓은 종이였다. 방다병이 그 종이들을 접어 육면체로 만든 뒤 차례로 쌓아올렸다. "이것이 바로 극락탑입니다." 그리고 덧붙여 설명했다. "물론 당시의 극락탑은 이런 사각형이 아니라 팔각탑이었습니다. 각각의 종이마다 선이 그어진 흔적이 있는데 사각형의 네 모서리를 가지런하게 잘라내도록 되어 있습니다. 사각형의 네 모서리를 비스듬하게 잘라내면 팔각형이 되지요. 물론 완벽하지는 않지만 그런대로 비슷해집니다."

형징의 미간에 깊은 주름이 파였다. "그래서 이걸 어디다 쓴단 말인가?"

"이것이 바로 극락탑입니다. 당시 극락탑은 구층이었고, 밑에서부터 위로 올라가면서 단의 크기가 점점 작아지는 형태였습니다." 방다병이 말했다. "유골분을 봉안하는 묘탑이었기에 그리 크게 짓지 않았습니다. 폐하, 이 육면체들을 보십시오." 방다병이 일층 육면체 위에 이층 육면체의 크기만큼을 손가락으로 그렸다. "뭔가 이상하지 않으십니까?"

"뭐가 이상하단 말인가?" 형징은 어리둥절하기만 했다.

"보통 불탑을 지을 때는 위로 올라가면서 단이 조금씩 작아지는

데, 이 도안으로 보면 극락탑은 각 단의 크기 차이가 큽니다. 심지어 완전히……" 방다병이 조심스럽게 두번째, 세번째, 네번째 육면체의 아랫면과 윗면을 잘라낸 다음 네번째 육면체를 세번째 육면체 안에 넣고, 세번째 육면체를 두번째 육면체 안에 넣고, 두번째 육면체를 첫번째 육면체 안에 넣었다. "각 단의 크기가 그 윗단을 담을 수 있을 만큼 차이가 납니다."

"이건……" 형징은 말문이 막혔다.

"이것이 바로 극락탑이 사라진 비밀입니다. 이 위에 있는 선을 보십시오. 이것이 밧줄의 일부입니다. 극락탑은 각 단을 매달아 끼워넣는 방식으로 지어진 탑이었습니다." 방다병이 진지하게 말했다. "만약 극락탑의 내부가 칸막이 없이 완전히 비었고, 다섯 장 높이의 커다란 공간인데 이층, 삼층, 사층 등 각 단을 매단 힘이 사라지면 어떻게 될까요?"

형징이 고개를 젓자 방다병이 윗면과 아랫면을 잘라낸 종이를 조심스럽게 내려놓은 뒤 끈으로 그것들을 차례로 묶어 들어올렸다. "이것이 바로 극락탑입니다. 만약 이 밧줄이 갑자기 끊어진다면……" 방다병이 끈을 놓자 각 층이 차례로 내려앉으며 첫번째 육면체 속으로 들어가 흔적도 없이 사라졌다.

형징의 눈이 휘둥그레졌다. "하지만…… 극락탑이 그렇게 사라졌더라도 맨 아랫단은 남아야 하는데 어떻게 우물이 됐단 말인가?"

방다병이 유감스럽다는 듯이 형징을 응시했다. "극락탑이 평지에서 무너져내렸다면 맨 아랫단이라도 남아서 부서진 흔적이 있었겠지요. 하지만 평지에서 무너진 것이 아니었습니다."

"평지가 아니었다고?" 형징이 곰곰이 생각하며 긴 수염 세 가닥을 만지작거렸다. "평지가 아니었다니?"

"단도직입적으로 말씀드리는 것을 용서하십시오. 당시 태조께서 극락탑을 세우신 이유 가운데 개국공신을 기리는 것은 두번째 이유였습니다. 제일 중요한 이유는 황후와 두 귀비에게서 오랫동안 아들이 태어나지 않은 것이었습니다. 태조께서는 충신들을 기린다는 명분으로 황궁에서 풍수가 가장 나쁜 곳에 풍수탑을 지으려고 하셨겠지요." 방다병이 이연화의 말을 토씨 하나 바꾸지 않고 따라 하며 풍수에 정통한 투로 말했다. "보통 풍수탑은 지세가 낮고 수맥이 흐르는 곳에 짓습니다. 이것이 바로 태조께서 장생궁 옆에 극락탑을 세우신 이유입니다. 태조께서는 극락탑으로 풍수를 바꿔 황자의 탄생을 기원하셨던 것입니다. 황궁에서 그 사실을 모르는 사람은 없었습니다. 하지만 극락탑을 짓기 시작한 지 반년이 지나도록 두 귀비와 황후께서는 회임하지 못하셨습니다. 태조께서 탑 속에 아무리 많은 금은보화와 진귀한 보배를 채워도 회임 소식은 들리지 않았습니다. 그런데 바로 그때 혜귀비께서 갑자기 회임을 하셨지요." 방다병이 형징을 똑바로 응시했다. "천하의 경사였지요. 혜귀비는 그로 인해 황후를 거쳐 황태후에 오르시고 후대를 이어 조상을 빛내셨습니다. 그렇게 태어난 황자가 바로 태종이십니다."

형징이 고개를 끄덕였다. "그렇지. 그런데 그게 어떻다는 건가?"

방다병이 말했다. "혜귀비께서는 극락탑이 거의 다 지어졌을 무렵에 회임하셨습니다. 그때까지는 자녀가 없으셨지요. 그런데 혜귀비께서 황자를 낳으신 뒤 극락탑과 그 안의 금은보화가 한꺼번에 사라졌습니다. 훗날 혜귀비는 강현효혜황태후가 되셨고, 극락탑 남쪽에는 토목공사를 금한다는 조훈을 남기셨습니다. 설마 영민하신 황제 폐하께서 이 속에 숨은 비밀을 깨닫지 못하셨습니까?"

형징의 얼굴이 창백해졌다. "네…… 네 이놈……"

방다병이 한숨을 내쉬었다. "황제 폐하, 극락탑은 물길 위에 지어졌고, 누군가 그 밑에 버들연못과 연결된 커다란 동굴을 파놓았습니다. 지하에 온천이 흘렀기에 동굴 바닥에도 물이 흘렀지요. 그리고 거센 비바람이 몰아치던 어느 밤 누군가 극락탑의 균형을 유지하는 밧줄을 끊어 탑을 무너뜨렸습니다. 탑은 윗층부터 차례로 무너져 밑바닥에 있는 동굴 속으로 사라졌지요. 이것이 바로 극락탑이 갑자기 사라진 이유입니다." 방다병이 육면체들을 집어 하나씩 떨어뜨렸다. "보십시오…… 일층이 내려앉을 때 이층은 일층보다 더 깊이 내려앉고, 이층보다 더 작은 삼층은 더 깊이 내려앉게 된 것입니다. 그렇게 극락탑 전체가 물길 위에 거꾸로 박히면서 탑이 우물로 변한 것이지요."

"그 말대로라면 극락탑을 지을 때 공사를 책임진 사람과 미리 모의하고 처음부터 탑을 무너뜨릴 계획이었군." 형징이 말했다. "누가 감히 그런 짓을 할 수 있단 말인가? 누가 감히 태조 폐하와 맞설 수 있단 말이야!"

"폐하…… 극락탑에는 진귀한 보배가 가득 채워져 있었습니다.” 방다병이 어쩔 수 없다는 표정으로 형징을 보았다. “한두 개가 아니라 헤아릴 수 없이 많은 보배가 있었습니다. 그중 하나만 가져도 평생 호의호식할 만큼 귀한 보배들이었습니다. 그 보배를 탐내는 사람이 얼마나 많았겠습니까? 하지만 그중 하나만 훔쳐내도 관부에 발각되어 중벌을 받을 것이므로 누구도 그중 하나만 훔칠 순 없었습니다. 훔치려면 통째로 훔치는 수밖에 없었지요. 극락탑이 사라진 것처럼 꾸며서 금은보화가 탑과 함께 사라진다면 아무도 그 보배의 행방을 묻지 않을 테니까요. 다들 극락탑이 어떻게 사라졌는지에 대해서만 얘기하겠지요. 혹 극락탑이 부처님을 노하게 한 건 아닌지, 부처가 극락탑을 극락으로 가져간 건 아닌지 하고 말입니다.”

“그게 극락탑을 지을 당시의 감조인 유추명劉秋明이 꾸민 짓이란 말인가?” 형징이 가라앉은 목소리로 말했다. “하지만 유추명은 검소함이 몸에 밴 관리였고, 극락탑이 사라진 뒤 그도 사라져서 다시는 소식을 들을 수 없었어. 탑 속에 있던 보배들도 발견된 적이 없네.”

방다병이 빙그레 웃었다. “유추명이 아무리 담력이 세더라도 감히 혼자서 그 많은 보배를 통째로 훔칠 생각을 할 수 있겠습니까? 그와 공모한 자가 있겠지요. 게다가 공모자는 유추명에게 후한 보답을 하고 안전하게 지켜주겠다는 약속도 했을 겁니다.”

“그게 누구지?” 형징이 물었다.

“혜귀비입니다.” 방다병이 또박또박 말했다. “황제 폐하, 장생궁의 우물 밑에 유골 두 구가 있었습니다. 지하에 밀실이 있고, 그 밀실의 비밀 통로가 장생궁과 연결됐고요. 극락탑을 짓는 감조가 동의하거나 직접 설계한 것이 아니라면, 어떻게 땅속에 밀실과 비밀 통로가 존재하겠습니까? 밀실에 침대가 있고, 그 위에 유골이 있었습니다."

방다병이 한마디 덧붙였다. "남자의 유골이었습니다."

형징은 온몸에 소름이 끼쳐 세 걸음 뒤로 물러났다. "그게 무슨 말인가?"

"혜귀비는 유추명과 공모하여 그가 극락탑을 짓는다는 핑계로 황제의 눈을 가리고 보배를 훔쳐가는 걸 묵인해줬습니다. 그 대신 유추명은 땅속에 밀실을 만들고서 한 남자를 들여보냈고요……" 방다병이 천천히 말했다. "여인을 회임시킬 수 있는 남자를요."

"지금 무슨 말을 하는 것인가?" 형징이 버럭 고함을 질렀다. "뭐라고? 다른 남자와 사통하여 비로소……"

방다병이 말했다. "그렇습니다. 궁중의 정사에는 태조께서 일생 동안 많은 여인을 두었지만 그중 누구도 회임하지 못했다고 기록되어 있습니다. 태종 외에 다른 자녀를 두지 못하셨습니다. 그렇다면 태조 폐하께서는 생식 능력을 갖지 못하셨을 가능성이 큽니다. 그런데 혜귀비는 어떻게 회임하셨을까요?" 방다병이 형징을 보았다. "혜귀비의 침궁에 남자는 출입도 할 수 없었습니다. 유추명이 장생궁 근처에서 극락탑을 지을 때 외에는 기회조차 없었습니다. 유추명이 인부와 자재를 들이면서 혜귀비의 죽마고우나 평생 밀실에서 지내기로 은밀히 약속한 남자를 몰래 데리고 들어왔을 수도 있고, 아니면 다른 방법으로 데리고 들어와 지하 밀실에 숨겼을 수 있습니다. 그렇다면 혜귀비께서 회임하신 이유를 설명할 수 있습니다."

형징은 불같이 치미는 화를 주체하지 못해 기절할 지경이었다. 지금 방다병은 선황과 형징, 심지어 태종까지도 태조의 친아들이 아닌, 신분도 알 수 없는 외간남자의 핏줄이라고 말하는 것 아닌가! 이걸 어찌 참을 수 있겠는가? "네, 네 이놈……" 형징은 이 대역무도한 놈을 어떤 말로 표현해야 할지 생각나지 않아 말문이 막힌 채 컥컥 소리만 냈다.

"그후 혜귀비께서 회임하시어 황제의 총애를 받자 밀실에 있는 남자의 입을 막고 시신을 땅속 깊이 감추기 위해 밀실과 장생궁을 연결하는 비밀 통로를 봉쇄했습니다. 이것이 바로 극락탑 남쪽에는 토목공사를 금한다는 조훈을 남기신 이유입니다. 부끄러운 일이 후대에 알려질까봐 두려우셨던 것입니다. 하지만 혜귀비는 바로 이 때문에, 그러니까 훗날 사서에 이 극락탑의 일이 춘추필법으로 간략하게 기록되고, 심지어 극락탑이 어디에 있었는지 아무도 몰라 그 조훈이 의심을 받으리라고는 예상하지 못하셨겠지요." 방다병이 한숨을 내쉬었다. "극락탑의 지하 밀실에 한 남자의 유골이 있었습니다. 극락탑에 숨겨진 가장 큰 비밀은 진귀한 보배도, 그 유골 자체도 아닌, 바로 그것이 남자의 유골이라는 사실이었습니다. 조 대인과 상 대인이 폐하를 알현한 뒤 어째서 상 대인이 피살됐을까요? 상 대인의 숙소에 어째서 불이 났을까요? 그가 극락탑 지하 밀실에 있던 심의를 감추고 있었기 때문입니다. 노 대인과 이 대인이 갖고 있던 경용은 남자도 여자도 입을 수 있지만, 상 대인이 갖고 있던 심의는 남자옷이었으니까요."

"네…… 이놈……" 형징은 여전히 흥분이 가라앉지 않아 말을 이을 수 없었다.

방다병이 위로하는 눈빛으로 형징을 보았다. "폐하, 선황과 폐하께서 누구의 핏줄이든, 선황은 명군이셨고 폐하 또한 명군이십니다. 이 대인과 상 대인을 살해한 범인도 진실을 감춰 폐하를 보호하기 위해 살인을 저지른 것이 아니겠습니까?"

"진실을 감추고 짐을 보호하려 살인을 했다고?" 형징은 머릿속이 혼란스러웠다. "무슨 소리를 하는 게냐? 너도 실성했느냐?"

"폐하를 지키기 위해 이 대인과 상 대인을 죽인 것입니다." 방다병이 형징을 응시했다. "노방의 방 밖에 밧줄로 경용을 매달고 극락탑의 도안을 남겨둔 것은 그 일을 아는 사람은 비밀을 발설하지 말라는 경고였습니다. 발설하면 죽이겠다는 위협이기도 했고요. 그런데 반드시 죽여 없애려고 했던 노방이 뜻밖에도 그를 보고 놀라 실성하자 이번에는 이 대인을 찾아갔습니다. 아마 이비는 위협에 굴하지 않아 그를 화나게 한 것 같습니다. 그래서 그가 목을 베어 이비를 나무에 매달고 경용을 입혀놓은 것입니다. 이튿날 상홍행은 폐하를 알현할 때 비밀을 밝히지 않았지만, 상홍행이 남자 심의를 감추고 있음을 아는 범인은 그가 옷의 출처를 발설하거나 그게 다른 사람의 손에 들어갈까 우려하여 그의 물건을 모두 불태운 것입니다. 그 바람에 저도 불에 타 죽을 뻔했고요."

방다병이 말을 이었다. "범인은 그 심의가 극락탑 지하의 유골과 관련이 있다는 것도 알았고, 그 심의가 세상에 알려진다면 혜귀비의 침궁 옆에 남자가 숨어 있었다는 사실을 누군가 눈치챌 거라고 생각했습니다. 그런데 노방 등은 그 옷을 어디서 발견했을까요?" 방다병이 형징을 보았다. "왕계란이 극락탑이 무너지며 생긴 우물에 그들을 던졌을 때 노방은 우물 밑에 가라앉았다가 밀실을 발견했습니다. 조척의 말대로라면 나머지 세 명은 우물 밑에서 아무것도 보지 못했고 노방이 죽은 줄로만 알았습니다. 그런데 뜻밖에도 이튿날 노방이 멀쩡히 살아서 나타났습니다. 이렇게 이상한 일을 보면 최소한 노방에게 어디 갔었느냐고 묻는 것이 정상이겠지요. 당시 열몇 살 소년이었던 노방이 그렇게 큰 비밀을 혼자만 품었을 것 같지 않습니다."

형징은 얘기를 듣는 건지 알 수 없는 굳은 표정으로 방다병을 응시했다. 방다병이 계속 말했다. "노방은 우물 밑에서 본 비밀과 금은보화에 대해 다른 세 명에게 말했을 것이고, 나중에 이비와 상흥행이 노방과 함께 우물 밑으로 들어갔다가 무슨 이유에선지 죽은 이의 옷을 가지고 나왔을 것입니다. 유골에 입혀진 옷을 벗겨 밀실의 보물들을 감싸서 나왔을 수도 있지요. 조척은 그들보다 더 영리했습니다. 헤엄을 못 쳐서 우물에 들어가지 못했지만, 그 일을 왕 태감에게 고발하겠다고 노방을 위협해 많은 보물을 빼앗았습니다. 조척은 지금쯤 도읍을 빠져나가고 있을 것이니, 사람을 보내 추격하면 그의 짐 속에서 당시 극락탑의 보물들을 발견할 수 있을 것입니다. 하지만 조척은 범인이 아닙니다. 노방, 상흥행, 이비의 약점을 쥐고 협박해 보물을 빼앗았지만, 노방 등이 그를 죽였으면 모를까 조척이 그들을 죽이진 않았습니다. 무천문에서 위험을 무릎쓰고 상홍행을 죽일 필요는 더더욱 없었고요. 무예의 고수도 아닌 조척이 어떻게 사람 많은 길에서 아무도 모르게 살인을 할 수 있겠습니까?"

"짐이 알고 싶은 건…… 어째서 유가화가 범인인가 하는 것이다." 형징의 목소리는 메마르고 안색은 창백했다.

"폐하, 노방 등 세 사람이 우물에 들어갔다 나온 뒤 유골은 옷을 입고 있지 않았는데, 범인은 상홍행이 가진 옷이 극락탑의 유골이 입었던 심의라는 걸 알고 그의 방을 불태웠습니다. 이게 무슨 의미일까요?" 방다병이 한숨을 쉬었다. "노방이 밀실에 들어가기 전에 범인이 이미 밀실에 들어갔었다는 뜻입니다. 그는 옷을 알아보고 그 옷이 비밀의 단서라는 것도 알고 있었습니다."

형징이 핏기 한 점 없는 얼굴로 물었다. "노방보다 먼저 밀실에 들어간 사람이 있었다……"

"그렇습니다. 노방보다 먼저 밀실에 들어갔지만 아무것도 가지고 나오지 않았습니다. 그후 노방은 밀실에 감춰진 진귀한 보물들을 모두 진흙상자 속에 감춰놓았지만 가지고 나오지 못했습니다. 왜 그랬을까요?" 방다병이 무거운 목소리로 말했다. "노방 등이 다시는 극락탑에 가까이 갈 수 없었기 때문입니다. 왜일까요? 노방이 우물에 빠졌다가 살아서 나왔다는 소식을 들은 왕계란이 우물 속 비밀을 조사했습니다. 황궁에 오래 있었던 왕계란은 선황을 직접 모셨고 혜태후도 보았으므로 백 년 전 비밀을 누구보다 쉽게 알아냈을 것입니다. 사람들을 보내 우물 밑을 조사한 뒤 밀실과 유골을 발견하고 어떻게 된 일인지 단번에 짐작했겠지요. 그래서 비밀을 덮기 위해 황실 병력 감축을 핑계로 그들 네 사람의 군적을 박탈하고 멀리 보내버린 것입니다. 왕계란이 진실을 알게 됐는데 노방 등이 어떻게 다시 우물에 접근할 수 있었겠습니까? 그래서……"

"어째서 유가화가 범인이냐고 짐이 묻지 않았느냐!" 형징이 언성을 높였다. "짐의 말을 듣지 않는 것이냐!"

"폐하, 극락탑이 사라진 뒤 유추명도 행방불명됐습니다. 우물 속에 유골이 두 구 있는데 한 구는 밀실 침대 위에 있고, 다른 한 구는 우물 밑에 가라앉아 있었습니다." 방다병도 목소리를 높였다. "우물 밑에 가라앉은 유골에 구리로 된 거북이 매달려 있는데 거북 배에 유추명의 이름이 새겨져 있었습니다!"

형징의 안색이 변했다. "그 구리 거북은 어디에 있느냐?" 방다병은 속으로 흠칫 놀랐다. 구리 거북이 어떻게 생겼는지도 모르는데 어디 있는지 어떻게 안단 말인가?

눈만 멀뚱히 뜨고 아무 말도 하지 못하던 방다병은 머리 위에서 뭔가가 떨어지는 걸 보고 재빨리 받아냈다.

형징이 놀라 허공에서 갑자기 떨어진 물건을 가리켰다. "그, 그…… 그건."

방다병이 그것을 앞으로 내밀며 점잖게 말했다. "폐하, 구리 거북입니다."

형징은 머릿속이 혼란스러웠다. "이, 이럴 수가…… 구리 거북이 어떻게 갑자기 나타날 수가……"

방다병이 정색하고 말했다. "황제 폐하께서 영민하시어 천지신

명도 돕는 것이겠지요. 폐하께서 부르시자 구리 거북이 나타났으니 이것이야말로 하늘의 뜻이요, 상서로운 징조가 아니겠나이까."

형징은 말문이 막혀 뒤로 두 걸음 물러나며 탁자에 몸을 기댔다. "아……"

방다병이 거북을 뒤집자 과연 거북의 배에 '유추명'이라는 세 글자가 희미하게 새겨져 있었다. 형징도 그 거북을 알고 있었다. 관리라면 누구나 지니는 것으로 위조가 불가능했다. 형징의 얼굴이 잿빛이 되었다.

"계획대로 극락탑이 무너져 우물이 된 날, 그 밤에 유추명은 보물을 훔쳐 도망쳐야 했습니다. 그러지 않으면 황제께서 감조인 그를 엄벌에 처할 테니까요." 방다병이 구리 거북을 형징 앞에 내려놓았다. "그런데 유추명은 보물을 모두 밀실로 옮겨놓기만 한 채 실종됐습니다. 이건 무슨 뜻일까요?"

방다병이 한 글자씩 또박또박 말했다. "유추명이 우물 밑에 있던 그 사람과 함께 죽었다는 뜻입니다."

"허튼소리!" 형징이 진노해서 외쳤다. 방다병은 지금 혜태후가 그들을 죽였다고 노골적으로 고발하는 것이었다. 혜태후가 죄 없는 남자를 죽였을 뿐 아니라 조정 관리까지 죽인 살인자라고 말이다. "이런 겁 없는 놈을 봤나! 네놈이 짐 앞에서 혜태후를 욕보이다니!"

"유추명의 구리 거북은 여기 있지만 그의 시신은 우물 밑에 있습니다." 방다병이 단호하게 말했다. "어째서 유가화가 범인이냐고 묻지 않으셨습니까? 당시 우물 밑의 비밀을 유추명과 혜태후가 알았습니다. 유추명은 죽었고, 당시에 또다른 이가 비밀을 알았더라도 이미 백골이 됐을 것입니다. 그런데 누가 노방보다 먼저 우물 밑에 들어가 죽은 이의 유골을 본 걸까요? 혜태후께서 낳은 아들이 황제로 즉위했고, 그 증손자가 지금의 황제 폐하이십니다. 그렇다면 유추명은요?" 방다병이 목소리를 눌러 말했다. "유추명의 아들은 물론 유씨입니다. 유문비劉文非라고 합니다. 유문비의 손자도 역시 유씨입니다. 유씨 가문은 대대로 감조를 지낸 것으로 유명합니다. 지금의 공부감조 유가화도 마찬가지입니다. 유추명이 극락탑과 함께 사라지자 유씨 가문도 오랫동안 이 일을 조사했을 것입니다. 유가화는 건축에 조예가 깊고 황궁을 출입할 수 있으며 다른 관리들과 친분이 있다는 장점을 이용해 백 년 전 유추명이 극락탑을 설계했던 친필 기록을 찾아낼 수 있었습니다." 방다병이 말했다. "친필 기록을 보고 극락탑이 어떻게 하루아침에 사라졌는지 금세 알았고, 그 비밀이 담긴 도안을 뜯어냈습니다. 그런 다음 우물 밑으로 들어갔다가 비밀을 알게 된 것이지요. 유추명이 바로 그 우물 밑에 가라앉아 있었고, 또다른 남자의 유골이 있었습니다. 그렇게 되자 유가화는 증조부의 유골을 수습해 나오지 못하고 조심스럽게 진실을 감추기 시작했습니다. 이 일이 폭로되면 엄청난 파장을 불러일으킬 것이고 조정 전체가 흔들릴 수 있으니까요. 게다가 유추명이 그런 중죄를 저질렀는데 유씨 가문이 화를 면할 수 있겠습니까?"

"얼마 후 왕계란이 노방 등을 우물에 던진 사건이 발생했습니다. 당시 노방 등은 어리고 무지하여 유골을 보고도 보물을 훔치는

데만 급급했습니다. 얼마 못 가서 왕계란이 그들의 군적을 박탈하고 도읍 밖으로 내쫓는 바람에 노방은 다시 우물에 들어갈 수 없었고 유가화도 더이상 진실을 조사할 수 없었습니다. 그런데 십팔 년 뒤 황제 폐하께서 그들을 도읍으로 부르셨습니다." 방다병이 형징을 한 번 보고 한숨을 내쉬었다. "황제께서 극락탑의 비밀을 조사하시려는데 유가화가 어찌 마음이 급하지 않았겠습니까? 유가화와 노방 등을 함께 경덕전에 묵게 한 것이 폐하의 뜻인지, 유 대인이 꾸민 일인지는 모르겠습니다."

형징의 얼굴에 차츰 혈색이 돌아왔다. 방다병의 말을 처음 듣고 받은 충격이 조금 누그러지자 온갖 생각이 밀려와 머릿속이 혼란스러웠다. "유가화의 청이었네. 그들 네 사람이 어떤 비밀을 숨기고 있을지도 모른다며 그들과 경덕전에 묵으며 왕 태감과 함께 감시하겠다고 했지."

"그렇군요." 방다병은 그의 노기가 누그러진 것을 보고 과연 비범한 황제라고 속으로 감탄했다. "유가화는 그들 네 명 중 누군가가 십팔 년 전 진실을 알아차리지 않았는지 살펴보려고 했을 겁니다."

"결과적으로 유가화가 노방을 실성하게 하고, 이비와 상홍행을 죽였다는 것인가?" 형징의 목소리에서 지친 기색이 묻어났다. "증거는?"

그때 공중에서 책 한 권이 뚝 떨어졌다. 이번에는 방다병이 여유 있게 팔을 뻗어 책을 받더니 천천히 펼쳤다. "본 황조의 사서인 『열전列傳』 제45권입니다. 여기에 유추명의 일생이 기록됐는데, 그가 자식들을 매우 엄하게 교육했으며 그의 아들이 유문비라고 되어 있습니다. 『열전』 제69권에 기록된 유문비의 일생에도 유문비가 자식을 엄하게 교육했다는 내용과 함께 그 아들의 이름이 기록되어 있습니다. 그의 손자 이름은 적혀 있지 않지만 유문비의 손자가 유가화라는 사실은 모두 알고 있습니다."

처음 받은 충격이 지나간 뒤 형징은 무덤덤해졌다. 방다병이 그 책에 끼워져 있던 백지 한 장을 꺼내 피 묻은 종이들 옆에 놓았다. "이것이 『극락탑』이라는 책에서 뜯어낸 백지입니다. 폐하, 보십시오. 종이 질이 똑같습니다. 유가화는 노방 등 네 사람과 경덕전에 함께 묵었습니다." 방다병이 자기 코를 만지작거렸다. "그런데 제가 경덕전에 묵던 첫날 밤 누군가 정원에 노방의 경용을 매달고 경용 소매에 비녀를 꽂은 뒤 그 밑에 극락탑의 도안을 떨어뜨려놓고 갔습니다. 노방이 그 경용을 가지고 있다는 걸 아는 사람이 누굴까요? 그 비녀가 원래 어디에 꽂혔었는지 아는 사람은 또 누굴까요? 조척은 몰랐습니다. 헤엄을 치지 못하는 조척은 우물 밑의 유골도 보지 못했고, 비녀가 원래 어디 꽂혀 있었는지도 알지 못했습니다. 극락탑의 도안을 가지는 건 더욱 불가능했습니다."

"유가화가 유추명의 증손자라 해도, 또 유가화가 유추명의 친필 기록을 손에 넣었다 해도 유가화가 살인을 저질렀음을 입증할 순 없어!" 형징이 엄한 목소리로 호통쳤다. "네 모든 말이 대역죄가 될 수 있음을 기억해라. 그중 한 글자만으로도 짐이 네 머리를 벨 수 있어!"

"경덕전에 묵은 사람만 노방의 옷을 훔칠 수 있었고, 마찬가지로 그날 밤 육일법사의 불사를 위해 왕 태감이 이비 등을 다른 곳에 묵게 했다는 것도 경덕전에 묵은 사람만 알 수 있었습니다. 그런데 그날 밤 이비가 어째서 경덕전 밖 숲에서 죽었을까요? 이비는 언제 별관에서 나갔을까요? 어째서 조척 등이 그 사실을 몰랐을까요? 쉽게 이비를 찾아 밖으로 데리고 나갈 수 있는 사람은 누굴까요? 황궁 밖에서 순찰을 도는 금위군은 어째서 그들을 발견하지 못했을까요? 그 숲이 밤이면 인적이 끊기고 고요하다는 걸 아는 사람이 누굴까요? 누가 무엇 때문에 이비의 목을 베고 경용을 입혔을까요?" 방다병이 고개를 들고 가슴을 편 뒤 자신 있게 말했다. "이비가 진실을 알아챘기 때문입니다."

"진실이라고?" 형징의 안색이 변했다.

"혜태후께서 황자를 낳으신 진실 말입니다." 방다병이 깊은 숨을 내쉬었다. "이비는 십팔 년 전 소년이 아니었습니다. 유가화는 노방을 놀라 실성하게 만든 뒤 이비를 떠봤습니다. 그런데 이비가 물러나지 않고 오히려 협박하자 유가화가 홧김에 이비를 죽인 뒤 상홍행에게 경고하는 뜻으로 세번째 종이를 두고 간 것입니다."

"그건 네 일방적인 추측일 뿐 증거가 없다." 형징은 쉽게 넘어가줄 생각이 없었다. 유가화가 살인범이라고 인정하는 건 백 년 전 유추명이 대역죄를 저질렀음을 인정하는 것과 같았고, 이는 자신과 선황, 심지어 태종도 태조의 핏줄이 아니라는 것까지 인정하는 셈이었으니, 어찌 쉽게 설득될 수 있겠는가?

"간단히 말하면 노방의 짐 속 물건을 쉽게 꺼낼 수 있는 사람이 노방을 실성하게 하고, 이비의 짐 속 물건을 쉽게 꺼낼 수 있는 사람이 이비를 죽인 것입니다. 그 두 사람은 동일한 종이를 남겼으며 동일인입니다." 이연화가 전음입밀傳音入密*을 통해 방다병에게 말했다. "하지만 상흥행을 죽인 사람은 상흥행의 짐 속에 심의가 있다는 걸 아는 사람이자, 무천문 밖에서 상흥행 주위에 있던 사람이며, 또 노방을 실성하게 하고 이비를 죽인 사람입니다. 노방의 물건을 쉽게 손에 넣을 수 있는 사람은 이비, 조척, 상흥행, 유가화입니다. 이들의 방이 가까웠고 겉으로는 서로 친해 보였으니까요. 이비의 물건을 쉽게 손에 넣을 수 있는 사람은 조척, 상흥행, 유가화이고, 상흥행에게 심의가 있다는 사실을 알았으며 상흥행이 피살당할 때 가까이 있었던 사람은 조척과 유가화입니다."

방다병이 이연화의 말을 그대로 반복했다. 다행히 기억력이 좋아 토씨 하나 틀리지 않고 따라 말하면서 눈썹을 비스듬하게 기울이고 눈을 크게 뜨며 손짓을 하는 등 여유 있고 당당한 기세까지 표현해냈다.

형징이 침묵했다.

"하지만 조척은 그 옷의 의미를 알지 못했습니다." 방다병이 천천히 말했다. "또 경용에 비녀를 꽂을 수도 없었습니다. 조척은 우물 밑 밀실에 들어가본 적이 없고, 보배를 직접 훔친 적도 없기 때문입니다. 조척은 단지 장물을 나눠 가졌을 뿐 그 외에는 아무것도 하지 않았습니다. 그런데 굳이 죽일 필요가 없지 않겠습니까? 게다가 조척은 무공을 전혀 할 줄 모르니 무천문에서 상흥행을 죽이

* 자신의 목소리를 특정인에게만 들리게 하는 무공.

는 것도 불가능합니다. 그러므로……"

"그러므로 비밀을 지키기 위해 살인을 한 사람은 조척이 아니라는 것이냐?"

"유가화가 범인인 중요한 이유가 하나 더 있습니다." 방다병이 한 글자씩 또박또박 말했다. 이건 이연화의 말을 따라 하는 것이 아니라 방다병이 직접 하는 말이었다. "어젯밤 제가 상흥행의 물건을 살펴보러 갔을 때 숙소 밖에 숨어서 범인이 상흥행의 물건을 가지러 오길 기다렸습니다. 그런데 한참 기다려도 아무도 오지 않더니 갑자기 상흥행의 방에서 등불이 켜졌습니다."

"뭐라고?" 형징이 깜짝 놀랐다. "범인을 봤느냐?"

방다병이 담담한 목소리로 말했다. "네. 범인을 봤습니다. 하지만 그 범인이 그 방에 들어가는 것을 보지 못했는데 갑자기 방안에 나타났습니다. 이게 무슨 뜻일까요? 범인은 숙소 안에 있었습니다. 밤에 몰래 상흥행의 방에 숨어들 필요가 없었던 것입니다. 그게 누굴까요? 누가 그럴 수 있을까요? 조철은 그날 밤 그 숙소가 아니라 청루에 가서 묵었습니다. 그럼 방에 있던 사람은 누구였을까요?"

형징의 얼굴이 다시 잿빛이 되더니 위아랫니가 부딪혀 딱딱 소리가 날 만큼 몸을 떨었다. 잠시 후 형징이 천천히 말했다. "유가화가 어떻게…… 무천문 밖에서 상흥행을 죽일 수 있지? 상흥행의 죽음은 요괴의 소행이라고 들었다. 가마를 타고 가던 상흥행이 갑자기 목을 베여 피를 흘리며 죽었는데 그의 목을 벤 사람도 없고 흉기도 없고, 심지어 범인을 본 사람도 없었어."

"흉기는 폐하 앞에 있습니다." 방다병이 빙긋 웃으며 상홍행의 가마에서 발견된 종이를 가리켰다. "이것이 바로 상홍행의 목을 벤 흉기입니다. 유가화는 자신과 상홍행의 가마가 나란히 달리는 틈을 타 상홍행의 가마 안으로 비지飛紙를 날려 그의 목을 벤 것입니다. 아무런 흔적도 남기지 않고 살인을 할 수 있었지요."

형징은 놀라서 입을 다물 수 없었다. 방다병이 마주 접힌 종이를 집어들었다. "금사 채선지는 아주 강하고 질겨서 백 년이 지나도 썩지 않는 종이입니다. 믿지 못하시겠으면 어선방에 시켜 돼지를 데려오게 하십시오. 제가 이 자리에서 시범을 보이겠습니다. 아……" 방다병이 갑자기 고개를 들더니 천장을 향해 슬쩍 눈을 흘겼다. 방다병은 비지로 돼지를 죽일 수 없었다. 황제가 정말 돼지를 가져오라 이르면 어쩌란 말인가?

이연화가 지붕 위에서 서둘러 안심시켰다. "걱정 마, 걱정 마…… 정말로 돼지를 끌고 온다면 너는 비지를 던지기만 해. 내가 몰래 암기를 날려서 죽일게. 폐하는 무공을 할 줄 모르니 눈치채지 못하실 거야."

방다병은 자신이 황제 앞에서 거짓말을 늘어놓게 만든 얼어죽을 이연화에게 속으로 욕을 퍼부었다. 황제가 충격에서 벗어나 정말로 노기탱천해 방씨 가문을 싸그리 참수한다면 반드시 이연화를 순장시키고 말겠다고 이를 갈았다.

"됐다." 형징이 피 묻은 금사 채선지를 응시하다가 한숨을 내쉬었다. 아까보다 더 지친 기색이었다. "그렇다면 유가화는 무예의 고수겠구나."

방다병이 서둘러 말했다. "고수 중의 고수입니다."

형징이 탁자에 나란히 놓인 도안으로 시선을 옮겼다. "정녕 유가화가 범인이라면 노방을 어떻게 실성시킨 것이냐?"

방다병이 머리를 긁적였다. "그건……"

지붕에서 이연화가 방다병의 귓가에 요상한 얘기를 쏟아붓기 시작했다. 방다병은 한참 망설이다가 어쩔 수 없이 말했다. "그건…… 폐하, 유가화는 천년 묵은 여우나 백호대왕 같은 것으로 노방을 놀라게 했습니다."

"천년 묵은 여우? 백호대왕?" 형징이 의아한 표정으로 물었다. "그게 무엇이냐?"

"요괴입니다." 방다병이 솔직히 말했다.

형징의 눈동자에 다시 노기가 솟구쳤다. "이놈이……"

"폐하, 제 얘기를 들어보십시오." 방다병이 다급하게 말했다. "제가 법술을 깊이 수련한 법사를 알고 있사옵니다. 오늘밤 달이 뜰 때 폐하께서 경덕전으로 오시면 그 법사가 노방을 실성시킨 천년 묵은 여우와 백호대왕을 그 자리에서 잡아 폐하 앞에 꿇어앉힐 것입니다."

아연실색한 표정으로 방다병을 보던 형징이 천천히 입을 뗐다. "네가 유가화를 사로잡아 짐 앞에서 죄를 실토하게 한다면 짐이 오늘밤 경덕전으로 가겠다. 오늘 여기서 짐과 나눈 얘기는 그것이 진실이든 거짓이든 단 한 자라도 발설한다면 네! 가문을 모조리 참수할 것이다. 오늘 네가 유가화를 생포하지 못해도 짐이 너를 능지처참하고 방씨의 구족을 멸하겠노라!"

방다병은 놀라서 입을 다물지 못하고 잘생긴 황제를 올려다보았다.

형징이 의자를 찾아 지친 몸을 기댄 뒤 천천히 말했다. "지붕에 있는 네 친구에게 내려오라고 하거라. 짐이 그리 똑똑하지는 못해도 어리석은 사람은 아니다. 황궁에 함부로 들어온 대죄는 사하여 주겠노라."

방다병의 입이 더 크게 벌어졌다. 이제 보니 황제는 겸손하고 똑똑한 사람이었다.

지붕의 천창 위에서 가벼운 기척이 들리더니 한 사람이 바닥으로 훅 뛰어내렸다. 이연화가 웃으며 말했다. "황제 폐하, 과연 영명하십니다."

자기 머리 위에 숨어 있던 자객을 흘긋 보고 형징은 속이 무척 언짢았다. 황궁에 양윤춘을 비롯해 뛰어난 고수가 수두룩한데 이런 놈이 겁도 없이 황제 머리 위에서 그렇게 오랫동안 엎드려 있다니. 황제가 이연화를 한번 더 흘긋 보다가 갑자기 놀라 다시 한번 보았다.

형징이 미간을 찡그리고 자신을 위아래로 자세히 훑어보자 이연화도 형징의 시선을 따라 자신을 위아래로 훑어보더니 영명하신 황제께서 무엇을 보시는지 모르겠다는 듯 망연한 시선을 형징에게로 옮겼다.

대전에 정적이 감돌았다.

"참으로 닮았군." 형징이 갑자기 중얼거렸다.

"참으로 닮았다고요?" 이연화와 방다병이 서로 얼굴을 쳐다보았다.

"십삼 년 전 어느 날 밤 짐이 궁중에서 술을 마시는데 신선이 나타나 역시 지붕 위에서 술을 마셨다. 하늘에 초승달이 뜨고 짐의 궁에는 희귀한 우담화가 서른세 송이는 족히 피었는데, 꽃송이가 밥그릇만큼 크고 꽃술은 눈처럼 희며 꽃잎은 옥처럼 곱고 그윽한 향기가 사방에 퍼졌지. 그 신선이 꽃을 안주삼아 술을 마시며 그 서른세 송이가 질 때까지 앉았다가 검을 들고 떠났다." 형징이 탄식하며 아련한 눈빛으로 말했다. "그 모습을 잊을 수가 없구나. 술을 들고 왔다가 흥이 다하니 훌쩍 떠나버린 그를 황제인 나조차도 동경하지 않을 수 없었어……"

"신선이라고요?" 방다병이 이상한 눈초리로 이연화를 흘긋 보며 이놈이 신선이면 자신은 신선 위의 신선이라고 생각했다. 하지만 형징이 또 말했다. "그런데 자세히 보니 그 신선이 아니구나."

이연화가 연신 고개를 끄덕이자 방다병이 한 차례 헛기침을 하고 말했다. "폐하, 이 사람이 바로…… 법력이 깊은 대사입니다. 육일법사라고 합니다. 조금 전 허공에서 물건이 나타나게 하는 것을 폐하께서 친히 보셨지요. 오늘밤……"

"짐은 실없는 소리를 하지 않아." 형징이 담담하게 말했다. "유가화를 사로잡아 짐 앞에서 죄를 실토하게 만든다면 오늘밤 백호대왕을 보러 가겠다. 하지만 그리하지 못하면 널 능지처참하고 구족을 멸하며 가문 전체를 참수할 것이야!" 말을 마친 형징이 의자에서 벌떡 일어나 성큼성큼 밖으로 나가자 문밖에서 기다리고 있던 태감이 큰 소리로 외쳤다. "가마 출발이오!"

곧 발소리가 들리고 형징이 떠났다.

방다병은 입이 벌어진 채 형징이 떠난 쪽을 보다가 한참 만에 말했다. "얼어죽을 이연화, 너 때문에 죽게 생겼어!"

이연화가 빙그레 웃었다. "유가화를 잡는 게 뭐 힘들다고?"

방다병의 눈이 휘둥그레졌다. "유가화가 얼마나 약삭빠르고 비열한 줄 알아? 나는 같이 경덕전에 묵으면서도 유가화가 무공을 쓸 줄 안다는 낌새조차 느끼지 못했어. 그런데 유가화가 범인이라고? 만약 유가화가 정말 무공을 쓸 줄 모르거나, 혹은 무공이 너무 강해서 잡을 수 없다면 넌 네 말을 증명하지 못하고 우리 가문과 함께 참수당할 거야."

이연화가 말했다. "유가화를 잡는 건 아주 쉬워. 내가 유가화의 집에 쳐들어가 몸싸움을 벌일 테니 넌 양윤춘에게 달려가서 감옥을 탈출한 살인 용의자를 빨리 체포하라고 해. 양윤춘이 있는데 유가화를 사로잡는 게 뭐 어려워?"

방다병은 말문이 막혔다가 한참 만에 말했다. "다짜고짜 유가화의 집에 쳐들어가서 몸싸움을 벌이겠다고?"

이연화가 진지하게 말했다. "난 살인 사건에 연루된 천하의 대도야. 대도는 제멋대로 남의 집에 쳐들어가고 아무나 골라서 마음 내키는 대로 싸우잖아. 무슨 이유가 필요해?"

방다병은 말문이 막혔다. "양윤춘이 정말 올 거라고 장담할 수 있어? 만약 오지 않으면 난 그길로 아버지를 모시고 도읍에서 도망칠 거야. 온 가족을 데리고 멀리멀리 떠나버릴 거라고."

"방 공자." 이연화가 점잖고 고상한 표정으로 방다병을 보았다.

"방 공자, 옥 단적을 지니고 다니지 않으면서부터 시경, 서경, 예기, 역경을 많이 잊어버렸는지 다소 거칠어지셨소. 절에서 훔친 토끼를 너무 많이 구워먹어 화기火氣가 마음을 상하게 한 것은 아닌지 걱정이구려."

방다병이 먼산으로 시선을 옮겼다. "본 공자는 워낙 태생이 자유분방해 그런 겉치레는 필요 없소. 뼛속까지 소탈하고 대범하며 재능이 뛰어난데 시경, 서경, 예기, 역경이 무슨 필요가 있단 말이오?"

이연화가 감탄했다. "네가 드디어 이치를 깨달았구나."

방다병이 버럭 성을 냈다. "본 공자가 방귀를 뀌어도 넌 다 짐작하고 있단 말이냐?"

이연화가 고개를 저었다. "그리 점잖지 못한 일을 내가 굳이 왜 하겠어? 그건 그렇고, 정오가 다가오고 있어. 서둘러 가서 대도를 고발하지 않으면 양 대인이 식사를 하러 갈 거야. 식사는 몸싸움을 벌인 뒤로 미루는 게 더 나을 거야……"

방다병이 몸을 홱 돌려 자리를 뜨며 쏘아붙였다. "내가 돌아왔을 때 네놈이 귀신이 되어 있으면 좋겠구나!"

10. 백호대왕

"천하의 대도라고요?" 양윤춘을 찾는 건 그리 어렵지 않았다. 특히 황제가 조금 전까지 자소각紫霄閣에 있었기 때문에 양윤춘도 자소각에서 멀지 않은 곳에 있었다. 하지만 이연화가 자소각 지붕에 올라갈 때는 다른 곳에 있었기에 천하의 대도가 자소각 지붕에 엎드려 있는 줄은 몰랐다.

방다병이 고개를 끄덕였다. 도읍의 유명한 고수인 어사천룡 양윤춘은 준수한 외모에 미간에서 늠름한 기운이 흘렀으며 활기가 넘쳤다. 관포를 입었어도 왕성한 혈기는 감춰지지 않았다. "대리시 감옥에서 도망친 중범이 유가화 대인 댁에 침입했습니다. 금위군에게 쫓기다 궁지에 몰리자 다 같이 죽자고 위험한 짓을 벌이지 않을까 걱정입니다! 양 대인께서 어서 가서 유 대인을 구해주시길 바랍니다." 방다병이 속으로 자신에게 감탄했다. '본 공자의 헛소리 재주가 과연 최고의 경지에 다다랐군.'

양윤춘은 과연 방다병의 말을 허투루 듣지 않았다. "유부劉府가 어딥니까?"

"따라오세요." 방다병이 기다렸다는 듯 유부로 향했다.

유가화의 저택인 유부는 궁궐에서 그리 멀지 않은 곳에 있었다. 유씨 가문은 대를 이어 감조를 지냈다. 일찍이 유추명의 조부 때부터 황궁의 궁전과 전각을 짓는 데 참여했고, 그후에도 직위는 저마다 달랐지만 모두 감조 분야의 관직에 있었다. 유부는 전체적으로 검은 벽에 푸른 기와를 얹었는데 강남 지방의 특색을 띠면서도 소박하고 고상한 멋이 있었다. 이연화가 담을 넘어 들어가자 혼자 뜰을 쓸던 시동이 놀라 비명을 질렀다.

"누구냐!" 집안에서 누군가의 목소리가 들렸다.

얼굴을 손수건으로 묶어 반쯤 가린 이연화가 굵은 목소리로 외쳤다. "알 거 없고! 금은보화를 전부 내놔!"

위협적인 고함소리에 시동이 혼비백산해서 "나리! 나리! 도둑이 들었습니다! 도둑이에요!" 하고 외치며 안으로 뛰어들어갔다.

손에 무기가 없는 이연화가 뜰에 있던 장작 칼을 들어올리더니 "아악!" 하고 기합을 지르며 휘둘렀다. 도광刀光이 허공을 가르며 바닥에 내리꽂히자 나란히 놓여 있던 돌탁자가 쩍 하고 쪼개져 바닥으로 쓰러졌다. 단칼에 돌을 두 동강 낸 뒤 조금 숨이 차오르자 이번에는 쉰 목소리로 더 크게 고함을 질렀다. "죽은 척하지 말고 썩 나와! 돈이 아니면 목숨을 내놔라!" 그러고는 칼을 어깨에 메고 성큼성큼 안으로 들어섰다.

이연화가 문을 박차고 들어선 그때 안에서 뭔가 날아왔다. 파리처럼 작으면서 왱 하는 소리가 얼핏 들리는 것 같았다. 이연화가 칼을 휘둘러 그 파리 같은 작은 물체를 막자 땅 하는 청명한 소리와 함께 칼이 부러지고 그 물체도 함께 떨어졌다. 자세히 보니 아주 작고 날이 네 개 달린 비도飛刀였다. 길이가 일 촌도 안 되는데 눈부신 빛을 사방으로 내뿜는 것이 예사로운 암기가 아니었다.

"사상청승도四象青蠅刀!" 이연화가 그 비도를 살펴본 뒤 부러진 칼을 집어올렸다. "당신은……"

집안에 있던 사람이 천천히 걸어나왔다. 검은 장포를 입고 성긴 수염 세 가닥을 길렀으며 큰 키와 우람한 몸집에서 절로 위엄이 풍기는 중년 남자였다. 유가화였다. 그는 집에 쳐들어온 불청객을 보고도 놀란 기색 하나 없이 성을 내지도 않은 채 담담하게 말했다. "사상청승도를 알아보다니 평범한 자는 아니군."

"오래전 금원맹에 삼왕이 있었소. 염제백왕炎帝白王, 사상청존四象青尊, 염라심명閻羅尋命……" 이연화가 유가화를 똑바로 응시했다. "결투에서 염라백왕은 체포되고, 염라심명은 죽고, 사상청존은 행방불명됐는데 조정 관리가 됐을 줄은 몰랐군."

유가화의 눈 속에 놀란 빛이 빠르게 스쳤다. "당신은 누구요?"

이연화가 대답하지 않자 유가화가 천천히 말했다. "난 원래 관리 가문 출신이오. 사상청존은 어릴 적 백일몽이었지. 당신은 누구요? 사상청승도를 아는 이는 세상에 몇 안 되는데."

"당시에도 사상청존은 행적이 신비로웠지. 강호에서 이름난 협객인데 악행을 저질렀다는 소문을 들은 적이 없소." 이연화가 가벼운 한숨을 내쉬었다. "당신은 원래 악하고 비열한 사람이 아니오. 이비를 죽인 것도 불가피한 일이었고, 상홍행을 죽인 것도 미연에 후환을 없애기 위함이었소. 그런데 왕 태감은 왜 죽였소?" 이연화가 차분한 눈빛으로 유가화를 응시했다. "왕 태감이 무고하다는 걸 당신도 알 텐데."

유가화가 담담하게 말했다. "내 검을 막아내면 묻는 말에 다 대답해주겠소."

이연화가 칼을 내려놓았다. "난 무기가 없소."

유가화가 눈을 가늘게 뜨고 물었다. "무슨 무기를 쓰지?"

이연화가 천천히 말했다. "검이오."

유가화가 말했다. "여봐라. 검을 가져오너라!"

이연화에게 놀라 도망쳤던 시동이 목을 잔뜩 움츠린 채 다가와 장검을 건네자 이연화가 받아들고 검을 뽑았다. "내가 이기면 스스로 두 손을 결박하고 황제 폐하의 질문에 모두 대답하시오."

유가화가 엷은 미소를 지었다. "기세가 좋군."

이연화가 검자루를 고쳐 쥐었다. 손수건으로 얼굴을 거의 가렸지만 그의 미소가 보였다. "내가 진다면 당신이 묻는 말에 모두 대답해주겠소."

유가화의 눈동자가 반짝였다. "뭐라고?"

이연화가 말했다. "그 옛날 당신에게 사상청승도를 전수해준 그 사람의 행방까지 모두."

유가화가 깜짝 놀라더니 눈동자가 형형하게 빛났다. "운낭芸娘의 행방을 알고 있소?"

이연화가 고개를 끄덕이며 짧게 말했다. "자, 덤비시오."

유가화의 긴 소매가 절로 흔들리며 그의 얼굴에서 살기가 뿜어져나오자 이연화가 검을 앞으로 뻗어 미풍을 일으켰다. 유가화가 소매 안에서 암기 세 개를 꺼내 던지자 이연화의 검날이 미세하게 떨리는가 싶더니 갑자기 검신이 휘청이며 땅, 땅, 땅, 소리와 함께 사상청승도 세 개가 모두 튕겨나갔다. 이연화의 검에서 뿜어져나온 검광이 소용돌이를 만들고 검기가 연꽃처럼 펼쳐졌다. 보기에는 화려했지만 사상청승도 세 개를 모두 튕겨내기에는 역부족이었다. 검날에 튕긴 사상청승도 하나가 이연화의 얼굴을 향해 날아가 간발의 차이로 스쳐지나갔다. 유가화가 아쉬워하며 탄식을 토해내더니 큰 기합소리와 함께 사상청승도 열 개를 동시에 날린 다음, 소매 속에서 초승달처럼 구부러진 만도彎刀를 꺼내 왼손에 쥐고 도광을 번뜩이며 이연화의 목을 향해 달려들었다.

유가화는 이연화의 내식이 부족하다는 것을 알아챘다. 검법이 아무리 훌륭해도 내식이 강해야 상대를 제압할 힘을 낼 수 있다. 이연화가 사상청승도 열 개를 동시에 막아내느라 정신없는 틈을 타 만도로 목을 눌러야 했다. 유가화가 꺼낸 칼은 그 옛날 강호에서 '십성일도참十星一刀斬'이라 불리던 것으로 이 칼에 죽임을 당하는 것조차 일종의 명예였다. 유가화가 이 칼로 이연화를 죽인다면 사상청승도를 알아본 것에 대한 칭찬인 셈이었다.

챙! 윙……

급작스러운 금속성 울림이 교차한 뒤 칼을 내지르던 유가화는 갑자기 안색이 굳어졌다. 이연화의 검이 허공을 한 번 가르자 구름이 떠가듯 물이 흐르듯 검광이 퍼지고, 마치 화공이 일필휘지로 산수화 속 긴 물결을 그려내는 양 순식간에 암기 열 개가 튕겨나가는 것이 아닌가! 사상청승도 열 개가 각기 다른 방향으로 날아가는데 높이도 다르고 속도도 제각각이었다. 어떻게 검을 한 번 휘둘러 암기 열 개를 튕겨낼 수 있단 말인가? 암기 열 개가 찰나의 간격도 없이 동시에 튕겨나간 것처럼 검신에서 터져나온 열 번의 울림 또한 그 울림 사이에 찰나의 간격조차 없었다. 유가화의 가슴이 철렁 내려앉았다. 여기에는 한 가지 가능성만 있었다.

상대가 휘두른 검이 두번째 암기를 베는 속도가 첫번째 암기를 베는 속도보다 빠르고, 세번째 암기를 베는 속도가 두번째 암기를 베는 속도보다 빨랐던 것이다. 이렇게 암기를 하나씩 쳐낼 때마다 베는 속도가 점점 빨라져 마지막 열번째 암기를 쳐낼 때는 속도를 가늠할 수도 없을 만큼 빨라야만 열 번의 울림이 뭉쳐져 하나의 장음으로 들릴 수 있다. 그 정도로 빠른 속도는 눈에 보이지도 않고 손에 느껴지지도 않았다.

마치 구름 한 점 떠가듯 장검 하나가 지나갔다.

비록 내식은 약하지만 결코 예사로운 자가 아니었다. 유가화는 결투를 벌인 일이 후회스러웠지만 이미 뺀은 검을 거둬들일 수 없어 검자루를 더 힘껏 쥐고 상대에게 달려들었다.

"얼어죽을 이연화!" 어디선가 외침이 들린 뒤 또다른 목소리가 들렸다. "구천룡운일소개九天龍雲一嘯開!"

광풍 한줄기가 뒤에서 유가화를 덮쳐왔다. 만도가 이연화의 목에 닿기도 전에 놀라운 장력이 유가화의 등을 후려쳤다. 유가화가 황급히 장력으로 맞섰지만 퍽 하는 소리와 함께 입에서 피가 뿜어져나왔다. 뒤이어 누군가 외쳤다. "제법이군!"

이연화는 이미 멀리 물러나 있고, 방다병은 지붕 끝에 서 있었다. 이연화가 암기 열 개를 동시에 베는 것을 보지 못한 방다병이 어깨를 으쓱였다. "본 공자가 한 발만 늦었어도 네가 귀신이 된 꼴을 볼 수 있었겠구나."

이연화는 턱끝까지 차오른 숨을 뱉으며 양윤춘과 유가화의 결투를 지켜보았다. 유가화는 부상을 입었지만 그의 암기는 여전히 위력이 막강했다. 양윤춘은 이렇게 강한 적수를 만나본 적이 없는 듯 약간 긴장한 표정이었고, 검을 뽑아들기는 했지만 자신의 검술을 다 펼치지 못했다.

결투를 지켜보던 방다병이 고개를 저었다. "양 대인이 강호를 경험해보지 못해선지 강적을 만난 경험도 몹시 부족해. 훌륭한 무공을 지니고도 제대로 쓰질 못하잖아. 저러다 자칫……"

방다병이 이연화에게 시선을 옮기자 이연화가 뒤이어 말했다.

"저러다 자칫 힘 조절을 잘못해서 죽은 유가화가 황제 폐하께 죄를 실토해야 한다면 끔찍하겠어."

방다병이 깜짝 놀라며 성을 냈다. "너……"

그때 갑자기 쉭 하는 날카로운 소리가 고막을 찌르더니 어디선가 한줄기 도광이 뿜어져나와 귀를 막을 겨를도 없이 양윤춘을 덮쳤다. 방다병이 '너'라는 한 글자를 채 말하기도 전에 도광이 눈앞을 가르고 지나갔다. 그리고 미처 상황을 파악하기도 전에 대낮에 둥근 달이 떨어진 듯 바로 옆에서 눈부신 빛무리가 번지고, 한줄기 검광이 눈앞을 스치며 모래바람 같은 눈이 흩날리기 시작했다.

챙 하고 가벼운 소리가 울렸다.

살기는 강하지 않았지만 하늘이 어두워지며 사방에서 얼음바늘 같은 비가 쏟아졌다. 빗줄기가 몸에 닿으니 칼에 베인 듯 날카로운 통증이 살갗을 뚫고 들어와 골수에 박히며 뼛속까지 시렸다.

방다병은 '너'라는 한 글자 외에 아무 말도 할 수 없었다.

양윤춘이 유가화의 목을 향해 검을 쳐올렸지만 유가화는 꼼짝도 할 수 없었고 양윤춘 역시 미동도 하지 못했다.

머리를 찌르는 얼음바늘 같은 검기.

머리카락도 벨 듯한 예리함.

옷자락이 펄럭일 때는 아프지만 오히려 통쾌했다.

붉은 옷의 한 여자가 면사로 얼굴을 가린 채 지붕 위에 칼을 들고 서 있었다. 맨살을 조금도 드러내지 않았지만 바람에 나부끼는 긴 머리칼만으로 아름다운 여인이라는 걸 알 수 있었다.

그녀를 상대해 검을 든 사람은 이연화였다.

사방에 정적이 감돌았다. 찰나의 시간이었지만 천년만년인 듯 느껴졌다.

"깔깔깔……" 붉은 옷의 여자는 오래 준비한 일격이 실패하고도 의기소침한 기색 없이 면사를 쓴 얼굴로 이연화를 향해 요염하게 웃더니 몸을 휙 돌려 떠났다.

방다병이 멍하니 이연화를 보았다.

이연화가 검을 든 손을 툭 내리며 긴 한숨을 내뱉었다.

양윤춘이 천천히 몸을 돌려 감탄하는 눈빛으로 이연화를 보았다. "훌륭한 검술이군요!"

이연화는 씁쓸하게 웃었지만 방다병은 여전히 얼떨떨한 표정이었다. 지금 자기 눈앞에 있는 사람이 처음 보는 낯선 이 같았다. 이연화가 한숨을 내쉬며 방다병에게 말했다. "내가 지금껏 없었고 앞으로도 없을 절세의 검법으로 봉경을 완벽하게 제압하니 백천리가 탄복해서 오체투지하며 스스로 내게 이 검을 바쳤다고 말했지만 넌 믿지 않았어."

방다병의 눈동자가 가까스로 생기가 돌며 조금씩 움직이기 시작했다. "너…… 너……"

이연화가 장검으로 바닥을 짚었다. "컥……" 피를 토하는지 얼굴을 가렸던 손수건을 풀어 입을 닦아냈다.

방다병이 놀라 멈칫했다가 이연화에게 다가갔다. "너……"

양윤춘이 유가화의 대혈 몇 곳을 짚고 검을 검집에 넣은 뒤 이연화를 부축했다. 이연화는 양윤춘을 보고 싱긋 웃더니 유가화에게 다가갔다.

유가화는 이연화의 검술을 똑똑히 본 뒤 아무 말도 하지 않았다. 이연화가 허리를 숙여 유가화의 귓가에 대고 속삭였다. "옥접선자玉蝶仙子 완운낭宛芸娘은 십 년 전 내 검에 죽었소."

잠시 후 유가화가 무표정한 얼굴로 고개를 끄덕였다. "당신이 이겼소."

이연화가 웃으며 고개를 끄덕이다가 다시 고개를 저었다.

그제야 정신이 든 방다병이 소리쳤다. "얼어죽을 이연화!"

이연화가 목을 움츠리며 고개를 돌리자 놀람, 의심, 흥분, 불신, 기대, 호기심, 의혹 등이 한꺼번에 뒤섞인 방다병의 얼굴이 아주 볼만했다. 이연화가 그 다양한 표정에 탄복하며 오랜만에 방다병을 칭찬했다. "어떻게 얼굴 하나로 그렇게 많은 표정을 짓지?"

방다병이 이연화를 붙잡고 세게 흔들었다. "얼어죽을 이연화! 그 검술! 그걸 어디서 배웠어? 어디서 몰래 배운 거야? 어디서 검보를 훔친 게 분명해! 설마 검술을 완성한 건 아니지? 어서 내놔 봐! 같이 배우자고! 어서 빨리!"

"잠, 잠깐……" 방다병이 붙잡고 앞뒤로 흔들자 이연화는 입에서 피를 흘리며 방다병에게 푹 쓰러져 몸을 가누지 못했다.

"얼어죽을 이연화!" 이연화가 갑자기 정신을 잃고 쓰러지자 방다병이 놀라서 그를 더 세게 흔들었다. "얼어죽을 이연화!"

양윤춘이 다가가 맥을 짚었다. "괜찮아요. 내력이 소진되고 원기가 상해서 기혈이 흐트러진 거예요. 조금 쉬고 나면 괜찮아질 거예요."

방다병이 정신없이 품속을 뒤져 옥병을 찾아냈다.

옥병에는 방씨 가문에서 부상을 입었을 때 원기를 북돋우기 위해 쓰는 명약 '천원자天元子'가 들어 있었다. 바둑에 푹 빠졌던 방씨 가문의 선대 조상이 만든 약인데 무척 귀한 것이었다. 방다병이 이연화를 부축해 일으켜 약을 억지로 입에 쏟아넣었다.

"컥, 컥, 컥……"

바닥에 쓰러져 혼절했던 이연화가 갑자기 숨을 토해내며 힘없이 말했다. "그냥 푹 자고 싶을 뿐이야. 배도 안 고파. 내가 잘 자는 게 꼴보기 싫어서 질식시켜 죽일 셈이야?"

방다병은 놀라고 양윤춘은 큰 소리로 웃음을 터뜨렸다. 방다병이 포효하듯 소리를 질렀다. "얼어죽을 이연화!"

그 소리에 이연화는 벌떡 일어나 머리를 감싸고 순식간에 도망쳐버렸다.

방다병과 양윤춘이 황제 앞에 유가화를 대령하자 그가 자신의 죄를 자백했다. 과연 이연화의 추리가 거의 맞아떨어졌다. 유가화의 자백을 들은 형징이 그에게 학정홍을 내리니 유가화는 그걸 단숨에 마시고 그 자리에서 숨을 거두었다.

그날 밤 형징은 약속대로 백호대왕을 보러 경덕전으로 향했다.

이연화가 넓은 도포로 갈아입고 도사처럼 머리를 빗어올린 뒤 경덕전 정원에 법단을 차렸다.

형징이 탄 가마가 도착한 뒤 십수 명의 시위가 뒤를 따랐지만 이연화가 시위들을 물려달라고 청하자 형징이 그의 말대로 했다.

그렇게 해서 법력이 깊은 육일법사, 방다병, 황제, 육일법사의 제자만 정원에 남았다.

곱고 흰 피부에 살집이 통통한 이 제자는 바로 며칠 만에 감옥에서 풀려난 소소오였다.

그런데 법단 위에 차려놓은 것은 고기와 채소 요리도 아니고 과일과 과자도 아닌, 끈으로 묶은 생닭 두 마리와 생오리 두 마리, 피가 철철 흐르는 염소 반 마리, 돼지 내장 한 접시였다.

오리와 닭의 피와 살에서 역한 피비린내가 풀풀 풍겼다. 이연화는 사람들을 데리고 숲속에 숨어 조용히 기다렸다.

향 한 대가 다 탈 정도의 시간이 지난 뒤 정원에 작은 여우 한 마리가 나타나더니 돼지 내장 한 덩이를 냉큼 물고 도망쳤다. 이연화, 방다병, 소소오 세 사람은 동시에 '천년 묵은 여우'를 떠올렸다. 아니나 다를까 얼마 안 가 누런 털뭉치가 수풀 속에서 이리저리 움직이더니 밖으로 나와 법단 위로 쪼르르 뛰어올라갔다.

그런데 '천년 묵은 여우'는 킁킁거리며 법단 위를 돌아다니기만 할 뿐 아무것도 먹지 않았다. 방다병은 녀석이 익은 고기를 좋아한다는 걸 알았다. 생고기는 냄새가 고약해 법단 위에 그득하게 차려져 있어도 먹지 않았다.

잠시 후 '천년 묵은 여우'가 갑자기 두 귀를 쫑긋 세우더니 경계하듯 사방을 두리번거리다 자세를 낮추고 한 방향을 향해 낮게 으르렁거렸다.

숲속에 숨어 지켜보던 사람들이 숨소리를 죽였다. 형징도 '드디어 왔다'는 걸 직감했다.

개가 으르렁거리는 쪽에서는 아무런 움직임 없이 바스락바스락 나뭇잎 스치는 소리만 얼핏 들리더니 갑자기 커다란 물체가 나무 위에서 뛰어내렸다.

그 물체를 보고 다들 숨을 훅 들이마셨다.

저 이상한 물체가 요괴인가!

하지만 그 물체는 옷을 입고 있었고, 옷 속에 솜뭉치처럼 울퉁불퉁한 뭔가를 품고 있었다. 사지로 땅을 짚고 기어다니는 것이 사람 같기도, 귀신 같기도 했다. 그 물체가 가까이 다가올수록 진한 악취가 풍겼다.

"저게 뭐지?" 형징이 참지 못하고 물었다.

이연화가 돌멩이를 주워 휙 던졌다. '천년 묵은 여우'와 맞서던 물체가 돌멩이가 날아오자 몸을 홱 돌려 도망쳤다. 그런데 바로 뒤에서 희고 통통하고 큰 손이 불쑥 튀어나와 그것을 잡아 들어올리더니 다른 쪽 손으로 제 코를 쥐고 얼굴을 잔뜩 찡그렸다. "제가 살쾡이를 많이 봤지만 이렇게 냄새가 고약한 놈은 처음입니다."

"살쾡이라고?" 형징이 놀라서 되물었다. 그 괴이하고 섬뜩한 물체가 그저 살쾡이란 말인가?

소소오가 그 요괴를 가져다 형징에게 보여주자 방다병이 다가와 함께 살펴보았다.

다들 자세히 본 뒤 코를 쥐고 멀치감찌 물러가는데 그걸 들고 있는 소소오만 죽을 맛이었다.

이제 보니 그건 살쾡이 한 마리가 아니었다.

살쾡이 두 마리였다.

살쾡이는 고양이보다 몸집이 훨씬 크고 개보다도 크며, 동작이 날렵해 멧돼지와 영양을 습격할 수 있고, 야행성이라 밤에만 돌아다닌다. 유가화가 귀신놀음으로 사람들의 관심을 다른 데로 돌리기 위해 살쾡이 두 마리를 잡아 둘의 목을 한데 묶은 뒤 몸에 치마를 뒤집어씌운 것이다.

그렇게 해서 머리와 목이 기괴하게 긴 형체에 사람처럼 치마를 입었지만 사지가 비틀리고 쉬지 않고 꿈틀거리며 괴상한 걸음걸이로 바람처럼 빠르게 움직이는 물체가 탄생했다.

방다병은 그날 밤 지붕을 지나간 것이 사람이 아니라 이 살쾡이 두 마리였다는 걸 그제야 알았다. 사람이 아니었으니 인기척을 느끼지 못한 것도 당연했다. 그렇다면 그 책은 누가 훔쳐갔을까?

"노방이 실성한 그날 밤, 유가화가 노방의 침소에 살쾡이가 좋아하는 먹이를 가져다놓고 이놈들을 풀어놓았을 거야. 이놈들이 노방의 침소에 가다가 네 방 지붕을 지나친 것이지." 이연화가 말했다. "네가 지붕에 올라간 사이에 왕 태감이 네 방 앞을 지나가다 『극락탑』을 발견했고."

"그래서 내 방에 들어와서 책을 훔쳐간 거야?" 방다병도 이제야 알 것 같았다. "왕 태감이 유가화를 위해 그 책을 찾아줬겠구나. 유가화가 살인 현장에 쪽지를 남기려고 그 책을 몰래 가지고 나와 내 방에 숨겨놓은 것을 내가 찾아냈고, 공교롭게도 왕 태감이 그걸 보고 또 몰래 가지고 가서 내무부에 가져다놓은 거야."

이연화가 고개를 끄덕였다. "그후 이 살쾡이들이 노방의 침소에 들어갔고, 노방이 이걸 보고 놀라서 실성한 것이지."

방다병이 그 괴상한 물체를 보았다. 자신도 떳떳지 못한 행동을 했다면 한밤중에 갑자기 나타난 괴상한 물체에 놀라 실성할 수도 있을 것 같았다. "정말 섬뜩하게 생겼군."

"유가화에게 잡혀 묶인 지 오래된 것 같아. 목이 꽁꽁 묶여 먹지도 못했을 테니 무척 배가 고플 거야." 이연화가 한숨을 내쉬었다. "그 때문에 유가화가 이비를 죽이고 나무에 거꾸로 매달아 피가 흘러나오게 했을 때 이놈들이 피비린내를 맡고 다가가고도 아무것도 먹지 못하고 돌아온 것이지."

형징이 살쾡이들을 가리켰다. "설마 저것들이⋯⋯ 왕 태감을 뜯어먹은 것이냐?"

"황제 폐하께서 왕 태감과 유가화를 시켜 노방 등을 감시하게 했을 때 유가화는 그들과 함께 지내며 관찰할 수 있었지만, 왕 태감은 그들을 은밀히 관찰해야 했습니다. 그래서 낮에는 경덕전에 거의 가지 않았지만 밤에 자주 가서 몰래 살펴봤습니다." 이연화가 말했다. "살쾡이는 혼자 사는 짐승입니다. 유가화가 이것들을 억지로 묶어놓은데다 두 마리 모두 수컷이라 목이 묶인 날부터 쉬지 않고 싸우다가 한 마리가 죽었습니다." 이연화가 너덜너덜하고 지저분한 치마 속에 든 솜뭉치 같은 것을 가리켰다. "저게 바로 살쾡이 사체입니다."

형징이 악취를 풍기는 그 물체를 보고 눈살을 찌푸리며 시선을 돌렸다. "한 마리가 죽은 뒤에는 목에 묶인 밧줄이 헐거워져 뭔가를 먹을 수 있었겠지. 왕아보가 밤에 경덕전에 갔다가 저 요괴의 진실을 알아채는 바람에 유가화가 그를 죽여 살쾡이에게 던져준

거로군."

"그렇습니다. 유가화가 귀신놀음을 할 때 저것에 가면을 씌워 황궁으로 들여보내기도 했습니다." 이연화가 우뚝 말을 멈췄다. 생각해보니 그건 유가화가 한 짓이 아니었다.

섬뜩하고 잔혹하고 치마까지 뒤집어쓴 기이한 귀신 얼굴.

그런 걸 좋아하는 사람이 있었다.

바로 각려초였다.

"어서 저놈의 몸에 걸린 것을 풀고 놓아주거라." 형징은 유가화의 살인에 관한 그 무엇도 더 듣고 싶지 않아 하늘을 보며 긴 탄식을 내뱉었다. "방다병."

"네, 폐하." 방다병은 가슴이 철렁 내려앉았다. 황제가 비밀을 덮기 위해 자신을 죽일 수도 있었다. 유가화에게 이미 사약을 내리지 않았는가. 방씨 가문 전체에 사약을 내린다면 백 년 전 일을 아는 사람이 더는 남지 않을 것이다.

"어쩌면 짐이 태조 폐하의 핏줄이 아닐지도 모르지만……" 형징이 밝은 달을 올려다보았다. "그래도 짐은 훌륭한 황제이니라."

방다병이 얼른 말했다. "영명하신 황제 폐하이십니다."

"짐이 공주를 너와 혼인시키려고 하는데, 네 생각은 어떠하냐?" 형징이 갑자기 물었다.

방다병은 놀라 말문이 막혔다.

이게 말로만 듣던 화친인가? 이제부터 방 공자와 황제는 기쁨과 슬픔을 함께하는 사이가 되는 것인가?

형징이 가만히 눈을 감았다. "너는 방 상서의 굳고 바른 기세를 물려받았고, 위험을 두려워하지 않고 길을 찾으려는 마음을 가지고 있으며, 생사 앞에서 의연하구나." 형징이 숨을 한 모금 짧게 내쉬었다. "소령공주에게 부끄럽지 않은 배필감이야."

"그건……" 방다병은 뭐라고 해야 할지 알 수 없었다. 오늘 유가화를 사로잡지 못하면 아버지의 혈도를 짚은 뒤 억지로 데리고 멀리 도망칠 생각이었다. 생사 앞에서 '이토록' 의연한 마음을 황제에게 들키면 안 될 것 같았다.

그때 누군가가 방다병의 귓가에 몰래 속삭였다. "성은이 망극하옵니다."

방다병은 저도 모르게 따라 말했다. "성은이 망극하옵니다."

그러고는 제 입에서 나온 말에 놀라 그 자리에 굳어버렸다.

소소오가 큰 소리로 웃고는 방다병에게 포권례를 했다. "감축드립니다."

방다병의 얼굴에 난처한 기색이 역력했다. 공주의 달처럼 고운 얼굴과 꽃처럼 활짝 핀 미소를 생각하면 내심 기뻤지만, 뭐라 형용할 수 없는 당혹감과 막막함도 함께 따라왔다. "아…… 하하하하." 방다병이 입가에 미소를 머금은 이연화를 째려보았다. 이연화도 무척 기쁜 표정이었다.

방다병을 놀리는 표정은 아닌 것 같았다.

이연화를 두 번 더 흘끔거린 뒤 방다병은 천천히 마음이 편안해지더니 점점 기분이 좋아졌다.

아름다운 공주를 아내로 얻는 건 모든 남자의 꿈이 아닌가.

한 달 뒤 온 백성이 경사스러운 일을 축하했다.

황제가 소령공주를 호부상서 방칙사의 아들 방다병과 혼인시켰다. 방다병은 부마가 되어 '양부良府'라는 관저와 금은 천 냥, 비단 수백 필, 진귀한 보물을 하사받았다.

제16장

피로 물든 소사검

1. 서쪽에서 온 친구

보글보글.

아태진 뒷산의 대나무 숲에 정교한 조각으로 장식된 낡은 누각이 있었다. 기둥마다 유려한 선으로 조각된 연꽃 문양이 실제 연꽃잎이 흔들리는 듯 아름다웠다. 새로 덧대어 보수한 나무판 몇 개가 아니었다면 그 목조만으로도 걸작이라고 하기에 손색이 없을 듯했다.

이 걸작의 문 앞에 돌 세 개를 괴고 중간에 작게 쪼갠 장작을 쌓은 임시 아궁이가 있었다. 토기로 된 약탕관 속에서는 여러 가지 약재가 은근한 불에 끓는 중이었다. 꽤 오래 달인 것 같았다.

돌 밑에 눌린 풀이 아직 시들지 않은 것을 보면 아궁이를 만든지 아주 오래되지는 않은 듯하고, 장작도 그리 오래 타지 않은 것 같았으며, 눌어붙은 탕약 찌꺼기 하나 없이 매끈하고 깨끗한 약탕관은 새로 산 것 같았다. 그 속에서 참마 같기도 하고 고구마 같기도 한 것들이 보글보글 끓었다.

약을 달이는 사람은 청죽의 가는 줄기와 댓잎을 엮어 만든 그물 침대를 청죽에 걸고 그 위에 누워 책으로 얼굴을 덮은 채 단잠을 자고 있었다.

탕약이 끓으며 퍼지는 쌉싸름한 냄새와 장작에서 피어오르는 온기, 청죽 사이로 불어오는 미풍……

숲의 고즈넉함과 탕약을 따라 퍼지는 아늑한 분위기에 절로 편안하고 노곤해졌다.

똥개 누렁이도 눈을 게슴츠레 뜨고 두 귀는 반쯤 세운 채 아궁이 불에 따뜻하게 데워진 돌 옆에 엎드려 있었다. 쿨쿨 자는 것 같아도 미세하게 흔들리는 귀의 털과 가늘게 뜬 눈 사이로 반짝이는 작은 눈동자에서 경계심이 엿보였다.

소리 없이 숲으로 들어온 흰 나비가 아궁이 밑 풀에 살포시 내려앉았다. 누렁이가 입을 움찔거리다가 나비가 재빨리 날아가자 바닥에 엎드린 채 입맛을 다셨다.

그물침대에 누운 사람이 자는 동안 날은 점점 어두워지고 바람도 조금씩 선득해졌다.

멍! 멍멍! 갑자기 누렁이가 벌떡 일어나 그물침대에서 자는 사람을 향해 짖어댔다.

"응? 아……" 얼굴에 있던 책이 툭 떨어지고 그가 부스스 일어나 솨솨 소리를 내며 바람에 스치는 댓잎을 올려다보더니 잠시 뒤 가볍게 하품을 했다. "몇 시진이나 됐지?"

누렁이가 그물침대 옆으로 달려와 그를 향해 배시시 웃고 꼬리를 열심히 흔들며 낑낑 소리를 냈다.

그물침대에서 일어난 사람은 잿빛 옷을 입고 있었다. 옷은 소매에 천을 덧대서 기운 자리에 구멍이 또 나 있을 정도로 낡았으나 깨끗하게 빨고 햇볕에 널어 말려 주름은 별로 없었다. 흰 얼굴에 노란빛이 돌지 않고 이목구비가 조금만 더 수려했다면 미남자라고 불릴 만했지만, 아쉽게도 몸이 허약한 듯 흐느적거리는데다 너무 오래 잔 탓인지 걸음걸이조차 비틀거렸다.

약탕관 속 약은 절반쯤 졸아들어 딱 알맞게 달여졌다. 그가 비몽사몽 두리번거리다가 정신이 들었는지 누각으로 가서 그릇을 하나 가지고 와 탕약을 반 그릇 따라 천천히 마셨다. 다 마신 뒤 바닥에 엎드려 있는 누렁이를 내려다보며 애석한 표정으로 말했다.

"네가 설거지도 할 수 있으면 더 바랄 게 없을 텐데……"

누렁이는 그 말을 들었는지 못 들었는지 바닥에서 풀과 뒤엉켜 신나게 굴러다녔다.

잿빛 옷을 입은 사람이 그 모습을 보고 피식 웃는데 손에 힘이 빠졌는지 그릇이 떨어져 쨍그랑하고 산산조각났다.

누렁이가 벌떡 일어나 그의 품으로 파고들며 그의 손에 꼬리를 비벼댔다. 잿빛 옷을 입은 사람이 쪼그려앉아 누렁이의 짧고 억센 털을 만졌다. 그의 손가락이 조금 뻣뻣해 보였다. 그가 나직이 말했다. "네가 암탉이어서 가끔 달걀 두 개씩 낳았다면 더 바랄 게……" 누렁이가 몸을 홱 돌려 그의 손을 콱 물고는 성난 듯 으르렁거렸다.

잿빛 옷을 입은 사람이 멈칫했다가 웃음을 터뜨리며 누렁이의 머리를 쓰다듬었다. 이내 품에서 찐빵 하나를 꺼내 누렁이 입에 넣어줬다. 누렁이가 찐빵을 물고 쪼르르 달려가자 그가 일어나 두 손을 툭툭 털었다.

잿빛 옷을 입은 사람은 천하의 검술로 도읍을 놀라게 한 이연화이고, 누렁이는 족발을 좋아하는 '천년 묵은 여우'였다. 방다병은 도읍에서 아름다운 공주와 혼인한 뒤 기쁨에 젖어 지내느라 이 명예도 관직도 없는 개 친구에게 신경쓸 겨를이 없었다. 이연화는 부마의 혼례식에 선물을 보낼 자격조차 없었고, 혼례식이 끝난 뒤에는 부마의 얼굴을 보기도 어려웠으므로 일찌감치 도읍을 떠나 돌아오면서 자신이 귀여워하는 천년 묵은 여우를 데리고 왔다.

날이 어두워지자 대숲에도 어스름이 내려앉았다. 이연화는 연화루 앞에 서서 어둠 속으로 점점 모습을 감추는 숲을 바라보았다.

이연화의 시야에 사람 머리만한 검은 그림자 하나가 보였다. 시선을 옮겨도 그림자는 계속 따라왔다. 그는 눈썹을 약간 찡그리며 눈을 비볐다. 떠다니는 귀신 같은 그림자가 자꾸만 시야를 가렸다. 그가 대숲을 보았다. 어둡지만 고즈넉한 숲에서는 희미한 풀벌레 소리만 들렸다. 숲의 제일 가장자리에 있는 청죽은 마지막 한 가닥 석양빛을 받아 유난히 푸르고 싱싱해 보였다.

지금은 눈으로 책은 볼 수 없지만 풍경은 볼 수 있었다.

이연화가 왼손으로 오른손가락들을 주물렀다. 유부에서 결투를 벌이고 난 뒤 검은 그림자가 계속 눈앞에 어른거리며 떠다녔다. 가끔 오른손에서 갑자기 힘이 빠져 젓가락조차 들 수 없는 일이 종종 생겼다.

이제 오월이었다.

팔월이 되면 어떻게 될까?

멍! 멍멍멍멍! 코를 박고 찐빵을 먹던 천년 묵은 여우가 갑자기 심하게 짖으며 찐빵도 내던지고 달려와 이연화 앞을 막아서더니 대숲의 뭔가를 향해 으르렁거렸다.

"쉿, 짖지 마. 좋은 사람이야." 이연화가 부드럽게 말하자 누렁이는 으르렁거리는 소리를 낮췄지만 여전히 경계를 늦추지 않았다.

한 사람이 어둠 속에서 천천히 걸어나왔다. 이연화도 예상치 못한 듯 조금 놀랐다. "왔군."

상대가 가볍게 기침을 했다. "오랜만입니다."

"아직 저녁 먹기 전인데 같이 진에 가서 양춘면 한 그릇 먹을까?" 이연화가 말했다. "저녁 먹었나?"

상대가 쓴웃음을 지었다. "아뇨."

"잘됐군."

"배고프지 않습니다." 상대가 고개를 저으며 천천히 말했다. "소사검이…… 여기 있다고 해서."

이연화가 "아" 하고 짧은 탄성을 내뱉었다. 검을 어디에 뒀는지 갑자기 생각이 나지 않아 곰곰이 생각하다가 겨우 떠올라 말했다. "옷장 위에 있어."

상대가 의아한 눈초리로 이연화를 보았다. 방다병이 소사검을 가로로 올려놓을 수 있는 받침대를 맞춰줬지만 길상문연화루 안에 그렇게 긴 검을 가로로 넣어둘 옷장이 없어서 옷장 위에 올려둘 수밖에 없었다. 하지만 상대는 이런 사정에는 관심이 없는 듯 이연화를 보며 설핏 웃었다.

"좀 봐도 될까요?" 상대가 나직이 말했다. 그의 안색은 어두웠고 목소리는 몹시 처량했다.

이연화가 고개를 끄덕였다. "물론이지." 그러고는 안으로 들어가 옷장 앞에 의자를 가져다놓고 올라가 그 위에 올려둔 장검을 내렸다. 검을 보는 상대의 처연한 눈빛을 보고 이연화가 말했다. "이상이도…… 오래전에 죽었는데 굳이……"

그 순간 챙 하는 쇳소리가 허공을 울렸다.

이연화의 말이 뚝 멈추고 퍽 하는 소리와 함께 터져나온 피가 길상문연화루의 정교한 문양 위로 흩뿌려진 뒤 흘러내리며 연꽃을 피로 물들였다.

검 한 자루가 이연화의 가슴에서 뽑혀나와 쟁그랑 바닥에 내던져졌다. 상대가 순간적으로 소사검을 낚아채 검을 뽑아 이연화의 가슴을 찌른 뒤 빼낸 것이다. 천년 묵은 여우의 울부짖음이 하늘을 채우고 땅을 흔들었다. 이연화가 뒤로 풀썩 쓰러지자 상대가 그를 일으켜 둘러메고 어둠 속으로 재빨리 사라졌다.

멍멍멍멍! 천년 묵은 여우가 미친듯이 짖으며 따라가자 상대는 하는 수 없이 경공으로 뛰는 듯 나는 듯 달려 누렁이를 멀리 따돌리고 사라졌다. 뚝뚝 떨어진 핏방울은 어둠에 묻혀 그리 붉게 보이지 않았다.

별이 반짝이며 떠오르고 달은 옥처럼 밝았다.

두 사람과 개의 뒷모습이 점점 멀어지고, 바람에 스치는 댓잎 소리 외에 아무것도 들리지 않았다. 숲은 여전히 고요하고 서늘했다.

며칠 뒤.

새벽.

부윰한 새벽빛이 아태진 뒷산 절벽 위를 비췄다. 절벽 꼭대기의 대나무 숲은 아태진에서 그리 멀지 않지만 험준한 산세 때문에 찾는 이가 거의 없었다.

푸른 옷을 입은 검은 얼굴의 서생이 염소를 타고 인적 드문 그곳을 향해 올라갔다. 비틀거리며 올라가는 염소 등에서 어떻게 떨어지지 않는지 신기했다.

염소가 정상에 오르자 바람에 실려온 대나무 향기가 서생의 코끝에 닿았다. 서생이 흡족한 표정으로 고개를 젓더니 큰 소리로 외쳤다. "이 사기꾼! 내가 왔다!"

적막한 산에 메아리가 울려퍼졌다.

검은 얼굴의 서생이 머리를 긁적였다. 이연화가 느리고 미적지근한 성격이기는 해도 이번처럼 찾을 수도 없을 만큼 꽁꽁 숨어버린 적은 없었다. 서생이 또 한번 큰 소리로 외쳤다. "이 사기꾼! 이연화!"

멍멍멍! 멍멍멍멍! 대숲에서 갑자기 개 한 마리가 뛰어나오자 서생이 깜짝 놀랐다. 자세히 보니 누런 털이 북슬북슬한 똥개였다. 서생이 중얼거렸다. "사기꾼이 부처님의 가르침을 받아 축생도畜生道에 떨어져 개로 변했나……"

똥개는 서생에게 달려와 그의 바짓단을 물고 숲속으로 잡아끌었다.

작은 몸집에서 나오는 힘이 대단했다. 검은 얼굴의 서생은 호수 궁경 시문절이었다. 방다병이 공주와 혼인했으니 이제 강호와 인연을 끊고 부마로 살 것이라 짐작하고, 혼자서 헛헛하고 무료한 표정을 짓고 있을 이연화를 찾으러 온 길이다. 그런데 아무리 찾아도 그가 보이지 않았다.

멍멍멍! 똥개가 시문절의 바짓단을 물고 미친듯이 짖어대는 게 어쩐지 느낌이 이상했다. 숲에서 불어오는 미풍에 은은한 대나무 향 외에 다른 냄새가 어렴풋이 섞여 있었다.

피비린내!

시문절은 똥개를 발로 차 떼어낸 뒤 염소의 등에서 뛰어내려 숲 속으로 달려갔다.

대숲으로 뛰어들어가자 이연화의 그 유명한 길상문연화루가 눈앞에 나타났다. 그런데 문이 활짝 열려 있었다. 열린 문 틈으로 제일 먼저 눈에 들어온 것은……

구불구불하게 흘러내린 피였다.

이미 검게 굳어버린 핏자국이 연화루 안에서 흘러나와 계단을 따라 구불구불 흘러내린 뒤 드문드문 이어지다 숲의 잔가지와 낙엽 사이로 사라졌다.

시문절이 깜짝 놀라 믿을 수 없다는 듯 핏자국을 내려다보았다.

"이…… 이연화!"

연화루 안에서는 아무 대답도 들리지 않았다. 휭휭 바람소리만 들렸다.

"이연화!" 시문절의 목소리가 떨리기 시작했다. "사기꾼!"

조금 전 그의 바짓단을 물고 잡아끌던 똥개가 대숲에서 바람을 맞으며 쓸쓸하고 처연한 표정으로 우두커니 서 있었다. 시문절은 선득한 기운에 몸서리치며 천천히 연화루 안으로 들어갔다.

연화루 안에도 피가 흥건하게 고였던 자국이 보였다.

벽에도 흩뿌려진 핏자국이 낭자했다. 검으로 사람을 찔렀다가 뽑을 때 흩뿌려진 것이었다. 바닥에 있는 자국은 검에 찔린 뒤 분수처럼 솟구쳐나온 피가 고인 흔적이었다. 그렇게 많은 피를 흘렸다면 필시 심한 부상을 입었을 것이다. 어쩌면……

시문절의 시선이 바닥에 떨어진 검에 닿았다.

검은 눈부신 검광을 내뿜고 있었다. 검신에는 작은 흔적조차 남지 않았다. 피 웅덩이에 떨어졌는데도 피 한 방울 묻지 않았다.

검집도 그 옆에 떨어져 있었다.

바닥에 묵직한 검신이 떨어지며 생긴 자국이 보였다.

수많은 전설을 품은 그 검을 향해 시문절이 천천히 손을 뻗었다. 손가락이 검에 닿는 순간 검신의 차디찬 기운이 손끝을 타고 올라왔다. 섬뜩했다. 명검이자 대협의 검이었다. 횡포한 자를 무찌르고 약한 자를 도우며 숱한 적과 맞섰던 검이었다. 또 바닷속 깊숙이 떨어져 긴 세월을 잠들어 있던 검이었다.

검은,

검객의 혼이다.

소사검은,

이상이의 혼이었다.

하지만 바닥에 흥건한 피, 이 피는…… 검을 쥔 시문절의 손에 점점 힘이 들어갔다.

설마 이 검이……

이연화를 죽인 것인가?

누가 이 검으로 이연화를 죽였단 말인가?

누가?

대체 누가……

시문절의 심장이 철렁 내려앉으며 터질 듯 뛰기 시작했다.

며칠 뒤 백천원, 사고문, 소림, 아미, 무당 등 강호의 문파들에게 길상문연화루 주인 이연화가 이유를 알 수 없는 흉계에 빠져 실종됐다는 소식이 전해졌다.

소청봉의 부형양은 이미 이틀 전에 이 소식을 접했다. 비록 맨 처음 소식을 들은 건 아니었지만 그리 늦게 들은 것도 아니었다. 이연화가 사고문의 의사醫師라고는 하나 항상 사고문에 머무르지는 않았다. 최근 사고문과 어룡우마방의 충돌이 잦은데도 이연화는 사고문에 오지 않은 채 타지를 떠돌았다. 부형양은 용왕관 사건 때 이연화가 지혜와 운을 모두 갖춘 비범한 인물임을 알아보았다. 그런 그가 흉계에 빠져 행방불명되어 생사조차 알 수 없다는 게 왠지 미심쩍었다.

이연화를 흉계에 빠뜨릴 수 있는 사람이 누구란 말인가?

같은 시간, 백천원에서는 시문절이 차를 마시고 있었다.

차를 싫어하지 않는 그였지만 지금은 아무리 향기로운 차를 마셔도 어떤 향기도 느낄 수 없었다.

그가 백천원에 온 지 벌써 사흘째였다.

기한불이 시문절 옆에 앉아 있고, 백강순은 방안을 계속 서성거렸다. 석수는 그냥 앉아 있는 건지 절세무공을 터득하는 중인지 몰라도 구석에 가부좌를 튼 모습이었다.

방안은 숨소리조차 들리지 않을 만큼 조용했다. 여러 사람이 있었지만 모두 무거운 표정으로 입을 꾹 다문 채였다.

반 시진이 훌쩍 지난 뒤 차 한 잔을 다 마신 시문절이 기침을 하며 입을 열었다.

"다른 소식은 없습니까?"

백강순이 아무 대답도 없이 경공으로 방안을 네다섯 바퀴 더 서성거린 뒤 짧은 대답을 내뱉었다. "없소."

시문절이 말했다. "명성이 자자하고 강호 사람들의 기대를 한몸에 받는 백천원이 산 사람 하나 찾아내지 못한단 말입니까?"

백강순이 냉랭한 투로 말했다. "살아 있는지 어떻게 아시오? 나도 아태진에 가봤는데 그 정도로 피를 흘렸으면 목숨이 붙어 있다고 장담하기 어려워요. 아닌 말로 시신을 잘게 토막 내서 개밥으로 줬다면 백천원이 서른 개라도 찾을 수 없소."

시문절은 화를 내지 않고 뜨거운 차를 한 잔 더 따라 술을 마시듯 한입에 털어넣었다.

"강순아." 침묵을 지키던 기한불이 천천히 입을 열었다. 하지만 그의 입에서 나온 말은 이연화에 관한 것이 아니었다. "오늘 아침 제7감옥이 각려초에게 습격당했다."

백강순의 걸음이 갑자기 더 빨라져 보기만 해도 어지럽고 정신이 산란했다. 잠시 후 백강순이 말했다. "제7감옥은 운전애雲顚崖 밑에 있는데……"

구악九岳 중 가장 높은 종운봉縱雲峰에서도 제일 높은 곳이 운전애였다. 그 절벽 밑은 만길 낭떠러지이고 제7감옥은 바로 그 낭떠러지 중간에 있었다. 지도에도 없어서 길을 아는 사람이 아니면 절대로 찾을 수 없는 곳이었다.

불피백석 네 사람 중 누군가 지도를 빼돌린 것이 분명했다.

기한불은 눈을 감았고 백강순은 머릿속이 복잡해 보였으며, 석수는 여전히 구석에 앉은 채 굳은 얼굴로 청작편青雀鞭을 끌어안았다. 제7감옥이 습격당했다는 소식이 전해지면 백천원은 물론이고 강호 전체가 불피백석 중 누군가가 지도를 빼돌렸음을 알게 될 터였다. 일부러 빼돌렸다고 생각할지 저도 모르는 사이에 누설했다고 생각할지는 각자의 판단에 맡길 수밖에 없었다. 불피백석과 각려초의 염문은 진작 강호에 파다하게 퍼졌다. 고금을 막론하고 유능한 남자와 아름다운 여자가 목숨건 사랑을 하고 그 사랑이 증오로 변한 이야기는 수없이 많았다. 심지어 인간과 요괴의 사랑도 흥미진진한 이야깃거리로 회자되었다.

"강순아." 기한불이 눈을 뜨고 담담한 투로 말했다. "피구를 데려오너라."

"형님." 백강순이 몸을 홱 돌렸다. "저는 믿지 않습니다. 믿을 수 없습니다. 아무리…… 그렇다 해도 저는 믿지 않습니다!"

"피구를 데려와." 기한불의 가라앉은 목소리에서는 아무런 감정도 느껴지지 않았다.

"살진 거위 형님." 석수가 어두운 표정으로 말했다. "형님은 십 이 년 전에도 안 믿었어요."

백강순은 말문이 막혀 아무 말도 못하다가 쏘아붙였다. "십이 년 전에 배신한 사람이 또 배신할 수 있다고요? 난 못 믿겠수!"

"처음이 어렵지 두 번은 쉽지 않겠어요?" 석수가 말했다. "그때 죽여버리자고 했잖아요. 용서해주자고 한 사람은 제가 아닙니다."

"그만들 하세요. 여러분끼리 싸우든 말든 저는 관심 없습니다. 감옥이 습격당한 것도 관심 없고요. 여러분이 아태진 뒷산의 사건에 관심이 있는지만 알면 그만입니다. 이연화가 사라졌는데 아무렇지도 않습니까? 관심 없으면 지금 말해주세요. 당장 떠날 테니까." 시문절이 짜증스럽게 말했다. "여러분 중 누가 각려초와 내통했는지 언젠가는 밝혀지겠지요. 그때가 되면 그동안 백천원이 누린 명성, 강호의 정의를 세우겠다고 했던 약속에 책임을 지고 전원 자결하여 사죄하십시오!" 시문절이 벌떡 일어나 몸을 홱 돌려 밖으로 나가려고 했다.

"잠깐!" 기한불이 외쳤다. "이연화 선생의 일은 백천원도 결코 방관하지 않을 것이오. 이연화 선생을 흉계에 빠뜨릴 수 있는 자는 세상에 몇 되지 않으니 쉽게 찾을 수 있을 것이오."

"쉽게 찾을 수 있다고요? 쉽게요?" 시문절이 냉소했다. "이미 사흘이나 기다렸습니다. 사흘 동안 머리카락 한 오라기도 못 찾아 놓고 무슨 염치로 그런 허풍을 떠십니까? 사흘이면 시신을 개밥으로 줬어도 이미 뼛조각까지 다 먹어치웠을 겁니다!"

"강순아." 기한불이 일어나 굳은 표정으로 말했다. "요원寥園으로 가자."

요원은 운피구의 처소였다. 둘레가 몇 길밖에 되지 않는 아담한 뜰에 작은 건물이 두 채 있고 그 안에 책이 가득 쌓여 있었다. 직접 운피구를 찾아가겠다는 말에 백강순은 기한불이 정말로 크게 화가 났다는 걸 알았다. 더이상 중재해볼 여지가 없었다. 기한불이 운피구가 배신자라고 결론 내린 이상, 세상 그 누가 와서 설득해도 소용이 없었다. 모두 가슴 졸이며 기한불을 따라 요원으로 향했다.

요원은 언제나 그렇듯 적막했다. 여러 약초만 어지럽게 뒤엉켜 자라고 있었다. 청원산에서 절로 나는 약초들인데 이상하게 운피구의 방 앞에만 유난히 무성했다. 계절의 순환에 따라 절로 꽃이 피고 시들 뿐 운피구는 일절 그걸 다듬거나 자르지 않고 남에게 관리하라고 시키지도 않았기에 약초도 주인처럼 시들시들하고 생기가 없었다.

요원에 들어서자 무성한 나무 사이로 선선한 바람이 불어왔다. 낭랑한 풀벌레 소리도 들려와 고즈넉한 운치를 느낄 수 있었다. 풀벌레 소리 사이로 희미한 기침소리가 들렸다. 곧 숨이 끊어질 사람의 기침처럼 힘이 없었다.

시문절이 비아냥거렸다. "천하의 운피구가 노채勞瘵 병자였군."

기한불은 기침소리를 듣지 못한 척 성큼성큼 걸어들어갔다. 기한불이 밀기도 전에 문틈이 절로 벌어졌다. 방안에 잔뜩 쌓인 책이 보였다. 적게 잡아도 천 권은 넘을 듯한 책이 여기저기 쌓여 있는데 어지럽게 보여도 나름대로 진형을 갖춘 듯했다. 하지만 책상이나 의자는 없었다. 발 디딜 틈 없이 어지럽게 쌓인 책더미와 초라

한 침대 하나가 전부였다.

한 사람이 침대에 엎드려 곧 죽을 듯이 기침을 토해냈다. 기한불이 문을 벌컥 열고 들어갔지만 반응도 없이 기침만 해댔다. "쿨럭, 쿨럭쿨럭……" 밭은 기침은 점점 힘이 빠져 소리가 작아지고 이내 가쁜 숨소리만 들려왔다.

기한불이 미간을 찡그리며 그의 등 일곱 곳에 혈도를 짚었다.

혈도를 짚자 그의 몸안에서 온기가 돌며 진기眞氣가 움직여 숨소리가 차츰 진정되었다. 잠시 후 그가 몸을 일으켜 침대에 기댄 채 방으로 들어온 사람들을 보았다.

구레나룻이 희끗희끗하고 얼굴은 초췌하지만 예전의 준수한 외모는 여전했다. 그가 '잘생긴 제갈량'으로 강호에 이름을 날린 운피구였다.

"왜 그러느냐?" 백강순은 또 마음이 약해졌다. 운피구는 오래전 중상을 입은 뒤 건강을 완전히 회복하지 못했다. 다만 내공이 깊어 그럭저럭 버텼기에 이렇게 심하게 기침을 한 적은 없었다.

문밖에서 시동이 떨리는 목소리로 말했다. "며칠 동안 아무것도 안 드셨어요. 탕약도 안 드시고 계속 방에만 계세요."

기한불이 물었다. "뭘 하고 있는 게냐?"

운피구가 또 기침을 하더니 기한불을 똑바로 보지도 못하고 그들의 신발에 시선을 고정한 채 말했다. "제 방에 있던 백여든여덟 개 감옥의 지도가 사라졌습니다."

기한불이 말했다. "우리가 그 지도를 네 조각으로 나누어 가졌는데 어떻게 네 방에 다 있었느냐?"

운피구가 대답했다. "올해 원소절에 온 백천원 사람이 술에 취해 있을 때 제가 훔쳤습니다."

기한불의 얼굴에는 아무런 표정도 나타나지 않았다. "뭐라고?"

운피구가 또 기침을 했다. "그리고…… 아태진의 길상문연화루에서…… 이연화를……"

그 말이 나오자마자 다들 안색이 변했다. 오래전부터 불피백석 중 누군가가 각려초와 내통하고 있다는 의심을 받아왔으므로 운피구가 그 사실을 털어놓은 건 크게 놀랄 일이 아니었지만 이연화를 언급할 줄은 아무도 예상하지 못했다.

시문절이 물었다. "이연화라고?"

"제가 이연화를 죽였습니다." 운피구가 담담하게 말했다.

시문절은 말을 잇지 못하고 운피구를 바라보았다.

지금까지 차분함을 잃지 않았던 기한불도 더이상 화를 참지 못하고 엄한 목소리로 외쳤다. "이 선생이 너와 원한을 맺은 것도 아닌데 어째서 죽였느냐? 시신은 어디에 있느냐?"

"저는 이연화에게 원한이 없습니다." 운피구가 순순히 말했다. "이연화를 왜 죽였는지 저도 모르겠습니다. 제가 미쳤었나봅니다." 운피구의 말투는 기이하리만치 담담해 미친 사람처럼 보이지 않았다.

"시신은?" 기한불이 성난 목소리로 외쳤다. "시신은 어디에 있느냐?"

"시신이요? 각려초에게 넘겼습니다." 운피구가 웃으며 중얼거렸다. "형님은 각려초가 이연화의 시신을 애타게 원한다는 걸 모르셨죠? 이연화의 시신은 각려초에게 최고의 선물이었습니다."

챙 하는 소리와 함께 석수가 검을 뽑았다. 채찍을 잘 쓰는 석수는 허리에 차고 다니는 검을 뽑은 적이 거의 없었다. 마지막으로 검을 뽑은 게 십이 년 전 운피구를 죽이려 했을 때였고, 십이 년이 흐른 뒤 또다시 뽑은 검도 역시 운피구를 향한 것이었다.

석수가 검을 뽑자 운피구는 눈을 감고 죽음을 기다렸다. 그의 표정은 이상하리만치 평온했다.

"잠깐."

석수가 검을 뽑는 순간 백강순이 외쳤다. "뭔가 숨겨진 비밀이 있는 것 같아요. 피구가 그런 짓을 저질렀다는 걸 믿을 수 없습니다. 십이 년 전 피구는 진심으로 후회하고 뉘우쳤습니다. 게다가 백여든여덟 개 감옥의 지도를 훔치고 이연화를 죽여서 피구에게 좋을 게 하나도 없잖아요."

"피구 형님은 오랫동안 각려초를 흠모해왔어요. 그 요녀한테 좋은 게 곧 형님한테도 좋은 겁니다." 석수가 어두운 목소리로 말했다. "그 요녀를 위해 문주門主를 배신하고 형제를 버리고 죽음도 두려워하지 않았는데 그깟 지도 한 장과 사람 목숨 하나가 대수겠어요!"

백강순이 고개를 저었다. "아니! 이상해! 이상한 점이 많아요! 큰형님." 그가 기한불을 보았다. "열흘만 기다려주시면 안 되겠습니까? 피구는 어차피 병세가 깊어 도망치지도 못할 거예요. 지도를 빼돌린 건 중죄입니다. 만약 백천원 내부에 다른 첩자가 있고 피구가 그자를 대신해 죄를 뒤집어쓰는 거라면요? 지금 피구를 죽여버리면 첩자를 찾지 못할 겁니다."

기한불이 고개를 끄덕이며 운피구를 응시했다. "음." 그러고는 무거운 투로 천천히 말했다. "진상이 밝혀지기 전까지 넌 죽어선 안 된다. 백천원은 사람을 함부로 죽이는 곳이 아니야. 너도 억울하게 죽을 순 없지."

멍한 표정으로 기한불의 말을 듣던 운피구의 눈동자가 점점 흐릿해졌다. 이내 다시 기침을 토해냈다.

"형님." 석수의 표정은 살기등등했지만 기한불의 말을 거역하지 않았다. 기한불이 죽이지 않겠다고 했으므로 검을 거두고 말했다. "부상을 당한 것 같습니다."

기한불이 손을 뻗어 운피구의 정수리에 있는 백회혈을 누르며 진기를 찾다가 이상하다는 표정을 지었다. 백강순이 옆에서 소매를 펄럭여 부채질을 하며 지켜보았다.

시문절이 물었다. "부상을 당했다고요?"

"삼경三經이 흐트러지고 구혈九穴이 통하지 않소." 기한불도 조금 놀란 듯했다. "심한 내상을 입은 듯합니다."

다들 서로 얼굴만 쳐다보았다. 오랫동안 두문불출한 운피구가 언제 어디서 큰 부상을 입었단 말인가?

운피구에게 부상을 입힌 사람은 누굴까?

기한불이 오랜 형제이자 오랜 원수인 운피구를 응시했다.

그 초췌한 얼굴 뒤에 어떤 비밀을 감춘 걸까?

무엇을 숨긴 걸까?

누구를 위해 숨긴 걸까?

운피구는 침대에 누운 채 기침을 하며 가쁜 숨을 몰아쉬었다. 모두 자신을 지켜보는데도 모른 척 눈을 감고 있었다. 석수가 검을 거뒀지만 운피구는 더 살고 싶은 희망도 기대도 없는 듯했다.

2. 장검을 메고

"이 사람, 죽을까?"

텅 빈 방안에 쇠기둥 네 개를 바닥에 박고 강철판을 올려 만든 침대가 있었다. 쇠기둥마다 현철로 된 쇠사슬이 매달렸는데 길게 이어진 사슬의 한쪽 끝은 침대 위에 누운 사람의 팔다리에 채워졌다. 각 쇠기둥에 설치된 금속 등롱에서 밝은 불이 타올라 침대에 누운 남자의 터럭 한 올까지도 환히 비췄다.

열두세 살쯤 되어 보이는 시동 둘이 남자의 몸에 붙인 약을 갈아주는 중이었다. 이 남자는 침대에 묶인 지 네댓새가 되도록 깨어나지 못하고 있었다. 방주幫主가 아주 비싸고 좋은 약으로 계속 치료해준 덕에 죽지 않고 상처도 악화되지 않았지만 살 수 있을지 아직 알 수 없었다.

검에 가슴을 찔리며 갈비뼈가 부러지고 폐가 관통당했는데 누군들 무사할 수 있을까.

"쉿…… 방주가 이 사람을 살려서 뭘 하시려는 걸까? 여기 온 지 삼 년째지만 방주가 사람을 죽이는 것만 봤지 살리는 건 한 번도 못 봤는데." 붉은 옷을 입은 어린 하녀가 속삭였다. "이 사람 정말 잘생겼어. 혹시……" 소녀의 얼굴이 붉어졌다.

푸른 옷을 입은 어린 하인은 아직 남녀 간의 사랑을 이해하지 못했다. "혹시 뭐?"

붉은 옷의 소녀가 수줍은 얼굴로 말했다. "방주가 사모하는 사람일까?"

푸른 옷의 소년이 하하 웃으며 옆방을 가리켰다. "옥접玉蝶, 그럴 리 없어. 방주가 사모하는 사람은 저기 있잖아. 방주는 저 사람을 좋아해."

옥접이 의아하다는 표정으로 되물었다. "저기? 저 사람이 여기 오래 갇혀 있었다는 건 알지만 아무 소리도 내지 않잖아. 저 사람은 누굴까?"

푸른 옷의 소년이 고개를 저었다. "나도 몰라. 방주가 직접 데려왔고, 매일 밥과 물을 먹이는 것도 모두 방주가 직접 했어. 방주는 저 사람을 사모하는 게 분명해." 소년이 침대에 누워 있는 사람을 가리켰다. "이 사람은 네댓새 동안 사경을 헤맸지만 방주가 한 번도 보러 오지 않았어. 아마 이 사람은 아닐 거야."

"하지만 좋은 사람 같아……" 소녀가 붕대를 다 감고 난 뒤 두 손으로 턱을 괴고 남자를 자세히 들여다보았다. "방주가 이 사람을 왜 싫어하는 거 같아?"

소년이 눈을 흘겼다. "한가한 소리 한다. 다 했으면 어서 나가자. 방주한테 걸려서 죽고 싶어?"

붉은 옷의 소녀가 투덜대며 물건을 정리했고, 두 시동은 조용히 방을 나와 밖에서 문을 잠갔다.

쇠침대 위의 남자는 보라색 옷을 입고 있었다. 바닷속 기이한 조개에서 채취한 액체로 염색한 것으로, 석양에 물든 구름처럼 고운 보랏빛이었다. 보라색 비단의 매끄러운 질감만 보아도 원래 그의 옷이 아니라는 걸 알 수 있었다. 남자는 며칠째 잠든 상태였다. 영험한 약을 많이 먹어선지 원래 어둡고 노랗던 얼굴빛이 지금은 꽤 좋아졌다. 눈매는 고상하고 우아했다. 눈을 감고 있어 흐릿하게 풀린 눈동자는 보이지 않았으므로 어린 하녀의 눈에 미남자로 보인 것도 당연했다.

두 시동이 나간 뒤 남자가 천천히 눈을 뜨고 입을 벌렸다. 폐에 심한 부상을 입은 탓에 핏덩이가 목구멍을 꽉 막아 기침조차 나오지 않았다. 눈을 떴는데도 눈앞이 깜깜하다가 한참 지나서야 조금씩 색이 보이기 시작했다. 눈앞에 떠다니는 검은 그림자는 형체가 비틀리고 커졌다 작아졌다 하며 연기처럼 움직였다. 남자는 피로한 듯 스르르 눈을 감았다. 눈앞을 둥둥 떠다니는 그림자를 보고 있노라면 얼마 못 가 눈이 시리고 쓰려서 견딜 수 없었다. 차라리 보지 않는 편이 나았다. 유일하게 다행스러운 점은 그 그림자가 이제는 시야의 한가운데가 아니라 가장자리에서 어른거려 다른 것을 볼 수 있다는 정도였다.

사지가 묶였고 곧 숨이 끊어져도 이상하지 않을 정도로 부상이 심각했다.

각 방주가 데려오지 않았다면 이미 개밥 신세가 되어 백골만 남았을 것이다.

각려초가 그를 살려내려는 건 그가 이연화가 아니라 이상이이기 때문이었다.

이연화는 죽든 말든 상관없지만 이상이의 생사는 강호의 형세를 뒤흔들 수 있는 중요한 패였다.

그는 거무스름한 대들보를 응시하며 각려초가 자신을 살려낸 뒤 이를 이용해 사고문과 백천원을 위협하고, 제멋대로 강호를 쥐락펴락하며 악행을 저지르리라 짐작했다. 사고문과 백천원은 이상이의 명예를 지키기 위해 각려초에게 굴종할 수밖에 없을 테고, 죽어 마땅하지만 죽지 않은 이상이는 천고에 길이 남을 악명을 얻게 될 것이다.

감았던 눈을 뜨던 이연화가 저도 모르게 실소했다. 진즉에 스스로 경맥을 끊었다면 각려초에게 붙잡혀 모욕당할 일도 없었으리라.

만약 그 옛날……

만약 그 옛날…… 아니, 피구가 검으로 자신을 찔렀을 때 아예 숨을 끊어놨더라면.

이연화가 탄식을 내뱉었다. 그래, 그 옛날에 죽지 않은 건 다행한 일이었다.

그가 일찍 죽을까봐 두려워선지, 아니면 그의 무공을 얕봐선지 몰라도 각려초는 이연화의 무공을 폐하지 않았다. 이연화는 양주만 심법을 아직 쓸 수 있었지만, 삼초경맥三焦經脈이 손상을 입은데다 이번에 피구의 검에 수태음폐경手太陰肺經이 상해 진기가 원활하게 돌지 않았다. 한참 만에 가까스로 목에 걸린 핏덩이를 토해낼 수 있었다. 한번 토혈이 시작되자 걷잡을 수 없었다. 하는 수 없이 일어나 앉아 폐 속의 어혈을 모두 게워냈다. 언제 입혀졌는지 모르는 보라색 옷에 검붉은 핏자국이 크게 생겨 온몸에 피를 뒤집어쓴 것처럼 보였다.

이연화가 살아 있기를 각려초가 바라니 그는 핏덩이를 토하고 잠시 숨을 고른 뒤 팔에 채워진 쇠사슬을 흔들어 쇠침대를 쾅쾅 두들겼다.

두 시동이 그 소리를 듣고 깜짝 놀라 방문을 열었다. 보라색 옷은 둘둘 말려 바닥에 떨어져 있고, 이연화는 상의를 벗은 채 일어나 앉아 손목에 채워진 쇠사슬로 침대를 두드리는 중이었다.

붉은 옷의 소녀가 방으로 들어오자 이연화가 미안해하면서도 온화한 미소를 지으며 자신의 목구멍을 가리키더니 허공에 '차'라고 썼다. 소녀는 무슨 상황인지 바로 깨달았다. 폐를 다쳐 중기中氣가 부족한데다 목구멍에도 상처를 입었으니 말을 할 수 없었던 것이다. 이연화가 허공에다 쓴 글자를 알아본 소녀는 차를 가지러 달려갔다.

푸른 옷의 소녀는 이연화가 깨어난 것을 보고 놀라서 물었다. "옷은 왜 벗으셨어요? 방주께서 상으로 내리신 옷을 왜 이렇게?" 소녀는 구석에 떨어진 옷을 주워들다가 피로 흥건히 젖은 것을 보고 깜짝 놀랐다.

'더러워져서.' 이연화가 손을 움직여 허공에 글자를 적었다. '새 옷을 줘.'

새 옷? 소녀는 곧 죽을 것 같던 사람이 깨어나자마자 차를 달라고 하질 않나, 새 옷을 달라고 하질 않나 참 까다롭기도 하다며 속으로 구시렁거렸다. "방주께서 한 벌만 주셨어요. 입든 말든 마음대로 하세요."

이연화가 허공에 대고 썼다. '추워.'

소년이 침대에 있는 얇은 이불을 가리켰다. "이불이 있잖아요."

이연화가 또 허공에 썼다. '흉해.'

소년은 어이가 없어 말문이 막혔다. 하마터면 자기도 허공에 대고 쓸 뻔했지만 꾹 참고 퉁명스럽게 말했다. "감옥에 갇힌 사람이 무슨 타박이 그렇게 많아요? 옷을 입으면 뭐 대단히 보기 좋은 줄 아세요?"

그때 붉은 옷의 소녀가 차를 들고 돌아왔다. 며칠 동안 혼수상태였던 사람이 기적적으로 깨어나 소녀는 흥분을 감추지 못했다. 차를 건네자 이연화는 손으로 찻잔을 툭 쳐서 쏟아버리고 계속 허공에 글자를 썼다. '새 옷.'

소녀는 놀라 아연실색하고 소년은 점점 더 화가 났다. "아니, 정말 이 사람이……"

이연화가 고상한 미소를 지으며 또 허공에 썼다. '새……'

이연화가 '옷' 자를 채 쓰기도 전에 소년은 왈칵 화가 치밀었다. 다른 사람이었으면 진즉에 한 대 때렸겠지만 간신히 살려놓은 사람이었으므로 억지로 참았다. "옥접, 가서 옷 좀 가져와."

하지만 옥접은 냉큼 달려나가며 외쳤다. "난 차를 다시 가져와야 해."

푸른 옷의 소년은 더이상 화를 참을 수 없었다. "여기가 어딘 줄 알아요? 이렇게 멋대로 해도 되는 곳이 아니에요. 방주께서 살리려는 사람만 아니면 진즉에 칼로 베어버렸을 거예요!"

이연화가 조용히 몸에 이불을 말았다. 조금 전 토혈할 때 조심해선지 이불은 핏자국 하나 없이 깨끗했다. 이연화는 이불을 몸에 말고 푸른 옷의 소년을 향해 미소 지으며 허공에 대고 뭐라고 길게 썼다.

하지만 소년은 어리고 기억력도 이해력도 좋지 않은 탓에 그가 뭐라고 쓰는지 몰라 멀뚱히 쳐다보기만 했다.

이연화가 소년의 멍한 표정을 보고는 더 다정한 미소를 지으며 참을성 있게 글자를 반복해서 썼지만 소년은 계속 초점 풀린 눈동자로 쳐다보기만 할 뿐이었다.

그러는 사이 이연화도 기분이 조금 나아졌다.

따뜻한 차를 새로 가지고 들어오는 옥접의 한쪽 팔에 짙은 청흑색 장포가 걸쳐져 있었다. 하지만 새 옷은 아니었다. 이연화가 그 옷을 보고 반색하며 또 뭐라고 썼다.

옥접도 그게 무슨 글자인지 몰라 푸른 옷의 소년과 서로 얼굴만 쳐다보다가 조용히 물었다. "청술青術아, 이 사람이 뭐라고 하는 거야?"

푸른 옷의 소년이 시선을 멀리 던졌다. "나도 몰라. 귀신이나 알아듣겠지. 아무래도 머리에 문제가 있는 사람인가봐."

옥접이 옷과 차를 건네자 이연화가 따뜻한 차를 받아들고 한 모금 마시더니 옥접을 향해 '고마워'라고 허공에 썼다. 옥접의 생긋 웃는 미소에서 나이에 비해 훨씬 성숙한 아름다움이 풍겼다.

폐맥이 손상된 탓에 뜨거운 차를 곧바로 목으로 넘기지 못하고 입에 머금는 이연화를 보고 옥접이 손수건을 건넸다. 이연화가 그걸 받아 입에 머금었던 차를 뱉어내자 손수건이 온통 핏빛으로 물들었다.

이연화가 입을 헹궈내자 옥접이 묽은 죽을 건넸다. 각려초가 당장은 그를 살려둘 생각이었으므로 그의 부상을 치료하는 데만 집중했다. 차를 달라고 하면 차를 주고, 고기를 달라고 하면 고기를 주었다. 말을 할 수 없다는 핑계로 허공에 글자를 쓰는 바람에 두 시동이 꼼짝없이 허겁지겁 뛰어다녀야 했지만 이연화가 원하는 것은 뭐든 다 가져다 대령했다.

그렇게 열이틀사흘이 지나자 이연화의 병세도 많이 좋아지고 옥접과 청술도 이제 그에게 익숙해졌다. 둘은 이 점잖고 온화해 보이는 공자가 아주 무서운 사람이라는 걸 알게 되었다. 그의 요구라면 뭐든 다 들어줬다. 다른 건 둘째 치고 한밤중에 쇠사슬로 쇠침대를 두드리는 소리는 정말 당해낼 수 없었다. 그는 소리를 내지 않고 울며 목을 매려는 등 두 시동을 꼼짝없이 따르게 만드는 기상천외한 방법들을 구사했다.

마침내 각려초가 감옥을 찾아왔다.

각려초의 선녀 같은 미모는 변함이 없었다. 수수한 연근색 치마저고리를 입고 머리에 구슬 장식 하나 꽂지 않았는데도 경국지색이라 불리기에 손색이 없었다. 이연화가 미소를 머금은 얼굴로 각려초를 보았다. 오랜 세월 산을 넘고 물을 건너고 남북을 누비고 서역의 사막까지 가봤지만 각려초보다 아름다운 여자를 본 적이 없었다. 아름다운 얼굴 뒤에 어떤 본성이 감춰졌든 어쨌거나 미인을 본다는 건 좋은 일이었다.

한쪽으로 느슨하게 말아올린 검은 머리는 끈 하나로 살짝 묶었는데, 조금만 움직여도 스르르 풀릴 것 같아 보는 사람에게 그걸 말아올려주고 싶은 충동을 느끼게 했다. 발에는 비단신을 신어 걸을 때 아무 소리도 나지 않았고, 어린 소녀처럼 단장해선지 서른이 넘은 나이라는 걸 믿기 힘들었다. 각려초가 사뿐사뿐 걸어들어오자 옥접과 청술은 밖으로 나갔다. 각려초가 생글생글 웃으며 이연화를 보았다.

이연화도 미소를 짓고 이내 입을 열었다. “젊음을 유지하는 특별한 비결이 있나보군. 여전히 열일고여덟 살 아가씨처럼 젊고 아름다워.” 열이틀사흘이 지나 목구멍은 이미 다 나았다. 옥접과 청술이 그가 말하는 모습을 보았다면 아마 크게 화를 냈을 것이다.

각려초는 조금도 놀라지 않고 아리따운 미소를 지었다. “유가화의 집에서 보여준 내 검술은 어땠어?”

“천하를 놀라게 할 만한 훌륭한 검술이었지. 양윤춘도 탄복할 만큼.” 이연화가 진심에서 우러난 칭찬을 보냈다.

각려초의 미소가 더 화사해졌다. “지난 십 년간 무공을 수련한 보람이 있군. 이 문주의 무공은 크게 약해진 것 같던데.”

이연화는 대답 대신 빙그레 웃었다. 각려초가 가볍게 한숨을 쉬었다. 이번에도 이연화는 아무 말 하지 않았다. 각려초는 이연화가 대답하지 않는 이유를 알았다. 그 침묵은 각려초가 십 년간 무공을 수련해 세상을 놀라게 할 검술을 완성했더라도 이제 겨우 이연화의 적수가 될 수 있을 정도라는 의미였다.

즉 이연화의 적수일 뿐 이상이의 적수는 될 수 없었다. “이 문주의 무공이 크게 약해진 것 같다"는 각려초의 말이 둘 중 누구를 비웃은 건지 알 수 없었지만 이연화의 침묵에도 그녀는 화를 내지 않고 웃으며 말했다. "예전에는 이 문주의 대단한 위세가 무서웠지. 이렇게 이 문주와 대등한 위치에 서게 될 줄은 꿈에도 몰랐어."

각려초가 눈동자를 반짝이며 이연화를 위아래로 훑어보고 탄식했다. "하지만 이 문주가 이런 꼴이 될 줄도 상상하지 못했어. 대체 그동안 얼마나 고생을 한 거지?"

"내가 고생을 얼마나 했는지는 각 방주의 첩자가 나보다 더 잘 알 텐데." 이연화가 부드러운 투로 말했다. "그동안 당신도 고초를 겪지 않았던가?"

각려초가 놀란 듯 미간을 움찔하며 이연화를 노려보았다. 이연화의 눈빛은 온화했다. 비웃는 기색은 전혀 없었다. 각려초는 살면서 누군가에게 '고초를 겪지 않았던가?'라는 류의 말을 들어본 적이 없었기에 의아하다는 표정으로 되물었다. "내가?"

이연화가 고개를 끄덕이자 각려초가 그를 응시했다. 그녀는 사람을 매료시키는 아름다운 눈빛을 거두고 정색하며 말했다. "내가 널 죽이지 않은 이유를 잘 알고 있겠지."

이연화가 또 고개를 끄덕이자 각려초가 그의 팔다리에 채워진 쇠사슬로 시선을 옮겼다. "침대는 강철로 만들고 쇠사슬은 현철로 만들었어. 똑똑한 사람이니 스스로 죽기도 어렵다는 걸 알겠지. 사람을 시켜 계속 감시할 거야."

이연화가 빙긋 웃으며 말을 돌렸다. "묻고 싶은 게 있어."

"뭔데?" 각려초의 미간이 씰그러졌다. 늘 웃는 얼굴인 그녀에게

서 거의 볼 수 없는 표정이었다.

"넌 유가화와 모의해 살인을 했어. 유가화는 유씨 가문을 위해서였지만 넌 무엇을 위해서였지?" 이연화가 쇠사슬 한 마디를 가볍게 위로 던지자 연결된 마디가 서로 부딪히며 쇳소리를 냈다. 이연화가 손을 들어 떨어지는 사슬을 잡았다. "황궁에서 얼마나 오랫동안 있었지? 네 부하 청량우가 서수검에 맞서기 위해 소사검을 훔치려 한 이유는? 황제를 퇴위시키려 했나?"

각려초가 천천히 말했다. "그래." 핏기 없는 얼굴에 냉랭한 표정이 서릿발처럼 차가웠다. "난 상대가 누구든 죽이고 싶으면 죽여. 항상 그래왔어."

이연화가 물었다. "황제가 되려고?"

각려초는 붉은 입술을 오므릴 뿐 대답하지 않았다.

이연화가 웃었다. 열흘 넘게 입을 떼지 않다가 한꺼번에 많은 얘기를 했더니 피곤해져 천천히 말을 이었다. "사고문, 백천원, 초자금, 부형양, 기한불, 운피구 등은 모두 네 적수가 아니었어. 위로는 무당파 선배 황칠, 아래로는 소림사 제18대 젊은 승려까지 모두 네 치마 아래 쓰러졌지. 넌 강호에서 내키는 대로 소란을 피웠어. 뭐든 작정하면 못할 게 없었지. 그런데 이제 그것도 싫증나서 황제가 되려 한다고?"

각려초의 미간에 더 깊은 주름이 파였다. 각려초는 시인도 부인도 하지 않은 채 이연화를 똑바로 응시했다.

이연화는 그쯤에서 말을 끝내려고 했지만 더 자세한 얘기를 기다리는 듯한 각려초의 표정을 보고 어투를 바꿔 천천히 말했다.

"넌 황궁에 가서 유가화를 만났어. 직접 황제를 시해하고 황위를 빼앗으려 했을 수도 있지. 하지만 조정은 강호가 아니었어. 황제를 열 번 시해해도 문무백관들이 널 인정하지 않을 테니까. 그래서 다른 방법을 생각해내야 했지." 이연화가 부드러운 눈길로 각려초를 보았다. "그때 황제 폐하께서 노방 등을 도읍으로 부르시자 유가화 곁에 있던 넌 그의 이상한 행동을 통해 알게 된 거야. 황제가 태조의 핏줄이 아니라는 걸. 엄청난 비밀을 손에 넣었고, 살인을 하지 않아도 황제가 될 수 있다는 걸 알았지. 그 비밀을 빌미로 황제를 위협해 네 꼭두각시로 만들 수 있었을 테니까."

각려초가 담담한 표정으로 이연화를 응시했다. 마치 자기 자신을 보는 것 같기도 하고, 낯선 괴물을 보는 것 같기도 했다.

이연화가 계속 말했다. "넌 신중하고 조심성이 많아. 일을 벌이기 전에 치밀하게 계획해서 널 찾아낼 수 없도록 만들지. 네가 아무리 황제의 약점을 잡았어도 스스로 흔들리지 않는 실력이 있어야 황제를 굴복시킬 수 있었어. 황제 곁에 있는 어사천룡 양윤춘도 결코 얕볼 인물이 아니었고. 그런데 넌?" 이연화가 미소를 지었다. "넌 적비성을 버렸어."

서릿발처럼 싸늘한 각려초의 표정이 변했다. "너……" 눈동자에 살기가 번뜩이는가 싶더니 각려초가 손을 홱 들어올렸다.

이연화가 각려초의 손바닥을 보더니 신기한 것을 본 듯 말을 이었다. "적비성이 있었다면 양윤춘 두 명과 싸워도 이길 수 있었겠지. 넌 청량우를 시켜 서수검을 제압할 수 있는 소사검을 훔쳐오게 했어. 네 밑에 있는 그 온갖 악당 무리가 돕지 않는다면 너 혼자 힘으로 황위를 빼앗는 건 불가능하다는 걸 아니까. 네가 유가화의 집에 몰래 숨어 있다가 양윤춘을 공격했을 때, 그 검술은 비 갠 뒤 청량한 바람처럼 절묘했지만 아쉽게도 양윤춘을 죽이지는 못했어." 이연화가 부드러운 표정으로 각려초를 보았다. "청량우가 누군가를 구하려고 소사검을 훔쳐야 했다는데 그게 바로 너였군. 청량우는 네가 양윤춘의 검에 죽길 원치 않았던 거야. 유가화가 청량우의 시신에 극락탑에 관한 종이를 남긴 것도 바로 널 향한 경고였어. 비밀을 누설하지 말라는 경고."

이연화가 온화한 투로 덧붙였다. "넌 정말 미쳤어."

각려초가 허공에서 떨리는 손을 천천히 내렸다. 두 눈에 차올랐던 살의도 점점 누그러졌다.

"갑자기 말도 많이 하고 생각도 많이 했는데 피곤하지 않아?" 각려초가 작은 소리로 말했다. "태조의 조모가 희성제의 후비였다는 걸 넌 모르겠지. 내가 황제가 되려는 게 왜 잘못이지? 소蕭씨가 우리의 천하를 빼앗았는데 내가 그걸 되찾아오는 게 잘못이야?"

이연화는 대답 없이 각려초를 물끄러미 쳐다보다가 갑자기 물었다. "네가 황제가 된다면 적비성은?" 그러고선 호기심어린 표정으로 다시 각려초를 보았다. "적비성을…… 황후로 삼으려나?"

각려초가 멈칫하며 놀란 눈으로 이연화를 응시했다. 이연화가 진지하게 말했다. "적비성을 황후로 삼으려 했다면 천하를 빼앗으려는 네 계획이 많은 사람들의 지지를 받았겠지."

각려초의 아름다운 얼굴이 순간적으로 창백해졌다가 새빨개졌다. 잠시 후 각려초가 천천히 숨을 토해내며 평정을 되찾은 듯 엷은 미소를 띠고 말했다. "너와 얘기를 나누는 건 정말 위험한 짓이야. 이것 봐. 어느새 이렇게 많은 걸 들켜버렸잖아."

잠시 후 각려초가 손을 뻗어 이연화의 얼굴을 쓰다듬더니 탄식했다. "몸이 이렇게나 상했는데 여자보다 피부가 더 곱네…… 황후를 고른다면 널 고를 거야." 그러고는 말을 멈췄다가 꽃이 피어나듯 활짝 웃었다. "황후니 뭐니 헛소리 집어치워. 양윤춘을 죽이지도 못하고, 극락탑의 비밀도 많은 사람이 알아버렸고, 황위 찬탈 계획까지 탄로났으니 나도 단념할 수밖에."

"강호의 패권을 손에 넣겠다는 계획은 언제 단념하지?" 이연화가 한숨을 내쉬었다. "황제가 되겠다는 계획도 버렸는데 강호의 패권은 손에 넣어서 뭐해?"

각려초가 이연화를 보며 소매를 가볍게 흔들었다. "나 혼자만을 위해 강호의 패권을 차지하려는 게 아니야. 강호의 패권 따위는 사실 관심 없어. 하지만……" 각려초의 입가에 옅은 미소가 번졌다. 교태스럽고 요염한 웃음보다 이 옅은 미소가 훨씬 더 사람을 매료시켰다. "세상에는 운명적으로 강호의 패권을 차지해야 하는 사람도 있어."

이연화가 한숨을 내쉬었다. "네가 그 사람을 위해 강호를 제패한다 해도 그는 널 원하지 않아."

각려초가 아름다운 눈동자를 반짝이며 웃었다. "내가 강호를 제패하고 나면 네 사지를 갈가리 찢고 눈을 파내고 귀를 찌른 뒤 널 새장에 처넣고 날마다 조금씩 살점을 뜯어내 먹을 거야."

"각 방주와 얘기를 나누니 봄바람이 불어오는 것 같군. 강호의 수많은 준걸들이 그토록 네 곁에 모여들어 널 애타게 갈구하는 이유를 이제 알겠어." 이연화가 빙긋 웃으며 말했다. "기뻐하고 상심하고, 실망하고 외로워하는 모습이 사람 마음을 흔들어놓는군."

마침내 각려초의 얼굴에서 웃음기가 사라졌다. 각려초는 남자 앞에서 언제나 우위를 차지했다. 그런데 적비성과 이연화만은 쉽게 이길 수 없었다. 한 사람은 냉혈한에다 무정했고, 한 사람은 헛소리만 늘어놓아 도저히 상대할 수 없었다. 분해서 발을 구르던 각려초는 무슨 생각이 난 듯 이연화를 획 쳐다보더니 의기양양하게 말했다. "너에 비하면 운피구의 환심을 사는 건 식은 죽 먹기였어." 그러고는 새끼 여우처럼 붉은 입술을 깨물더니 피식 웃으며 가볍게 몸을 돌렸다.

운피구……

밖으로 나가는 각려초의 뒷모습을 보며 이연화의 미간에 주름이 파였다.

각려초가 나가자 곧바로 옥접과 청술이 들어왔다. 상약傷藥이 든 쟁반을 들고 들어오던 옥접은 아무 상처도 없이 멀쩡한 이연화를 보고 귀신을 본 것보다 더 놀랐다. 쟁반을 든 손이 갑자기 떨려 달그락달그락 소리가 났다.

이연화가 옥접을 보고 미소를 지었다. "차."

이제껏 이연화의 목소리도 듣지 못했던 옥접은 그가 말까지 하자 외마디 비명을 지르며 상약 쟁반을 든 채 밖으로 뛰쳐나갔다.

이연화가 큰 소리로 웃음을 터뜨렸다. 옆에 있는 청술도 놀라서 얼굴이 하얗게 질렸다. 방주와 밀담을 나누고도 아무 상처도 입지 않은 사람은 처음 보았다. 보통은…… 방주와 밀담을 나누고 나면 손이나 발이 잘리거나 눈이나 귀가 멀었다. 가벼우면 온몸이 상처투성이였다. 그런데 이 사람은 태연하게 웃는데다 말까지 하기 시작했다.

청술의 표정을 보고 이연화가 점잖게 웃으며 말했다. "차."

이연화는 찻잎의 품종은 무엇인지, 어느 이름난 샘에서 길어 온 물로 끓였는지 까다롭게 따지지 않고 마셨다. 물을 한 잔 가져다주며 차라고 속여도 기분좋게 마실 것 같다고 청술은 생각했다. 하지만 실제로 그렇게 할 만큼 대담하지는 못했다.

옥접이 문틈으로 머리를 빠끔히 들이밀더니 바들바들 떨면서 차를 가지고 들어왔다. 이연화가 까다롭게 굴지는 않지만 그래도 언제나 상등품 찻잎을 우려다줬다. 이연화는 차를 한 모금 마신 뒤 옆방을 가리키며 미소를 지었다. "저 방에는 누가 있지?"

"입 닥쳐! 얌전히 침대에 다시 앉아. 방주께서 더는 필요 없다고 하시면 당장 널 죽여버릴 테다!" 청술이 버럭 화를 냈다. 이 사람이 방주와 대화를 나누고 멀쩡한 것도 이상한데 점점 주인 행세를 하려 들었다.

이연화가 말했다. "각 낭자와 난 십수 년 동안 알던 사이야. 십수 년 전에 넌 태어나지도 않았어……"

청술이 성난 목소리로 말했다. "헛소리! 난 열세 살이다!"

이연화가 천천히 말했다. "나와 각 낭자는 십사 년 전부터 알던 사이란다."

청술의 얼굴이 벌게졌다. "그게 뭐 어떻단 말이야? 방주는 상대가 누구든 내키는 대로 죽이는 분이야. 천하의 적비성도……" 청술이 흠칫 하더니 말실수를 했다는 걸 깨닫고는 얼굴이 하얗게 질렸다.

청술은 자신을 말실수하게 만든 사람을 곁눈질로 흘끔거렸다. 조금 전까지도 재미있다는 듯 웃던 이연화가 갑자기 웃음을 뚝 멈췄다.

청술은 어리둥절한 표정으로 옥접과 서로 얼굴만 보았다. 방주와 적비성의 사이가 틀어졌다고 하면 기분이 좋아야 정상인데 이 사람은 왜 갑자기 기분이 나빠진 거지?

이연화가 한숨을 내쉬었다. "적비성과 무슨 일이 있었나?"

청술과 옥접이 약속이나 한 듯 고개를 가로젓자 이연화가 물었다. "너희들은 적비성을 어떤 사람이라고 생각하느냐?"

두 사람 모두 침묵했다.

한참 뒤 옥접이 작은 소리로 말했다. "비성 아저씨는 세상에서 제일 좋은 사람이에요……" 옥접의 눈동자가 반짝였다. "저는, 저는……"

이연화가 눈을 가늘게 뜨며 웃었다. "왜 그래?"

옥접이 가만히 있다가 기어들어가는 소리로 말했다. "비성 아저씨를 알게 된 후로 시집가기가 싫어졌어요."

이연화가 물었다. "어째서?"

옥접이 말했다. "비성 아저씨를 알게 된 후로 다른 남자들은 남자로 보이지 않으니까요."

이연화가 자기를 가리켰다. "나도?"

옥접이 놀란 눈으로 이연화를 응시하다가 고개를 끄덕였다.

이연화와 청술이 서로 얼굴을 보았다. 아무 말도 않으려던 청술이 참지 못하고 말했다. "그 사람이 뭐 그렇게 대단하다고…… 그 사람이 살인하는 거 못 봤어?"

옥접이 작은 소리로 말했다. "살인을 했더라도 남들보단 떳떳할 거야."

청술이 콧방귀를 뀌었다. "그래봤자 제멋대로 사람을 죽이는 건데 뭐가 떳떳해?"

옥접이 화를 냈다. "넌 비성 아저씨를 몰라!"

청술도 지지 않고 소리쳤다. "내가 왜 알아야 되는데? 그 사람은 우리 같은 건 사람으로 보지도 않아. 기분 나쁘면 우리 같은 사람들 네댓 명쯤은 닥치는 대로 죽일 수 있어. 그 사람이 그러는 걸 못 본 것도 아니잖아! 눈 하나 까딱하지 않고 살인하는 사람인데 뭐가 떳떳해?"

옥접이 화가 나서 악을 썼다. "너 같은 놈 하나 죽는 게 뭐 그리 큰일이라고!"

청술도 얼굴이 붉으락푸르락하더니 챙 하고 검을 뽑아 옥접을 겨누었다.

"잠깐, 잠깐." 이연화가 급하게 말렸다. "잠깐……"

옥접도 검을 뽑아들었다. 챙챙챙. 두 시동이 금세 맞붙었다. 살기등등한 눈빛으로 서로를 노려보며 둘 중 하나가 죽지 않으면 그만두지 않을 날카로운 기세였다. 청술의 검이 세로로 달려들자 옥접이 검을 가로로 막아내며 어떻게 청술의 몸에 구멍을 낼 수 있을까 생각하는데 갑자기 어떤 물건이 눈앞을 반짝 스쳤다. 땅 하는 소리와 함께 두 사람의 검이 동시에 한 가지 물건을 베었다.

눈부시게 반짝이는 그 물건이 왠지 눈에 익었다. 바로 이연화의 팔다리를 묶은 현철 사슬이었다.

쇠사슬이 부드러운 힘으로 두 사람의 검과 스치는 순간, 검의 힘이 바다에 빠진 진흙 소처럼 흔적도 없이 사라졌다. 뒤이어 두 사람의 힘도 갑자기 사라진 듯 둘이 동시에 쓰러져 손가락 하나 까딱할 수 없었다. 둘의 머리 위에서 탄식하는 말소리가 들렸다. "적비성이 세상에서 제일 좋은 사람이든 사람 목숨을 하찮게 여기는 악당이든, 남자 중의 남자든, 아니면 뭐 남자 중의 여자라 해도 그게 뭐 중요하단 말이냐?"

목소리의 주인이 여느 열두세 살 아이를 다루듯 옥접과 청술의 정수리를 쓰다듬으며 부드럽게 말했다. "목숨걸고 싸울 만한 가치가 있어? 바보 같은 녀석들."

부드러운 목소리였지만 청술은 화가 치밀었다. 내가 뭘 하든 내 마음이지 무슨 자격으로 이래라저래라 하는 거야? 입 밖에 내지 않고 속으로만 말했는데도 목소리의 주인은 그 마음을 읽은 듯 청술의 머리를 토닥이며 더이상 뭐라고 하지 않았다. 그러자 청술은 화가 금세 누그러졌다.

청술은 아직 열세 살밖에 안 된 자신을 그동안 아무도 아이로 대해주지 않았다는 생각이 문득 들었다.

아직 어린애니까 당연히 잘못을 저지를 수 있고, 잘못한 것을 용서받을 수 있다며 아무 일도 아니라고 생각해주는 이가 없었다.

청술은 갑자기 몹시 괴로웠다.

청술이 쓰러진 각도에서는 이연화가 보이지 않았지만 옥접은 운좋게 하늘을 향해 누운 자세였기에 그를 잘 볼 수 있었다. 청술이 옥접을 볼 수 있었다면 옥접의 경악한 표정 역시 보았을 것이고, 옥접이 소리를 낼 수 있었다면 새된 비명을 질렀을 것이다.

이연화가 침대에서 일어나 오른손이 묶인 쇠기둥 옆에 내려와 섰다. 현철 사슬은 끊을 수 없었다. 그리고 그가 입고 있던 잿빛 옷에 '문경'이라는 아주 예리한 연검軟劍이 있었다.

하지만 지금은 그 옷이 없다. 이상이의 장검인 소사검과 연검 문경이 이름난 명검임을 각려초가 어찌 모르겠는가. 그 검 때문에 숱한 고초를 겪은 각려초가 진즉에 그것들을 가져가버렸다.

명검이 없으니 현철 사슬을 끊을 수 없으리라 판단한 각려초는 이연화가 절대로 도망치지 못할 거라고 생각해 그의 무공을 폐하지 않았다.

물론 이연화에게 양주만의 근기가 조금밖에 남지 않아서 무공을 완전히 폐하면 그를 이용해보지도 못하고 죽이지는 않을까 하는 걱정도 있긴 했다.

이연화가 쇠기둥 앞에 섰다. 현철 사슬을 자를 수 없으니 바닥에 박힌 쇠기둥을 흔들 수밖에 없었다. 현철 사슬은 검으로 끊기도 힘들지만 주조하기도 어려웠다. 애초에 쇠기둥과 하나로 이어 만들 수 없으니 쇠기둥에 묶어놓을 수밖에 없었다. 쇠기둥을 지하 여덟 길, 열 길 깊이로 박을 수도 없고, 이 바닥의 흙 또한 신비한 흙이 아니었다. 이연화가 쇠기둥을 몇 번 흔들다가 진력을 써서 힘껏 들어올리자 우지끈 소리와 함께 바닥의 푸른 벽돌이 깨지고 쇠기둥이 뽑혀나왔다.

별로 힘을 쓴 것 같지도 않았기에 옥접은 눈을 휘둥그레 뜬 채 이연화가 다른 쪽 쇠기둥을 흔드는 모습을 넋을 놓고 지켜보았다. 향 두 대가 탈 시간도 안 되어 이연화는 쇠기둥 네 개를 다 뽑아내고 현철 사슬을 기둥에서 빼냈다.

옥접의 눈에 절망이 차올랐다. 현철 사슬이 쇠기둥에서 빠져나왔으니 이연화는 자유의 몸이었다. 이연화가 도망친다면 옥접은 틀림없이 각려초의 손에 목숨을 잃을 것이다.

현철 사슬을 기둥에서 빼낸 이연화는 서둘러 도망치지 않고 사슬을 몸에 둘둘 감고서 점잖게 옷매무새를 고친 뒤 차를 따라 음미하며 마시고는 천천히 떠났다.

방을 나가면서 문을 잘 닫는 것도 잊지 않았다.

방밖으로는 어둡고 긴 회랑이 이어졌다. 열 길이 넘는 회랑은 등불 하나 없이 어둡고, 한쪽 면에 방 일고여덟 개가 나란히 늘어서 있었다. 회랑 밖에는 맑고 투명한 연못이 있는데 물속에 그 흔한 잉어조차 한 마리 없었다. 각려초의 평소 성격으로 보면 악어나 독충이라면 몰라도 거북이나 잉어는 살아남기 힘들었다.

감옥을 지키는 간수도 보이지 않았다.

이곳은 분명 극도로 은폐된 금지禁地일 것이다. 각려초는 과연 누구도 믿지 않았다.

청술과 옥접은 이곳에서 거의, 어쩌면 단 한 번도 나가본 적이 없기 때문에 아직 순진함을 간직한 아이들이었다.

이연화는 자신이 갇혀 있던 방의 옆방으로 갔다. 속으로 짚이는 바가 있었지만 딱히 그 추측이 맞기를 바라진 않았다.

끼익 하는 소리와 함께 왼쪽 문과 벽에 박아놓은 고정쇠가 끊어졌다. 문에 걸린 구리 자물쇠를 힘들게 끊지 않아도 왼쪽 문이 덜컹 열렸다.

그 방에도 등잔이 밝혀져 있었다. 다만 이연화가 갇혔던 방처럼 환하지는 않았다.

기웃거리며 안으로 들어가던 이연화는 소스라치게 놀랐다.

3. 검의 노래

둘레가 한 길쯤 되는 작은 방이었다. 크기가 제각각인 쇠사슬이 종횡으로 교차해 걸려 있었다. 쇠사슬 끝에는 갖가지 기이한 형태의 칼과 검이 매달렸고, 바닥은 켜켜이 굳은 핏자국 때문에 원래의 푸른 벽돌 색을 찾을 수 없었다.

한 사람이 매달려 있었다. 벌거벗은 채 견갑골을 관통한 쇠사슬에 매달려 높이 걸렸는데 몸에 다른 상처는 없었다. 이연화를 제일 기겁하게 한 건 그의 몸에 난 기괴한 형태의 혹들이었다. 큰 것, 작은 것, 둥근 것, 납작한 것 등등 크기와 형태가 제각각인 수많은 혹이 온몸을 뒤덮은 모습이 무섭고 끔찍했다. 차마 두 번 볼 용기가 나지 않았지만 이왕 보았으니 자세히 볼 수밖에 없어서 또 한번 고개를 들어 살폈다.

매달린 이 사람에게 안타까운 미소를 지을 수밖에 없었다.

벌거벗은 몸이 혹으로 뒤덮이고 피칠갑이 되어 허공에 매달렸는데도 이목구비는 여전히 수려하고 눈매도 또렷했다. 아무 감정도 읽을 수 없는 담담한 표정이었지만 눈빛은 여전히 살아 있었다. 그는 바로 적비성이었다.

이연화는 적비성을 알아본 뒤 그의 의연함에 감탄했다. 적비성은 아무런 표정 변화도 없이 태연하게 이연화를 내려다보았다. 참혹한 처지가 되었지만 비참함은 조금도 찾아볼 수 없었다.

"몸에 이렇게 혹이 많으면 옷을 어떻게 입지?"

상대가 조롱할 것이라 예상하고 있던 적비성은 뜻밖의 물음에 놀랐다. 적비성이 담담하게 말했다. "많이 변했군."

이연화가 겸연쩍은 표정으로 말했다. "제일 먼저 드는 생각이 이것뿐이군……" 이연화가 문을 닫으며 한숨을 내뱉었다. "어쩌다 여길 온 거야?"

쇠사슬이 뚫고 들어간 견갑골의 상처는 이미 썩어 문드러지고 기괴한 혹이 온몸을 뒤덮었지만 적비성은 그것들이 원래 자기 몸에 있던 것이 아니니 개의치 않는다는 듯 담담하게 말했다. "마음 쓸 거 없어."

이연화가 방안을 두리번거렸다. 손목과 발목에 쇠사슬이 둘둘 감긴 채여서 움직이기도 불편하고 어딜 올라가는 건 더 힘들었지만 의자 두 개를 겹쳐놓고 올라가 적비성을 풀어줬다.

적비성은 온몸에 혈도를 짚인데다 견갑골에 구멍이 뚫려 진기를 쓸 수 없었다. 이연화가 적비성의 혈도를 풀어줬다. 그러고도 한참 동안 시신처럼 미동도 없이 바닥에 누워 있던 적비성이 평온한 투로 말했다. "오늘 네가 날 죽이지 않으면 다음에 내가 널 죽이겠다. 방다병, 초자금, 기한불 등등 모조리."

이연화는 그 말을 들었는지 못 들었는지 적비성의 견갑골에서 쇠사슬을 빼내고 방안을 다 뒤져 구석에서 피 묻은 옷을 찾아냈다. 누구 옷인지는 모르겠지만 서둘러 적비성에게 입혔다.

욕과 저주를 계속 쏟아내던 적비성이 낡은 천조각을 손에 든 채 멍하니 있는 이연화를 보고 미간을 찡그렸다. "왜 그러느냐?"

"아?" 이연화가 놀라 본능적으로 말했다. "널 씻길 물이 어디에 있을까 생각했어……" 이연화가 피식 웃었다. "너한테 고약한 악취가 나서 그런 건 아니야."

적비성이 담담하게 말했다. "생사를 장담할 수도 없는데 농담을 던질 여유가 있다니."

이연화가 천조각으로 적비성의 상처에서 흐르는 피고름을 닦아내며 진지하게 말했다. "이 천조각에 독이 묻었다면 보살이 널 외면한 거지 결코 내가 널 해친 게 아니야……"

적비성이 눈을 감고 담담하게 말했다. "나 적비성은 평생 누구에게도 감격해본 적이 없어."

이연화가 물었다. "배 안 고파?"

적비성은 입을 열지 않았다.

적비성은 말을 할 수 없었다. 실은 이연화는 지금 적비성과 대화하는 게 아니었다.

이연화는 줄곧 혼잣말을 하는 중이었다.

이연화는 혼잣말을 하며 적비성을 말끔히 닦아주고 손목에 감긴 쇠사슬을 풀어 그를 등에 업기까지 했다.

반 시진 후.

옥처럼 맑은 물에 김이 모락모락 피어올랐다.

적비성은 따뜻한 온천에 누워 조금씩 거품을 내며 솟아오르는 따뜻한 물에 핏자국이 씻기는 것을 보고 있었다. 적비성이 그리 멀지 않은 곳에 있는 사람에게로 시선을 옮겼다. 상대도 마찬가지로 온천에 몸을 담갔지만 적비성과 달리 무척 바빴다.

옷을 빨고 머리를 감고 쇠사슬을 닦느라 분주했다.

반 시진 동안 이연화는 적비성을 업고 각려초의 비밀 감옥을 크게 한 바퀴 돌아본 뒤 그곳이 빠져나갈 수 없는 절지絶地라는 것을 알았다.

그곳은 절벽의 맨 꼭대기였다. 각려초는 산꼭대기에 산장을 짓고 그 안에 연못을 만들어놓았다. 연못에는 흡혈독충만 득시글거릴 뿐 물고기는 한 마리도 없었다. 백 길 높이로 깎아지른 듯한 절벽에는 발을 디딜 곳조차 없었다. 소림사 일위도강一葦渡江이나 무당파 승평도수乘萍渡水 같은 절세의 경공으로도 내려갈 수 없을 듯했다. 각려초는 은사로 만든 아주 가벼운 고리를 이용해 쉽게 오르내리지만, 특수한 장비도 없고 절세의 경공을 구사하지도 못하는 사람이 섣불리 이 절벽을 내려가는 건 자살 행위나 다름없었다.

이연화와 적비성은 운이 무척 좋았다. 각려초가 이연화와 대화를 나누고 화가 나서 나간 뒤 이곳에 있기 싫어 절벽을 내려갔기 때문이었다. 산장에는 옥접과 청술 외에 열 명 남짓의 시동들뿐이었다. 산장 밖 곳곳에 기관機關이 설치되어 있고 금봉옥적金鳳玉笛 등 어룡우마방의 고수 서른세 명이 산의 길목을 지켰기 때문에 이곳은 난공불락의 요새 같았다.

이연화와 적비성은 서둘러 도망치려 하지 않았다.

이연화는 적비성을 업은 채 부엌에서 어린 하녀를 붙잡아 각려초의 거처가 어디인지 알아낸 다음, 하녀를 묶어 쌀독에 가둬놓고 술과 음식을 한 바구니 훔쳐 각려초의 집으로 향했다.

뜻밖에도 각려초의 집에 크지도 작지도 않은 온천이 있었다. 이연화는 이렇게 높은 산꼭대기에 온천이 있는 것을 신기해하며 온천 위에 집을 지은 각려초에게 감탄했다. 먼저 적비성을 온천에 담가놓고 자신도 들어가 몸을 씻었다.

각려초의 집은 무척 컸다. 온천은 집의 동남쪽 구석에 자리했고, 서남쪽 구석에 나란히 놓인 책장에는 책이 빼곡했다. 그 옆에는 요금이 보였는데 아름다운 여인이 날마다 연주하는 듯 깨끗하게 닦여 있었다. 또 한림학사 가문의 규방처럼 박달나무 탁자와 배나무 의자, 문방사우, 장기판, 책, 그림 등 모든 것이 갖춰져 있었다.

적비성은 각려초의 집에 관심이 없는 듯 자기 몸에서 한줄기씩 퍼져나가는 피를 담담하게 바라보았다.

이연화가 온천에서 몸을 말끔히 씻고 나와 책장으로 다가갔다.

적비성은 눈을 감고 내력을 운행시켰다. 독이 몸속 깊이 퍼지고 견갑골의 부상이 심각했지만 공력은 아직 남아 있었다. 이연화가 혈도를 풀어준 뒤에는 몇 달 동안 멈춰 있던 내력이 조금씩 모이는 중이었다. 다만 비풍백양 심법이 너무 강해서 부상을 치유하는 데는 적합하지 않았다. 독이 몸에 깊이 퍼진 상태로 진기를 강하게 끌어올리면 장기가 파열될 수 있기 때문이었다. 적비성에 대해 잘 아는 각려초는 그가 스스로 부상을 치료할 수 없다는 걸 알고서 안심하고 감옥에 매달아둔 것이다.

이연화는 책장에 꽂힌 책들을 꺼내 탁자에 쌓아놓고 흥미진진하게 읽기 시작했다. 적비성은 이연화를 보지 않아도 그의 일거수일투족을 알 수 있었다. 따뜻한 온천물이 솟아나오며 온기가 몸을 감싸 조금 몽롱해졌다.

적비성은 이상이를 떠올렸다.

이상이는 오래전 양주성 수월루袖月樓에서 화괴花魁와 장기를 둘 때 지는 사람이 시 한 구절을 읊기로 했다가 내리 서른여섯 판을 지는 바람에 연지를 먹삼아 「겁세루인연가劫世累姻緣歌」라는 서른여섯 구절을 벽에 쓴 적이 있다.

“하……” 바로 그 인물이 뒤에서 늘어지게 하품하며 탁자에 엎드리더니 게슴츠레한 눈으로 물었다. “출출하지 않아?”

적비성은 잠시 말이 없다가 담담하게 말했다. “아직도 검을 드나?”

“응?” 이연화가 말했다. “내 질문이 무슨 의미였는지 모르는군. ‘나는 배가 고픈데 같이 먹겠어?’라는 뜻인데.”

이연화가 의자에서 일어나더니 부엌에서 주섬주섬 챙겨온 바구니에서 음식이 담긴 접시 두세 개와 술 두 병을 꺼내며 싱긋 웃었다. “출출하지 않아?”

적비성도 배가 고팠다.

그가 온천에서 나와 몸에서 물을 뚝뚝 떨어뜨리며 이연화 옆에 털썩 앉았다.

이연화가 바닥에 놓인 접시를 황급히 옆으로 치우며 중얼거렸다. "이 사람 참, 교양머리가 없군."

적비성이 술병을 들어 한 모금 마신 뒤 이연화가 그 와중에도 세심하게 챙겨온 젓가락으로 닭고기 한 점을 집어 입에 넣었다.

"이봐, 각려초가 너라면 죽고 못 사는 거 아니었어? 그런데 어떻게 이 지경으로 만들어놨어?" 이연화가 닭발 한 접시를 손으로 받쳐들고 천천히 먹으며 술을 조금씩 홀짝였다. "온몸을 뒤덮은 혹도 끔찍하군. 사람들이 적비성이라는 세 글자만 들어도 벌벌 떨고, 또 네가 사람들을 위협할 때 웃통을 벗어젖히지도 않는데 어째서 이런 혹을 만들었지?"

적비성은 한숨을 후 내뱉을 뿐 아무 말이 없었다. 혹시 그가 말을 잘 못하는 게 아닌지 이연화가 의심할 때 마침내 적비성이 입을 열었다. "각려초는 황위를 찬탈하려고 했어."

이연화가 닭발을 우물거리며 말했다. "나도 알아. 황위를 빼앗아 자기가 황제가 되고 널 황후로 앉히려고 했지."

적비성이 조금 놀란 기색을 보이더니 이내 냉소했다. "자기가 천하를 차지할 테니 나더러 황제가 되어달라고 하더군."

이연화는 무척 실망했다. "널 황후로 맞이하려는 게 아니라 본인이 황후가 되려고 했군."

적비성이 냉랭하게 말했다. "고관대작이든 황제든 내가 원하기만 하면 직접 손에 넣을 수 있는데 굳이 여인의 손을 빌릴 이유가 있겠나?"

이연화가 말했다. "음, 그래서 널 이 지경으로 만든 거야?"

적비성이 웃었다. "날마다 내 살점을 한 덩이씩 도려내겠다고 했지."

이연화가 무릎을 쳤다. "날마다 살점을 한 덩이씩 도려내 원한을 풀고 싶지만 네 살집이 적어 두세 번만 파내도 죽을 것 같으니 독약을 써서 혹이 자라게 했군. 날마다 하나씩 도려내려고."

적비성은 대답 대신 말없이 술을 마셨다.

"각 방주는 과연 기발해." 이연화가 연달아 닭발을 뜯으며 적비성을 곁눈질로 보았다. "분명히 해독약도 있을 거야. 각려초가 널 미친듯이 사랑하는 건 사실이니 돌이킬 수 없는 약을 먹이진 않았겠지. 게다가 이렇게 흉측한 혹들은 각려초도 보기 불편할 테니까."

적비성은 별로 동의하지 않는 표정으로 술을 들이켰다.

둘 사이에는 더이상 나눌 대화가 없었다.

십사 년 전, 이번 생에 둘이 마주앉아 술잔을 기울일 날이 올 줄 몰랐다.

십사 년 전, 그는 자신이 검을 버리는 날이 올 줄 몰랐다.

십사 년 전, 그는 자기 몸이 이렇게 혹으로 뒤덮일 줄 몰랐다.

산꼭대기에 걸친 구름과 안개가 창밖을 맴돌고, 굽이굽이 이어진 검푸른 산등성이는 적막하고 스산했다. 두 사람이 마주앉아 술을 마시는 동안 점점 땅거미가 내려앉고, 수많은 봉우리를 넘어 창으로 비껴들어온 달빛이 그 앞을 눈처럼 하얗게 비췄다.

"요즘……"

"그때……"

동시에 말을 꺼낸 두 사람이 동시에 입을 다물었다. 적비성은 미간 주름이 조금 펴지며 입가에 옅은 미소가 번졌다. "요즘 어때?"

이연화가 말했다. "이제 어쩔 거야?"

적비성이 술을 한 잔 마신 뒤 가볍게 웃었다. "널 죽여야지."

이연화가 쓴웃음을 지으며 저도 모르게 술 한 모금을 마셨다. "그땐 어땠어?"

"그땐……" 적비성이 말했다. "달빛이 오늘만큼 곱지 않았지."

이연화가 웃으며 달을 향해 술잔을 높이 올렸다. "그때도…… 달빛이 오늘 같았어."

이연화가 돌연 진지하게 물었다. "날 죽이는 것 말고 다른 계획은 없어? 가령 금원맹의 부흥이라든가. 은원맹銀鴛盟, 철원맹鐵鴛盟, 금앙교金鴦教, 금조방金鳥幇 같은 이름으로 말이야. 아니면 깨끗하게 손을 씻은 뒤 청루를 차리고 아내를 얻는다든가."

"왜 아내를 얻어야 하지?" 적비성이 반문했다.

이연화가 어리둥절한 표정으로 말했다. "남자는 다 그러니까."

적비성이 우습다는 표정으로 이연화를 흘긋 보았다. "너는?"

"나도 아내를 얻었었지. 아내가 재가를 했을 뿐……" 이연화가 고개를 들고 피식 웃었다. "십이 년 전 모두에게 약속했지. 완만이 혼인하는 날 희당喜糖을 나눠주겠다고. 완만이 자금과 혼인하던 날, 난 무척 기뻤어. 완만이 더이상 불행하지 않을 테니까."

횡설수설하는 이연화의 얘기를 적비성은 다 알아들을 수 없었다. 적비성이 마지막 술 한 모금을 입에 털어넣은 뒤 담담하게 말했다. "그래봤자 여자 하나일 뿐."

이연화는 놀라서 사레가 들렸다. "아미타불, 시주님의 그런 생각으로는 평생 아내를 얻을 수 없습니다."

그러고서 정색하고 말했다. "여자란 말이지. 아름다운 매화 같고, 나긋나긋한 버들가지 같고, 흰 눈 같고, 푸른 옥과 같으며, 뜬구름 같고, 맑은 샘 같고, 매끄러운 진주 같아. 새침하게 기대는 모습, 굳세지만 요염한 모습, 현숙하고 단정한 아름다움, 교양 있고 예절바른 모습까지 수많은 모습을 가지고 있지. 게다가 각 방주처럼 수백 년에 한 번 나올까 말까 한 절세미녀를 어찌 다른 여자들과 나란히 논할 수 있겠어? 네 몸을 혹으로 뒤덮이게 한 것만 봐도 남다르고 비범하잖아……"

적비성이 또 웃었다. "널 죽이고 나면 그 여잘 죽일 거야."

"왜 그렇게 날 죽이려 하는 거야?" 이연화가 한숨을 내쉬었다. "이상이가 바다에 빠져 죽은 지도 오래됐고, 내 어설픈 실력은 너와 비교도 안 되는데 그렇게 집착하는 이유가 뭐야?"

적비성이 담담하게 말했다. "이상이는 죽었지만 상이태검은 죽지 않았어."

이연화는 "아" 하고 짧은 탄성을 내뱉었고 적비성은 계속 담담한 투로 말했다. "천하를 다 쓸어버리기는 쉬워도 상이태검을 죽이는 건 어렵지."

이연화가 탄식했다. "이상이가 바다 밑에서 살아 돌아올 수 있다면 네게 감격할 거야."

적비성은 "흥" 하고 콧방귀를 뀔 뿐 아무 말도 하지 않았다.

조금 전 이연화가 각려초의 탁자에 책을 쌓아놓고 훑어보았는데 그중에는 편지가 많았다. 그런데 어째선지 이연화는 편지를 이리저리 돌려보고 눕혀서 보고 세워서 보며 한참을 들여다보았다.

잠시 후 적비성이 물었다. "뭐하는 거야?"

이연화가 작은 소리로 말했다. "편지에 뭐라고 쓰여 있는지 궁금해서."

적비성이 이연화의 눈을 물끄러미 쳐다보았다. "안 보여? 눈에 문제가 있나?"

"눈앞에…… 아주 큰 그림자가 떠다녀." 이연화가 아무렇지 않게 얘기하며 손가락을 뻗어 사람 머리만한 원을 허공에 그리더니 이내 신중히 원의 생김새를 수정했다. "어떤 때는 그림자가 둥둥 떠다녀서 네 얼굴도 잘 안 보여. 사라졌다 나타나기도 하고. 그러니까 내 앞에서 벌거벗고 있었던 건…… 걱정할 필요가 없어."

적비성이 갑자기 이연화의 말을 끊고 읊조렸다. "신유辛酉년 삼월, 푸른 풀 자라고 꾀꼬리는 날아가네. 활짝 핀 배꽃이 오랜 벗과 같은데, 푸른 차의 약속은 늘 헛되기만 하구나."

이연화가 "아" 하고 짧은 탄성을 내뱉었다. 적비성이 책장을 한 장 넘긴 뒤 또 담담하게 말했다. "이 편지는 한 줄뿐이고 낙관도 '운雲'이라는 한 글자만 찍혀 있군."

이연화가 눈을 가늘게 떴다. "그 편지지는 제일 흔한 백선白宣이야. 봉투에 날아가는 새 모양의 도장이 찍혀 있어?"

적비성은 높지도 낮지도 않은 목소리에, 쾌재를 부르지도 동정하지도 않는 표정으로 말했다. "찍혀 있어. 운피구의 글씨에 백강순의 도장이군."

이연화가 한숨을 내쉬었다. "다음 편지."

적비성이 무덤덤한 투로 편지를 읽었다. "신유년 사월, 좌삼교左三蕎를 죽였습니다. 아가씨가 말씀하신 일을 모두 처리했습니다." 이것은 사월 편지였다. 이어 오월 편지를 펼친 적비성의 눈동자에 기이한 빛이 스쳤다. "이것은 백천원 백여든여덟 개 감옥의 지도입니다."

지도뿐만 아니라 상세한 설명도 덧붙여져 있었다. 그 옛날 사고문이 금원맹을 무너뜨리고 적비성이 바다에 빠져 실종된 후 남은 사람들은 붙잡히거나 죽임을 당했다. 붙잡힌 사람이 너무 많아 다 죽일 수 없었기 때문에 기한불은 그중 살인을 적게 저질렀거나 죄가 중하지 않은 자들을 분류해서 지하 감옥에 가두고, 진심으로 뉘우치면 훗날 다시 자유를 얻을 수 있는 여지를 남겼다. 그러자 악한 세력의 우두머리들은 죽지 않았지만, 양쪽이 격전을 벌일 때 고수 대 고수의 싸움으로 서로 죽고 죽이는 경우는 많지 않았다. 당시 적비성의 수하들이 바로 이 백여든여덟 개 감옥에 나누어 수감되었다.

여섯번째 편지는 운피구가 각려초를 향한 애타는 그리움을 구구절절 담아 보낸 것으로, 화려하면서도 완곡한 문사 속에 운피구의 문학적 재능이 한껏 발휘되었다. 일곱번째 편지는 각려초의 질문에 대답한 것으로, 백천원에 있는 무예고수의 수, 새로 부흥한 사고문의 약점 등이 적혀 있었다. 여덟번째 편지는 각려초를 위한 건의였다. 그렇게 이십여 통의 편지가 있었는데 뒤로 갈수록 편지를 주고받은 간격이 짧았다. 처음에 운피구는 각려초를 향한 사랑을 호소했을 뿐이지만 점차 백천원의 첩자의 역할을 수행했다. 부형양을 분노케 한 용왕관 계략도 운피구가 생각해낸 것으로, 사실상 그는 각려초에게 계책을 제안하는 전략가였다.

중요한 내용을 골라서 읽어주던 적비성이 마지막 편지에서 이런 구절을 발견했다. "이연화는 의심이 많고 지혜도 많아서 우리의 큰 계책을 번번이 망쳐놓았습니다. 아가씨의 부탁대로 이연화를 반드시 죽일 테니 걱정하지 마세요." 적비성이 잠시 멈췄다가 말했다. "이 편지에는 낙관이 없어."

흥미진진하게 듣던 이연화가 '걱정하지 마세요'라는 구절에서 미간을 찡그렸다. "배불리 잘 먹었어?"

적비성의 온몸을 뒤덮은 혹은 여전히 끔찍했지만 그가 입은 피 묻은 옷은 어느새 물기가 말랐다. 적비성이 편지 뭉치를 바닥에 툭 던졌다. "여길 빠져나갈 생각인가?"

이연화가 한숨을 내쉬었다. "여기서 공짜 밥이나 얻어먹으려고 했는데 서둘러 해야 할 일들이 있어."

"지세가 험해서 빠져나가기 쉽지 않을 텐데."

이연화가 웃었다. "적비성이 중독되지 않았다면 세상 어디에 그를 가둘 수 있을까?"

적비성도 큰 소리로 웃었다. "날 해독시킬 생각인가?"

이연화가 손바닥으로 적비성의 정수리 백회혈을 지그시 누르며 온화한 미소를 지었다. "가부좌를 틀고 앉아서 눈 감아."

적비성이 똑바로 앉아 가부좌를 틀고 허리를 곧게 폈다.

그러고는 두려운 기색도 없이 십수 년의 숙적에게 자신의 두정골을 내어줬다.

이연화가 적비성의 정수리를 손바닥으로 내려쳐 양주만 진력을 주입하자 순식간에 혈도 십여 곳이 뚫리고 체내의 비풍백양 내식이 한데 합쳐졌다. 합쳐진 두 진력이 온몸을 순환하자 금세 혈도 열아홉 곳이 뚫리고 반신의 주혈主穴이 관통되었다. 적비성은 기분이 한결 가벼워졌다. 양주만이 혈을 뚫고 지나간 뒤 전신의 힘이 하나로 모여 혈기 속에 파고든 독성을 뿌리째 뽑아내자 순간적으로 극심한 통증이 온몸을 감싸며 기괴하게 생긴 혹들이 불에 타듯 새까맣게 변해 가늘게 떨렸다.

이연화가 진력을 더 밀어넣자 적비성도 이 지극히 맑고 조화로운 내공심법이 부상을 치료하는 데 큰 효과가 있음을 인정하지 않을 수 없었다. 양주만은 혈도를 뚫고 기혈이 빠르게 돌 수 있도록 자극하면서도 내장에 아무런 해를 끼치지 않았다. 혈을 하나씩 뚫을 때마다 경력勁力이 계속 강해져 하나로 합쳐진 기혈이 두번째 혈을 뚫었다. 운행이 가속되며 진기가 파죽지세로 혈을 뚫어주자 얼마 안 가 전신의 경맥이 원활하게 통하고 적비성의 비풍백양도 자유롭게 운행할 수 있었다.

이연화가 가벼운 미소를 지으며 적비성의 정수리에서 손을 뗐다. 적비성의 체내에 진기가 충만하게 흐르고, 아직 강하게 남은 양주만의 경력이 천천히 발산되자 비풍백양은 더 강렬한 내력이 되었다. 잠시 후 훅, 하는 둔탁한 소리가 몇 번 비어져나오더니 적비성의 몸이 악취나는 검은 독혈로 뒤덮였다. 혹이 극독을 견디지 못하고 밖으로 쏟아내며 저절로 터진 것이다. 적비성이 일어나자 온몸의 뼈마디에서 뚝뚝 소리가 나고 얼굴에서도 피가 흘러져내려 마치 악귀 같았지만, 우뚝 솟은 산과 같은 그 자태는 천년만년 인간 세상을 굽어보는 산봉우리처럼 주위를 압도했다.

"가지." 적비성은 공력이 회복되자마자 이연화를 덥석 들어올리더니 맞은편 벽을 향해 장력을 쏘았다. 굉음이 울리며 벽돌이 사방으로 날아가고 적비성은 이연화를 안은 채 자욱한 흙먼지와 엄청난 소음을 뚫고 각려초의 집을 빠져나왔다.

"동쪽으로 세번째 커다란 나무에서 뒤로 돌아." 적비성의 팔에 안긴 이연화는 자력으로 달리고 싶었지만 공력을 회복한 적비성의 빠른 속도를 따라잡지 못할 것 같았다.

적비성이 말했다. "진법인가?"

이연화가 말했다. "정원마다 태극어진太極魚陣을 갖췄다고 피구의 편지에 쓰여 있었잖아. 앞에 있는 두번째 석정石亭에서 서쪽으로 방향을 틀어."

적비성이 이연화를 안은 채 그의 말대로 방향을 틀었다. 이연화가 연이어 방향을 제시했다. "회랑을 따라 앞으로 가다가 작약 사이를 뚫고 나가."

두 사람은 정원에서 이리저리 몇 번을 돌아 기관을 전혀 건드리지 않고 금세 절벽 가장자리까지 빠져나왔다.

지세가 험준한데다 절벽을 따라 키 작은 소나무들이 아래로 미끄러지며 자라는 지형이었다. 밤이 깊어 지키는 사람은 없지만 절벽 아래로 구름이 깔려 높이를 가늠할 수 없었다. 하지만 적비성은 조금도 개의치 않고 이연화를 안은 채 몸을 훅 날려 끝없는 절벽 밑으로 떨어졌다.

낙하하는 동안 구름이 스쳐지나갔다. 눈을 뜨자 휘영청한 달빛 아래 모든 것이 똑똑히 보였다. 절벽면을 따라 자라는 키 작은 소나무들이 그들과 두세 길 떨어진 거리에 있었다. 이 절벽은 밑으로 내려갈수록 안으로 들어가는 형세라서 제때에 소나무를 붙잡지 못하면 그대로 바닥으로 추락해 즉사할지도 몰랐다. 이연화는 가슴 졸이며 꼼짝하지 않고 적비성에게 몸을 맡겼다. 적비성이 눈썹을 한번 씰룩이더니 숨을 내뱉으며 큰 소리로 기합을 외치자 갑자기 낙하 속도가 느려졌다. 오른팔로 이연화를 안고 왼팔만으로 절벽을 향해 장력을 내뿜은 것이다.

분명 적비성이 장력을 내뿜었는데 이연화는 이상하게도 몸이 절벽 쪽으로 끌어당겨지는 것을 느꼈다. 적비성의 장력이 흡력吸力이었던 것이다. 두 사람이 절벽면에 부딪히자 적비성이 왼손으로 바위를 짚었다. 백년 비바람에도 부서지지 않았던 바위가 두부처럼 콰르르 부서졌다. 적비성이 암벽을 붙들자 두 사람이 낙하하는 엄청난 무게에 눌려 적비성의 왼팔에서 와지끈 소리가 나고 암벽도 돌부스러기가 되어 쏟아졌다. 이연화가 놀라 뒤로 움츠렸지만 적비성은 또다시 왼손으로 암벽을 찾아 무너뜨렸다. 그러는 동안 낙하 속도가 크게 줄어들었다. 수십 장을 낙하하자 밑으로 불빛이 드문드문 보였다. 절벽에 자라난 소나무도 점점 키가 크고 가지가 무성해지는 형태였다. 적비성의 왼손이 이번에는 소나무를 붙들고 오른손으로 이연화의 오른팔을 잡았다. 소나무 가지가 뚝 하는 소리를 내며 몇 번 흔들리더니 두 사람은 마침내 낙하를 멈추고 나무에 매달렸다.

이연화가 밑을 내려다보니 드문드문 불빛이 보이고 황궁처럼 정자와 누각이 끝없이 이어져 있었다.

적비성은 이연화의 오른팔이 완전히 적비성의 힘만으로 지탱될 뿐 그가 작은 힘조차 주지 않고 있음을 알고 속으로 의아했다. 발밑을 한참 내려다보던 이연화가 뭔가 깨달은 듯 외쳤다. "어룡우마방의 총단이야! 각려초가 우릴 산꼭대기에 방치해둔 이유가 있었어!"

적비성이 말했다. "내려가자. 치미전癡迷殿이야."

"응?" 이연화가 어리둥절해서 발밑을 내려다보니 우뚝 솟은 산밑에 웅장한 누각이 있었다. 위로 살짝 올라간 추녀와 금빛 찬란한 벽과 기둥의 모습이 소림사 대웅전에 결코 뒤지지 않았다.

적비성이 무덤덤하게 말했다. "치미전은 항상 기이한 연기를 내뿜는데, 누구든 그 연기 속으로 들어가면 자아를 잃고 각려초의 살인도구가 되지." 적비성이 잠시 숨을 고르고 다시 말했다. "백천원 감옥을 습격해서 데려온 자들이 모두 치미전에 있어."

"뭐라고?" 이연화가 깜짝 놀랐다. "천신만고 끝에 구해온 자들을 돌아다니는 시체로 만들었다는 거야?"

적비성이 말했다. "절세무공을 지녔다 해도 오랜 세월 감옥에 갇혀 정신이 해이해졌을 테니 우리에게 유리하게 쓸 수 없어. 죽이는 게 낫지."

이연화가 고개를 저었다. "안 돼. 지금까지의 노력을 수포로 만들고 사람 목숨을 함부로 짓밟을 순 없어. 잔인하고 어리석은 일이야. 아, 여기가 각려초의 본거지라면 너도 길을 잘 알겠군. 너만 믿을게."

적비성의 얼굴에 웃을 듯 말 듯 애매한 표정이 번졌다. "운피구가 여기서 빠져나가는 법은 알려주지 않았나?"

이연화가 큰 소리로 웃고는 이내 정색하고 물었다. "얼마나 오랫동안 갇혀 있었지? 일 년?"

적비성은 대답하지 않았다.

"각려초가 네 몸을 혹투성이로 만들지 않았다면 피구의 편지에 답장하지 않았겠지. 아무리 널 벌거벗겨 매달아놓고 때려도 무슨 일이 있으면 너와 상의했을 거야. 널 그렇게 오랫동안 고통스럽게 하지도 않았겠지." 이연화가 탄식했다. "모든 일은 원인이 있는 법. 네가 각려초를 '여자'로 보지 않고 그녀의 사랑도 마음도 받아주지 않았다면, 심지어 각려초라는 사람을 거들떠보지도 않았다면 그녀가 네 몸을 혹투성이로 만들지도 않았겠지."

"내려가자." 적비성이 냉소 섞인 투로 이연화의 말을 잘랐다. "각려초에게 십이 년 동안 푹 빠져 있는 네 수하의 그 '잘생긴 제갈량'을 보고 싶군. 십이 년이 흘러도 천리를 호령하던 그 기백을 지키고 있나?"

"피구는 내 수하가 아니야." 이연화가 미소를 짓자 미간의 주름이 펴지며 오래전 대범하고 소탈했던 표정이 언뜻 스쳤다.

적비성이 이연화의 팔을 잡고 휘파람을 길게 불자 솔잎이 솨솨 소리를 내며 떨리고 암벽이 또 바스러졌다. 발밑에서 사람들이 동요하기 시작하고 여러 색깔의 불꽃이 쉬지 않고 터졌다.

적비성이 그 소란 속으로 훌쩍 뛰어내려갔다.

십수 길 위 소나무에서 뛰어내려 중간쯤 낙하했을 때부터 치미전의 기이한 향냄새가 나기 시작했다. 이연화가 코를 감싸쥐고 외쳤다. "문을 열어!"

적비성이 치미전 지붕을 주먹으로 쳐서 부수고 들어갔다. 치미전 안에 줄지은 수많은 철창 안에 노란 옷을 입고 눈동자에 초점이 풀린 사람들이 갇혀 있었다. 적비성이 숨을 참고 옷소매로 연기를 휘저으며 다가가 철창을 주먹으로 치자 쇠창살 몇 개가 부서지고 철창에 갇힌 사람들이 시체처럼 비틀거리며 걸어나왔다.

적비성은 이연화가 말하기도 전에 치미전 문을 발로 차서 열고 뛰쳐나간 뒤 정원까지 달려가서 긴 숨을 들이마셨다. 그제야 뒤를 돌아보니 노란 옷을 입은 사람들도 비틀거리며 빠져나와 뿔뿔이 밖으로 향했다.

이연화가 코를 감싸쥔 채 말했다. "이 철창은 운피구가 각려초를 위해 설계해준 거야. 북해한철北海寒鐵로 만들었군. 보통 쇠에 비해 강도가 무척 강하지만 잘 바스러지지. 북해한철을 용케 늘려서 이렇게 거대한 철창을 만들었으니 강한 충격을 가하면 부서질 수밖에 없어. 금을 타고 장기를 두고 글씨와 그림에 조예가 깊어도 각려초가 이런 것까지는 몰랐나보군."

그때 노란 옷을 입은 시체 같은 사람들과 요란한 소리를 듣고 달려온 시위들이 마주쳐 격투가 벌어졌다. 노란 옷의 사람들은 백천원의 지하 감옥에서도 쉬지 않고 무공을 연마해 실력이 뛰어났는데, 정신이 또렷하지 못해 힘 조절을 할 수 없었으므로 시위들을 닥치는 대로 죽였다. 더 많은 시위들이 달려와 치미전을 둘러싸고 혼전이 벌어졌다.

이연화가 코를 감싼 채 나무 뒤로 몸을 숨겼다. 적비성은 이연화의 가볍고 빠른 걸음과 물 흐르듯 자연스러운 몸놀림에 조금 놀란 기색이었다. 이연화는 숨었지만 적비성은 뒷짐지고 정원에 서서 칼과 검이 맞부딪히고 피가 솟구치는 격투를 지켜보았다. 어룡우마방에 일대 혼전이 벌어졌다.

바로 그때 멀리 있는 정원의 공중에서 노란 불꽃이 펑 터졌다. 모양과 색깔이 조금 전에 본 것과 전혀 달랐다. 적비성이 그쪽을 보다가 점점 눈을 가늘게 뜨며 체내의 기세를 응집시켰다. 불꽃이 사방으로 퍼져나가자 정원의 풀과 나무가 휘청이고, 수많은 기관이 갑자기 허공을 향해 암기를 난사한 뒤 옆으로 쓰러졌다. 수많은 나무와 회랑과 벽에 감춰져 있던 구멍이 열리고 진법이 저절로 작동하기 시작했다. 하늘이 울리고 땅이 요동친 뒤 전각 곳곳에서 연기가 치솟더니 진법이 무너지고 기관이 모두 부서졌다. 적비성은 속으로 흠칫 놀랐다. 오랫동안 각려초에게 깊은 신임을 받아온 자가 아니면 이 정도로 위세를 떨칠 수 없을 터였다. 운피구의 편지 몇 통으로 해낼 수 있는 일도 아니었다. 설마 각려초조차 모르는 사이에 백천원 사람이 어룡우마방에 이토록 깊숙이 파고들었단 말인가.

기관이 한꺼번에 작동해 모두 쓸모없어지자 총단 전체가 술렁였다. 무슨 일이 일어난 건지 아무도 모른 채 놀라고 당황해서 어쩔 줄 몰라했다. 바로 그때 두번째 불꽃이 하늘을 향해 솟구쳐올랐다. 불꽃이 치솟을 때 펑 하는 소리만으로도 사람들은 가슴이 철렁 내려앉았다.

적비성이 고개를 들어 먼 곳을 보았다. 하늘로 솟구친 불꽃이 작은 불덩이로 쪼개져 선명한 일곱 빛깔을 내며 유성처럼 아름답게 떨어져내렸다. 희한하게도 두번째 불꽃이 치솟을 때는 주위에 작은 움직임이나 진동도 없고 매캐한 연기만 사방으로 퍼졌다. 하늘에서 터진 일곱 색깔의 불꽃이 꺼지지 않고 수풀 속, 전각 지붕 위, 회랑 기둥 위로 비처럼 쏟아져 총단 곳곳에서 불꽃이 치솟고 연기가 하늘을 가렸다.

사방에서 비명이 터져나왔다. 사람들이 머리 위에서 쏟아지는 불꽃에 놀라 비명을 지르며 뛰어다니는데, 또다시 펑 하는 소리와 동시에 불꽃이 터져 수많은 불씨로 쪼개진 뒤 수차례 굉음이 연달아 울리고 온 하늘이 불길에 휩싸였다. 명절 불꽃놀이보다 더 화려한 일곱 색깔이 하늘을 눈부시게 수놓은 뒤 무지개처럼 호를 그리며 사람들의 머리 위로 쏟아졌다.

곳곳에서 비명이 터지고 불길이 타올랐으며 붉은 연꽃 같은 불덩이가 하늘을 가렸다. 불길에서 뭉게뭉게 피어오른 연기가 용이 승천하듯 누각 위 상공으로 구불구불 올라갔다.

각려초가 십수 년간 막대한 돈을 쏟아부어 세운 이 피비린내나는 총단이 순식간에 불길과 연기에 휩싸였다.

"아!"

"요녀를 죽여라!"

"요녀를 죽여라!"

"배신자를 응징하고 간악한 무리를 처단하라!"

"배신자를 응징하고 간악한 무리를 처단하라!"

"우리의 천하를 되찾자!"

"우리의 천하를 되찾자!"

"악을 소탕하라!"

"악을 소탕하라!"

멀리서 누군가 앞장서서 구호를 외치고 검을 번뜩이며 깃발을 높이 휘날리자 수십 무리가 사방팔방에서 어룡우마방 총단의 각 출구를 봉쇄했다. 어떤 이가 우렁한 목소리로 외쳤다. "이곳은 우리 사고문에게 완전히 포위됐다. 옳고 그름을 분간할 줄 알고 사고문을 적으로 돌리고 싶지 않은 자는 내 왼쪽에 서라. 어룡우마방을 탈퇴하고 앞으로 강호에 절대로 해를 끼치지 않겠다고 약속한다면 돌아가도 좋다."

순백의 유삼儒衫을 입고 하늘을 찌르는 기세로 외친 사람은 바로 부형양이었다.

그 순간 부형양이 보여준 위용은 후대에 길이 남아 칭송받기에 충분했다.

나무 뒤에 숨어 있던 이연화가 한숨을 내쉬었다.

적비성은 뒷짐을 진 채 이 믿기지 않는 광경을 보면서도 얼굴에 아무런 표정도 나타나지 않았다.

머리 위에서 불꽃이 터지고 발밑에서는 맹렬한 불길이 타올랐다.

이연화가 나무 뒤에서 천천히 고개를 들어 밤하늘을 올려다보았다.

불꽃이 산화한다.

남은 건 부질없는 꿈뿐.

도처에 깔린 죽음, 바닥에 고인 선혈. 이 모든 것을 환상처럼 아름답다 할 수 있을까?

그때였다. 그리 멀지 않은 곳의 순정루殉情樓에서 날아온 화살 한 자루가 부형양의 몸에 꽂혔다. 검은 옷의 궁수 여덟 명이 누각에서 뛰어내려 진열을 갖추고 사고문을 향해 다가왔다. 사고문의 깃발도 나란히 정렬해 그들과 맞섰다. 어룡우마방의 진법을 오랫동안 연구한 듯 익숙해 보였다.

서로에게 다가가는 발소리가 점점 빨라졌다. 적비성은 담담한 표정으로 사방을 휙 둘러보았다. 남아 있던 시위들이 빠르게 진형을 갖춘 뒤 죽음의 일전을 준비했다. 적비성이 그들과 맞붙었다. 적비성이 장력을 내뿜자 시위 몇 명이 날아가 그 자리에서 죽었다. 적비성은 눈썹 한번 찡그리지 않았는데 몇 사람이 날아가 바닥에 떨어지기도 전에 이미 뼈가 산산조각났다. 나무 뒤에 숨었던 이연화도 하는 수 없이 앞으로 나와 적비성과 등을 맞대고 섰다. 각려초의 수하 중 일부는 독버섯 가루를 먹어 어쩔 수 없이 충성하고 있었으므로 부형양이 용서해준다고 해도 목숨걸고 싸울 수밖에 없었다.

집결한 진법이 점점 많아지자 적비성이 적들을 죽이며 앞으로 나아갔다. 사방에서 진법이 밀물처럼 몰려들어 두 사람을 앞세워서 어느 전각으로 향했다.

이연화가 눈을 가늘게 떴다. 잘 보일 때도 있었지만 지금 그의 눈앞은 온통 검은 그림자뿐이었다. 또렷하게 보이지는 않지만 도읍의 백화루百花樓와 비슷한 전각이 눈앞에 나타났다. 망구당妄求堂이었다.

위아래 모두 검게 칠한 전각이었다. 벽돌과 목재가 모두 짙은 검은색인데, 나무는 흑단목이지만 벽돌은 무엇인지 알 수 없었다.

창이 굳게 닫히고 문도 잠긴 채 전각은 어둠에 휩싸여 있었다.

절대 고수가 이 안에 숨어 있는 걸까?

그 순간 이연화의 뇌리에 한 사람이 스쳤다. "설공공雪公公!"

적비성의 몸에서 불꽃 같은 기세가 타오르자 이연화가 세 걸음 물러났다. 사방에서 날아오는 화살도 적비성의 몸에서 발산되는 진력을 이기지 못하고 흔들리다 떨어지고, 망구당의 검고 무거운 대문도 적비성의 기세에 밀려 덜컹거렸다.

설공공은 이십 년 전 강호에서 이름을 떨친 대악당이었다. 피부가 창백하리만치 희고 두 눈은 피처럼 붉었다. 머리카락 외에는 털이 자라지 않아 나이와 무관하게 턱이 매끈한 까닭에 '공공'이라는 별명이 붙었다고 했다. 온몸은 눈처럼 흰데 검은색을 좋아해 항상 검은 옷을 입었다. 사용하는 물건이나 사는 집도 모두 검은색이었다. 주로 늦은 밤에 나타나 사람을 죽이고 인육을 날로 먹었으며 한 마을 사람들을 통째로 도륙하기를 즐겼다. 잔혹하기 이를 데 없는 악마였다.

적비성과 이상이가 강호에 나왔을 때 설공공은 이미 행방을 감춘 뒤였다. 암흑에 싸인 망구당에 정말로 설공공이 산다면, 각려초도 수완이 대단한 셈이었다.

하지만 망구당은 대문이 덜컹덜컹 흔들리기만 할 뿐 그 안에서 아무도 나오지 않았다.

이연화가 숨죽이고 귀를 기울이다가 적비성의 등뒤에서 나와 망구당의 대문을 힘껏 밀었지만 열리지 않았다.

적비성이 눈을 번뜩이며 성큼성큼 걸어와 문을 주먹으로 쾅 치자 나무문이 거미줄처럼 쩍 갈라지더니 조각조각 부서졌다. 피어올랐던 먼지가 내려앉은 뒤 깜깜한 내부가 보였다.

산도 무너뜨리고 옥도 부술 듯한 강력한 일격이었는데도 적비성은 눈썹을 한번 추어올릴 뿐이었다. 이상이는 자신의 십사 년 숙적인 적비성의 힘이 그렇게 강할 줄은 미처 몰랐다.

그 순간 적비성의 눈 속에 또 한번 불꽃이 타올랐다. 눈동자를 태워버릴 듯 강렬한 불꽃이었다.

망구당 대문이 부서지고 깜깜한 내부가 드러나며 심한 악취가 훅 끼쳤다.

이연화가 품에서 화절자를 꺼내 불을 붙인 뒤 안으로 던졌다.

깜깜하던 내부가 환해졌다.

안에는 아무도 없었다.

시신 한 구뿐이었다.

백발이 성성하고 피부가 창백한 노인의 시신이었다.

죽은 지 며칠 된 듯 보였는데 등에 꽂힌 비수가 어둠 속에서 섬뜩한 빛을 내뿜었다. 설공공을 정면에서 맞서지 못하고 등뒤에서 몰래 습격한 것이다.

망구당 안으로 들어가서 설공공에게 가까이 다가가 촛불을 켜고 그와 대화를 나눌 수 있는 이는 없을 것이다.

이연화의 안색이 굳어졌다.

비수의 칼날에서 분홍빛이 번지는 게 보였다. 초자금의 혼례식 날 각려초가 소소용을 찌르고, 그다음 강혜하가 소소용을 죽인 뒤 백천원에 압수된 흉기였다.

바로 소도홍이었다.

살인자가 누군지 명백했다.

시신을 발견한 적비성의 눈동자가 미세하게 흔들렸다.

이연화가 시신에서 소도홍을 뽑아내 밖으로 나갔다. 적비성의 곁을 지나면서도 그에게 눈길 한번 주지 않고, 주위의 그 누구에게도 눈길을 주지 않았다. 그저 뒷짐을 진 채 몸을 쫙 펴고 밖으로 나갔을 뿐이다.

문밖에는 여전히 거센 불길이 타오르고 칼과 무기가 바닥에 널브러졌으며 연기가 용처럼 구불구불 하늘로 피어올랐다. 하늘 색도 흉측하고 달과 별도 빛을 잃었다.

이연화는 어느 것에도 눈길을 주지 않고 동남쪽으로 곧장 걸어갔다.

그때 붉고 아름다운 그림자 하나가 다가오더니 쉭 하는 소리와 함께 서슬 퍼런 검으로 이연화의 목을 겨누었다.

이연화는 아무 소리도 듣지 못한 듯 표정에 변화가 없었다.

그 순간 '땅' 하는 소리가 하늘을 울리고, 목을 향해 달려든 검이 뭔가에 가로막혔다.

붉은 옷을 입은 사람의 면사가 바람에 세차게 나부꼈다.

서로 소매가 스칠 만큼 가까웠지만 이연화는 그녀에게 곁눈조차 주지 않았다.

그녀의 검을 막아낸 사람은 온몸이 검은 피로 물들고 옷은 더러웠으며 머리가 헝클어져 얼굴을 알아보기가 힘들었다.

하지만 그가 거기 서자 사람들이 슬금슬금 뒤로 물러났다.

그를 중심으로 반경 다섯 보 안에 아무도 남지 않았다.

그녀의 보검을 막아낸 것은 쇠사슬 반 마디였다.

그의 견갑골에서 빼낸 피 묻은 쇠사슬이었다.

붉은 옷을 입은 사람이 몸을 돌렸다.

그녀의 고개가 중간쯤 돌아갔을 때 적비성이 번개처럼 빠르게 그녀의 목을 틀어쥐고 들어올렸다가 멀리 내던졌다.

그 일련의 동작을 하는 동안 그는 조금 전 적들을 죽일 때처럼 표정에 작은 변화조차 없었다.

퍽! 붉은 옷을 입은 사람의 몸이 바닥에 떨어지는 순간, 조금 전 바닥에 떨어져 죽은 시신들처럼 선혈이 사방으로 튀었다.

주위에서 사람들이 지켜봤지만 아무것도 특별하지 않았고, 심지어 숨죽이거나 놀랄 틈조차 없었다.

적비성은 사람을 내던지고도 눈길 한번 주지 않고 고개를 들어 달을 올려다본 뒤 몸을 돌려 자리를 떴다.

밤바람에 핏빛 면사가 나부껴 형체를 알아볼 수 없을 만큼 피범벅이 된 얼굴이 드러났다.

주위 사람들이 그제야 비명을 지르며 슬프게 울부짖었다.

하지만 이 세상 모든 것은 더이상 그녀와 아무 관계도 없었다.

그녀는 말 한 마디 남기지 못했다.

아니 어쩌면 남기고 싶은 말이 없었는지도 모른다.

그녀는 조금도 저항하지 않았다.

아니 어쩌면 저항할 겨를이 없었을지도 모른다.

그녀는 아마 비통했을 것이다.

아니 어쩌면 비통할 겨를조차 없었을지도 모른다.

경국지색의 미모, 세상에 둘도 없을 절세의 풍류. 하지만 지금 이 모든 것이 핏빛 살덩이가 되었다.

어쩌면 그녀 자신도 몰랐을 것이다. 각려초가 그토록 쉽게 죽으리라는 것을.

4. 벗을 향한 믿음

하룻밤 사이에 각려초가 죽고 어룡우마방이 전멸해 모든 게 잿더미로 변했다.

이 소식이 전해지자 강호가 들썩이며 사고문의 명망이 드높아지고 각 문파 사람들이 잇따라 찾아왔다. 사고문의 명성은 과거와 비교해도 결코 뒤지지 않을 만큼 회복되었다. 하지만 사람들이 가장 놀란 건 얼마 전까지 막강한 힘을 과시하던 각려초가 하룻밤 사이에 그토록 처참하게 패해 목숨조차 부지하지 못했다는 사실이었다.

사고문의 부 군사가 얼마나 신통한 능력을 지녔기에 각려초를 그토록 철저히 패배시킨 것인가?

사실 어떻게 각려초를 그토록 완벽하게 패배시켰는지 부형양 자신도 어리둥절했다.

각려초가 백천원 백여든여덟 개 감옥의 위치를 어떻게 알아냈을지 조사할 때였다. 많은 첩자를 보냈지만 그다지 많은 것을 밝히지는 못했다. 각려초가 수많은 부하를 받아들이고 온갖 수단을 동원해 강호의 변두리를 떠도는 세력을 규합한 뒤, 도읍에서도 일을 꾸미고 각 거대 문파를 공격할 계획을 세웠다는 수준의 정보였다. 또 이 과정에서 이미 많은 사람을 죽였기 때문에 각려초의 손에 소리소문 없이 사라진 각 문파의 고수들이 많다는 사실도 알아냈지만 더 자세한 내막은 밝히지 못했다.

조사에 진전이 없을 무렵, 어룡우마방 총단에서 누군가 익명으로 편지를 보내 거기에 그려진 진법에 따라 부하들을 훈련시킬 것을 당부하고, 총단의 지형도와 기관이 설치된 위치까지 상세히 그림으로 일러줬다. 처음에 부형양은 함정일 거라고 생각해 믿지 않았지만, 상대가 그후에도 계속 편지를 보내 어룡우마방의 계획을 알렸고 매번 그의 말이 그대로 맞아떨어졌다.

따로 사람을 보내 은밀히 알아봐도 역시 편지 내용과 대체로 일치해서 믿지 않을 수 없었다. 그때부터 부형양은 부하들을 모집해 편지 내용대로 진법 훈련을 실시하는 한편, 정체도 모르는 어룡우마방의 첩자와 몇 차례 연락을 주고받으며, 총단에서 불꽃이 솟아오르면 사고문이 들이닥쳐 각려초를 죽이고 총단을 장악하기로 모의했다.

하지만 편지를 보내는 사람이 누군지, 편지를 어떻게 보내는 것인지, 어룡우마방에 잠복한 자들은 누군지, 심지어 각려초가 죽던 날 치미전 철창을 부수고 시체 같은 사람들을 풀어준 자는 누군지, 기관을 일제히 작동시켜 무력화하고 진법이 효과를 발휘할 수 없도록 만든 사람은 누군지, 설공공은 누가 죽였는지, 또 각려초를 죽인 사람은 누군지, 부형양은 전혀 알 수 없었다.

부형양은 몹시 불안했다. 여러 문파에서 축하 서신이 속속 도착하고, 친분을 맺으려고 직접 찾아와 축하하는 사람들도 많았지만, 평소 늘 자신감에 가득차 우쭐거리던 그답지 않게 막막하고 당혹스럽기만 했다.

불안감이 극도에 달했을 때 문득 이연화가 떠올랐다.

하지만 그는 행방이 묘연했고 이미 세상을 떴을 가능성이 컸다.

떨칠 수 없는 불안감과 풀리지 않는 의문을 누구에게 털어놓아야 할지 막막했다.

꼬리에 꼬리를 무는 의문을 풀지 못하면 평생 자신을 따라다니며 괴롭힐 것 같았다.

백천원.

운피구의 부상이 심각해서 어느 절세무공에 당했는지는 몰라도 백강순이 데려온 의원도 그를 치료할 수 없었다. 게다가 운피구는 의원이 지어준 탕약조차 마시지 않고 아예 식음을 전폐했다. 누군가 영단을 억지로 먹이지 않았다면 진즉에 목숨을 잃었을 것이다. 기한불이 찾아간 날부터 운피구는 오직 죽기만을 기다렸다.

지도가 유출된 경위를 조사하던 백강순은 진실이 밝혀질수록 더 큰 충격에 빠졌다. 운피구는 직접 그린 지도를 백천원의 일상 편지 틈에 끼워넣었고, 붓에 먹 대신 특수한 물약을 찍어 편지를 쓴 다음, 봉투에는 법공 방장에게 보내는 것처럼 썼다. 그 때문에 백강순은 아무것도 모른 채 편지에 도장을 찍어 백천원의 전령을 통해 보냈다. 하지만 전달되는 도중에 법공 방장 앞으로 쓴 글씨가 감쪽같이 사라지고 다른 물약으로 써서 감췄던 글씨가 나타났다. 그리고 그 사실을 모르는 전령이 편지를 각려초에게 전달했다.

편지의 내용도 편지지 위에 더 진한 약을 한 겹 덧발라 철저하게 가렸다. 종이에 묻은 뒤 사흘까지는 흰색을 띠다가 점점 색이 빠지고 그 밑에 있는 그림이 나타나는 신기한 약이었다.

운피구가 이런 방법으로 보낸 편지가 몇 통이나 되는지 알 수 없었다. 백강순은 저도 모르는 사이에 그 편지에 자기 손으로 도장을 찍었다는 사실을 알고 소름이 끼쳤다. 운피구를 형제로 여기며 끝까지 믿었는데, 운피구는 백강순 몰래 그런 은밀한 일을 벌였다.

게다가 밀서를 보낸 것으로 끝이 아니었다. 운피구를 시중드는 시동들을 모두 불러 물으니 그의 숨겨진 행적이 드러났다. 운피구가 오랫동안 두문불출했으므로 백천원 사람들은 다들 문을 걸어 잠그고 자기 방에 틀어박혔다고 생각했다. 그런데 시동들에게 물어본 뒤 백강순은 깜짝 놀랐다. 최근 일 년간 운피구가 몇 차례나 출타했을 뿐 아니라 매번 며칠 뒤에야 돌아왔다는 것이다. 심지어 한 달 넘게 처소를 비운 적도 있었다.

다만 깊은 밤에 처소를 나갔기 때문에 시동들도 그가 언제 외출했는지 정확히 알지 못했고, 그를 찾아온 사람들은 대부분 몇 번 문을 두드리다가 인기척이 없으면 병든 그가 곤히 자는 줄 알고 방해하지 않으려 조용히 돌아갔다.

그가 어디를 다녀오는지 아무도 알지 못했다. 시동들은 그가 기한불 등과 소청산에 다녀왔을 거라고 생각했지만, 백강순은 그게 아님을 알았으므로 운피구가 십중팔구 각려초의 총단을 오갔으리라 짐작했다.

백강순은 온몸의 잔털이 쭈뼛 서는 걸 느꼈다. 운피구가 아직도 각려초를 잊지 못했다면, 십이 년 전에 그가 죽음으로 사죄하겠다며 참회했던 것도 그저 음모였단 말인가.

각려초 곁에 있을 수 있다면 '잘생긴 제갈량'의 신분을 버리고 기꺼이 그녀의 발밑에서 노예가 되는 편을 선택하겠단 말인가.

정녕 운피구는 각려초를 위해 십이 년 동안 백천원에서 은밀히 첩자 노릇을 했단 말인가?

그게 정말이란 말인가?

각려초를 위해 죽음도 불사할 수 있단 말인가?

하지만 어룡우마방이 부형양에게 패한 뒤 그 경국지색의 미인도 활활 타오르는 불길 속에서 재가 되었다. 백강순은 정말 운피구에게 묻고 싶었다. 각려초가 죽은 지금, 운피구가 각려초를 위해서

했던 모든 일들이 무슨 의미가 있는지. 십이 년 전으로 다시 돌아가도 각려초를 위해 죽음을 불사할 수 있는지 말이다.

하지만 운피구는 그의 어떤 질문에도 대답하지 않을 것이다.

운피구가 원하는 건 오직 하나뿐이었다.

차라리 죽음을 달라는 것.

열흘이 훌쩍 지나갔다.

백강순은 운피구가 누군가의 죄를 대신 뒤집어쓰려는 것인지 그 단서를 찾아내지 못했지만, 백천원의 여러 기밀을 알아내 온갖 방법으로 각려초에게 전달한 증거는 찾아냈다. 또 백천원 마부와 청원산 밑의 객잔부터 시작해서 길을 따라 자리한 객잔들을 하나씩 조사하며 운피구가 어느 곳에 갔었는지 알아봤다.

결과는 명백했다.

운피구가 잘생겼지만 구레나룻이 희끗희끗하고 얼굴이 몹시 초췌해 눈에 띄었기 때문에 그를 기억하는 사람이 많았다. 백강순이 사람을 보내 물어보니 운피구가 가는 길에 여러 객잔에 묵었는데, 객잔 주인들 모두 그가 동행자 없이 혼자였고 무척 힘겨워 보였다고 말했다. 과연 예상대로 운피구가 몇 차례 백천원을 비웠을 때 각려초의 총단에 다녀온 것이다. 총단에서 제일 오래 머물렀을 때는 길에서 오가며 보낸 시간을 제외해도 스무날이 넘었다.

열흘이 지나자 기한불은 백천원 대제자와 전령, 감옥 관리를 맡은 부하 등을 일제히 정원으로 소집해 명령을 기다리게 했다.

백천원 부하들은 운피구가 백천원을 배신한 혐의로 감옥에 간혔다는 사실을 알았으므로, 오늘 명령이 내려올 것이라는 소식에 큰일이 벌어지리라 예상하고 일찍부터 정원에 모여 기다렸다.

기한불, 백강순, 석수는 석양이 질 무렵에야 정원에 모습을 나타냈다.

해가 서쪽으로 뉘엿뉘엿 기울어 정원의 울창한 나무가 먹처럼 컴컴하고 나뭇가지는 까마귀처럼 검었다.

기한불이 계단 몇 개를 천천히 올라가 정당正堂 처마 밑에 서고 백강순과 석수도 좌우에 섰다.

그리 크지 않은 백천원 정원에 수십 명이 발 디딜 틈 없이 모였지만 작은 숨소리조차 나지 않았다.

이들 수십 명 중에는 곽평천, 부남비 등 강호를 주름잡는 호걸들, 백천원과 친분이 있는 사호은창 왕충, 하장, 유여경, 심지어 최근 강호에서 조금씩 명성을 얻고 있는 무당파 제자 육검지도 있었다.

운피구가 적과 내통한 일은 어룡우마방이 무너진 이후 강호의 최대 사건이었다.

불피백석조차 믿을 수 없다면 강호에 신뢰할 수 있는 정의가 남아 있을까? 누굴 믿을 수 있을까? 변치 않는 진실이 남아 있을까? 누구나 마음속으로 염원하는 신성한 땅이 과연 이 세상에 있단 말인가? 온 마음으로 의지할 수 있는 강한 힘이 존재한단 말인가?

운피구가 각려초의 첩자였다면, 그동안 백천원이 했던 모든 일이 정당했다는 걸 믿을 수 있을까? 무고한 사람에게 억울한 누명을 씌운 적은 없을까? 각려초를 위해 떳떳하지 못한 일을 한 적은 없을까? 최근 백천원이 흉악범이라며 잡아 가둔 이들 중에 무고한 사람도 있지 않을까?

운피구에 대한 의심이 들불처럼 일어나며 강호에서 십수 년 자리를 지켜온 백천원의 지위도 흔들리기 시작했다. 운피구를 어떻게 처리하든 다시는 백천원의 명성을 회복할 수도 없고, 강호의 민심을 되돌릴 수도 없을 듯했다.

그 때문에 오늘 기한불이 명령을 내린다는 소식에 많은 이들이 그의 얘기를 듣기 위해 몰려들었다. 백천원의 작고 소박한 정원에 내로라하는 인사들이 가득 모였다.

백천원 제자 두 명이 운피구를 부축해 기한불 앞으로 데려왔다. 붉은 석양빛에도 운피구의 얼굴은 시신처럼 창백하고 앙상하게 불거진 뼈가 도드라져 보였다. 공자의 기품이 넘치던 '잘생긴 제갈량'이 불과 십수 일 만에 흰머리가 성성한 산송장으로 변했다.

정원에 모인 이들은 강호의 고수였다. 운피구가 아무리 은둔생활을 했어도 다들 한두 번 만난 인연은 있었으므로 그렇게 변해버린 운피구의 모습을 보고 몹시 놀랐다. 다만 모두 기를 연마한 이들이라 누구도 그런 얘기를 입 밖에 내지 않았다.

"강순아." 기한불은 직설적인 사람이었다. 정원에 모인 이들의 신분과 지위가 어떻든 돌려 말하지 않았다. "네가 조사한 결과를 공표하거라."

백강순이 짧은 한숨을 내뱉으며 말을 시작했다. "백천원에서 일어난 일로 먼길을 오느라 수고 많으셨습니다." 백강순도 상투적인 인사말에 익숙하지 않은 사람이라 곧장 본론으로 들어갔다. "각려초가 백천원의 감옥 일곱 곳을 습격했고, 우리가 보관하고 있던 백여든여덟 개 감옥의 지도도 유출됐습니다. 그동안 형님과 우리 형제들이 조사한 끝에 피구가 지도를 훔쳤다는 결론을 내렸고 본인도 시인했습니다. 첩자 서른세 명을 여러 곳에 보내 알아본 결과, 피구는 일 년간 단운봉斷雲峰 아래 어룡우마방 총단에 네 차례 갔습니다. 첫번째는 사흘, 두번째는 열흘, 세번째는 열이레 동안 있었고, 네번째는 스물여드레나 머물렀습니다. 각려초를 체포하려던 백천원의 계획이 매번 수포로 돌아간 것도 피구가 미리 소식을 알렸기 때문이라는 자백을 받았습니다. 또한 길상문연화루의 이연화 선생이 아태진 뒷산에서 실종된 사건도 피구가 각려초의 지시를 받고 그를 살해한 것이라고 털어놓았습니다." 백강순이 작은 눈으로 사람들을 쭉 훑어본 뒤 말을 이었다. "이로써 운피구는 각려초가 백천원에 심어둔 심복임이 확실해졌으며, 백천원의 두 제자인 좌삼교와 진륜위秦綸衛의 죽음도 운피구의 소행으로 밝혀졌습니다."

백강순의 말이 끝날 때까지 운피구는 한 마디도 하지 않고 침묵으로 모든 것을 인정했다. 사람들은 놀란 눈으로 서로 쳐다보기만 했다. 운피구와 친분이 있는 몇 사람은 믿을 수 없다는 표정이었다. 기한불이 말했다. "백천원의 원주 신분으로 무고한 동지를 살해한 것은 용서받을 수 없는 죄요. 게다가 각려초와의 관계에 휘둘려 옳고 그름을 분간하지 못하고 반역을 저질렀소. 지금 이 순간부터 운피구를 백천원에서 퇴출하고 살인죄는 이 자리에서 목숨으로 갚게 하겠소. 여기 있는 모든 이들이 증인이 되어주시오."

"이럴 순 없습니다!" 육검지가 저도 모르게 외쳤다. 나름 강호에 발을 들인 지 수년이건만 이토록 빠른 판결도, 이토록 단호한

집행도 본 적이 없었다. 단 몇 마디로 전후 관계를 설명하자마자 형을 집행하다니.

석수가 장검을 뽑아들고 매서운 눈으로 육검지를 노려보았다.

"죽어 마땅하지 않은지 피구 본인에게 물어보아라."

육검지가 망연한 눈길로 운피구를 응시했지만 그는 눈을 감은 채 고개만 끄덕이며 죽음을 기다렸다.

정원에 모인 이들은 서로 얼굴만 쳐다보았다. 운피구가 각려초에게 충성했음은 이미 소문으로 알았지만, 기한불이 운피구를 당장 죽이라고 명령하자 놀라지 않을 수 없었다. 왕충, 하장, 유여경 등 오래전 생사의 고비를 함께 넘긴 이들도 기한불을 말리고 싶었다.

사람들이 운피구를 돕기 위해 무슨 말이라도 하려 했지만, 운피구는 계속 고개를 끄덕이며 죽기를 기다렸다.

석수의 손에 들린 장검이 살짝 비틀리며 석양빛에 붉게 빛나더니 소리 없이 운피구의 목을 향했다.

그리 빠르지도 않고 바람이 이는 소리도 나지 않았다.

하지만 정원에 모인 고수들은 허공을 가르는 검의 움직임에 흔들림이 없고 기가 안정적이므로 그 검에 베이면 결코 살아남을 수 없다는 사실을 알았다.

그 순간 다들 속으로 애통한 비명을 질렀다. 운피구가 잘못된 판단으로 죄를 지었지만, 한때는 긴 두건을 두르고 부채를 흔들며 고상하게 풍류를 즐기고 지혜로 천하를 호령하는 대협이자, 규방 여인들의 동경과 흠모를 한몸에 받던 인물이었다.

그런 운피구가 각려초를 위해 기꺼이 목숨을 바칠 줄 누가 알았을까. 각려초를 배신하느니 차라리 목을 내놓을 줄이야.

한때 큰 공을 세우고 수많은 무고한 목숨을 구했으며, 강호를 위해 값진 피를 흘렸던 운피구가 곧 석수의 검에 스러질 것이다.

한 마리 교룡처럼 날아간 검.

망망한 천지를 놀라게 하네.

사람들은 석수가 검을 휘두르는 것을 처음 보았다. 채찍을 즐겨 쓰는 석수의 검이 이토록 단호하고 날카로울 줄은 아무도 예상하지 못했다.

곧 운피구의 머리가 땅으로 떨어질 절체절명의 순간, '땅' 하는 소리가 울렸다.

부러진 검날이 튀어오르며 광풍에 날려 바닥에 탕 떨어졌다.

석수의 옷자락과 머리카락이 흩날리고, 검을 내려치는 자세에는 흔들림이 없었다. 사람들은 석수의 손에 들린 검이 운피구의 목을 정확히 겨누고 있는 것을 보았다. 단칼에 목을 베기에 충분한 기세였다.

하지만 운피구의 목은 잘리지 않았다.

잘린 것은 석수의 검날이었다.

사람들은 운피구의 등뒤로 누군가 뛰어내리는 것을 보았다. 그는 분명히 석수보다 늦게 검을 휘둘렀지만 그 검광이 비단 한 필처럼 펼쳐져 표표히 흩날렸다. 크게 힘을 주지도 않은 듯한데 두 검이 교차하는 순간 검날이 부러지며 하늘로 날아올라 석수는 미처 다음 초식을 펼칠 수 없었다.

저자는 누구인가?

그의 검을 보자마자 기한불의 눈동자가 번뜩였다.

백강순은 놀라움과 기쁨이 교차했지만 감히 믿을 수 없었다.

"맙, 맙소사……"

석수는 다음 초식을 펼치지도 못하고 그 자리에서 굳은 채 흰옷을 휘날리며 뛰어든 사람을 말없이 쳐다보기만 했다.

갑자기 뛰어든 사람은 흰옷을 입고 얼굴도 흰 비단으로 가렸다.

그의 손에 들린 검은 아주 긴 연검으로, 검신은 무척 얇지만 검날에 부딪힌 석양빛이 검광처럼 퍼져나가 핏빛 빛무리가 되었다.

"문경!"

정원에 모인 이들의 입에서 주체할 수 없는 환희, 전율, 믿기 힘든 당혹감, 극도의 공포가 뒤섞인 외마디가 터져나왔다.

'문경'이라는 말에 운피구가 눈을 번쩍 뜨고 자신을 부축한 두 제자의 팔을 뿌리쳤다. 그런데 운피구가 눈을 뜨자마자 석수의 부러진 검날을 집어들고 자기 가슴을 찌르려 할 줄은 아무도 예상치 못했다.

지금 이 순간 운피구가 원하는 건 오로지 죽음뿐이었다.

운피구는 자기 뒤에 있는 문경에 눈길조차 주지 않았다.

죽어서 각려초를 따라가겠다는 일념뿐인 듯 보였다.

당황한 석수가 운피구를 막아야 할지 판단하지 못할 때 흰옷 검객이 탄식하며 검날을 쥔 운피구의 손을 붙잡았다. "멈춰라."

달빛 같은 검광을 흩뿌리며 나타난 그가 구사한 검술은 '상이태검'이고, 그의 손에 들린 검은 연검 '문경'이었다. 이상이 외에 누가 또 그럴 수 있단 말인가?

하지만 그에게서 나온 음성이 너무도 귀에 익었다.

그가 말했다. "네가 이토록 죽으려는 건 생사를 함께할 만큼 각려초를 사랑해서가 아니라 네가 이연화를 찔렀기 때문이다." 그가 탄식한 뒤 온화하게 말했다. "피구, 이연화가 죽지도 않았는데 어찌 그리 죽음에 집착하는가?"

운피구는 하얗게 질린 얼굴로 온몸을 떨었다. 고개를 돌려 자기 뒤에 있는 사람을 볼 용기조차 없었다.

상대가 손을 뻗어 운피구의 등에 있는 혈도를 짚었다. 사람들은 그것이 양주만 지법指法이라는 걸 알았다. 지금 그가 짚은 혈도조차 그 옛날 이상이가 자주 짚던 것이었다.

이 사람이 정녕……

사람들의 기쁨과 놀람이 점점 고조되었다. 이 사람이 정녕 이상이란 말인가!

이상이가 바다에 빠지고도 죽지 않았단 말인가!

생각해보면 그리 이상한 일은 아니었다. 적비성이 죽지 않았다면 이상이도 죽지 않았을 가능성이 크다. 하지만 죽지도 않았는데 어째서 십이 년 동안 돌아오지 않은 채 초자금이 사고문의 새 문주가 되고, 각려초가 강호에 피바람을 일으키고, 백천원이 강호를 지탱하도록 내버려뒀단 말인가?

또 운피구가 이연화를 찔렀다는 사실은 어떻게 안단 말인가?

이상이를 본 적 없는 백천원 제자들과 육검지 등 강호의 후배들은 하늘에서 떨어지듯 갑자기 나타난 이 선배의 면사를 들춰 그의 얼굴을 보고 싶었다. 그를 둘러싼 수많은 전설 같은 이야기만으로도 이상이는 온 강호 사람들의 동경의 대상이 되기에 충분했다.

"이 운피구가 십이 년 전에는 독을 쓰고 이번에는 검으로 찔렀습니다…… 무슨 면목으로 문주를 뵙겠습니까?" 운피구의 떨리는 몸이 조금씩 안정을 되찾았다. 그가 천천히 고개를 들고 가늘게 떨리는 목소리로 말했다. "죽음 외에 다른 길은 없습니다."

흰옷 검객이 운피구의 머리를 가볍게 토닥이며 말했다. "네가 죽는다면 후대 사람들이 백천원을 두고 수족을 잔인하게 죽인 무지몽매한 이들이라고 욕하지 않겠느냐? 어리석구나……" 흰옷 검객의 몸은 초췌하고 구부정한 운피구보다 더 꼿꼿하고 젊어 보였지만 운피구를 위로하는 말투는 어른처럼 부드럽고 온화했다. "너는 어룡우마방을 와해시키고 각려초의 본거지를 무너뜨렸다. 이상이가 죽지 않았다면 분명히 널 자랑스러워했을 것이다."

사람들은 점점 더 혼란스러웠다.

운피구가 말한 '십이 년 전에는 독을 쓰고 이번에는 검으로 찔렀'던 상대는 바로 이상이였다.

하지만 운피구의 검에 찔린 건 이연화였다.

운피구 앞에 있는 이가 이상이라면 어떻게 "이상이가 죽지 않았다면 분명히 널 자랑스러워했을 것이다"라고 말할 수 있을까?

하지만 가장 놀라운 건 "너는 어룡우마방을 와해시키고 각려초의 본거지를 무너뜨렸다"라는 말이었다. 각려초의 총단을 무너뜨리고 각려초를 죽인 사람은 사고문의 젊은 군사 부형양이 아니었던가?

흰옷 검객이 바닥에 있던 보따리를 집어올려 매듭을 풀자 빛바

랜 잿빛 옷이 나왔다. 옷섶은 온통 피범벅이고 옷 밑에는 노란 대나무 대롱이 있었다. 그가 옷을 들어올려 거기에 난 구멍을 가리켰다. "이것은 이연화가 검에 찔릴 때 입었던 옷입니다. 운피구의 검이 이연화의 가슴을 관통했지만 심장은 피했습니다. 여러분 모두 검술의 고수이므로 보기만 해도 아실 겁니다."

정원에 있는 이들이 서로 얼굴을 쳐다보았다. 그의 말대로 검을 찌른 자국이 한쪽으로 쏠려 있었다.

흰옷 검객이 잿빛 옷을 들추고 소매에 있는 얼룩을 가리켰다. "여기에 노란 얼룩이 있고, 여기도 있습니다." 그가 군데군데 열 곳 넘게 있는 노란 얼룩을 가리키더니 보따리 안에서 노란 대나무 대롱을 집어들어 옷에 난 얼룩에 가져다 댔다. "보십시오. 노란 흔적은 바로 이 대롱의 흔적입니다." 그가 대롱을 흔들었다. "이게 뭔지 아십니까?"

"칠요화七曜火요." 사람들 틈에서 유여경이 말했다. "칠요화입니다."

"그렇습니다. 이것은 강남의 벽력당霹靂堂에서 만든 칠요화라는 화기火器입니다. 불을 붙이면 하늘 높이 올라가서 폭발합니다. 그 뒤에 불꽃이 쏟아져내리며 일곱 색의 인광석 가루를 흩뿌리지요. 살상력이 막강한 화기입니다." 흰옷 검객이 대롱을 천천히 내려놓고 한 마디씩 또박또박 말했다. "운피구는 각려초 총단에 이 화기를 몰래 가지고 들어가기 위해 이연화를 찔렀습니다. 운피구는 이연화의 몸에 칠요화 열여덟 개를 감춰서 총단으로 들어갔습니다. 의심 많고 변덕스러운 각려초의 눈을 피하려면 이 방법밖에는 없었겠지요."

"뭐라고요?" 백강순이 갑자기 펄쩍 뛰었다. "설마…… 설마." 백강순이 운피구를 가리키며 새된 소리를 질렀다. "피구가 각려초의 첩자가 아니라 각려초 총단에 잠입한 백천원의 첩자였다는 겁니까?"

"그렇습니다." 흰옷 검객이 온화한 투로 말했다. "운피구는 보도사 보신 스님이 사람을 해친 사건 이후 장서루 아래 지하 통로를 조사하던 중 백강순의 제자 좌삼교의 죄를 밝혀냈습니다. 그러고는 좌삼교의 죄를 폭로하지 않고 조용히 죽인 뒤 각려초에게 편지를 보내 자신이 아직 옛정을 잊지 못했다고 말하고는 좌삼교가 했던 일을 알아냈지만 그를 죽여 입막음했다고 알렸습니다. 각려초가 백천원에 심어둔 첩자 중 진륜위가 실제로 그런 일이 있었다고 각려초에게 보고하자 그때부터 운피구는 각려초와 서신으로 왕래하기 시작했습니다." 흰옷 검객이 품안에서 편지 뭉치를 꺼냈다. "이것이 운피구의 친필 편지입니다."

백강순이 편지를 받아들었다. 자신이 모르는 사이에 부친 밀서들이었다. 편지를 빠르게 훑어보는 그의 눈이 점점 커졌다.

흰옷 검객이 말했다. "운피구는 각려초에게 믿음을 사기 위해 그녀가 시키는 대로 백여든여덟 개 감옥의 지도를 빼돌리고 백천원의 약점을 분석해줬습니다. 반년 동안의 노력 끝에 마침내 각려초의 신임을 얻은 뒤, 직접 어룡우마방에 가서 각려초가 설치한 기관들을 조금씩 조정하고 한철로 철창을 만들도록 제안했습니다. 또한 지하 감옥에서 구출한 악인들을 치미전에 모아놓고, 자신이

고안한 태극어진을 정원에 설치할 것을 건의했습니다. 각려초는 운피구가 내놓은 의견들을 대부분 실행했지요." 흰옷 검객이 빙그레 웃었다. "하지만 각려초가 백여든여덟 개 감옥에서 구출한 이들 중에는 운피구가 심어놓은 첩자가 있었습니다. 그자는 구출된 후 각려초에게 충성해 치미전에 갇히지 않고 각려초로부터 중요한 임무를 부여받았습니다. 치미전이 무너질 때 기관을 작동시켜 총단의 모든 기관을 무력화하고, 살상력이 강한 칠요화를 터뜨려 온 총단에 불꽃이 떨어지게 해 독연기를 자욱하게 퍼뜨린 것도 그 첩자가 한 일이었습니다. 결국 어룡우마방은 전멸하고 말았지요."

기한불의 굳은 얼굴이 조금씩 상기되었다. "그게 사실이오?"

"그렇습니다." 흰옷 검객이 보따리 속에서 비수를 꺼냈다. "운피구가 중상을 입은 것도 어룡우마방을 소탕하는 데 걸림돌이 되는 설공공을 혼자 힘으로 죽이다가 그런 것입니다."

"설공공?" 백강순이 깜짝 놀랐다. "그자가 살아 있었다고?"

흰옷 검객이 고개를 끄덕이며 보따리에서 꺼낸 비수를 건넸다.

분홍빛이 감도는 비수를 본 백강순은 안색이 변했다. 소도홍이었다. 강혜하 사건 이후 백천원 무기방에 보관했으므로 불피백석 네 사람을 제외하면 아무도 그걸 손에 넣을 수 없었다.

흰옷 검객이 계속 말했다. "운피구가 설공공을 뒤에서 찔러 죽였지만 설공공이 숨이 끊어지기 전에 필사의 반격을 하는 바람에 운피구도 심한 부상을 입었습니다. 이곳에서 아무리 운피구를 치료해도 낫지 않는 것은 설공공의 진력인 설융화雪融華 때문입니다. 설공공의 장력에 당한 부상을 치료할 수 있는 것은 망천화忘川花뿐이라고 들었습니다."

"그랬군." 기한불이 고개를 끄덕였다. "그런데 대협은 뉘신데 운피구의 일을 그토록 자세히 알고 계시오? 이렇게 됐으니 신분을 밝혀주시오."

"그건……" 흰옷 검객이 망설였다.

"대협이 내놓은 증거는 이연화의 옷과 그 안에서 나온 화기요. 또 각려초와 운피구가 은밀히 주고받은 편지도 있소. 어디서 그것들을 손에 넣으셨소?" 기한불이 담담하게 물었다. "위조한 건 아니겠지요?"

"물론 아닙니다." 흰옷 검객이 탄식하며 면사를 벗었다.

모두의 시선이 그의 얼굴로 쏠렸다. 길게 뻗은 고상한 눈썹이 낯익은 그는 바로 이연화였다.

사람들 틈에서 누군가 외마디 비명과 함께 외쳤다. "악! 사기꾼! 사기꾼이 살아 있었어!"

이연화가 시문절을 향해 미소 짓자 시문절은 순간 어리둥절했다. 수없이 보았던 이연화인데 다른 옷을 입고 전설의 검을 손에 들어선지 어딘가 변한 것 같았다. 하지만 어디가 변했는지 확실히 말할 수 없어 망연한 표정으로 그를 보았다. "사기꾼, 안 죽고 멀쩡히 살았으면 그만이지 이상이 행세는 왜 하는 거야?" 시문절의 말에 갑자기 정원이 술렁였다. 왕충, 하장, 유여경, 육검지 등 이연화를 아는 사람들은 그가 이상이가 아니라 이연화라고 단정했다.

그는 이상이일 리가 없다.

물론……

물론 몇 가지 명백한 단서는 있지만, 과거에 출중한 외모와 재능으로 명성을 떨쳤던 이상이가 이토록 평범해졌다는 사실을 차마 인정할 수 없었다. 지금 그 얼굴이 아무리 낯익어도 그는 이상이일 리가 없다.

운피구가 지치고 쇠약한 목소리로 말했다. "문주……"

운피구의 말이 떨어지기가 무섭게 기한불이 외쳤다. "문주!"

백강순도 외쳤다. "문주!"

석수는 "큰형님!"이라고 외쳤다. 석수는 나이가 이상이보다 조금 많지만 예전에도 이상이를 "큰형님"이라고 불렀다. 진심에서 우러난 복종이자 기꺼운 충정이었다.

왕충 등이 서로 얼굴만 쳐다보다가 털썩 바닥에 엎드렸다. "사호은창 왕충, 하장, 유여경, 문주님께 인사드리옵니다!"

육검지는 놀란 표정으로 주춤거리며 몇 걸음 뒤로 물러나고, 시문절은 정원을 가득 채운 백천원 제자들이 일제히 예를 갖춰 절하는 광경을 망연한 눈길로 보았다. "백천원 제자 구소화邱少和, 증소曾笑, 왕보王步, 구양룡歐陽龍…… 문주님께 인사드리옵니다!"

기한불이 성큼성큼 앞으로 다가갔다. 몇 사람이 이연화와 운피구를 둘러쌌다. 속으로는 기쁨에 겨워 어쩔 줄 몰랐지만 무슨 말을 해야 할지 몰라 표정이 어색하기만 했다.

이연화가 탄식하며 품에서 뭔가 꺼냈다. "피구야."

운피구의 두 눈동자는 여전히 초점이 풀려 멍했다. 십이 년 전의 벽차碧茶 사건 이후 한순간도 죽고 싶지 않은 적이 없었다. 구차한 목숨을 이어오다 마침내 각려초를 몰락시키고 이상이를 만났으니 하늘이 이미 그에게 큰 복을 내린 셈이었다. 이번 생에 이제 한 가닥 미련도 남지 않았는데 굳이 살아서 뭣 하겠는가?

이연화의 손에는 작은 비취색 꽃 한 송이가 들려 있었다. 이슬 맺힌 듯 영롱한 가지가 손만 닿아도 녹아버릴 것 같았다.

백강순의 미간이 파르르 떨렸다. "이건……"

이연화가 말했다. "바로 망천화라네." 그가 그 작은 꽃을 운피구의 손에 쥐여줬다. "사고문 부형양이 고마움의 표시로 보낸 것이야."

운피구의 힘없는 눈동자에 놀라는 빛이 스쳤다. "부형양이요?"

이연화가 고개를 끄덕였다. "단운봉에 다녀왔네. 부형양의 도움이 없었다면 잿더미가 된 각려초 총단에서 물건을 찾기란 바다에서 바늘 찾기나 마찬가지였을 거야."

이연화는 간략히 자초지종을 들려줬다. 그날 밤 이연화와 적비성이 치미전의 철창을 부수고 시체 같은 자들을 풀어준 뒤, 적비성이 각려초를 막는 사이에 이연화는 총단을 빠져나와 단운봉 정상으로 갔다. 그곳에서 피 묻은 옷과 운피구의 편지를 찾았지만 문경은 찾을 수 없었다. 산밑에서 이미 상황이 정리되었으므로 이연화는 부형양에게 편지를 썼다.

이연화는 자신이 그 편지를 쓰기 위해 산꼭대기에서 며칠을 머물렀는지 말하지 않았다. 쇠약한 몸을 추슬러 서너 글자 쓰고, 또 반나절을 기다렸다가 눈앞을 가린 검은 그림자가 흔들리는 순간에 또 서너 글자를 써야 했다. 편지 한 통을 쓰기 위해 얼마나 식은땀을 흘렸는지 모른다. 이연화는 부 군사를 잘 알았다. 이번에 사고문이 이룬 업적이 훗날까지 길이 남아 칭송받겠지만, 부 군사는 어떻게 이런 일이 가능했는지 몰라 당혹스러울 터였다. 그래서 운피구가 했던 일에 대해 간략히 쓰고, 부 군사에게 부하들을 시켜 잿더미 속에서 소도홍과 불꽃과 문경을 찾아달라고 부탁했다.

이연화의 편지를 받은 부형양은 곧장 부하 백 명을 풀어 잿더미 속에서 물건을 찾게 한 뒤 직접 소청산에서 단운봉까지 찾아가 이연화와 자세한 대화를 나누었다. 마침내 각려초의 규방에 숨겨진 비밀 공간에서 문경을 찾아냈다. 운피구가 어룡우마방에 설치해놓은 비밀 무기가 많았지만 그것을 다 챙길 시간이 없어서 이연화는 그중 중요한 몇 가지만 가지고 급히 길을 떠났다. 운피구의 처형일이 얼마 남지 않았으므로 밤낮없이 빠르게 달려 오늘 새벽 청원산에 당도했고, 절체절명의 순간에 그의 목숨을 구할 수 있었다.

부형양은 소청산에서 단운봉까지 직접 찾아왔을 뿐 아니라 이연화를 위해 뜻밖의 물건을 가지고 왔다.

바로 망천화였다.

부형양은 설공공이 이연화의 손에 죽었을 거라고 짐작했고, 설공공의 치명적인 설융화에 부상을 입었다면 망천화 말고는 치료할 수 없다는 걸 알았다. 이연화는 망천화를 가지고 천 리를 달려온 부형양의 성의를 생각해 일단 고맙게 받았다. 그런데 백천원에 와 보니 운피구가 실제로 설공공의 공격을 받아 부상을 당한 것이 아닌가.

모든 일이 그렇게 우연히 일어났고, 또 그렇게 가슴이 철렁 내려앉도록 놀라웠다.

시문절은 사람들 틈에 둘러싸인 이연화를 멍하니 쳐다보기만 했고, 기한불은 지나치게 흥분한 탓에 낯빛이 파래졌다. 백강순은 시끌시끌하게 떠들어댔고, 석수는 마치 이연화가 눈 깜짝할 사이에 허공으로 사라지기라도 할 것처럼 그를 한순간도 놓치지 않고 뚫어져라 응시했다. 왕충과 하장 등은 분분하게 토론했고, 육검지 등은 여전히 미심쩍지만 호기심 가득한 눈빛으로 기웃거리며 이연화를 살폈다.

육검지는 그동안 이연화라면 앞장서는 것을 제일 두려워하고 무슨 일이 닥치든 시간을 끌며 뒤로 빠지려는 사람이라고, 볼거리가 있어도 그 속에 남을 밀어넣은 뒤 자신은 옆에서 차를 홀짝이며 구경이나 하는 사람이라고 생각했다.

이연화가 이렇게 사람들 틈에서 여유만만한 미소를 머금고 자유롭게 눈짓과 손짓을 해가며 환한 빛을 발산하면서 자연스럽게 행동하는 사람인 줄 육검지는 꿈에도 상상하지 못했다.

얼마 지나지 않아 사람들이 이연화를 호위해 급히 움직였다. 운피구의 부상이 심각해 이연화, 아니, 문주가 서둘러 치료해야 했기 때문이다.

운피구는 홀로 위험한 적진으로 뛰어들어 어룡우마방을 몰락시킨 최대 공신이고 망천화도 있으므로 이 문주가 당연히 그를 치료해야 했다.

시문절은 곤혹스러웠다.

놀란 가슴이 아직도 진정되지 않았다.

이연화가…… 완전히 다른 사람으로 변했다.

시문절은 가면 놀이를 본 것 같은 기분이었다.

다른 사람들은 환호했지만 시문절은 두렵고 소름이 끼쳤다.

이연화는 대체 어떤 사람일까?

이연화는 지난 예닐곱 해 동안 어떤 마음으로 시문절을 대했을까? 그가 정말 이상이라면 어째서 이연화인 척했을까?

시문절은 혼란스러운 마음에 사람들을 따라가지 않았다.

정말로 이연화가 강호에서 천신처럼 떠받드는 이상이였다면 어째서 그는 지금까지 아무것도 모르는 촌놈인 척했을까?

그게…… 재미있었을까?

아무것도 모른 채 이연화와 호형호제하며 그를 걱정하고, 그를 두둔하며 그를 위해 화를 내는 시문절 자신과 또다른 촌놈들을 보며 그는 속으로 얼마나 재미있었을까?

예닐곱 해를 알고 지내는 동안 너는 몇 번이나 나를 보고 비웃었을까? 몇 번이나 나를 갖고 놀았을까?

시문절은 이 문주를 보며 기뻐해야 할지 괴로워해야 할지 알 수 없었다. 다만 가슴속에서 불길이 치솟아 "퉤!" 하고는 몸을 홱 돌려 돌아갔다.

이연화는 사람들에게 둘러싸여 요원으로 들어갔다.

사람들은 알아서 밖으로 나간 뒤 문을 닫고 이연화가 운피구를 치료하기를 기다렸다.

운피구는 망천화를 먹고 침대에 가부좌를 틀고 앉았다. 이연화는 약효가 빠르게 돌도록 운피구의 정수리 백회혈에 양주만 진력을 불어넣었다.

진기가 방안을 가득 채우자 숨소리 외에는 아무것도 들리지 않았다.

밥 한 끼를 먹을 정도의 시간이 지난 뒤, 이연화가 혈도 몇 곳을 가볍게 짚어 운피구를 잠재우고는 침대에 기대어 깊은숨을 내쉬었다.

운피구의 진기는 관통시켰지만 이연화는 의술에 대해 전혀 알지 못하므로 오한을 고쳐줄 순 없었다. 이연화는 운피구의 희끗희끗한 구레나룻을 보며 한숨을 내쉬고는 이어 자신이 입은 흰옷을 보고 또 근심스럽게 미간을 찡그렸다.

진주처럼 윤기가 돌고 달빛처럼 새하얀 이 옷은 영주갑이었다. 이연화는 피구가 자신에게 큰 죄책감을 품고 있다는 걸 알았다. 십이 년 전 이상이에게 독을 썼고 이번에 또다시 각려초를 몰락시키기 위해 어쩔 수 없이 그를 검으로 찔렀으므로 죽음으로써 자신의 죄를 갚아야 한다는 생각뿐이었다. 이상이가 그를 용서하지 않는다면 설령 기한불이 용서한다 해도 운피구는 분명히 스스로 목숨을 끊을 것이다.

십이 년을 죽지 못해 살았지만 마침내 죽을 수 있게 되었다고 생각할 것이다.

기적이 일어나지 않는다면 아무리 절세의 신약이 있어도 운피구를 구할 수 없다.

이상이가 바다 밑에서 살아 돌아오는 수밖에 없었다.

이연화는 흰 소맷자락으로 조심스럽게 침대 가장자리를 쓸었다. 오직 죽을 날만 기다려온 운피구는 청소에도 관심이 없었으므로 방안에 온통 먼지가 쌓여 있었다. 시동도 방에 들어오지 못하게 하고 사흘, 나흘, 닷새씩 두문불출했다. 금세 먼지가 시커멓게 묻은 소맷자락을 보며 이연화가 한숨을 내쉬었다. 틀렸어. 이상이라면 전신에 진력이 흘러넘쳐 옷자락에 먼지 한 톨 붙지 않겠지.

장대비가 퍼붓던 밤, 이상이가 숲속을 걷는데 빗물도 낙엽도 옷에 닿자마자 저절로 튕겨나갔던 것을 떠올렸다. 빗속에서도 옷에 물 한 방울 묻지 않았는데 하물며 이런 먼지가 붙을 수 있었겠는가?

이연화는 깊은 생각에 잠겼다. 이렇게 앉아 진지하게 이상이를 생각한 적이 거의 없었다. 한나절이나 생각했지만 그 옛날 이상이가 옷자락 따위에 진력을 낭비했던 이유를 알 수 없었다. 젊을 때 진력을 낭비한 것이 후회스러웠다. 나이가 들면 한기를 누를 기력조차 사라져버리지 않는가.

그때 이상이는…… 아마 대범하고 자연스러워 보이고 싶었을 것이다.

이연화는 그 옛날 힘을 헛되이 낭비했던 자신을 나무랐다. 벽마다 틈이 벌어져 사방에서 추운 바람이 스며들었다. 운피구가 오한이 나는 것도 무리가 아니었다. 운피구는 이 침대에서 솜도 없는 얇은 이불 하나로 한 해 한 해 견뎌왔다. 바닥에도 요 한 장 깔려 있지 않고 베개조차 없이 매일 딱딱한 나무침대에서 잠을 잤다. 이연화는 너무 추워서 침대에서 내려와 운피구가 산처럼 쌓아놓은 책들을 하나씩 정리했다. 먼지가 두껍게 쌓인 책들을 종류별로 나누고 순서대로 책꽂이에 꽂은 뒤 걸레로 탁자를 닦았다.

그런데 탁자를 다 닦고 바닥을 닦던 이연화가 갑자기 손을 멈추고 "아" 하는 짧은 탄식을 내뱉었다.

고고하고 오만한 이상이는 손 하나 까딱하지 않았었다. 밥을 먹을 때조차 미녀들이 너도나도 달려들어 떠먹여주겠다고 할 정도였는데 그런 이상이가 어찌 청소를 한단 말인가? 절대로 있을 수 없는 일이다. 이연화는 정리해놓은 책들을 다시 꺼내 기억을 되짚어 운피구의 태극어진대로 바닥에 쌓았다.

말끔히 닦고 정리해놓았던 방안에 책들을 원래대로 늘어놓은 뒤 정원에서 모래와 흙을 퍼다가 뿌리면 더 자연스러워 보일지 고민하는데 침대에 누워 있던 운피구가 기침하며 천천히 눈을 떴다.

그러고도 시간이 한참 흐른 뒤였다.

"기분이 좀 어떠하느냐?" 귓가에서 누군가 부드럽게 묻는데 그 목소리가 무척 익숙했다.

운피구는 멍하니 있다가 떨리는 입술로 말했다. "문주……"

상대가 고개를 끄덕였다.

운피구의 눈가가 촉촉해졌다. "저는, 저는……"

"피구야." 익숙한 목소리가 다시 낯설게 변했다. "십이 년 전 동해의 어느 해변에서 나 홀로 금원맹의 배 두 척과 맞섰다. 앞으로는 길이 없었고 뒤로는 지원군이 없었지. 금원맹과 하루 낮밤을 악전고투하며 소사검을 잃고 벽차의 독마저 발작했다. 금원맹의 배 두 척을 결국 침몰시켰지만 그때는 정말 네가 뼈에 사무치도록 미웠다."

운피구는 저도 모르게 몸을 떨었다. 당시 이상이가 어떻게 살아남았는지 운피구는 감히 상상조차 할 수 없어 그저 위아랫니가 부딪혀 딱딱 소리가 날 만큼 몸을 떨 뿐이었다.

"나중에 적비성의 장력에 패해 바다에 빠지며 절대로 죽지 않겠다고 맹세했다." 그가 탄식하며 한 마디씩 힘주어 말했다. "지옥에 떨어져도 반드시 기어나와 복수하겠다고 맹세했지. 널 죽이고, 각려초를 죽이고, 적비성을 죽이고, 심지어 기한불과 백강순까지 모조리 죽이고 싶었다. 내가 가장 고통스럽게 몸부림치며 하루를 꼬박 기다렸는데도 형제들이 단 한 명도 날 구하러 오지 않고, 심지어 내가 죽는 순간에 배웅해주는 형제가 단 한 명도 없다는 게 원망스러웠다!" 그때의 감정이 다시 차오른 듯 그의 말투가 갑자기 격앙되었다.

운피구가 눈을 크게 떴다. 그 순간 운피구는 이미 죽은 사람이나 마찬가지였다.

"하지만 사실 사람 목숨이란 원래 그렇게 덧없는 것이지……" 그가 가벼운 한숨을 내쉬었다. "그토록 독한 맹세를 하지 않았다면, 그토록 죽지 않겠다고 발버둥치지 않았다면, 시련과 고통을 딛고 다시 살아나지 못했을 거야." 그가 잠시 숨을 고르며 감정을 차분히 가라앉혔다. "바닷속에 가라앉아 적비성의 배에 쌓인 시신들 위에 걸려 있다가 다시 물위로 떠올랐다."

숨죽이던 운피구는 그제야 숨이 터져나오며 극렬하게 기침을 했다. "쿨럭쿨럭……"

"그땐 당장 널 죽이러 갈 수 있을 거라고 생각했지." 그후 모든 게 가벼워진 듯 그의 말투에 점점 웃음기가 돌았다. "하지만 적비성의 장력에 당한 부상이 심해 오랫동안 요양해야 했단다. 더 참담한 건…… 돈이 없다는 사실이었지."

운피구는 놀라서 멍해졌다.

이연화가 말했다. "부상이 심해 농사를 지을 수도 없고 물고기를 기를 수도 없었지. 땔감을 패고 옷을 짓는 건 더 말할 것도 없었고."

운피구가 쉰 목소리로 말했다. "그렇다면……"

그렇다면 어떻게 살아남은 걸까?

"사고문 문주의 영패를 너도 잘 알겠지." 이연화가 기억을 돌이켰다. "누구든 그걸 문주처럼 대하며 그 명령에 복종해야 하지. 살라고 하면 살고, 죽으라고 하면 죽고."

운피구가 고개를 끄덕였다. "문주의 생사여탈 명령은 무림 전체를 떨게 했습니다."

이연화가 웃었다. "그걸 당포에 맡기고 은자 오십 냥을 받았지."

운피구는 아연실색했다. 문주의 영패는 먼 남쪽에서 나는 비취를 깎아 만든 것으로 기린처럼 생겼는데, 검으로 베어도 자국이 남지 않는 명품으로 그 가치가 어림잡아도 천 냥은 훌쩍 넘을 것이다. 게다가 얼마나 존귀한 물건인가. 그것으로 명령을 내리면 천하가 엎드려 복종한다. 상상도 못할 곤경에 처하지 않았다면 그걸 오십 냥에 팔 수 있겠는가?

"사람을 시켜 바닷속에 가라앉은 적비성의 배를 해체해 그 목재로 누각을 지었지." 이연화가 말했다. "동해의 바닷가에서 오랫동안 살았단다. 처음에는 힘들었지." 그가 환하게 웃었다. "특히 밥을 먹는 게 힘들더구나. 끼니때가 되면 내가 돈이 없다는 걸 다시 한번 깨달았지."

운피구가 물었다. "그 오십 냥은……"

"누각을 짓는 데 십수 냥을 썼지. 그 집도 없이 날마다 객잔에서 묵었으면 며칠 못 가서 빈털터리가 됐을 거야." 이연화가 한숨을 내쉬었다. "그땐 돈을 잘 간수해야 한다는 생각을 못했어. 남은 서른 몇 냥이 든 전대를 아무데나 뒀다가 잃어버렸지. 그래도 집 하나는 건졌으니 다행이었어." 그가 또 웃었다. "은자를 잃어버린 뒤에는 오랫동안 복수니 증오니 하는 것들을 생각할 겨를도 없었지. 날마다 어딜 가야 너무 초라하지 않게 배를 채울 수 있는지 그 생각뿐이었으니까."

운피구가 말했다. "왜 돌아오지 않으셨습니까……" 하지만 그 말을 다 마치기도 전에 자신이 틀렸다는 걸 알았다. 고고하고 자존심 강한 이상이가 굶어죽는 한이 있어도 그토록 증오하는 사고문으로 돌아올 수 있겠는가?

이연화가 웃었다. "음, 가끔씩 돌아가고 싶지 않았던 건 아니야……" 그의 눈빛이 아련해졌다. "나도 당시를 정확하게 기억하진 못해. 어떻게 지냈는지 잘 기억나지 않는 날들도 많아. 이따금 너무 힘든 날에는 누군가에게 도움을 청하고 싶기도 했지. 세상이 넓고 이상이에겐 벗도 많고 원수도 많았지만 진심으로 마음을 터놓은 벗은 없었어." 그가 가벼운 한숨을 내뱉었다. "어렸을 땐 허울만 화려하고 철이 없었으니까……"

잠시 생각에 잠겼던 이연화가 또 미소를 지었다. "그땐 온종일 침대에 누워서 일어나지도 못했으니 사고문에 돌아가겠다는 것도 헛된 망상이었지."

그가 담담하게 털어놓는 얘기를 들을수록 운피구는 가슴이 아렸다. 얼마나 큰 부상을 입었기에 양주만을 품은 이상이가 그토록 피폐해졌을지 상상도 할 수 없었다. 예전처럼 기품 있는 지금의 모습을 보면 그토록 심한 부상을 입은 적이 있다는 걸 상상하기가 어려웠다.

이연화가 계속 말했다. "드디어 몸을 추슬러 일어날 수 있게 된 다음부터 집 뒤에 무를 심었지."

아름다운 추억을 회상하듯 이연화의 눈빛이 아련해졌다. "봄이었어. 무가 너무 늦게 자라는 듯해 날마다 지켜보며 개수를 셌어. 무가 흙을 뚫고 나오는 걸 보고 얼마나 기쁘던지…… 하마터면 울음을 터뜨릴 뻔했다니까." 자조하는 듯한 웃음에 그의 입가가 말려올라갔다. "그때부턴 배를 곯지 않았어. 나중에는 배추, 고추, 유채 같은 것도 심었고 암탉들을 기른 적도 있지." 자신이 길렀던 암탉들을 떠올릴 때는 그의 눈빛이 부드러워졌다. "그러다가 물동이 속에서 잃어버렸던 은자 서른 냥을 찾았고, 어찌어찌 살다보니 나도 모르게 오십 냥이 됐더군. 내가 동해에 빠진 뒤 꼬박 삼 년이 흐른 뒤였어."

운피구가 쓴웃음을 지었다. 이렇게 될 줄 알았다면 차라리 천 번 만 번 자결을 했지 결코 그런 짓을 저지르지 않았을 것이다.

"은자 오십 냥을 가지고 문주 영패를 찾으러 당포에 갔지." 이연화가 미소를 지었다. "영패가 그때까지도 남아 있더군. 가난한 바닷가 마을인지라 아무도 그걸 알아보지 못했던 거야. 그런데 영패를 찾으려고 오십 냥을 쓰기가 아깝다는 생각이 들더군."

"당포 앞에서 한참을 서성이며 문주 영패와 은자 오십 냥을 바꿀 건지 고민하다가 결국 그냥 돌아왔어. 그후로도 계속 채소를 키우고 닭을 기르고 가끔 바다에 나가 고기도 잡으며 살았단다. 세월이 빠르게 흘러 어느 날 문득 네 생각이 났을 때는…… 널 미워하는 이유조차 잊어버린 뒤였지." 이연화가 어깨를 으쓱이며 손을 펼쳤다. "푸른 바다와 하늘이 끝없이 펼쳐져 있고, 내 집 뒤에서는 유채가 싱싱하게 자라고, 집 앞에서는 두견화가 붉디붉은 꽃망울을 터뜨렸어. 또 나는 내일 바다에 나갈 수 있고, 모레는 산에 오를 수 있고, 집에는 은자가 있고, 물항아리에 금붕어도 기르니 나쁜 게 하나도 없지 않느냐?" 그가 진심어린 눈빛으로 운피구를 응시했다. "그런데 내가 왜 널 미워하겠느냐?"

운피구는 아무 말도 할 수 없었다. 이연화가 진지하게 말했다. "널 미워하는 사람을 굳이 꼽자면 이상이겠지. 하지만 이상이는 이미 오래전에 죽었어."

운피구는 말없이 듣고만 있었다.

"이상이가 살아 돌아와 널 용서해주길 바란다면 내가 대신 이상이 행세를 해주마……" 이연화가 한숨을 내쉬었다. "이상이는 널 미워했지만 지금은 아니야. 그런 건 중요하지 않으니까."

"중요하지 않다고요?" 운피구가 떨리는 목소리로 물었다. "그게 중요하지 않다면 뭐가 중요해요?"

"중요한 건 앞으로 해야 할 일이지…… 넌 몸을 잘 회복시키고 무공을 연마해야 해. 책 읽는 걸 좋아하니 과거에 급제해 공명을 얻을 수도 있고, 혼인을 할 수도 있지. 뭐든 다 할 수 있고, 뭐든 다 괜찮아." 이연화가 웃으며 말했다. "똑똑하고 잘생겼으니 방다병처럼 공주와 혼인할 수도 있지."

운피구가 의아한 눈빛으로 이연화를 보다가 말했다. "황제 폐하께는 공주가 하나뿐이에요."

"공주는 어디든 있어. 토번吐蕃의 공주도 공주이고, 누란樓蘭의 공주도 공주이고, 묘채苗寨의 공주도 공주지. 서남쪽 높은 산 속에 묘채가 얼마나 많으냐. 적어도 공주가 열두세 명은 될걸." 이연화의 말투가 진지했다.

운피구는 긴 한숨을 내쉰 뒤 말없이 이연화를 바라보다 말했다. "배가 고픕니다."

5. 마음속에 응어리 하나 없네

운피구가 각려초의 첩자가 아니라 홀로 사지에 뛰어들어 희생한 영웅이었다는 소식이 전해지자 강호가 또 한번 들썩였다. 대부분은 백천원을 칭송하며 감탄했지만, 한편 거짓으로 미화하려는 술수라며 싸늘하게 냉소하는 이들도 적지 않았다.

하지만 이 일은 시작에 불과했다. 운피구가 죽지 않고 누명을 벗은 뒤 영웅으로 떠오를 수 있었던 건 죽었다가 살아 돌아온 한 사람 덕분이라는 사실을 강호 사람들이 다 알게 되었다.

옥처럼 우아한 자태의 누군가가 흰옷을 입고 검을 든 채 천신처럼 하늘에서 내려와 단숨에 윤피구를 구하고, 단 몇 마디로 윤피구의 누명을 벗겨줬다는 소문이 파다하게 퍼졌다. 그 자리에 있던 십수 명의 강호 대협들 중 누구도 그 소문에 이의를 제기하지 않았다.

이랑신二郎神의 강림인 듯, 문수보살의 환생인 듯, 신비롭게 등장한 그 선인仙人은 바로 죽었다고 알려졌던 상이태검 이상이였다.

소문은 입에서 입으로 전해지는 동안 십수 년 전 강호에서 종적을 감춰 죽은 줄만 알았던 이상이가 봉래산蓬萊山에 가서 수양을 닦아 신선이 되어 돌아왔다는 이야기로 부풀려졌다.

다만 이상이가 바로 이연화라는 소문에 대해서는 그 자리에 있던 대협들도 가타부타 말이 없고 사람들도 별로 믿지 않았다. 호사가들이나 차를 마시며 노닥거릴 때 우스갯소리로 슬쩍 언급하는 정도였다.

적비성의 적선謫仙과 결투를 벌인 흰옷의 검객이 어떻게 그 촌스럽고 의뭉스러운 길상문연화루의 이연화와 연관될 수 있겠는가? 한 사람은 천상에, 다른 한 사람은 이 땅 낮은 곳에 있으니 일면식조차 있을 수 없는 관계가 아닌가.

윤피구는 마침내 죽으려는 생각을 버렸고, 사고문은 그의 몸이 낫는 대로 연회를 베풀어 경축하기로 했다.

이연화는 백천원에서 며칠 머무르다가 백두산 천지의 연꽃을 보러 간다며 작별인사를 남기고 훌쩍 떠났다.

제17장

동해의 약속

1. 호수궁경

도읍 동남쪽 배산임수의 명당에 거대한 금빛 전각이 위용을 자랑했다. 도읍 사람이라면 누구나 아는 이곳은 소령공주와 부마의 저택이었다. 황제가 친히 '양부'라는 이름을 하사하기도 했다.

양부의 정원에는 꽃이 흐드러지게 만발하고 등롱이 높이 걸렸으며 앵무새를 비롯한 갖가지 색깔의 새들이 쉬지 않고 짹짹 지저귀었다. 가을이 점점 깊어가는데 양부 안은 봄이 한창인 듯했다.

이토록 부귀하고 화려한 저택의 정원 안, 자그마한 자줏빛 꽃이 만발한 연못 옆에서 비단옷을 입은 한 사람이 진주꾸러미에서 진주알을 하나씩 빼내 연못으로 던지고 있었다.

진주알이 연꽃잎에 툭 떨어지고, 연밥 위에도 툭 떨어졌다.

물위로 부러진 가지와 찢긴 잎이 둥둥 떠다녔다. 잔물결이 출렁일 때마다 연꽃잎이 흔들리고 물고기와 새우도 이리저리 몸을 숨겼다.

"부마, 공주께서 청하십니다."

뒤쪽 정원에서 하녀의 부드러운 목소리가 들렸다.

"시간 없다." 연못에 진주를 던지던 사람이 대꾸했다.

"오늘밤 공주님 처소에서 묵으시면 부마께서 기뻐하실 소식을 알려주신다고 합니다."

"무슨 소식?" 연못에 진주를 던지던 사람이 물었다. "날마다 집에 틀어박혀 있는 공주가 본 부마도 모르는 소식을 안다고?"

하녀가 부드럽게 웃으며 말했다. "좀전에 손님이 오셨습니다."

연못가에 있던 사람이 갑자기 원숭이처럼 펄쩍 뛰어올랐다. "어떤 손님?"

하녀가 머뭇거리다 미소를 지었다. "강남에서 온 손님이라는데 저는 모르는 분입니다. 지금 공주님과 차를 마시고 계신데 부마께서 관심이 있으실지 모르겠습니다."

하녀의 말이 끝나기도 전에 부마가 청풍각聽風閣을 향해 쏜살같이 달려갔다.

연못에 진주를 던지던 원숭이 같은 부마는 물론 방다병이었다.

청풍각은 공주의 양부에서 제일 높은 누각이었다. 취열담取悅潭이라는 호수 한가운데에 지어져 마치 물위에 떠 있는 듯 보이고, 미풍이 불면 연꽃이 흔들리며 은은한 향기가 피어올랐다. 중요한 손님이 올 때면 공주는 항상 청풍각에서 담소를 나누었다.

오늘 온 손님은 누굴까?

방다병의 경공신법은 강호에서도 손꼽힐 만큼 빨랐으므로 금세 청풍각에 도착했다. 청풍각에 고금과 바둑판이 놓여 있었다. 바둑을 두는 두 사람 옆에서 시녀가 고금을 연주하며 흥을 돋웠다. 고금소리가 풍경과 어우러져 우아한 정취를 자아냈다.

바둑을 두는 두 사람 중 높이 틀어올린 머리에 진주 비녀를 꽂은 사람은 소령공주이고, 거무스름한 얼굴에 쥘부채를 허리에 찬 사람은 시문절이었다.

방다병이 놀라 어리둥절해하는 모습을 보고 소령공주가 생긋 웃었다. "제가 바둑 두러 오시라고 청할 때는 이렇게 빨리 오시지 않았던 것 같은데요."

방다병이 턱을 긁적이며 두 사람을 번갈아 보다가 금을 타는 시녀에게 시선을 옮겼다. "바둑 둘 때 금을 타서 흥을 돋우는 건 처음 보는군요."

소령공주가 얼굴을 가리고 화사하게 웃었다. "마음이 맑고 깨끗한데 음악소리가 어찌 바둑에 방해가 되겠어요?"

방다병이 어깨를 으쓱였다. "옳은 말씀이에요. 바둑 둘 때 음악소리에 주의를 빼앗기는 건 나처럼 마음이 흐리멍덩한 사람들의 얘기지요." 그러고는 놀란 시선을 시문절에게 던졌다. "그런데 여긴 무슨 일로?"

시문절이 흰돌을 집으며 나지막한 목소리로 말했다. "내가 손꼽아 세어보니 지금쯤이면 네가 부마로 사는 게 좀이 쑤셔 미칠 지경이겠더군. 그래서 특별히 구해주러 왔지."

시문절이 겁도 없이 소령공주 앞에서 '부마로 사는 게 좀이 쑤셔 미칠 지경'이라고 말했지만 정작 공주는 별로 개의치 않는 듯 생글생글 웃으며 방다병의 얼굴을 살폈다. 흥미진진해하는 표정이었다.

"내가 좀이 쑤셔서 미치든 말든……" 방다병이 퉁명스럽게 받아쳤다. "공주는 꽃처럼 아름답고 이곳은 으리으리하며, 나는 빙탕제비집으로 발을 씻고 대홍포大紅袍 자루로 등을 밀고, 만년영지를 땔감으로 쓰며, 무료할 때는 야명주로 구슬치기를 하니 하루하루가 얼마나 호사스럽고 편한지 네가 알 턱이 있나."

공주가 까르르 웃음을 터뜨렸다. 시문절이 곁눈질로 방다병을 흘긋 보며 냉소했다. "정말 그렇게 편하다면 방해하지 않고 돌아가겠네."

그런 반응을 예상하지 못했는지 방다병이 조금 놀란 기색으로 말했다. "그럼 금 연주를 들으며 내 부인과 바둑을 두려고 여기까지 왔단 말인가?"

시문절이 먼산으로 시선을 던지며 말했다. "그러면 안 될 이유라도 있나?"

방다병이 버럭 화를 냈다. "헛소리하네! 할일 없으면 기루와 노름판이나 기웃대는 놈이! 네가 뭐라도 되는 줄 알아? 어서 말해! 무슨 일이야?"

시문절이 냉소했다. "여기서 아주 편하게 잘 지낸다면서? 편히 잘살고 있는 부마께서 위험한 강호로 나가셨다가 잔털 하나라도 다치면 누가 책임지겠나?"

"얼어죽을 이연화에게 무슨 일이 생긴 거야?" 방다병이 목소리를 억누르며 물었다. "아니면 네가 여기까지 올 일이 없을 텐데?"

"이연화?" 시문절이 눈동자를 위로 굴렸다. "찬란하고 위풍당

당하신 이 대협을 나 같은 무지렁이가 어찌 감히 범할 수 있겠나? 아주 잘 지내고 계신데 무슨 일이 있겠어?"

방다병이 이해할 수 없다는 표정으로 물었다. "뭐라고?" 이연화가 찬란하고 위풍당당하다니? 시문절이 나귀에게 차인 뒤로 머리가 어떻게 됐나?

"길상문연화루의 이연화 대협이 바로 십이 년 전 적비성과 함께 바다에 빠진 사고문 문주 상이태검 이상이라는군." 시문절이 싸늘한 투로 말했다. "이제 알겠지? 그러니 이연화에게 무슨 일이 생길 수 있겠어? 비록……" 시문절은 말끝을 흐렸다. 이연화가 부상을 입어 삼초三焦가 상했다는 사실을 그는 알고 있었다.

이연화와 이상이는 달랐다.

이연화에게는 거의 목숨을 잃을 치명적인 부상이었다.

하지만 천하를 누비는 절대무공의 소유자인 이상이라면 그깟 삼초의 부상으로 어찌 죽겠는가?

시문절이 전전긍긍하며 이연화의 건강을 걱정했다니, 우스운 얘기였다.

방다병이 눈을 가늘게 뜨고 피식 웃었다. "머리라도 다쳤어?"

시문절이 펄쩍 뛰며 성을 냈다. "뭐라고?"

방다병이 창밖을 가리켰다. "아직 날도 저물지 않았는데 잠꼬대를 하고 있어? 아니면 오는 길에 넘어져서 머리를 부딪혔나?"

"난 멀쩡해! 내가 뭐 어쨌다는 거야?"

방다병이 실성한 사람을 보듯 측은한 눈빛으로 시문절을 보았다. "네 말을 믿어주고 싶지만 아쉽게 하늘이 두 쪽 나도 그런 일은 있을 수 없어." 방다병이 손을 휘휘 내저었다. "어젯밤에 자다가 침대에서 굴러떨어졌지? 아니면 기생을 끼고 자다가 발에 차여 떨어졌나?"

시문절이 노발대발했다. "방다병! 죽고 싶어? 내 손에 죽어볼래?" 그가 욕을 퍼부었다. "적비성이 다시 강호에 나타나 여러 문파에 도전하고 있는데 방씨 가문도 그중 하나라고! 네 할아버지도 조심하시라고 해! 적비성이 동해에서 이상이를 다시 만나 십이 년 전 사고문과 금원맹이 결전을 벌였던 팔월 스물닷새에 자웅을 가리겠다고 선언했단 말이다!"

"뭐라고?" 방다병은 자신의 귀를 믿을 수 없었다. "이상이가 안 죽었어? 정말 살아 있어?"

"살아 있어." 시문절의 말투가 누그러졌다. "안 죽었을 뿐만 아니라, 세상에서 이상이와 제일 가까운 사람이 바로 너야."

이미 흥분한 방다병에게 시문절의 마지막 말은 귀에 들리지도 않았다. "팔월 스무닷새에 동해에서 다시 자웅을 가린다고? 맙소사! 십이 년 전에는 이 몸이 강호에 나오기 전이라 구경하지 못했는데 이렇게 기회가 오다니! 이상이가 살아 있다고? 맙소사! 이상이가 살아 있다니!" 방다병이 시문절의 옷자락을 잡아당겼다. "어떻게 생겼는지 봤어? 풍채 좋고 잘생긴 미남이야? 이상이의 새 검은 어떻게 생겼어? 십 년도 넘게 어디 있었대? 새로운 무공을 완성했나?"

한껏 신이 나서 두서없이 지껄이는 방다병을 보며 시문절은 갑자기 그가 불쌍하다는 생각이 들어 한숨을 내쉬었다.

시문절 자신과 마찬가지로 안쓰러웠다.

동해 바닷가에서 벌어질 엄청난 결전을 직접 본다면 이 녀석도……

이연화를 미워하게 될까?

2. 불귀곡不歸谷

이연화가 백마를 끌고 황량한 들판과 산을 넘고 있었다.

이상이가 살아 있다는 소식에 강호가 한바탕 떠들썩하더니 그를 둘러싼 수많은 이야기가 생겨났다. 어제 이상이가 대명호大明湖 기슭에서 곤경에 처한 미인을 구했다는 둥, 그저께는 서역의 광활한 사막에서 의로운 일을 했다는 둥, 그끄저께는 설산 정상에서 절세신공으로 만년설을 녹인 덕분에 가뭄으로 갈라진 산자락의 논밭이 감로수를 얻고 해갈했다는 둥 하는 소문이었다.

온갖 이야기 속에서 비를 부르고 바람을 부리며 순식간에 강남에서 서역으로 또 설산으로, 동에 번쩍 서에 번쩍 하는 그 선인이 지금 홀로 백마를 끌고 인적 드문 골짜기를 지나고 있었다. 골짜기 밑으로 수맥이 흘러 곳곳에 발목 깊이의 물웅덩이가 파였고, 모기와 파리가 왱왱거리고 벌레와 뱀이 기어다녔다. 이연화도 걷기가 힘들었지만 백마도 계속 콧김을 횡횡 내뿜는 것을 보니 몹시 괴로운 듯했다.

이상이라는 신분이 드러났으므로 더이상 이연화로 살 수 없었다. 게다가 이상이가 돌아왔는데 초자금이 가만히 둘 리 있겠는가? 그래서 이연화는 백천원을 나서면서부터 안전하게 숨을 곳이 어디에 있을지 고민했다. 백두산 천지가 높고 멀지만 연꽃은 없을 듯해 백천원에서 받은 백마를 끌고 느릿느릿 걸어 불귀곡으로 들어갔다.

황량한 산천이나 인적 드문 곳이면 으레 불귀로不歸路, 불귀하不歸河, 불귀산不歸山, 불귀협不歸峽 등이 있기 마련이다. 불귀곡은 그중에서도 제일 흔한 지명이기에 이연화는 골짜기 입구에서 '불귀곡'이라는 이름을 보고도 별로 대수롭지 않게 생각했다.

하지만 얼마 되지 않아 이 골짜기로 들어온 것을 후회했다.

골짜기가 몹시 좁고 긴데다 질척한 진흙 땅에 기이하게 생긴 부초까지 자랐다. 공기가 너무 축축해 숨을 들이마시는 것조차 힘들었다. 골짜기 양쪽으로 우거진 나무 사이에선 뱀과 벌레가 출몰했으며, 까마귀가 머리 위를 가로질러 날아가고 부서진 백골 조각도 드문드문 눈에 띄었다. '불귀곡'이라는 이름처럼 으스스한 분위기가 자욱하게 깔린 곳이었다.

이연화가 입은 영주갑도 진흙이 잔뜩 묻었지만 다행히 검으로도 벨 수 없는 튼튼한 옷이었다. 연화루에 있는 헌옷 차림이었다면 아마 진즉에 너덜너덜하게 찢어졌을 것이다. 이연화는 말을 타지 않고 고삐를 꽉 쥔 채 힘겹게 한 걸음씩 옮겼다.

말을 타지 않는 건 앞이 보이지 않아서였다.

눈앞에 떠다니는 검은 그림자가 한 덩이었다가 두 덩이가 되더니, 불귀곡으로 들어올 때쯤에는 점점이 나뉘어 둥둥 떠다니며 한데 뭉쳤다가 또 금세 흩어지고, 흩어졌다가 또 어느새 한 덩어리가 되고, 수시로 형태를 바꿔가며 마음을 산란하게 했다. 귀는 웅웅 울리고 눈앞은 어른거리니 마음도 점점 쇠약해져 아예 눈을 감아 버렸다. 어차피 눈을 떠도 앞이 보이지 않아 눈뜬장님이나 마찬가지였다. 그렇다고 말을 탈 수도 없었다. 앞이 보이지 않으니 말이 큰 나무 밑을 지나갈 때 나뭇가지에 걸려 떨어질 수도 있고, 또 언제부턴가 높은 곳을 두려워하게 되어 말에 올라타는 것도 불안했다. 그래서 고삐를 쥐고 말이 가는 대로 따라 걸었다.

짐승을 따라가는데다 앞도 보이지 않고 계속 질척한 물웅덩이에 발이 빠지며 워낙 습해 답답하니 점점 힘들고 지쳐 말의 걸음을 따라갈 수 없었다. 한 걸음 내디딜 때마다 숨을 서너 번 몰아쉴 정도로 간신히 걸으며 속으로 후회했다. 이대로 가면 숨어 지낼 곳을 찾기도 전에 묫자리를 먼저 찾게 될 것이다.

까악. 까마귀 한 마리가 울면서 날아갔다.

까악, 까악. 갑자기 사방에서 까마귀떼가 일제히 울어댔다.

이연화가 눈을 번쩍 떴다. 나뭇가지가 무성하게 우거지고 옆으로는 시냇물이 흐르는 곳이었다. 머리 위로 까마귀들이 어지럽게 날고 바닥에는 쓰러져 죽은 시신이 한 구 보였다.

여자 시신이었다. 나무가 너무 우거져서 말도 더는 앞으로 나아갈 수가 없는 상황인데 앞쪽에서 칼과 칼을 부딪치며 격투를 벌이는 소리가 들렸다.

다가가서 무슨 일인지 보아야 할지 판단이 서지 않았다. 가서 '본다'고 해도 지금 이연화의 눈으로는 제대로 볼 수 없을 터였다.

그때 갑자기 나뭇잎 바스락거리는 소리와 함께 뭔가가 하늘에서 뚝 떨어져 이연화는 본능적으로 뒷걸음질쳤다. 그 물체가 여자 시신 위로 퍽 떨어졌다. 자세히 보니 또다른 여자의 시신이었다. 고개를 드니 여자 시신 위에 나뭇잎이 성글어 벌어진 틈이 보였다. 떨어진 시신은 바닥에 닿았다가 튀어오르더니 이연화의 발 앞에 떨어졌다.

때마침 눈앞을 가렸던 검은 그림자가 흩어져 시신을 비교적 또렷하게 볼 수 있었다. 치맛단에 태극 문양이 수놓인 푸른 옷을 입었는데, 색깔을 보니 어느 문파 특유의 옷 같았다. 이연화가 시신을 살피는 동안 백마는 좁고 축축한 골짜기가 싫었는지 히히힝 소리를 내며 우거진 나무 틈을 빠져나갔다.

나무가 무성한 숲을 조금 벗어나자 푸른 옷을 입은 여자 대여섯 명이 한 사람과 격투를 벌이는 장면이 보였다. 장검 대여섯 자루가 검광을 내뿜으며 허공을 가르고 검기가 종횡으로 교차하며 초식이 물처럼 흐르는데도 사람 몸에는 닿지 않았다.

상대는 노란 옷을 입은 사람이었는데 몸놀림이 가볍고 자연스러운 것을 보니 여자들보다 무공이 훨씬 강한 모양이었다. 포위를 뚫고 벗어나려 했다면 진즉에 가능했을 텐데 어째서 결투를 계속하는지 알 수 없었다.

"셋째 사매를 욕보인 더러운 놈을 죽여라!"

"저놈을 죽여서 일곱째와 여덟째 사매의 복수를 하자!"

"더러운 놈!"

이제 보니 노란 옷을 입은 사람이 여협들의 셋째 사매를 희롱하자 여협들이 그를 응징하려고 검을 들고 덤볐다가 두 명이 죽은 상황 같았다.

그들이 싸우는 모습을 지켜보니 노란 옷을 입은 사람은 자기 실력을 다 쓰지 않았다. 그러지 않았다면 이 첫째, 둘째, 넷째, 다섯째, 여섯째 사매 등도 이십 년 뒤 열한째, 열두째, 열셋째 사매 등이 복수해주길 기다려야 했을 것이다. 이연화는 한숨을 내쉬고는 태극 문양이 수놓인 푸른 옷을 입은 아미파 제자들을 보았다.

순간 노란 옷을 입은 사람이 더이상 참을 수 없었는지 손바닥을 들어 그중 한 여협의 머리를 향해 장력을 날렸다. 아미파 제자들이 젊고 아름답지 않았다면 아마 진작에 목을 전부 베어버리고도 남았을 것이다. 노란 옷의 남자는 과연 막강한 고수였다. 장력 한 번에 푸른 옷의 소녀가 피범벅되어 쓰러졌다.

그때 우거진 숲에서 백마가 걸어나왔다. 첫째와 둘째 사매가 고개를 휙 돌려 백마를 보았다. 말은 물에 빠졌다 나온 듯 푹 젖었지만 꼿꼿하게 뻗은 우람한 몸집이 우아했다.

대번에 명마라는 걸 알아볼 수 있었다.

노란 옷을 입은 사람도 흠칫 놀라고 푸른 옷의 여협들도 놀라서 날카롭게 외쳤다. "누구냐?"

숲속에서 가벼운 기침소리가 들리며 한 사람이 천천히 걸어나왔다. 조금 젖기는 했지만 매끄럽고 새하얀 그의 옷에는 이제 흙 한 점 묻지 않았다. 느리지만 우아한 걸음걸이였다. 노란 옷을 입은 사람의 음흉함과 대비되어 더욱 고상해 보여 한눈에도 호감이 생겼다.

"잠깐 멈추시지요." 흰옷을 입은 사람이 말했다. "황黃 선배님 그간 무탈하셨습니까?"

노란 옷을 입은 사람이 살기등등한 눈초리로 이연화를 노려보았다. "넌 누구냐?"

이연화는 가벼운 미소로 대답을 대신한 뒤 말했다. "무당파 황칠 선배님, 무당 자하 장문의 사형이시지요. 오래전 무당산에서 만인의 존경을 받으며 위엄을 떨치셨는데 어찌하여 아미파 제자들을 함부로 죽이는 흉도가 되셨습니까."

이 음흉한 남자가 무당파의 황칠이라니. 푸른 옷 여협들의 등에서 식은땀이 흘렀다. 몇몇은 다른 사매들의 시신을 찾으러 숲속으로 달려갔다.

아미파 제자가 무당파 황칠에게 죽임을 당했다는 소문이 퍼진다면 그에게도 수치스러운 일이 될 터였다.

"누구냐?" 황칠이 버럭 외쳤다. 일품문 사건 때 잠깐 스친 적이 있지만 그때는 이연화가 얼굴에 기괴한 분칠을 하고 기녀 행세를 했었기에 황칠은 그를 알아보지 못했다.

이연화는 이번에도 대답 대신 살짝 웃어 보이고 말을 이었다. "선배님도 단운봉 밑에서 도망치셨겠지요?"

황칠이 "허" 하고 탄성을 내뱉었다. 그의 말이 맞았다. 단운봉 아래 각려초 총단에서 불길이 치솟았을 때 황칠 역시 도망쳤다. 일품문 사건 때 곽평천이 황칠을 백천원으로 호송한 뒤 제6감옥에 갇혔는데 얼마 지나지 않아 감옥을 습격한 각려초에게 구출되어 줄곧 어룡우마방에서 머물렀다. 이번에 도망친 뒤 장문의 지위를 되찾고자 무당산으로 가던 길에 장강 무강루撫江樓로 향하던 아미파 여협들과 우연히 마주쳤는데, 그중 자기 애첩을 닮은 셋째를 보고 나쁜 마음이 동해 그 여협을 혼미하게 만들어 범하고 말았다. 이른 새벽에 일어난 아미파 여협들이 셋째 사매의 방에서 나오는 그를 보고 일제히 검을 뽑아들고 달려들었던 것이다.

여색을 밝히는 황칠은 젊고 아름다운 여협들을 죽일 생각이 없어 불귀곡으로 도망쳤는데 여협들이 포기하지 않고 쫓아들어오자 화가 난 나머지 그중 두 명을 죽여버렸다. 흰옷을 입은 사람이 끼어들지 않았다면 나머지 여섯 명도 모조리 죽여버릴 생각이었지만, 흰옷을 입은 사람이 갑자기 나타나 자기 신분을 알아보자 그를 죽이기로 마음먹었다.

"내가 누구이고 또 어디서 왔는지, 곧 죽을 놈이 알아서 뭐하게?" 황칠이 씨익 교활한 미소를 지으며 이연화를 향해 장력을 내뿜었다.

이연화가 몸을 옆으로 비틀어 피하며 부드럽게 말했다. "아미파 여러분, 이 사람은 대단한 고수입니다. 싸워서 이길 수 없는 상대이니 어서 떠나십시오." 황칠의 장력이 이연화의 곁을 스쳤다. 그의 옷자락이 바람에 너울거리자 그에게서 더욱 기품이 풍겼다.

"소협께서 저희를 위해 악당을 막고 계신데 어찌 도망칠 수 있겠습니까?" 푸른 옷의 여협 중 한 명이 수줍게 얼굴을 붉히며 말했다. "그럴 순 없습니다."

이연화는 고개만 끄덕일 뿐 아무 말도 하지 않았다.

황칠은 장력이 빗나가자 걸음으로 팔괘를 그리고 승천하는 용처럼 몸을 움직여 무당의 절세무공 팔괘유룡 초식을 펼치더니 소매를 바람에 부풀려 무당오중경을 구사했다. 이 둘을 합치면 상대를 단숨에 죽일 수 있다.

쇄쇄 하는 소리가 가볍게 울렸다.

아미파 여협들이 그 위세에 가슴이 철렁 내려앉는 순간, 한줄기 빛이 눈앞을 스치며 날아가 공중에서 거미줄처럼 반짝이더니 황칠의 목에서 검붉은 피가 솟구쳤다. 그의 손은 장력을 다시 내뿜지 못한 채 그대로 멈췄다. 모두가 보는 앞에서 얇고 긴 검이 황칠의 목을 움켜쥐듯 휘감았다. 검이 눈에 보이지도 않을 만큼 그토록 빠르게 날아갈 수 있는지 보고도 믿기지 않았다.

황칠이 비스듬한 시선으로 흰옷 입은 사람을 노려보다가 왼손에 들린 검을 보고 싸늘하게 웃었다. "왼손잡이였군!" 황칠은 이연화가 이미 상대의 무공을 파악해서 그의 예상을 깨고 왼손으로 검을 휘둘러 허점을 파고들었다는 사실을 몰랐다.

이연화가 웃었다. 오랫동안 은둔한 황칠은 이상이의 가장 화려한 시절을 보지 못했으므로 문경의 존재도 알지 못했다.

문경이 황칠의 목을 휘감은 상태였기에 이연화가 손목을 가볍게 돌리기만 하면 그 목이 떨어질 터였다. 이연화가 미동도 없이 서 있는 사이 푸른 옷의 여협들이 재빨리 황칠에게 달려가 혈도를 짚고 그를 밧줄로 묶어 말에 태운 뒤 안도의 한숨을 내쉬었다.

그제야 죽은 사매들이 생각난 여협들이 목놓아 울기 시작했다. 한참 울고 난 뒤 그중 한 여협이 이연화에게 말했다. "소협, 저희는 무강루에 누구를 만나러 가는 중인데 이자의 무공이 강하여 저희 힘으로는 감당할 수 없을 듯합니다. 소협께서……" 여협의 두 볼이 붉어졌다. "함께 가주시겠습니까?"

이연화는 그 자리에 선 채 한참을 생각하다가 빙그레 웃으며 고개를 끄덕였다.

푸른 옷의 여협들이 기뻐하며 수줍은 미소로 서로를 쳐다보았다. 이 흰옷을 입은 공자가 이 자리에 계속 서 있고 싶어한다는 걸 여협들은 알지 못했다.

영웅이 미인을 구한 미담은 이미 이연화에게 그리 어울리지 않았다.

이연화는 그저 턱밑까지 차오른 숨을 편히 토해내고 싶다는 생각뿐이었다.

3. 파성검破城劍

연정을 품은 아미파 여협들과 이연화가 이틀 동안 동행한 끝에 마침내 장강 기슭의 무강루에 도착했다.

아미파 여협들이 동도 트기 전에 일어나는 바람에 기품 있는 이소협 역시 여협들보다 늦게 일어날 수 없어 그도 이틀 동안 초새벽에 일어났다. 게다가 이왕에 소협으로 불리니 횡포한 자를 무찌르고 약한 자를 돕지 않을 수 없어 여협들의 숙식을 챙기고 짐을 정리하고, 일곱째와 여덟째 사매의 관을 운반했으며, 말에게 물을 먹이고 말을 몰고, 심지어 백오륙십 근이나 되는 무거운 황칠을 다루는 일도 도맡아 했다.

천년 같은 이틀을 보내고 마침내 여협들을 무강루까지 데려다주고 난 뒤에야 이연화는 겨우 한숨 돌릴 수 있었다. 아내가 아닌 여자들과 함께 있는 건 아무리 수양이 깊은 남자라도 인내심에 한계를 느낄 수밖에 없다.

무강루는 장강 기슭의 커다란 바위 위에 있는 삼층짜리 누각으로 절경을 감상하기 위해 지은 곳이었다. 누각의 맨 위층에 올라가 강물을 내려다보면 푸른 물결이 굽이치며 흐르고 저멀리 용처럼 구불구불 이어진 산등성이가 한눈에 들어와 가슴이 탁 트였다.

이연화와 아미파 여협들이 무강루에 거의 도착했을 때 무강루로 다가오는 마차가 한 대 보였다. 말발굽 소리가 급하지도 느리지도 않고 차분했으며 미풍 속에서 고상한 분위기를 풍겼다.

마차에 탄 사람은 평범한 이가 아니었다.

"초 문주님!" 여협들이 기뻐하며 외쳤다. "과연 약속을 잘 지키시네. 벌써 오셨다니!"

초 문주?

마차에서 내리는 두 사람을 보고 이연화는 한숨을 내쉬었다. 눈썹이 길고 잘생긴 얼굴에 자줏빛 옷을 입은 사람은 초자금이었다. 그렇다면 그 옆에 있는 곱고 수려한 여인은 말할 것도 없이 교완만이었다.

초자금은 푸른 옷의 여협들을 흘긋 보고는 아무 말도 하지 않고 이연화에게 성큼성큼 걸어와 담담하게 인사를 건넸다. "그간 별일 없었느냐?"

교완만도 이연화가 아미파 여협들과 함께 있는 것을 보고 속으로 무척 놀랐지만 겉으로는 부드러운 미소를 지었다.

이연화가 스치는 시선으로 교완만을 보고 짧은 탄식을 내뱉었다. "별일 없었습니다."

초자금이 담담하게 웃었다. "요즘 명성이 대단하더군."

이연화가 본능적으로 손을 저었지만 아미파 여협들이 옆에 있어서 손사래만 칠 수도 없었다. 하지만 달리 어떻게 설명해야 할지 몰라서 "덕분입니다……"라고만 하며 말끝을 흐렸다.

초자금이 말했다. "소협과 잠시 걸으며 나눌 얘기가 있습니다."

초자금이 몸을 옆으로 돌리고 걸음을 옮기자 여협들이 경외심 가득한 눈으로 초자금을 보았다.

이연화도 어쩔 수 없이 그를 따라 무강루 삼층으로 올라갔다.

무강루 난간 너머 푸른 물이 천 년 만 년이 지나도 마르지 않을 듯 유유히 흘렀다.

"한 번만 더 완만을 만나면 내가 널 죽여버리겠다고 했지." 초자금이 웃음기 하나 없는 투로 말했다. "나는 한 번 말한 건 무슨 일이 있어도 지킨다."

"아미파 여협들의 마부로 왔을 뿐입니다." 이연화가 한숨을 내쉬었다. "여협들이 무강루에서 만나기로 한 사람이 형님인 줄 몰랐습니다." 이연화가 난간 앞에 서서 탁 트인 경치를 보며 깊은 한숨을 내쉬었다.

초자금이 천천히 말했다. "문경을 뽑아라."

하지만 이연화는 한숨만 내쉴 뿐 검을 뽑지 않았다.

이연화가 검을 뽑지 않으면 초자금은 그 얇고 유연한 문경이 어디에 있는지 알 수 없었다.

초자금이 파성검을 뽑아 이연화의 가슴을 향해 뻗었다.

이연화의 왼쪽 소매가 펄럭이는 동시에 허공에서 거미줄처럼 가느다란 빛이 반짝였다. 얇고 긴 검이 땅 하는 청명한 소리와 함께 초자금의 검신에 부딪힌 뒤 순식간에 그 검을 휘감았다. "저는 형님의 적수가 아닙니다."

"내 적수가 아닌데 감히 내게 대항하느냐?" 초자금이 노기 서린 목소리로 말했다. "내 손으로 널 죽이고 싶지 않다……" 초자금이 잠시 멈췄다가 다시 말했다. "사고문에 두 명의 문주는 필요치 않아. 네 손으로 자결해라!"

이연화가 쓴웃음을 지었다. "저는……"

"다시 돌아오지 않겠다고 네 입으로 말했다. 다시는 완만을 만나지 않겠다고도 했다." 초자금이 말했다. "청원산 백천원에서 소동을 일으키고 이상이의 이름을 세상에 떨친 건 나를 향한 도전이 아니냐? 지금 온 천하가 너를 따르는데 돌아올 생각도 없었고 강호와 완만에 아무런 뜻이 없다고 말한들 누가 널 믿겠느냐?"

이연화는 말문이 막혀 잠시 동안 한숨만 내쉬다가 입을 열었다. "자결하겠습니다. 형님께서 절 죽이시는 건…… 모양새가 좋지 않지요……"

이연화가 왼손을 들어 문경을 거두고는 잠시 생각하다가 손목을 비틀었다. 하지만 챙 하는 소리와 함께 눈부신 빛이 점점이 흩어지더니 차르륵 바닥에 쏟아졌다.

초자금은 가슴이 철렁했다. 살기가 아직 누그러지지 않았지만 말할 수 없는 격랑이 밀려와 얼굴이 창백해졌다.

바닥에 쏟아진 빛이 햇빛을 받아 영원히 꺼지지 않을 듯이 반짝였다.

십이 년 동안 강호에서 위세를 떨쳤던 문경이, 터럭 한 올도 베고 금도 자르며 옥도 부수는 천하제일의 연검 문경이, 십수 년 동안 이연화와 한몸이었던 문경이, 산산이 부서져 쇳조각이 되었다.

들고 있던 검자루를 바닥에 가만히 내려놓으며 이연화는 북받치는 감정을 느꼈다.

언젠가 누가 했던 말이 떠올랐다. '미련 없이 버리는 이도 있지만, 일평생 저버리지 않는 이도 있습니다. 사람마다 신념이 다른 법이지요.'

이연화는 기억력마저 점점 쇠했지만 이 말은 또렷이 기억했다.

아마 영영 잊지 못할 것이다.

초자금의 안색이 변했다. "뭘 하는 게냐" 또는 "이럴 필요까지 있느냐"라고 말하고 싶었다. 하지만……

초자금은 상대가 죽길 바랐다.

자결하겠다고 해놓고 검을 부서뜨리다니……

어쩌려는 것인가.

이연화가 검자루를 내려놓고 몸을 일으켰다. 초자금은 이연화의 심중을 읽으려고 표정을 자세히 살폈지만 별다른 기색은 드러나지 않았다. 이연화가 말했다. "형님, 사람이 죽음을 앞두면 선한 말을 한다고 했습니다. 제 말을 들어보시겠습니까?"

"할말이 뭐냐?" 초자금이 파성검을 단단히 쥐었다. 기꺼이 죽겠다는 이연화의 말을 믿을 수 없었다. 스스로 문경을 부러뜨린 그의 행동에 초자금은 몹시 놀랐다.

"완만이 저를 사랑했다면 형님과 혼인하지 않았을 겁니다." 이연화가 나직이 말했다. "완만을 믿고 형님 자신을 믿으세요." 그러고는 가만히 초자금을 응시했다. "부부 사이에 믿지 않는 것도…… 배신입니다."

초자금이 노여운 목소리로 외쳤다. "부부간의 일에 네가 신경쓸 것 없다!"

이연화가 고개를 끄덕이며 난간으로 한 걸음 더 다가가더니 뒤를 돌아보며 옅은 미소를 지었다. "다시는 그러지 마세요."

초자금이 어리둥절해 상황을 파악하기도 전에 이연화가 몸을 휙 솟구치더니 말릴 겨를도 없이 곧장 난간을 넘어 강물로 뛰어내렸다.

무슨 짓을 하는 거지? 강에 뛰어들어 자결하려고?

하지만…… 초자금은 이해할 수 없었다. 이상이가 헤엄을 잘 친다는 사실이 어렴풋이 떠올랐다. 십이 년 전 바다에 빠지고도 죽지 않은 이상이가 강에 빠져 죽겠는가? 거기에 생각이 미친 초자금은 안도의 한숨을 쉬었다. 그때, 눈 깜짝할 사이에 난간을 넘어 몇 장 높이의 바위 밑으로 몸을 날린 이연화가 강에 떠 있는 고깃배 위에 내려앉는 게 보였다. 이연화가 몸을 돌려 초자금을 올려다보며 빙긋 웃었다.

초자금은 그제야 알았다. 이연화가 그의 적수가 아니라고 말하고 스스로 문경을 부러뜨린 뒤 기꺼이 자결하겠다고 한 것은, 그의 경계심을 누그러뜨리고 고깃배가 바위 밑으로 다가올 때까지 시간을 벌기 위함이었다.

주체할 수 없는 분노가 치밀어올랐다. 죽지 않은 이연화 때문이 아니라 부서진 문경 때문이었다.

문경!

이상이의 손에서 얼마나 많은 악당을 벤 검인가! 얼마나 많은 생명을 구한 검인가!

이상이는 충분히 도망칠 수 있었다.

미리 강으로 뛰어내릴 계획을 세워뒀을까?

그런데 어째서 검을 부서뜨렸지?

죽고 싶지 않다면 왜 검을 부서뜨렸을까?

이 검이 이상이에게 그토록 가치가 없단 말인가?

초자금은 분노가 끓어오르고 살기가 치밀었다. 놈을 반드시 죽여야만 한다! 죽이고야 말 테다!

강에 그물을 던지던 어부는 배 위로 사람이 떨어지자 소스라치게 놀라 하마터면 물에 빠질 뻔했다. 어부가 새된 비명을 질렀다.

"귀신이다! 귀신이야!"

고깃배에 떨어진 사람이 한숨을 쉬었다. "벌건 대낮에 귀신이 어디 있소?"

이연화를 돌아본 어부는 하늘에서 떨어진 사람이 새하얀 옷을 입은데다 인상도 험악해 보이지 않아 조금 마음이 놓였지만 그래도 놀란 가슴은 진정되지 않았다. "누, 누구시오……"

이연화가 배 위에 걸터앉았다. 오늘 수확이 변변치 않은지 배 위에는 작은 고기 몇 마리만 펄떡였다. 이연화가 그걸 보고 웃으며 말했다. "어부 양반, 나와 흥정을 해보겠소?"

어부가 조심스레 이연화를 훑어보다가 경계하는 목소리로 말했다. "무슨 흥정?" 어부가 한마디 덧붙였다. "나는 돈이 없으니 물고기라도 괜찮으면 가져가시오."

이연화가 웃으며 품에서 종이를 꺼냈다. "이 배를 사겠소."

"이 배는…… 안 팝니다."

이연화가 종이를 펼쳤다. "오십 냥짜리 은표요."

"은표라고요?" 어부가 미심쩍은 표정으로 종이를 들여다보았다. 은표라는 것을 들어보기는 했어도 실제로 본 적이 없으니 그게 진짜인지 알 수 없었다.

이연화가 잠시 생각하더니 이번에는 품에서 쇄은 두 냥을 꺼냈다. "오십 냥짜리 은표에 쇄은 두 냥을 얹어주겠소." 그러고는 옷을 툭툭 털며 진지하게 말했다. "이 배를 살 테니 편지 한 통을 전달해주시오. 돈을 더 주고 싶어도 이것밖에 없소."

은자 두 냥이라고? 어부의 얼굴에 화색이 돌았다. 은자 두 냥만 받고 팔아도 수지맞는 장사였다. 어부가 은표와 쇄은을 냉큼 받았다. "좋습니다. 팔게요. 그런데 어딜 가십니까? 모셔다드릴게요."

이연화가 웃으며 품에서 편지 한 장을 꺼내들고 친절하게 설명했다. "그 은표를 성안에 있는 왕가네 은포銀鋪에 가져가서 은자로 바꾸고, 이 편지는……" 거기서 잠시 말을 멈췄다. 백천원 분타

分舵에 전해달라고 말하려 했는데 백천원 분타가 뭔지 어부가 모를 것 같아 말을 바꿨다. "방씨 가문이 운영하는 주루나 다관, 은포 중 어디라도 전해주시오."

"예." 어부가 편지를 받았다. 은표를 잘 모르는 어부는 은자 두 냥에만 관심이 있었다.

이연화가 건너편 기슭을 가리켰다. "먼저 올라가시오. 이제 이 배는 내 것이니까."

"손님은 어딜 가시려고요? 제가 손님의 하인이 있는 곳까지 모셔다드릴게요." 순박한 어부는 은자를 받고 난 뒤 태도가 유순해졌다.

"아무데도 안 가오." 이연화가 미소를 지었다. "나도 배를 저을 줄 아오."

"그렇습니까?" 어부가 노를 저어 배를 천천히 기슭에 댔다. "백면서생처럼 보여 배를 저으실 줄은 몰랐습니다."

"하하. 나도 어부요. 생선 장사도 했었지."

"그렇습니까? 백조어 한 근에 얼마씩 팝니까? 요즘 백조어가 비싼데 아무리 잡으려 해도 잡히질 않아요."

"하하하."

작고 조악한 나무배가 천천히 기슭에 닿자 어부가 배에서 뛰어내린 뒤 오십 냥짜리 은표와 쇄은 두 냥을 들고 이연화를 향해 손을 흔들었다.

이연화는 왼손으로 노를 저어 천천히 강 한가운데로 배를 몰아간 뒤 강을 따라 내려갔다.

장강의 하류였다. 물 흐르는 속도가 빨라 하루도 안 돼서 바다로 나갈 수 있을 터였다.

이연화는 배 위에서 파닥거리는 작은 물고기들을 다시 강에 놓아준 뒤 무릎을 끌어안고 앉아 유유히 흐르는 강물을 물끄러미 응시했다.

풍경의 아주 일부만 볼 수 있었다.

그래도 계속 눈에 담았다.

양쪽 기슭의 푸른 산에 안개가 자욱하게 끼어 어두컴컴한 숲속에 서늘한 기운이 서렸다.

배 위에 앉아 있노라니 물위에서 피어오른 어둡고 찬 안개가 몸을 휘감아 시리고 선득했다.

멀리서는 조각배 하나가 구름바다 위를 유유히 떠가는 풍경이 고즈넉하고 우아해 보일 것이다.

이연화가 웃으며 가벼운 기침을 하다가 울컥 피를 토했다.

침착하게 손수건을 꺼내 피를 닦았다.

금세 또 피가 울컥 쏟아졌다.

4. 동해의 약속

적비성은 각 문파를 향해 잇단 도발을 했다.

적비성의 도발에 일절 대응하지 않는 소림의 법공 방장과 오래전부터 폐관중인 무당파 자하 도장을 제외하면 천하에 적비성과 대적할 수 있는 이는 없었다.

팔월 스물닷새.

동해에 가라앉았던 그날로부터 딱 십삼 년이 지났다.

적비성은 이미 동해의 바닷가에 도착했다. 운雲씨 성을 가진 사람들이 모여 사는 운조雲厝라는 작은 마을이었다. 운조촌 밖에는 깨끗한 해변이 펼쳐졌다. 새하얀 백사장과 푸른 바다가 선명한 대비를 이루고 하늘에는 구름 한 점 떠 있지 않았다.

오래전 그날의 하늘 색과 같았다.

그곳 해변에 '환일喚日'이라고 불리는 거대한 암초가 있었다.

언제인지 몰라도 누군가 이 암초에 유려한 필체로 이름을 새겨 놓았다. 세월이 흐르며 깊이 파인 글씨 위에 작은 소라들이 가득 붙었지만 그 필획에 흐르는 강건함을 가릴 순 없었다.

적비성은 바로 그 환일초 위에 서 있었다.

오래전 그날처럼 푸른 옷을 입었다.

이연화를 죽이려고 마음먹으면 단숨에 해치울 수 있었다. 그러나 적비성이 승부를 가려 이기고자 하는 상대는 이연화가 아니라 이상이였다.

십삼 년 전 적비성이 이상이와의 대결에서 승리를 거둔 건 이상이의 몸에 맹독이 퍼진 덕분이었다.

이상이는 그런 몸으로도 적비성에게 중상을 입혔다.

이상이의 명월침서해 초식과 그후 십 년간의 긴 요양은 적비성의 일생에 잊을 수 없는 상처를 남겼다.

오늘 적비성은 진력을 절반만 써도 이상이를 끝장낼 수 있을 것 같았지만, 이상이의 명월침서해를 격파하기 전에는 그를 죽이고 싶지 않았다.

영리하고 지모가 남다른 이상이가 지난 십이 년 동안 명월침서해를 능가하는 새로운 초식을 연마해냈을 수도 있다.

환일초 위에 우뚝 선 적비성은 점점 기대감이 차올랐다.

환일초 뒤로 백여 명의 사람들이 서 있었다. 사고문의 여러 우두머리도 물론 왔는데 그중에는 교완만의 모습도 보였다. 아미파의 젊은 제자들, 개방丐幇의 장로 세 명, 무당파의 육검지, 소림사의 젊은 승려들도 왔다.

각양각색의 무리 사이에서 금빛 찬란한 가마 한 대가 눈에 띄었다. 봉황이 수놓인 금빛 비단으로 사방을 두른 가마였다. 가마꾼 네 사람은 옷차림이 수수했지만 고개를 바짝 쳐든 무표정한 얼굴은 딱 봐도 무예의 고수들이었다.

가마에는 방다병과 소령공주가 타고 있었다.

가마 옆에는 거무스름한 얼굴의 서생이 굳은 표정으로 서 있었다.

무림 사람들은 낯설고 기이한 가마에서 멀찍이 떨어져 의아하다는 듯 수군거렸다.

방다병은 가마를 타고 올 생각이 조금도 없었다. 혼자 양부의 담을 넘어 빠져나와 반년 정도 자유롭게 떠돌아다닐 생각이었는데, 그의 마음을 누구보다 잘 아는 소령공주가 미리 마차와 가마를 준비하고 떠날 채비를 마친 뒤 남편을 데리고 함께 온 것이다.

이 금슬 좋은 부부와 동행한 사람 중에는 양윤춘도 있었다.

양윤춘은 오래전부터 적비성과 이상이의 전설 같은 이야기에 호기심이 많았다. 두 사람의 이야기를 들으며 자랐다고 해도 과언이 아니었다. 무예를 연마하는 사람치고 그 둘의 이야기에 호기심이 일지 않을 이가 있을까? 양윤춘은 호연한 기세로 환일초 위에 우뚝 서 있는 적비성을 보고 내심 놀랐다. 벼슬아치들은 범접할 수 없는 절대고수의 기백에 감탄했다.

적비성이 환일초 위에 서서 기다린 지 두 시진이 지나고 오시가 넘었는데도 이상이는 나타나지 않았다.

구경하러 모인 사람들이 술렁이기 시작했다. 기한불도 걱정스러운 표정이었고, 초자금의 미간에도 주름이 깊게 잡혔다. 백강순이 작은 소리로 좌우에 선 부하들에게 뭐라고 지시했고, 교완만의 얼굴에도 근심이 드리웠다.

방다병이 가마 안에서 고개를 내밀었다. "왜 이렇게 안 오지요? 이상이가 약속을 깨려는 걸까요?"

소령공주가 작은 소리로 말했다. "인간 세상에 내려온 선인이라고도 일컬어지는 분이 이렇게 큰 약속을 어기겠어요? 무슨 일이 생겼겠죠."

환일초 위에 선 적비성은 짚이는 바가 있었다.

영리하고 지모가 뛰어난 이상이가 이렇게 늦는 건 필시 상대의 평정심을 소진시키려는 계략이다.

이때 멀리서 말 한 마리가 달려오며 말에 탄 사람이 다급하게 외쳤다. "도련님! 도련님! 큰 도련님!"

방다병이 가마에서 뛰어내려 미간을 찡그리며 물었다. "무슨 일이야?" 이렇게 중요한 순간에 방씨 가문에서 급한 전령을 보내 소란을 일으키니 방다병은 민망해서 얼굴이 화끈거렸다.

말을 타고 달려온 하인이 턱까지 차오른 숨을 헐떡이며 창백한 얼굴로 편지 한 통을 높이 들고 흔들었다. "도련님! 편지가 왔습니다!"

방다병이 짜증스러운 투로 말했다. "편지인 줄은 나도 안다! 이리 가져와!"

하인이 꾸깃꾸깃 구겨진 편지를 방다병에게 주며 하얗게 질린 얼굴로 황망하게 말했다. "이상이의 편지입니다……"

"무슨 편지길래 여기까지 가져와? 언제부터 방씨 가문의 일을 내가 결정했다고." 방다병은 버럭 화를 내다가 뚝 멈췄다. "이상이? 이상이가 사고문이 아니라 나한테 편지를 보냈단 말이야?"

방다병이 버럭 화를 내던 기세 그대로 크게 되묻자 옆에서 듣고 있던 사람들이 그와 하인 주위로 모여들었다.

이상이의 편지라고?

이상이가 왜 방씨 가문에 편지를 보내?

이상이는 지금 어디에 있지?

방다병은 두근거리는 마음으로 편지를 펼쳤다.

편지를 든 방다병의 손이 부들부들 떨렸다.

흔한 백선白宣에 쓴 낯익은 필체였다.

이 아무개는 십삼 년 전 동해의 결투에서 예리한 무기에 부상을 입고 배와 함께 가라앉아 그대와의 결전에서 이길 수 없었소. 천하에서 보기 드문 그대의 용맹함에 기꺼이 탄복하오. 오랜 세월이 흘렀지만 그때의 부상을 딛고 일어나기가 힘드오. 검도 부러지고 사람도 죽었으니 동해의 약속을 지킬 수 없어 유감이오.

부릅뜬 눈으로 익숙한 필체를 읽어나가던 방다병은 온몸이 선득했다.

세월 따라 강산도 수없이 변하니 가야 할 것은 결국 가고, 와야 할 것은 또 결국 오는 법. 사고문의 초자금이 오랫동안 검술을 연마하여 이제는 명월침서해에 못지않소. 그대는 자웅을 겨루어 정상에 서고 싶겠으나 이 아무개는 이미 저물었소. 그래도 자웅을 겨루고 싶거든 초 문주에게 대신 결투를 청해보시오.

편지의 마지막 몇 글자를 보고 방다병은 얼굴에서 핏기가 싹 가셨다.

이상이는 칠월 열사흘에 죽었소.

"뭐라고 쓰여 있습니까?"

기한불과 초자금이 다가오자 사람들이 길을 터줬지만 다들 물러나지는 않고 계속 기웃거렸다.

방다병이 힘겹게 숨 한 모금을 삼킨 뒤 입을 열었지만 목소리가 잘 나오지 않았다. "이상이가……"

초자금이 눈동자를 번뜩이며 방다병의 멱살을 잡았다. "편지에 뭐라고 적혀 있소?" 초자금은 이상이가 약속을 어기고 결투에 나타나지 않았다는 사실에 분노가 치밀었다. 치욕을 모르는 그 소인 때문에 사고문의 체면이 땅에 떨어지다니! 지금이라도 나타난다면 적비성보다 자기가 먼저 이상이를 죽여버리고 싶었다.

"이상이가, 이상이가……" 방다병이 망연한 눈으로 초자금을 보았다. "죽어서 올 수 없으니 초 문주가 대신 결투에 나서달라는군요."

"뭐라고요?" 기한불이 버럭 외치며 편지를 낚아챘다.

초자금이 어리둥절해서 눈을 깜빡였다. "지금 뭐라고 했소?"

"이미 죽어 올 수 없으니 유감이랍니다……" 방다병이 중얼거렸다. "초 문주의 검술이 자기보다 훌륭하니 대신 결투에 나서달라고 했습니다."

"이미 죽었다니? 대신 결투에 나가달라니? 그게 무슨 말이오?" 초자금이 노기충천해서 외쳤다. "이건 이상이의 약속이란 말이오! 이상이가 와야 할 곳이란 말이오! 어째서 내가 이상이를 대신해 결투를 벌인단 말이오?"

"초 문주가……" 방다병이 망연한 얼굴로 말했다. "사고문 문주이고, 적비성이 자웅을 가리려는 상대는 사고문 문주가 아닙니까?"

초자금이 놀라서 멈칫했다가 다시 말했다. "이상이는 왜 오지 않소? 이상이가 오면 난……" 초자금은 또 멈췄다가 말을 이었다. "이상이가 오면 사고문 문주 자리를…… 돌려주려고 했소……"

초자금 자신도 왜 이런 말이 나왔는지 알 수 없었지만 마음속에서 이미 수천수만 번 되뇌었던 양 자연스럽게 흘러나왔다.

방다병이 고개를 저었다.

"검이 부러지고 사람이…… 이미……" 방다병이 속삭이듯 작은 소리로 말했다. "죽었다고 합니다."

방다병은 말을 마친 뒤 초자금을 보지도 않고 가마로 돌아갔다.

소령공주가 걱정스러운 눈빛으로 물었다. "무슨 일이에요?"

멍하니 가마 옆에 서 있던 방다병의 입가가 움찔거렸다. "얼어죽을 이연화가 이상이일 리 없어요. 안 그래요?"

편지를 읽고 멍한 얼굴로 돌아온 방다병을 보고 시문절이 콧방귀를 뀌었다. "흥! 내가 말했잖아. 이연화가 바로 이상이이고, 이상이가 바로 이연화라고! 죽어도 내 말을 믿지 않더니, 어때? 편지를 받았으니 이제 믿겠느냐? 하하하! 널 그렇게 오랫동안 속이면서 얼마나 재밌었을까?"

방다병이 고개를 저었다. "얼어죽을 이연화는 이상이가 아니야……"

시문절이 놀랐다. "뭐라고?"

방다병이 고개를 들었다. "적비성에게 보낸 편지야. 자기는 이미 죽었으니 오늘 결투는 초자금이 대신 나가래."

시문절은 방다병이 갑자기 돌멩이나 괴수가 된 것 같다고 생각했다.

방다병이 망연한 표정으로 시문절을 보았다. "이상이가 왜 나한테 편지를 보냈을까? 나한테 편지를 보내지 않았으면 얼마나 좋았을까."

그가 편지를 보내지 않았다면 영원히 몰랐을 텐데.

시문절이 놀란 표정으로 방다병을 보았다. 주위에 있는 많은 사람들이 다 돌멩이가 된 듯 눈에 들어오지 않았다.

이상이가 죽었다고?

그 사기꾼이 죽었다고?

어떻게 죽을 수가 있지?

이연화는 이상이잖아?

이상이는…… 영원히 죽지 않을 사람인데.

"설마 정말로…… 그 부상 때문에?" 시문절이 중얼거렸다. "맙소사…… 난 그걸 알고도 내버려뒀어…… 맙소사……"

방다병이 고개를 돌리더니 시문절을 와락 붙잡아 끌어올리며 외쳤다. "뭘 알고 있는 거야?"

시문절은 우는 것보다 더 일그러진 얼굴로 웃었다. "사기꾼이 깊은 병을 앓고 있었어. 오래된 부상이었지…… 오래전 바다에 빠졌을 때 입은 부상일 텐데……"

방다병은 한참 생각하다가 시문절을 툭 내려놓았다.

"됐다." 방다병이 중얼거리듯 말했다. "됐어……" 그러고는 고개를 들어 푸른 바다와 하늘을 보았다. "그렇게 오랫동안 동고동락한 난 왜 아무것도 몰랐을까?"

"정말 죽었다고?" 바닥에 쓰러졌던 시문절이 벌떡 일어났다. "거짓말일 수도 있어. 결투에 오지 않으려고 거짓말을 했을 수도 있잖아."

방다병이 멍한 눈으로 하늘을 올려다보며 고개를 저었다.

"이연화는 거짓말을 하지 않아." 방다병이 작은 소리로 말했다. "사기꾼이지만 진짜로 사람을 속인 적은 없어…… 정말이야. 너와 내가 몰랐던 것뿐…… 이연화에게 그다지 관심을 갖지 않았던 것뿐."

이상이가 편지를 보냈다는 사실이 환일초 위에 서 있는 적비성에게도 전해졌다. 초자금과 대신 결투를 벌이라고 했다는 얘기에 적비성은 담담하게 피식 웃더니 일고의 가치도 없다는 듯 뒤도 돌아보지 않고 떠났다.

초자금도 적비성과 결투할 생각이 없었다. 그날 자결하지 않고 도망친 이연화가 어째서 갑자기 죽었는지 이해할 수 없었다.

검이 부러지고 사람도 죽었다고 했다.

그날 문경을 부순 뒤 스스로 목숨을 끊은 걸까?

초자금은 등줄기가 서늘해졌다. 설마 정말로 나 때문에…… 죽은 것인가? 오랫동안 오로지 이상이가 죽기만을 바라왔지만, 이상이가 정말로 죽은 듯한 지금은 이상하게도 그 사실을 받아들일 수 없었다. 이상이는 죽지 않는 사람이다. 패하지도 않는 사람이다. 내가 이상이를 어떻게 대하든, 어떤 악독한 말을 퍼붓고 얼마나 예리한 검을 휘두르든 절대로 사라지지 않는 신이다……

이상이가 어떻게 죽을 수 있지?

십삼 년 전 부상 때문에?

그날 이상이가 자결하지 않으려 한 건 설마……

초자금은 갑자기 안색이 창백해졌다. 설마 내 손으로 자신을 죽이길 원치 않았기 때문일까? 내가 후회할 일을 저지르는 걸 원치 않고, 나 때문에 자신이 자결했다는 사실을 완만이 알게 되는 걸 원치 않아서, 그래서 그날 죽지 않은 것인가!

그때 이상이가 죽었다면 완만은 결코 이 초자금을 용서하지 않을 것이다.

그래서 고깃배로 뛰어내려…… 다른 곳에 가서……

초자금의 두 눈이 붉어졌다. 이상이가 죽을 때 누가 곁에 있었을까? 그의 주검을 거두어 묻어줄 누군가라도 곁에 있었을까?

고개를 들어 스산한 바다를 바라보았다. 흐느끼는 소리가 들려 돌아보니 푸른 옷의 여협들이 멀리서 울고 있었다. 기한불의 얼굴도 어둡게 굳었고, 백강순은 바닥에 털썩 주저앉았으며, 석수는 뒤돌아 말없이 터덜터덜 걸음을 옮겼다.

초자금이 고개를 들어 긴 탄식을 토해내며 외쳤다. "어디서 죽었느냐? 살아 있으면 당장 나타나고 죽었으면 시신이라도 내놓아라! 온 세상을 땅속까지 다 뒤져서라도 널 찾아내고 말겠다!"

이 년 뒤.

동해의 바닷가.

가조촌柯厝村.

가조촌은 운조촌에서 그리 멀지 않은 곳이었다. 마을 밖에 고기 그물을 널어 말리고, 마을 사람이 백여 명밖에 살지 않는, 운조촌에 비해 훨씬 작은 마을이었다.

한 남자가 집 뒷마당에서 고기 그물을 널고 있었다.

후리후리한 몸에 오랫동안 햇빛을 보지 못한 사람처럼 피부가 희고, 오른손은 쓰지 못하는 듯 옆으로 늘어뜨린 채 왼손으로 천천히 그물을 정리했는데, 얼굴은 무척 편안하고 즐거워 보였다.

다만 눈이 좋지 않은 듯 가끔 손으로 더듬기도 하고 눈을 가까이 대고 확인하며 그물을 널었다.

"얼어죽을 이연화!" 집안에서 누가 소리치며 나왔다. "방안에서 얌전히 쉬라고 했지? 곧 소경이 될 놈이 고기를 잡으러 나가겠다는 거야? 내가 도읍에서 여기까지 한번 왔다 가기가 얼마나 힘든 줄 알아? 자꾸 날 화나게 할 거야?"

그물을 널던 사람이 고개를 돌리자 익숙한 얼굴이 보였다. 그가 눈을 가늘게 뜨고 다가와 방다병을 한참 보다가 겨우 기억이 난다는 듯 웃으며 말했다. "아, 시 도련님, 그간 무탈하셨습니까?"

방다병은 화가 머리끝까지 치밀었다.

"시 도련님이라고? 누가? 이 몸은 방다병이라고! 한 달 안 봤다고 시 도련님만 기억해? 시가 놈이 너한테 뭘 줬길래? 내가 강이란 강, 바다란 바다에 전부 사람을 풀어 백치가 된 놈을 간신히 찾아다 유모처럼 재워주고 먹여주고 입혀줬는데, 어떻게 한 번도 나를 방 도련님이라고 부르지 않는 게냐?"

이연화가 눈을 가늘게 뜨고 더 바짝 다가와 방다병을 보더니 히죽 웃었다. "아, 초 문주시군요."

방다병은 점점 더 화가 나서 몸을 부르르 떨었다. "초, 초 문주라고? 그 자식을 뭣 하러 기억하고 있어? 어서 잊어버려! 싹 다 잊어버려!" 방다병은 이연화의 머릿속에서 '초 문주'라는 단어 자체를 떨어버리려는 듯 그를 잡고 흔들었다.

"내가 누구야? 난 방다병이야. 지금의 부마. 이제 기억나?"

이연화는 자세히 보지도 않고 "부마 오셨습니까?" 하고 시큰둥하게 말한 뒤 몸을 돌려 그물을 만지작거렸다.

"이 배은망덕하고 파렴치한 놈!" 방다병이 그의 뒷통수에 대고 삿대질하며 욕을 퍼부었지만 이연화는 듣는 둥 마는 둥 그물을 정리하는 데 여념이 없었다. 어쩌면 들어도 무슨 말인지 이해할 수 없는지도 모른다.

방다병이 갑자기 긴 한숨을 내쉬더니 의자를 가져다 앉았다.

얼어죽을 이연화는 죽지 않았다.

고깃배를 타고 강을 따라 내려가 바다로 나갔다가 어부에게 구조되었다.

죽지 않았으니 그걸로 되었다.

마침내 찾은 이연화는 오른손을 쓰지 못하고 눈도 거의 실명한 데다 정신도 온전치 못했지만, 죽지 않았으니 그걸로 충분했다.

지금은 옳고 그른 것도 기억하지 못하고 예전의 총기와 지혜도 다 사라졌다. 물고기를 잡고 싶으면 물고기를 잡고, 농사를 짓고 싶으면 농사를 짓고, 닭을 치고 싶으면 닭을 치고, 또 가끔은 햇볕을 쬐며 옆집 노부부와 두런두런 얘기를 나누기도 했다.

그게 뭐가 나쁘단 말인가?

나쁠 게 없지 않은가?

방다병은 눈시울이 시큰거렸지만 지금 이대로도 나쁠 게 없다고 생각했다. 자신과 함께 절에서 토끼를 훔치고, 부드럽게 웃으며

"넌 정말 똑똑해"라고 말하던, 그 겁 많고 소심한 이연화를 자신이 아직도 기억하고 있으니.

이연화는 그물을 널어놓은 뒤 알 수 없는 노래를 흥얼거리며 천천히 앞을 더듬어 뒷마당을 나갔다.

뒷마당 밖에는 백사장이 펼쳐졌고, 조금 더 가면 바다였다.

푸른 장삼을 입은 사람의 뒷모습이 어렴풋이 보였다. 바다를 응시하는 듯했다.

이연화가 주춤거리며 뒤를 살피다가 평평한 모래사장을 찾았다. 그곳 모래에 가로 열아홉 줄, 세로 열아홉 줄의 바둑판이 그려져 있고 그 위에 돌멩이가 가득했다. 이연화가 바둑판 옆에 단정히 앉아 웃으며 말했다. "백서른여섯번째 수를 아직 결정하지 못했소?"

푸른 옷을 입은 사람은 뒤를 돌아보지도 않고 한참 만에 담담하게 말했다. "내가 졌어."

이연화가 팔을 뻗으며 환하게 웃었다. "은자 한 냥 주시오."

푸른 옷을 입은 사람이 은자 한 냥을 던져주며 물었다. "정말 내가 누군지 기억하지 못하는 거야?"

이연화가 얼른 말했다. "기억하지요."

상대는 조금 놀란 기색이었다. "나는……"

"돈이 많은 분이시지요." 이연화가 점잖게 말했다.

번외

양주만

양주성은 한 폭의 산수화 같은 절경으로 유명한 곳이었다. 한 시인은 "버들가지 날리고 꽃 피는 춘삼월에 양주로 떠났네"라고 읊었고, 또 한 시인은 "양주성 십 리 길에 젊고 아리따운 미녀들 가득하네"라고 노래했다. 춘분이면 버들가지 한들거리고 꽃이 만발한 양주의 경치를 보러 오는 사람들이 줄을 이었다.

방다병이 양주에 온 것이 바로 이런 계절이었다.

막 열여섯 살이 되어 강호로 나올 때 방다병의 집에서는 옷, 이불, 화로 등을 마차 한 대에 그득하게 실어주고 '왕복旺福'이라는 하인도 내어줬다.

하인의 이름은 원래 왕복이 아니었다. 방다병의 시동이었을 때는 방씨 가문이 노비의 이름을 짓는 규칙에 따라 난손蘭蓀이라고 불렸다. 하지만 열두 살이 되던 해 강호 사람을 자처하는 도련님을 따라 나와 모시게 되면서 이름도 바뀌었다. 시동에게 통속적인 이름을 붙이는 강호의 불문율에 따라 그의 도련님이 왕복이라는 이름을 지어줬다.

도련님은 마차에 가득 실린 옷이며 이불이며 화로 같은 세간이 몹시 거추장스럽고 또 간소함을 추구하는 강호의 법도에도 맞지 않는다며 마차를 통째로 당포에 맡기고 은표 몇 장으로 바꿔 품에 넣었다.

방다병이 허리에 장검만 차고 홀가분하게 당포에서 나오는데 그의 마차보다 몇 배나 큰 누각이 눈앞을 천천히 지나갔다.

사방을 빙 둘러 정교한 문양이 조각된 누각은 밑바닥에 임시로 바퀴를 끼웠다. 물소 두 마리가 앞에서 누각을 느릿느릿 끌고 서쪽으로 향하는 중이었다. 그 옆에서는 잿빛 옷을 입은 한 남자가 커다란 등짐을 실은 작은 나귀 한 마리를 끌었다.

방다병의 눈이 휘둥그레졌다. 금붙이와 은붙이에 비단옷, 이불, 화로 등을 실은 마차도 몹시 거추장스럽다고 생각했는데 집을 통째로 끌고 다니는 사람이 있다니? 게다가 작은 나귀 등에 실린 둥근 보따리를 보아하니 십중팔구 물항아리 같았다. 크기가 작은 걸 보아하니 설마…… 요강이란 말인가?

잿빛 옷의 남자는 키가 크고 몸도 날렵해 보이는데 주위를 두리번거리며 느릿느릿 걸어가는 모양새가 어디로 가야 할지 모르는 것 같았다.

방다병이 한쪽 발을 물소 앞으로 슬쩍 뻗어 막아서고는 검집을 낀 장검을 내밀어 잿빛 옷 남자의 앞을 가로막았다. "잠깐. 어디서 온 누구시오?"

잿빛 옷의 남자는 물소 앞을 막은 방다병의 발을 계속 쳐다보다 장검이 거의 코에 닿을 정도가 되어서야 놀라서 고개를 들었다. 점잖고 고상한 인상의 얼굴을 보니 열여섯 살인 방다병보다 나이가 조금 위인 듯했다. "저기……"

"악!" 방다병이 잿빛 옷 남자의 대답을 기다리는데 갑자기 발에서 극심한 통증이 느껴졌다. 물소가 앞을 가로막은 방다병의 발을 피하지도 않고, 금테를 두르고 은을 상감한 값비싼 신발을 알아보지도 못한 채 발굽으로 태연하게 밟고 지나간 것이다.

"조심하세요!" 잿빛 옷의 남자가 얼른 말을 이었지만 방다병은 이미 발을 잡고 비명을 지르며 바닥에 굴렀다.

"도련님!" 왕복이 새된 비명을 지르며 달려왔다.

나귀를 끌고 가던 잿빛 옷의 남자는 주머니에 손을 넣어 쇄은을 만지작거리며 한숨을 내쉬었다.

몇 년 뒤.

길상문연화루의 나무탁자 위에 땅콩 한 접시와 계화주 두 잔이 놓였다.

"이 어르신도 널 처음 만났을 때는 어리고 풋풋했지." 방다병이 다리를 꼬고 앉아 땅콩을 씹었다. "네가 어르신을 공경할 줄 모르고 감히 물소를 몰아 날 다치게 했어. 지금도 날이 궂으면 이쪽 발등이 욱신거린다고."

술을 좋아하지 않는 이연화는 방다병이 술 한 잔을 마시는 동안 조금 홀짝이는 정도였지만 방다병은 핀잔을 주지 않았다.

방다병이 옛일을 끄집어내자 이연화가 정색을 했다. "천만의 말씀. 네가 어린 나이에도 담력이 남달랐던 거야. 겁도 없이 천 근이나 되는 물소 앞에 발을 뻗다니. 나는 놀라서 막을 겨를도 없었어……"

방다병이 껍질을 깐 땅콩을 입에 넣고 우물거렸다. "이 어르신이 너 때문에 다리를 다쳐 양주를 떠나지 못하는 바람에 영산식주靈山識珠가 열리는 걸 구경하다 왕복이가 무당이 됐잖아."

이연화는 술 마시는 속도는 느렸지만 땅콩 먹는 속도는 빨랐다. "영산대사가 앉은 채로 입적하기 직전에 전세영동轉世靈童을 찾는다는 진언을 남겼다는데, 그런 구경거리를 어떻게 놓칠 수 있겠어? 넌 다리를 절룩이면서도 뛰는 속도는 느리지 않았지."

영산대사는 노승이 아니라 모산파茅山派 풍수도風水道의 198대 계승자로 풍수에 조예가 깊었다. 모산파는 무예는 큰 명성을 떨치지 못했고 강호에서도 명호를 기억하는 사람이 별로 없었다. 하지만 모산파가 돈이 많다는 건 다들 알았다.

모산파는 강시도僵尸道, 산수도山水道, 정괴도精怪道로 나뉘었다.

강시도는 강시 잡는 일만 하고, 산수도는 풍수만 보았으며, 정괴도는 요괴를 잡는 일을 맡았다.

강시도와 정괴도는 후계자를 찾지 못해 1대로 끝나고, 풍수도만 198대까지 이어졌다. 풍수도는 관리들 사이에서도 유명했는데 특히 관운과 재운을 잘 보았고, 돈 많은 손님에게는 남의 환심을 사는 비법을 전수해주기도 했다. 환심을 사려는 대상이 누구든, 청렴한 관리든 탐관오리든, 공자든 세자든 왕후장상이든, 풍수도의 비법은 신통한 효험을 발휘했다.

특히 영산대사는 그 비법의 고수였다. 영산대사의 집에 나라 곳간보다 더 많은 금은보화가 쌓여 있다는 소문이 돌았다. 영산대사가 지명한 전세영동이 그 많은 재산의 새로운 주인이 될 텐데 당연히 사람들이 앞다퉈 몰려오지 않겠는가? 영산대사 왕영산王靈山이 양주성에 풍수도 도장을 세웠는데, 입적한 영산대사의 육신을 금상으로 만든 뒤 도장에 영원히 보존하기로 했다. 영산대사가 입적한 지 얼마 되지 않아 풍수도 도장에서 영산대사의 전세영동을 찾는 '영산식주' 행사가 열렸다.

영산대사가 남긴 진언은 일단 등에 매화 모양 점이 있는 유柳씨 성의 여자를 찾고, 그 여자가 어느 해 몇 월 며칠에 낳은 아들이 있으면 그 아이가 바로 전세영동이라는 내용이었다.

때마침 양주성에 머무르던 방다병은 다리를 절룩이면서도 이레 동안이나 흥미진진하게 영산식주 행사를 구경하고, 강호의 영웅호걸들에게 영산대사의 일생에 관해 들었다. 사람들은 영산대사의 재산이 얼마나 될지, 일생 동안 혼인하지 않은 그에게 여자가 몇이나 있었을지, 유씨 성 여자가 어느 집 규수이며 얼마나 아름다운 미모를 지녔을지에 대해 열띤 토론을 벌였다.

여드레째 되던 날 유씨 성을 가진 여자들이 아이를 데리고 줄지어 도착했다. 한 여자는 대명호大明湖 기슭에서 영산대사를 만났다고 했고, 한 여자는 영산대사에게 받은 정표를 내밀었으며, 또 한 여자는 딸이 너무 늦게 와서 죄송하다며 위패 앞에 엎드려 아버지를 부르고 통곡했다.

강호에 나오자마자 신기한 구경을 하게 된 방다병은 흥분을 감추지 못했다. 그런데 방다병을 따라다니며 함께 구경하던 왕복이 갑자기 방다병의 소매를 잡아당기며 작은 소리로 말했다. "도련님, 제 어머니도 유씨예요."

방다병이 말했다. "옳지. 그러고 보니 네가 유씨의 아들이구나."

방씨 집안에서 빨래 일을 하는 유씨는 몸집이 크고 힘도 좋아서 방다병은 어릴 적 유씨와 장난치는 것을 제일 좋아했다. 유씨의 어깨를 딛고 나무에 오르기도 했다.

"어머니 등에 매화 모양의 점이 있어요." 왕복이 말했다. "제 생일도 저 날짜와 비슷하고요."

"오?" 방다병이 깜짝 놀랐다가 이내 손사래를 쳤다. "네 어머니는 남편이 있는 아낙이잖아. 말도 안 되는 소리!"

"하지만 제 아버지는 십수 년 전에 한 번 온 게 전부예요." 왕복이 억울한 표정으로 말했다. "어머니는 저를 낳던 해에 아버지가 불쑥 집에 다녀간 후로 본 적이 없어서 자신이 혼인했다는 것도 잊어버렸다고 입버릇처럼 말했어요."

"네 아버지 이름이 뭔데?" 방다병이 왕복의 앳된 얼굴을 꼬집었다. "설마 왕영산은 아니겠지?"

왕복이 작은 소리로 말했다. "아니에요. 아버지는 박씨예요. 박이황朴二黄."

영산대사가 입적할 때 이미 칠순이 넘었으므로 아무리 생각해도 방씨 집안에서 일하는 여인의 남편일 리는 없을 듯했고, 게다가 칠 척 장신 유씨와 왕복을 낳은 대장부일 리는 더더욱 없을 듯했다. 그날 구경을 마치고 객잔으로 돌아간 방다병은 그의 약값을 걱정하느라 수심에 젖은 이연화에게 그 얘기를 했다.

방다병은 영산대사의 유언이 너무 막연하다고 생각했다. 유씨는 흔한 성이니 유씨 여자가 세상에 얼마나 많을 것이며, 그중 아들을 낳은 여자는 적어도 열 중 두셋은 될 것이다. 매화 모양 점이 어떻게 생겼는지도 알 수 없었다. 세상에 매화 모양 점이 천 가지는 아니어도 족히 팔구백 가지는 될 텐데 그중 누군지 어떻게 찾아낸단 말인가? 하지만 방다병의 얘기를 들은 이연화는 혹시 모르니 왕영산에게 물어보는 게 좋겠다고 진지하게 충고했다.

방다병은 깜짝 놀랐다. 영산대사는 이미 입적하지 않았는가!

이연화가 말했다. "영산대사의 육신으로 만든 금상이 풍수도 도장에 모셔져 있잖아."

아직 어리고 세상 물정을 몰랐던 방다병은 그 말을 듣고 호기심이 동해 깊은 밤중에 담을 넘어 풍수도 도장에 몰래 들어갔다.

영당 한가운데에 왕영산의 시신에 금칠을 한 동상이 보였다.

모산파 사람들은 듣던 대로 무공이 변변치 않아 방다병이 절룩거리며 숨어드는데도 아무도 알아채지 못했다. 풍수도 제자들이 영당 주위를 지켰지만 대부분 졸거나 노름에 정신을 팔았다. 이미 죽은 사부는 그들에게 경외의 대상이 아니었다.

왕영산의 육신은 비쩍 마르고 턱에 염소수염을 길렀지만 두껍게 금칠을 해서 자세한 모습은 알아볼 수 없었고, 신기하게 춘삼월 양주의 날씨에도 썩거나 벌레에 물린 흔적이 전혀 없었다. 방다병은 객기가 발동해 왕영산의 몸을 이곳저곳 만져보다 실수로 금상을 쓰러뜨리고 말았다. 그런데 금상이 꽈당 하고 쓰러지며 이목구비가 또렷하지 않은 머리가 부러져버렸다.

방다병은 어찌나 놀랐는지 졸도할 뻔했다. 열 번 넘게 심호흡하며 정신을 가다듬고 자세히 보니 그 금칠 안에 있는 것은 사람의 몸이 아니었다.

나무로 조각한 인형이었다.

"누구냐!" 영당 밖에서 외치는 소리가 들렸다. 금상이 넘어지는 소리에 영당을 지키던 시위가 놀라서 달려왔다.

방다병은 재빨리 몸을 돌려 도망쳤다.

이상한 일이었다. 영산대사가 앉은 채로 입적한 뒤 시신에 금칠을 해서 상을 만들었고, 영산대사가 남긴 진언에 따라 전세영동을 찾는다고 했는데 금상이 가짜라니!

그럼 영산대사는?

"그러고 보니 그때 금상이 가짜라는 사실만으로 왕영산이 살해당했다는 걸 어떻게 알았어?"

길상문연화루에서 땅콩을 다 먹은 방다병이 아쉬운 듯 입맛을 다시자 앞에 앉은 이연화가 해바라기씨 한 뭉치를 꺼내줬다.

"금은보화를 그렇게 순순히 남에게 주는 경우를 본 적이 없어." 이연화가 말했다. "금은보화를 물려주는 게 왕영산이나 풍수도에는 좋은 점이 전혀 없잖아. 엄청난 재산을 받는 전세영동만 좋지." 이연화가 잠시 말을 멈췄다가 덧붙였다. "왕영산에게 전세영동이 특별한 존재라고 해도 살아 있는 동안 한푼도 주지 않았는데 과연 죽은 뒤에 전 재산을 주려고 할까?"

방다병은 그제야 깨달았다. 왕영산에게 전세영동이 그토록 중요한 존재라면 어째서 살아 있을 때 돌보지 않았을까? 살아 있을 때도 돌보지 않았던 이에게 죽은 뒤에 재산을 통째로 물려줄 수 있을까?

"금상이 나무로 된 가짜라면 왕영산의 시신에 뭔가 비밀이 감춰져 있을 거라고 생각했지." 이연화는 술을 마시려고 손을 뻗었다가 실수로 옆에 있던 냉차 잔을 집었는데 방다병이 알아채지 못한 것을 보고 마음 편히 차를 마셨다. "시신에 비밀이 있다면 비명횡사했을 가능성이 크고, 정말로 그렇다면 전세영동은 왕영산을 죽인 사람과 관계가 있겠지."

이연화가 방다병을 보고 빙긋 웃었다.

방다병이 머리를 몇 번 굴려보니 과연 이연화의 말에 일리가 있었다. "전세영동이 왕영산과 관련된 인물이 아니라, 살인범이 왕영산의 재산을 빼돌리기 위해 만든 통로였다는 말이야?"

"돈을 빼앗으려고 왕영산을 죽여봤자 재산을 얼마나 갖고 도망칠 수 있겠어?" 이연화가 말했다. "엄청난 재산을 가진 왕영산이 혼인한 적도 없고 나이도 많은데 갑자기 숨겨둔 아들이 있다면 너무 억지스럽잖아. 전세영동이라고 포장했지만 실은 사생아와 다를 바가 없지."

"전세영동이라는 묘책을 생각해낸 자는 왕영산이 신임했던 측근일 거야. 그런 사람이 말해야 풍수도 제자들이 왕영산의 유언이라고 믿을 테니까." 방다병이 말했다. "그러니까 범인은 왕영산과 가장 가까운 사람 중에 있었겠지. 첫째 제자 왕수경王守慶, 둘째 제자 하오유何烏有, 오래된 정부 양부용楊芙蓉이 왕영산과 가까이 지냈고, 풍수도에서 왕영산을 시중드는 하녀 춘화春花와 늙은 하인 박이황도 수족처럼 따라다녔어."

"왕영산의 전 재산을 손에 넣을 수 있는 가장 그럴듯한 방법은 전세영동뿐이었어." 이연화가 빙그레 웃었다. "그러니까 전세영동과 관련된 사람이 바로 범인이겠지." 이연화가 냉차를 한 모금 천천히 마셨다. "그래서 아직 구경거리가 많이 남았고, 네 다리도 다 낫지 않았으니 다관에서 한가하게 즐기라고 했던 거야. 열흘도 안 돼서 범인이 밝혀질 거라고 했지만 넌 내 말을 믿지 않았지."

방다병이 콧방귀를 뀌었다. "범인이 그처럼 성질 급한 놈인 줄 어떻게 알았겠어? 그렇게 빨리 새로운 단서를 흘릴 줄이야. 방씨 집안의 왕복이 전세영동이라고 온 세상에 떠벌린 거나 마찬가지였지."

이연화가 고개를 저었다. "그렇게 중요한 일을 어찌 서두르지 않을 수 있겠어? 내가 박이황이었어도 그 집에서 수십 년간 노비로 일하며 왕영산의 은자를 세었는데 내 주머니에는 엽전 한 닢 들어오지 않았다면 조급해서 안달이 났을걸? 다 늙은 왕영산을 독살하고 진언을 위조한 뒤 내 아들이 재산을 통째로 가지러 오길 눈이 빠지게 기다렸겠지." 이연화가 말했다. "아쉽게도 사마귀가 매미를 잡으니 참새가 뒤에서 기다린 격이었지만. 박이황이 그런 일을 벌이는 동안 왕수경과 하오유가 모를 리 없었고, 양부용도 마찬가지였겠지. 전세영동 계략이 그럴듯하니 다들 지켜본 거야. 전세영동이 나타나면 박이황을 죽인 뒤 자기들끼리 또 싸웠을 것이고, 결국 마지막 승자가 전세영동이라는 꼭두각시를 손에 쥐고 왕영산의 엄청난 부를 독차지했겠지."

"하지만 결국 누군가가 관아에 고발해 포화이청천을 불러왔어." 방다병이 그때를 생각하며 한숨을 내쉬었다. "우리집 왕복이 보는 앞에서 풍수도 제자 절반이 체포됐고, 그 덕분에 왕복이 원치도 않는 전세영동 노릇을 하게 됐지."

차를 다 마신 이연화가 아쉬운 표정으로 찻잔을 뒤집어 한 방울이라도 남지 않았는지 살펴보았다. "그것도 벌써 오래전 일이네. 그때의 어린 왕복이 지금은 어엿한 모산파 장문 왕난손으로서 풍수도의 제199대 계승자가 되었지. 왕복에게 풍수를 봐달라고 청하려면 최소한 은자 백 냥을 내고 진주 한 말을 길에 깔아야 한다더라." 이연화가 혼잣말처럼 중얼거렸다. "진주 한 말이 뭐야. 길이 길고 넓으면 한 말로는 턱도 없지. 가득 채워서 깔지 않으면 미끄러져 넘어지기도 쉽고."

> 어렴풋한 술기운에 눈앞이 가물거리고
> 깊은 밤 비바람이 등불 흔드네.
> 진주 한 말은 부족하고
> 큰 꿈은 알 수 없이 아득하구나.

또 몇 년이 흐른 뒤.

동해 바닷가의 작은 어촌.

방다병이 씩씩 화를 내며 대나무 장대를 들고 마을 뒤 대숲을 뒤지고 다녔다. 댓잎이 우수수 떨어지고 벌레와 뱀이 놀라 도망치는데 아무리 찾아도 이연화가 보이지 않았다.

"얼어죽을 이연화! 썩 나오지 못해?"

"방이方二야! 왕삼王三아!" 방다병이 이연화를 그림자처럼 따라다니며 보호하라고 붙여준 하인들을 큰 소리로 불렀다. "어서 나와! 얼어죽을 이연화는 어디로 간 거야? 오늘은 또 초가 놈을 따라간 거야, 적가 놈에게 납치당한 거야?"

두 하인이 바닥에 엎드려 공손하게 예를 올렸다. "부마 오셨습니까!"

"이연화는 어디 있어?" 방다병이 물었다. "꼭 붙어 따라다니라고 했거늘 이연화는 어디 가고 여기서 뭣 하는 게냐!"

방이가 차분하게 말했다. "왕 도장道長이라는 분이 찾아와 문주와 대숲을 산책하고 계십니다."

"왕 도장?" 방다병은 화가 머리끝까지 치솟았다. "새로 알게 된 사람이야? 어디서 굴러온 요괴야?"

왕삼이 공손하게 말했다. "은벽돌을 바닥에 깔고 진주를 뿌려 길을 내는 젊은 도장인데 성은 왕씨이고 이름은 난손이라고 했습니다. 부마와도 잘 아는 사이라고 했습니다."

방다병이 깜짝 놀랐다. "뭐라고?"

"왕 도장께서 귀신을 잡고 삿된 것을 쫓는 재주가 있는데, 문주의 증상을 보니 머릿속에 음침하고 삿된 것이 들어간 듯하다며 부적을 태운 물을 마셔야 낫는다고 했습니다. 다만 부마께서 그 돈을 낼 수 있을지 모르겠다고……"

방다병이 고래고래 소리쳤다. "왕왕복!"

푸른 대숲의 깊숙한 곳.

은벽돌을 바닥에 깔고 진주를 박은 오솔길이 구불구불 숲속으로 이어졌다. 어디로 통하는 길인지는 알 수 없었다.

은색 도포를 입은 왕난손이 부채를 들고 선풍도골의 자태로 천천히 걸었다.

그 옆에서 나란히 걷던 이연화가 아주 진지하게 물었다. "정말로…… 단 한 번도 미끄러져 넘어진 적이 없습니까?"

옮긴이 **허유영**
한국외국어대학교 중국어과와 동 대학교 통번역대학원 한중과를 졸업했으며 현재 전문 번역가로 활동하고 있다. 지은 책으로 『가장 쉽게 쓰는 중국어 일기장』이 있으며, 옮긴 책으로 『도둑맞은 자전거』 『팡쓰치의 첫사랑 낙원』 『햇빛 어른거리는 길 위의 코끼리』 『원스 어폰 어 타임 인 홍콩』 『삼체』(2, 3권) 『적의 벚꽃』 등이 있다.

문학동네 세계문학
길상문연화루 下

초판 인쇄 2023년 3월 2일 | 초판 발행 2023년 3월 14일

지은이 텅핑 | 옮긴이 허유영
기획 · 책임편집 박인숙 | 편집 이원주 이희연 고선향
디자인 김유진 이주영 | 저작권 박지영 형소진 이영은
마케팅 정민호 이숙재 김도윤 한민아 이민경 안남영 김수현 왕지경 황승현 김혜원
브랜딩 함유지 함근아 박민재 김희숙 고보미 정승민
제작 강신은 김동욱 임현식 | 제작처 한영문화사

펴낸곳 (주)문학동네 | 펴낸이 김소영
출판등록 1993년 10월 22일 제2003-000045호
주소 10881 경기도 파주시 회동길 210
전자우편 editor@munhak.com | 대표전화 031) 955-8888 | 팩스 031) 955-8855
문의전화 031) 955-1927(마케팅) 031) 955-2699(편집)
문학동네카페 http://cafe.naver.com/mhdn
인스타그램 @munhakdongne | 트위터 @munhakdongne
북클럽문학동네 http://bookclubmunhak.com

ISBN 978-89-546-9077-5 04820
978-89-546-8512-2 (세트)

잘못된 책은 구입하신 서점에서 교환해드립니다.
기타 교환 문의 031) 955-2661, 3580

www.munhak.com